KB093366

MASQUERADE HOTEL
by Keigo Higashino

매스커레이드 호텔

MASQUERADE
HOTEL

히가시노 게이고 장편소설 | 양윤옥 옮김

H
현대문학

1

전화가 울렸다. 내선 전화였다. 16층 엘리베이터 홀에 설치된 관내 전화에서 걸려온 것이었다.

야마기시 나오미는 뭔가 안 좋은 예감이 들었다. 조금 전에 한 남자 손님이 체크인 수속을 마치고 올라갔다. 그 손님에게 내준 객실이 16층 싱글룸이었다. 벨보이 마치다가 손님의 짐을 들고 방을 안내하러 올라간 게 불과 오륙 분 전이다. 마치다는 입사 1년차 새내기 직원이었다. 혹시 무슨 실수라도 했나 하고 걱정이 되었다.

"네, 프런트예요. 무슨 일 있었어요?" 나오미가 물었다.

"마치다예요. 방금 손님을 1615호실에 안내했는데 자꾸 냄새가 난다고 하셔서……."

"냄새?"

"담배 냄새가 난대요. 금연실이라더니 대체 어떻게 된 거냐고……."

나오미는 곁에 있는 단말기를 검색해보았다. 화면에 1615호실의 데이터가 표시되었다. 분명 금연실이고 청소도 틀림없이 마쳤다. 지금까지 그 방에서 담배 냄새가 났다는 기록은 없었다.

"알았어요. 손님은?"

"1615호실에서 잠시 기다리시라고 했어요."

"그럼 마치다 씨도 그 방에 가서 함께 기다려요. 내가 바로 갈 테니까."

전화를 끊은 뒤에 나오미는 다시 단말기를 두드렸다. 이번에는 투숙객의 데이터를 확인했다. 오사카에서 온 회사원이었다. 일주일 전에 예약이 들어왔다. 금연실, 창문이 큰길 쪽으로 나지 않은 곳, 되도록이면 모퉁이 방 등의 요구 내용이 적혀 있었다. 체크인 때 응대에 나선 건 나오미 자신이었지만 딱히 성격이 비뚤어져 보이는 인상은 아니었다.

프런트 안을 재빨리 둘러보았다. 프런트 오피스 매니저는 임시 회의차 사무동에 나가고 없었다.

젊은 직원 가와모토를 손짓해서 불렀다.

"1615호실 손님에게서 클레임이 들어왔어. 서둘러서 다른 방 좀 찾아줘요."

"알겠습니다. 싱글이죠?" 가와모토가 단말기 화면을 들여다보았다.

"싱글하고 트윈, 그리고 디럭스 트윈으로 찾아봐요."

알겠습니다, 라는 가와모토의 대답을 등 뒤로 들으며 나오미는 마스터키를 집어 들고 프런트 데스크를 나왔다.

엘리베이터로 16층에 올라가자 벨보이 마치다가 1615호실 앞에서 있었다. 나오미를 알아보고 그쪽에서 먼저 뛰어왔다.

"아무래도 이상해요. 처음 방에 안내해드렸을 때는 분명 냄새 같은 건 없었어요. 근데 엘리베이터 홀에서 전화하고 돌아왔더니……."

"그랬더니 담배 냄새가?"

예에, 라면서 영 미심쩍다는 얼굴로 마치다가 고개를 끄덕였다.

"알았어요. 가와모토 씨가 지금 다른 방을 찾고 있으니까 마치다 씨는 프런트에 가봐요."

"네, 알겠습니다."

마치다가 엘리베이터 홀로 향하는 것을 지켜보고 나서 나오미는 1615호실 문을 노크했다. 곧바로 문이 열리고 중년 남자의 각진 얼굴이 나타났다. 외까풀의 탁한 눈빛에 입가는 불쾌한 듯 아래로 처져 있었다.

나오미는 우선 머리부터 숙였다.

"정말 죄송합니다. 방에서 냄새가 난다고 하셨습니까?"

중년 남자는 턱을 쓱 내밀며 방 안을 가리켰다. "뭐, 들어와서 맡아보시든지."

실례합니다, 라고 말하고 나오미는 방 안에 발을 들였다.

일부러 후각을 작동할 것도 없이 곧바로 이변을 깨달았다. 분명 담배 냄새였다. 단, 방 안에 밴 담뱃진 냄새는 아니었다. 불을 붙인 담배 끝에서 피어오른 연기, 이른바 부류연副流燃 냄새였다.

아마도 마치다의 의심이 맞을 것이다. 그가 프런트에 전화하는 사이에 이 남자 손님은 몰래 숨겨 온 담배에 불을 붙인 것이다.

"어때요, 냄새가 나죠?" 남자 손님이 위압적인 기세로 물었다. 약간 간사이 사투리가 섞인 말투였다.

나오미는 다시금 머리를 숙였다.

"불쾌하게 해드려서 죄송합니다. 즉시 다른 방을 준비하겠습니다. 잠깐 전화 좀 해도 괜찮을까요?"

"그래요, 빨리 좀 해주쇼."

나오미는 핸드폰을 꺼내 프런트에 걸었다. 곧바로 가와모토가 받았다.

"객실 상황, 어때요?" 나오미가 물었다.

"같은 층이라면 1610호실, 1612호실이 비어 있어요. 둘 다 금연실이고 다른 조건들도 맞습니다."

나오미는 마음속으로 고개를 저었다. 거긴 둘 다 싱글룸이다. 일부러 클레임을 걸어올 정도의 손님인데 그런 방으로 안내해봤자 별 의미가 없다.

"1620호실이나 1630호실은 어떨까?"

가와모토가 헉하고 놀라는 기척이 들렸다. 나오미의 의도를 눈치챈 것이다.

"1620호실이라면 쓰실 수 있어요. 청소도 끝났습니다."

"그럼 마치다 씨에게 키 좀 보내줘요."

"알겠습니다."

전화를 끊고 나오미는 남자에게 웃는 얼굴을 보였다.

"오래 기다리셨습니다. 다른 방이 준비되었어요. 지금 바로 안내해드리겠습니다."

"금연실이죠?"

"네, 이번엔 괜찮습니다." 나오미는 선반에 놓인 여행 가방을 손에 들었다.

1620호실 앞에서 마스터키를 사용해 문을 열었다. 이 방입니다, 하고 입실을 권했다.

한 걸음 들어선 남자가 크게 당황하는 것을 나오미는 그의 등에서 감지했다. 스위트룸으로 안내할 줄은 생각도 못했을 것이다.

"이 방이면 될까요? 아마 냄새도 괜찮을 것 같습니다만."

남자는 냄새를 맡아보는 척하더니 나오미 쪽으로 고개를 돌렸다.

"이 방을 써도 되겠어요? 미리 말하지만, 추가 요금은 못 내요."

나오미는 손을 내저었다.

"물론 요금은 원래대로 내시면 됩니다. 저희의 불찰로 불쾌하셨던 점, 깊이 사과드립니다."

"뭐, 앞으로는 조심하면 되죠." 남자는 눈썹 옆을 긁적이고 있었다. 어쩐지 뒤가 켕기는 눈치였다.

그러는 참에 벨보이 마치다가 올라왔다. 카드키를 손님에게 건네고 나오미는 마치다와 함께 방을 나왔다.

"진짜 화가 나네요. 감쪽같이 저 사람 작전에 걸려든 꼴이잖아요." 엘리베이터 홀로 향하는 중에 마치다가 말했다. "틀림없이 손님이 담뱃불을 붙인 거예요. 괜히 시비를 걸어서 좀 더 좋은 방에 묵으려는 속셈이에요."

"증거도 없이 함부로 그런 말 하는 거 아냐. 손님은 항상 옳다, 마치다 씨도 배웠죠?"

"하지만 스위트룸은 너무해요." 마치다가 입술을 툭 내밀었다. "트윈이나 디럭스 트윈이라도 괜찮다고 했을 텐데."

"만일 괜찮다고 하지 않으면? 자꾸 트집을 잡아서 결국 이 방 저 방 다 보여주고 다니게 되면 그게 더 번거롭잖아요?"

"그야 그렇지만……."

"예전에 선배에게 배운 게 있어요. 손님하고 쓸데없는 힘겨루기는 하지 말 것."

"네에……." 마치다는 여전히 납득할 수 없다는 표정으로 고개를 끄덕였다.

나오미가 프런트로 돌아오자 프런트 오피스 매니저 구가가 가와모토와 이야기를 하고 있었다. 그녀를 보더니 구가가 고개를 끄덕였다.

"클레임이 들어왔다면서?"

나오미는 어깨를 으쓱해 보였다.

"네, 처리했어요. 별일 아니었어요. 곧 보고서 올리겠습니다."

구가가 오른손을 내밀며 말했다.

"아니, 보고서는 나중에 올려도 돼. 그보다 지금 바로 사무동에 가봐. 2층 회의실에서 총지배인님과 객실부장님이 기다리고 계셔."

"총지배인님이 사무동에서요?"

나오미는 놀라서 구가의 단정한 얼굴을 쳐다보았다. 총지배인의 사무실은 프런트 오피스 안쪽에 있었다. 일상적인 회의는 항상 그곳에서 해왔다.

"외부 사람이 관련된 일이라서 사무동 쪽 회의실을 사용하는 것뿐이야. 걱정할 거 없어. 자네가 무슨 실수를 했다든가 하는 게 아니니까."

"매니저님은 무슨 용건인지 아시는군요?"

"응, 조금 전에 듣고 왔어. 하지만 여기서 자세히 얘기해줄 수는 없어. 아주 중요한 일이라서 말이야. 게다가 나는 제대로 설명할 자신도 없어."

나오미는 턱을 당기고 눈을 슬쩍 치켜뜨며 구가를 보았다. "왠지 좀 겁나는데요?"

그러자 구가는 진지한 눈빛이 되었다.

"그래, 아주 무서운 이야기야. 그래서 자네의 도움이 필요해."

"제 도움이? 왜요?"

"그건……" 말을 하려다 말고 구가는 고개를 저었다. "그다음 얘기는 총지배인님께 여쭤봐."

나오미는 긴 숨을 내쉬며 꾸벅 고개를 숙였다. "알겠습니다."

그녀는 프런트를 나와 직원용 복도를 지나 비상구를 통해 호텔 밖으로 나왔다. 코르테시아도쿄 호텔의 주요한 사무 공간은 옆 건물인 사무동에 있었다. '코르테시아도쿄 호텔 별관'이라는 간판이 걸려 있지만 물론 숙박시설 따위는 없었다.

사무동에 들어서자 계단을 통해 2층으로 올라갔다. 총무과며 인사과가 있는 층이었다. 회의실 문을 노크하자 들어와요, 하는 남자 목소리가 들려왔다.

문을 열고 머리를 숙이며 안으로 들어갔다. 총지배인 후지키의 모습이 먼저 눈에 들어왔다. 평소에 늘 온후한 표정이던 후지키의 미간에 주름이 잡혀 있었다. 그의 오른편에는 객실부장 다쿠라가 있었다. 그는 나오미와 구가의 직속 상사다. 농담하기를 좋아하고 늘 명랑한 사람인데 그 역시 후지키와 마찬가지로 심각한 눈빛으로 나오미를 바라보고 있었다.

후지키의 왼편에 있는 건 총무과장 가타오카였다. 평소에 그가 어떤 사람인지 나오미는 자세히 알지는 못하지만 항상 이런 험악한 표정을 짓지는 않을 것이라고 생각했다.

회의용 테이블 앞쪽에는 벨 캡틴과 하우스키핑 책임자가 와 있었다. 그들도 호출된 모양이었다.

보통 일이 아니구나, 라고 나오미는 새삼 실감했다.

"갑자기 불러들여서 미안하네. 우선 여기 와서 앉아." 가타오카 총무과장이 말했다.

나오미는 벨 캡틴 옆에 앉았다.

"실은 자네들에게 부탁할 일이 생겼어. 무척 민감한 문제라서 외부인은 물론이고 호텔 내부 직원에게도 지금 단계에서는 함부로 발설해서는 안 되는 사안이야. 특히 조심해주기를 바라네."

나오미는 무릎에 놓인 두 손을 꼭 쥐며 후지키를 바라보았다. 그 역시 진지한 표정으로 나오미를 향해 고개를 끄덕였다.

"단도직입적으로 말해서, 우리 호텔이 경찰 수사에 반드시 협조해야 할 상황에 처했어. 더구나 난처하게도 살인 사건에 대한 수사야."

가타오카의 말에 나오미는 헉 숨을 삼켰다. 전혀 상상도 못한 말이었다. 유니폼 안쪽에서 심장이 급하게 뛰기 시작했다.

"신문이나 뉴스에 자주 보도되었으니 자네들도 아마 알겠지만 최근 도쿄 여기저기서 살인 사건이 일어나고 있어. 이건 조심스럽게 발표를 통제하고 있는 얘기인데, 아무래도 그중 세 건이 동일범에 의한 연쇄살인일 가능성이 높아. 게다가 머지않아 네 번째 사건이 일어날 가능성까지 있다는 거야. 여기서 문제가 되는 건 그 네 번째 사건이 일어날 것으로 추정되는 장소인데……." 가타오카는 손끝으로 테이블을 툭툭 쳤다. "경찰에서는 다름 아닌 우리 호텔에서 사건이 일어날 거라고 말하고 있어."

"예?" 나오미는 저도 모르게 목소리가 높아졌다. "어째서요?"

가타오카는 고개를 가로저었다.

"경찰에서 자세한 내용까지는 말해주지 않았어. 수사상 중대한 기밀 사항이기 때문이야. 하지만 범인이 이 호텔을 다음 범행 장소로 선택한 건 틀림없는 사실이라는 거야. 지금까지 일어난 사건의 간격을 고려해보면 앞으로 열흘 이내에 우리 호텔에서 살인 사건이 일어날 가능성이 있다고 했어."

나오미는 입술을 축였다. 입안이 바짝 말랐다.

"경찰이 날짜까지 파악한 걸 보면 범인이 누구인지 대충 짐작을 하는 모양이지요?"

그녀의 질문에 가타오카는 난처한 듯 미간을 찡그렸다.

"아니, 그게 그렇지는 않아. 수사는 이래저래 해보는 모양인데 아직 범인을 파악하지는 못한 것 같아."

"그럼 다음에 누구를 노리는지는 알고 있어요?"

"아니, 그것도 모른다는 거야."

엣, 하고 이번에는 나오미 옆에서 벨 캡틴 스기시타가 소리를 냈다.

"범인에 대한 단서도 없고 누구를 노리는지도 모르는데 이다음에 우리 호텔에서 사건이 일어난다는 것만은 안다고요? 그건 무슨 얘기인지……." 그가 나오미의 의문을 대변해주었다.

"그러니까 그 점에 대해서는 아직 알려줄 수 없다고 한다니까."

"그걸 모르는데 어떻게 수사에 협조를 합니까?" 나오미는 저도 모르게 거친 말투가 튀어나왔다. 자신의 뺨이 바짝 긴장하는 것도 느껴졌다.

"야마기시, 잠깐만." 여기서 후지키가 끼어들었다. "자네들이 의문을 품는 것도 당연해. 우리도 처음 이 이야기를 들었을 때는 자네들과 똑같이 생각했으니까. 하지만 경찰도 나름대로 사정이 있어. 그쪽에서 이유를 밝힐 수 없는 사안이라고 말한다면 일단 그대로 따를 수밖에 없어. 어찌됐건 그런 험악한 사건이 일어날 우려가 있다니까 우리로서는 어떻게든 막아야 해. 경찰 쪽에서 협조를 요청해왔다고 말했지만 우리로서도 반드시 경찰의 힘을 빌릴 필요가 있는 거야. 내가 하는 말, 잘 알겠지?"

평소에도 목소리가 거칠어지는 일이 없는 후지키지만 다른 어느 때보다 더 온화하게 말을 건넸다. 그것이 이 자리에 한층 더 팽팽한 긴장감을 몰고 왔다.

"정말 우리 호텔에서 그런 끔찍한 일이 일어날까요?" 나오미는 가타오카에게로 시선을 돌렸다.

"경찰에서는 사건이 터질 확률이 상당히 높다고 보고 있어. 현재로서는 그렇게 말할 수밖에 없네."

나오미는 심호흡을 했다. 아직 실감이 나지 않았다. 꿈속에서 높은 절벽에 내세워진 듯한 기분이었다.

"그러면 저희는 무엇을 어떻게 하면 될까요?"

가타오카가 턱을 당겼다.

"방금도 말했듯이 구체적인 건 아직 아무것도 모르는 상황이야. 경찰의 말을 그대로 전하자면, 가까운 시일 내에 이 호텔에서 살인 사건이 일어난다, 누군가가 누군가를 살해하려고 한다, 라는 것만 밝혀져 있어. 이런 상황에서 단지 경비팀만 강화해서는 별 의미가 없지. 안타깝지만 투숙객을 비롯해 이 호텔을 찾는 모든 사람들을 일단 의심해볼 필요가 있어. 하지만 우리 같은 아마추어가

할 수 있는 대처라고 해봐야 별것이 없어. 극단적으로 말해서, 막상 일이 터진 뒤에 경찰에 연락해봤자 이미 때는 늦어."

그가 하려는 말이 무엇인지 나오미도 조금씩 이해가 되었다.

"경찰을 우리 호텔에 상주시킨다는 말씀인가요?"

"한마디로 말하면 그런 셈인데, 그 방법에는 여러 가지가 있어. 이를테면 레스토랑이나 바에서는 수사관이 손님인 척 위장하고 앉아 있으면 되겠지. 연회장 같은 곳에서도 거기에 적합한 차림새라면 주변을 돌아다니더라도 아무도 이상하게 생각하지 않아. 문제는 투숙객이야. 호텔을 찾는 투숙객들을 관찰하고 객실 안에서 일어나는 일을 실시간으로 파악하기 위해서는 수사관이 손님인 척 와 있기만 해서는 안 되지. 수사관도 자네들과 마찬가지로 무대 앞에 서 있어야 해."

"무대 앞이요?" 나오미가 고개를 갸우뚱했다. "그건 무슨 뜻이죠?"

갑자기 객실부장 다쿠라가 끄응 신음소리를 흘렸다. 모두의 시선이 그에게로 집중되었다.

"아, 실례했습니다." 다쿠라가 헛기침을 하며 말했다. "가타오카 씨, 설명을 계속하시죠."

가타오카는 고개를 끄덕이고 다시 입을 열었다.

"이건 경시청 쪽에서 해온 제안인데, 간단히 말해서 수사관을 우리 호텔에 잠입시켰으면 좋겠다는 거야."

"잠입……."

"수사관이 호텔리어 차림으로 정면 현관이나 프런트에 서겠다는 거지. 때로는 객실에 들어가는 일도 있을 거고."

"그런 말도 안 되는……." 나오미는 저절로 피식 웃음이 터졌다. 선부른 농담처럼 나온 제안이 틀림없다고 생각했기 때문이다. 하지만 가타오카와 후지키가 심각한 표정으로 입을 꾹 다물고 있는 것을 보고 그녀의 표정이 다시 굳어졌다. "경찰이 정말로 그렇게 하겠다는 건가요?"

"정말로 하려는 것 같아." 가타오카가 대답했다.

"그래서 우리 호텔에서는 어떻게 하기로 했습니까?"

"회장님이나 임원들과도 상의했어. 결론부터 말하자면, 경찰의 요청을 받아들이기로 했어."

나오미는 눈만 깜빡거리다가 후지키를 쳐다보았다. 그가 지그시 고개를 끄덕였다.

"우선 좀 여쭤볼 게 있어요." 그녀는 가타오카에게 시선을 돌렸다. "잠입 수사관은 호텔 근무 경험이 있는 사람이에요?"

가타오카는 어깨를 으쓱했다. "그런 경험이 있을 리 없지. 완전 초짜야."

"잠입할 수사관은 몇 명이죠?"

"우선은 다섯 명. 상황에 따라 늘어날 가능성도 있어. 프런트에 한 명, 벨 데스크에 한 명, 하우스키핑팀에 세 명이야."

옆에서 벨 캡틴 스기시타가 등을 바짝 세우며 긴장하는 기척이 느껴졌다. 그쪽의 담당 분야가 언급되었기 때문일 것이다.

"이만큼 말했으니 이제 어떤 상황인지 알겠지? 왜 자네들이 불려왔는지도 말이야." 가타오카가 말을 이었다. "자네들이 수사관의 교육 및 지도, 나아가 업무 처리를 도와줘야 해. 어려운 일인 줄은 알지만 잘 부탁하네."

"잠깐만요. 왜 제가 이 일을 맡게 되었지요?" 나오미는 가타오카와 후지키를 번갈아 바라보다가 다쿠라에게도 시선을 던졌다. "다른 분들을 호출하신 건 이해가 되지만, 저는 왜 부르셨는지 모르겠어요. 프런트에는 저보다 경력이 오래된 분들이 많습니다. 게다가 수사관이라면 남자 형사겠지요? 여직원에게서 지도를 받는 건 그쪽에서도 꺼려할 텐데요."

"아, 자네를 추천한 건 나야." 후지키가 입을 열었다. "다쿠라와도 상의해봤는데 자네가 가장 적임자라고 판단했어."

나오미는 고개를 저었다.

"잘 아시겠지만 저는 신입 사원 교육은 별로 잘하지 못합니다."

"자네도 이제 경력이 만만치 않은데 계속 그런 소리를 해서는 안 되지. 게다가 자네를 뽑은 건 지도력을 기대해서가 아니야. 이유는 한 가지, 자네가 여성이기 때문이야."

"무슨 말씀이시죠?"

후지키가 천천히 몸을 앞으로 내밀며 말했다.

"우리가 반드시 명심할 건 설령 범죄를 미연에 막기 위한 방책이라고 해도 결코 우리 호텔을 찾아온 고객을 불쾌하게 하거나 폐를 끼쳐서는 안 된다는 것이야. 경시청 수사관이 이곳에 잠입한 건 사실 손님들과는 아무 관계도 없는 일이야. 호텔 서비스의 질에 영향을 끼쳐서는 안 되지. 나는 웬만하면 벨보이와 하우스키퍼팀에만 잠입 수사관을 파견하는 게 어떻겠냐고 말했었어. 특히 프런트에 수사관이 오는 것은 반대했지. 프런트는 손님과 가장 빈번하게 접하는 곳이고 돈도 취급해야 하는 곳이야. 그런 일을 벼락치기로 교육받은 사람에게 맡길 수 없다고 생각했기 때문이야."

"네, 저도 같은 생각이에요."

"하지만 경찰에서는 정보가 집중되는 프런트를 반드시 지켜봐야 한다는 거야. 수사의 목적을 생각해보면 아닌 게 아니라 그 말이 맞지. 그래서 다쿠라와 둘이서 많이 고민했어. 그 결과, 프런트 직원으로 위장한 수사관 곁에 항상 우리 직원 하나를 붙여두는 수밖에 없다고 얘기가 됐어."

"그건 이해가 되지만 왜 하필 저를 선택하셨는지 모르겠어요."

"한번 생각해봐. 프런트에 똑같은 유니폼을 입은 남자 직원 두 명이 계속 붙어 있으면 누가 봐도 부자연스러울 거 아냐. 하지만 한쪽이 여성이면 묘하게도 자연스러운 콤비로 보여. 이인 일조로 행동하더라도 부자연스러움이 한결 덜하다는 얘기야."

"그러니까 우리 사회에서 여자들의 역할은 남자의 어시스턴트라는 말씀인가요?" 나오미는 자신의 목소리에 저절로 가시가 돋는 것을 느꼈다.

이봐, 야마기시, 하며 나무라듯이 다쿠라가 끼어들었다. 하지만 후지키는 아냐, 라고 만류하면서 다시 나오미에게 말을 건넸다.

"내 생각이 그렇다는 건 아니야. 하지만 많은 사람들이 그런 구도에 이미 익숙해져 있어. 그것이 현실이지. 그러니 그걸 역이용해서 이 어려운 상황을 어떻게든 극복하자는 거야. 다른 것도 아니고 우리 호텔을 이용하는 고객들을 위한 일이야. 우리 호텔 유니폼만 걸쳤을 뿐 호텔 업무는 전혀 모르는 형사가 로열 스위트룸 안내를 혼자 떠맡고 나선다면 자네는 아무렇지도 않겠나?"

"아뇨, 그건……." 나오미는 고개를 숙였다. 후지키가 손님을 위해서, 라고 하는 데는 대꾸할 말이 없었다.

그때 문을 노크하는 소리가 들렸다. 네, 하고 가타오카가 대답하자 한 남자 직원이 들어와 그에게 뭔가 귀엣말을 했다. 가타오카는 알았다고 대답한 뒤 후지키, 다쿠라 등과 함께 작은 소리로 짤막한 대화를 나누었다. 뭔가를 확인하는 것 같았다.

가타오카가 나오미 일행 쪽으로 몸을 돌렸다.

"사실은 이미 경시청 사람들이 와 있어. 지금 별실에서 대기 중이야. 자네들만 괜찮다면 지금 이 자리에서 서로 얼굴이라도 볼 기회를 가졌으면 하는데, 어때, 이쪽으로 오라고 해도 괜찮겠나?"

나오미는 스기시타를 비롯한 다른 직원들을 둘러보았다. 다들 이미 포기한 듯한 표정이었다. 그들로서도 갑작스럽게 초짜를 받아들인다는 게 힘겨운 일이겠지만 그래도 프런트 오피스만큼 심한 것은 아니다. 나오미는 캐스팅보트를 쥐고 있는 사람이 자기 자신임을 깨달았다.

"알겠습니다. 어쩔 수 없네요." 체념하고 대답했다.

가타오카가 고개를 끄덕이자 부하 직원이 빠른 걸음으로 방을 나갔다.

"물론 어려운 점도 많겠지만 우리 호텔의 안전을 위한 일이야. 각자 열심히 해줘."

후지키의 말에 나오미는 네, 하고 대답했다. 총지배인 후지키에게는 입사 이래로 큰 신임을 받아왔다. 이런 어려운 때에 자신이 맡은 역할을 제대로 해내야 한다는 마음도 들었다.

"구가 매니저에게는 미리 얘기해뒀어." 다쿠라가 말했다. "자네 한 사람에게만 떠맡기려는 건 아니야. 모두 함께 뒷받침해줄 생각이니까 크게 걱정하지 않아도 돼."

"네, 고맙습니다."

상사 둘이 나서서 이렇게까지 말해주니 더 이상의 불평은 할 수 없었다. 오히려 다른 사람들에게 의지하지 말고 자기 선에서 최선을 다해 일을 처리해야겠다고 마음먹었다.

"열흘이라고 하셨지요?" 벨 캡틴 스기시타가 물었다. "열흘 안에 사건이 일어날 우려가 있다고요?"

"경찰의 말에 따르면 그렇대." 가타오카가 대답했다.

"그럼 어떻게든 열흘만 견디면 되겠군요."

"아니, 그건 알 수 없어." 후지키가 말했다. "범인이 체포되고 우리 호텔이 안전하다고 확인되기 전까지는 수사관이 계속 상주하게 될 거야."

그렇군요, 라고 벨 캡틴이 중얼거렸다.

다시 노크 소리가 들리고 문이 열렸다. 조금 전 들어왔던 남자 직원이 얼굴을 내밀었다.

"모시고 왔습니다."

"응, 어서 들어오시라고 해." 가타오카가 대답했다.

직원의 안내를 받으며 가장 먼저 들어온 사람은 50세 전후로 보이는 얼굴이 큼직한 남자였다. 온화한 웃음을 띠고 있지만 그의 눈에는 세상의 어둠을 모두 알고 있는 듯한 으스스한 빛이 깃들어 있었다.

그 뒤편으로 네 명의 남자와 한 명의 여자가 들어왔다. 나오미는 자리에서 일어서면서 남자들을 주시했다. 프런트 직원 역할을 맡을 사람이 그 안에 있을 터였다.

가타오카가 중년 남자를 나오미 일행에게 소개했다. 경시청 수사 1과 계장이고 이름은 이나가키라고 했다.

"이나가키 씨, 조금 전에 말씀드린 우리 직원들입니다. 사정은 대략 설명했어요. 세 사람 모두 흔쾌히 받아들였습니다."

이것 참, 고맙네요, 라고 이나가키 계장은 헤벌쭉 웃으며 말했다.

"무리한 제안을 받아줘서 고맙습니다. 여러분께 적잖이 부담이 되겠습니다만 흉악한 범죄를 방지하기 위한 고육지책이니 부디 협조 부탁드립니다." 나지막하지만 또렷한 목소리였다. 말투는 공손해도 가타부타할 수 없게 만드는 압도적인 카리스마가 있었다. 나오미 일행은 아무 말 없이 고개 숙여 인사만 건넸다.

가타오카가 호주머니에서 메모지를 꺼내 들었다. "그러면, 세키네 순경이라는 분은?"

접니다, 라면서 한 남자가 앞으로 나섰다. 몸집이 큰 젊은 사람으로 형사라기보다는 스포츠 선수처럼 보였다.

"네, 세키네 순경은 벨 데스크를 담당할 겁니다. 여기 이 친구가 벨 캡틴 스기시타입니다."

잘 부탁합니다, 라고 젊은 형사는 스기시타에게 머리를 숙였다.

이어서 가타오카는 세 사람의 이름을 불렀다. 여자 한 명과 남자 두 명이 대답했다. 그들은 하우스키퍼로 위장할 모양이었다.

그렇다면 남은 한 사람이 프런트 직원이라는 얘기다. 나오미는 흘끔 그를 쳐다보았다. 삼십 대 중반쯤의 나이에 매섭고 다부진 얼굴이었다. 하지만 무례한 인상은 아니어서 일단은 마음이 놓였다.

"그리고 마지막으로 닛타 경위님은 프런트 데스크를 담당하게 되겠습니다. 이쪽은 지도를 맡은 야마기시입니다. 궁금하신 점이 있으면 언제든지 문의해주십시오."

가타오카의 말에 따라 닛타라는 형사가 나오미 앞으로 걸어 나왔다. 잘 부탁해요, 하면서 내민 명함에는 '닛타 고스케'라고 적혀 있었다.

이제부터 남에게 뭔가를 배워야 하는 처지에 '잘 부탁해요'라니 인사가 너무 짧은 거 아닌가, 라고 생각하면서 나오미는 명함을 받아 들고 웃음을 지으며 바라보았다.

"네, 닛타 씨, 앞으로 잘 부탁드립니다." 일부러 예의를 갖춰 찬찬히 말해보았다.

하지만 닛타는 그게 비꼬는 소리인 것도 깨닫지 못했는지 건방진 표정으로 고개만 슬쩍 끄덕했다. 이 사람, 바보 아냐? 나오미는 불안해졌다.

"자, 그럼 지금부터 바로 트레이닝을 시작하지요. 되도록 빨리 수사를 시작하고 싶다고 하셨으니 저희 쪽에서 이 정도면 괜찮겠다고 판단되는 대로 각자 담당하신 자리에 들어가시도록 하겠습니다. 그러면 되겠지요?"

가타오카가 이나가키에게 확인했다. 예예, 좋습니다, 하고 경시청 계장은 대답했다. 이어서 그는 부하 형사들 쪽으로 몸을 돌리더니 우렁우렁한 목소리로 말했다.

"자네들, 호텔 전문가분들께 폐가 되지 않도록 똑똑히 잘해줘. 그래서 어떻게든 다음 범행을 막고 사건 해결의 실마리를 잡자고. 알겠나?"

형사들은 네엣, 하고 힘찬 목소리로 대답했다. 하지만 나오미는 놓치지 않았다. 이나가키가 방을 나가려고 등을 돌린 순간, 닛타가 시큰둥한 얼굴로 한숨을 내쉬었던 것이다.

객실부 사무실은 사무동 3층에 있었다. 안쪽에 탈의실이 있어서 나오미를 비롯한 객실부 직원들은 출근하면 우선 이곳부터 들렀다.

나오미는 공용 책상에 붙어 앉아 서비스 매뉴얼을 살펴보고 있었다. 서비스 매뉴얼이란 호텔에서의 서비스 방식을 일목요연하게 정리해둔 것으로 신입 사원 연수 등에도 사용되는 책자였다. 경시청 형사를 일단 겉모양새만이라도 호텔리어답게 만들기 위해서는 이 매뉴얼에 따라 지도하는 게 가장 좋겠다고 생각했기 때문이다.

탈의실에서 누군가 나오는 소리가 들렸다. 닛타 고스케가 프런트 직원 유니폼으로 갈아입고 나타났다.

"기본적으로 정장과 똑같아서 다행이네. 벨보이라고 했나, 그 장난감 병정 같은 유니폼이라면 나한테는 도저히 무리였을 텐데." 친한 척하는 말투였다.

"와이셔츠 첫 단추." 나오미는 그의 목깃을 가리켰다. "확실하게 채워주세요. 넥타이는 느슨해지지 않도록 하시고요. 머리 모양도 단정하게 다듬으셔야 해요. 지하 1층에 이발소가 있어요. 직원 헤어스타일이라고 말하면 알 겁니다."

닛타는 바지 호주머니에 양손을 찌르고 어깨를 한 차례 으쓱했다. "머리 긴 호텔리어도 있잖아요?"

나오미는 단호하게 고개를 저었다.

"없습니다. 우리 호텔에 그런 직원은 없어요. 호주머니에 양손을 찌른 채로 이야기하는 사람도 없습니다. 닛타 씨도 이제부터는 우리 규칙에 따라주세요."

닛타는 고개를 쓱 돌리며 콧등에 주름을 잡았다.

"와이셔츠 첫 단추, 얼른 채우세요."

"아, 네네."

그가 부루퉁한 얼굴로 단추를 채우는 것을 보며 나오미는 한 차례 심호흡을 했다.

"자세가 좋지 않아요. 우선 그것부터 고치세요. 그리고 걸음걸이도."

"아, 미안한데요, 나는 원래 태어나면서부터 이렇게 걸었어요. 오른쪽 다리, 왼쪽 다리, 번갈아 내미는 이 방식으로."

"트레이닝을 받으셔야겠네요. 복도로 나오세요." 나오미는 문으로 향하려고 했다. 하지만 닛타가 따라오지 않는 것을 깨닫고 걸음을 멈추고 돌아보았다. "왜 그러시죠?"

닛타가 머리를 긁적이며 다가왔다.

"야마기시 씨라고 했던가? 당신, 뭔가 오해하고 있는 거 같은데요."

"내가 뭘 오해하고 있죠?"

"내가 이 호텔에 온 건 살인 사건을 막기 위해서지 호텔리어 교육을 받는 게 목적이 아니라고요."

"네, 알고 있어요."

"그럼 내 헤어스타일이나 걸음걸이 따위는 상관없잖아요? 어차피 실제 업무는 당신들이 할 텐데. 난 그냥 프런트에서 투숙객을 눈 반짝이며 지켜보는 걸로 충분해요. 나를 진짜 호텔리어로 만들어달라고 아무도 부탁한 적 없다고요."

나오미는 큰소리가 터지려는 것을 가까스로 참았다. 침을 꿀꺽 삼키고 한 호흡 쉬었다가 상대의 얼굴을 지그시 바라보았다.

"지금 그 상태로 프런트에 나가면 저희 호텔뿐만 아니라 경시청에도 별로 좋지 않은 결과가 나올 텐데요."

"왜요?"

"어디를 보건 닛타 씨는 호텔리어로 보이지 않기 때문이에요. 옷차림이 단정하지 못한 데다 시건방진 태도를 보이는 호텔리어는 저희 같은 일류 호텔에는 없으니까요. 나는 경찰 수사에 관해서는 문외한이지만 만일 내가 범죄자여서 경찰이라는 존재에 누구보다 예민해져 있다면 가장 먼저 당신부터 의심할 거예요. 그리고 범죄자가 아니고 일반 투숙객이라고 해도 당신 같은 직원이 프런트에서 있는 호텔 따위, 절대로 이용하고 싶지 않다고 생각할걸요?"

닛타가 눈을 부릅떴다. 나아가 이를 드러내며 반격할 듯한 기척을 보였다. 하지만 그 전에 나오미는 말을 이었다.

"범인에게 들키고 싶지 않다면 내 지시에 따라주세요. 그것도 못하시겠다면 부디 이번의 별난 수사는 단념하시고요. 자, 어떻게 하실래요?"

닛타는 입술을 깨물었다. 화를 내려거든 얼마든지 내봐, 라고 나오미는 생각했다.

하지만 그는 후우 하고 크게 숨을 토해내더니 넥타이를 단단히 묶기 시작했다.

"너무 시시콜콜하게 지적하면 나도 힘들다고요. 어차피 난 호텔리어가 아니라 형사잖아요."

"네, 굳이 말씀하시지 않아도 지금의 닛타 씨는 어디를 보건 형사로밖에는 보이지 않아요. 어디를 보건 호텔리어로 보이게 하려면 시시콜콜한 지적이 중요하죠. 자, 저를 따라오세요."

나오미가 다시 문으로 향하자 닛타는 머리를 긁적이며 따라왔다.

2

거울에 비친 자신의 헤어스타일을 보고 닛타는 일시에 기운이 쭉 빠지는 것 같았다. 자신이 봐도 참 매섭게 생겼다고 스스로 홀딱 빠졌던 카리스마 넘치는 얼굴이 전혀 독기라고는 찾아볼 수 없는 얼간이로 변해 있었다. 이래서는 너무도 박력이 없어서 용의자를 취조할 때 지장이 생기는 거 아닌가, 불안해질 정도였다.

"맘에 드십니까?" 자기 머리도 정확히 칠 대 삼 가르마로 갈라놓은 이발사가 웃는 얼굴로 물었다.

"뭐, 괜찮네요." 닛타는 힘없이 말했다. "대략."

"우리 호텔에서 근무하는 분들은 대개 이런 느낌으로 마무리해드리고 있죠."

"예예, 그럼 됐어요."

야마기시 나오미의 말대로 호텔 직원 스타일로 해달라고 주문했던 것이다. 이발사는 닛타를 경력직으로 들어온 사람이라고 생각한 모양이었다. 길게 말하기도 귀찮아서 그냥 그런 걸로 해두었다.

이발소는 호텔 지하 1층에 있었다. 머리 손질을 마치고 1층으로 올라가는 에스컬레이터를 타려는데 누군가 위에서 닛타 씨, 하고 부르는 소리가 들렸다. 올려다보니 키가 큰 벨보이가 내려왔다. 자세히 보니 세키네 순경이었다.

"거기서 뭐하고 있어? 쉬는 시간이야?"

"닛타 씨를 찾고 있었어요. 야마기시 씨에게 물어봤더니 지하에 내려갔다고 해서." 세키네는 에스컬레이터를 계단처럼 뛰어 내려왔다.

"그나저나 너, 아주 근사한데?" 닛타는 웃음이 터지는 것을 참을 수 없었다.

"그래요?" 세키네는 왠지 흐뭇한 얼굴이었다. "닛타 씨도 머리 깎으니까 제법 호텔리어다운 느낌이 나는데요."

"깎으라고 하더라고, 그 잔소리꾼 여자 호텔리어가."

"야마기시 씨? 제법 빡세게 교육시키는 모양이네."

"첫인사 하자마자 맨 먼저 뭘 시켰는지 알아? 서 있는 자세와 걸음걸이 레슨이야. 자세가 좋지 않다느니 몸이 한쪽으로 삐딱하다느니, 아무튼 잔소리가 보통이 아니야. 그게 끝나니까 이번에는 인사하는 방법과 말투를 교정하래. 유치원이야, 여기? 게다가 이발소에 다녀오라는 거야. 자기가 무슨 대단한 선생님인 줄 아는 모양이야."

세키네는 입가를 슬쩍 가렸지만 눈은 웃고 있었다.

"야마기시 씨는 프런트 직원 중에서도 꽤 우수한 직원이라던데요. 그런 만큼 신입 사원 교육도 엄격하게 한대요."

"그 여자, 분명 독신일 거야. 틀림없어." 닛타는 단언했다. "어리게 꾸미고 있지만 아마 서른 넘었을걸. 사귀는 남자가 없으니 얼굴 표정에도 마음속에도 윤기가 없지. 그런 여자하고 앞으로 계속 함께 있어야 하다니, 진짜 우울해진다." 저도 모르게 목소리가 커졌다. 지나가던 샐러리맨인 듯한 남자가 흘끔 시선을 던졌다.

"그래요? 미녀와 한팀이어서 나는 엄청 부러웠는데."

"세키네, 그런 여자 좋아하는구나. 뭐, 언제든지 바꿔줄게. 근데 나는 장난감 병정 노릇만은 절대 못하겠다."

"장난감 병정이라뇨?"

"아, 아무것도 아냐. 근데 왜 나를 찾았어?"

"아 참, 그렇지." 세키네는 상의 안주머니에서 착착 접힌 종이를 꺼냈다. "닛타 씨에게 이거 전해주려고요."

펼쳐 보니 호텔 1층의 평면도였다. 군데군데 노란 형광펜으로 표시해둔 곳이 있었다. 자세히 살펴보니 소파나 의자가 놓인 장소였다.

"조금 전에 잠복근무를 맡은 수사관들이 도착했거든요. 이건 그들이 배치된 장소예요. 우리가 모르는 얼굴들도 있으니까 서로 알아볼 수 있게 이런 걸 나눠주더라고요."

표시 옆에는 문고본, 주간지, 오른쪽 손목시계, 안경 등등의 낱말이 적혀 있었다. 이건 뭐냐고 닛타가 물었다.

"서로 알아볼 수 있게 하는 표지標識예요. 한두 시간 간격으로 교대하니까 수사관들이 자주 바뀔 겁니다. 그때마다 알려주기 번거로우니까 미리 물건을 정해놓기로 했대요."

"그렇군. 잠복근무를 벌써 시작한 거야?"

"네, 시작했어요. 1층 로비에는 수사관이 세 명이에요. 닛타 씨가 아는 얼굴도 있을 겁니다."

"알았어." 닛타는 도면을 호주머니에 챙겨 넣었다. "다른 전달 사항은?"

"오늘 밤 10시부터 사무동에서 회의를 한답니다. 오자키 관리관이 오시기로 했대요."

닛타는 어깨를 으쓱했다.

"이 괴상한 계획을 세우신 장본인이 출동하는군. 하지만 갑자기 나타나봤자 내가 보고할 것이라고는 걸음걸이와 말투의 기본을 배웠다는 것밖에 없어. 그리고 이 헤어스타일을 보여드리는 것 정도?"

"그냥 현장 상황이나 확인하려고 오시는 거겠죠."

에스컬레이터를 타고 두 사람은 1층으로 올라갔다. 벨 데스크로 향하는 세키네와 헤어져 닛타는 우선 잠복 상황을 돌아보기로 했다.

머리를 깎았더니 목덜미가 썰렁해서 어쩐지 불안했다. 하지만 단정한 머리를 의식하자 이상하게 등줄기가 꼿꼿이 섰다. 문득 깨닫고 보니 야마기시 나오미가 지도해준 반듯한 자세로 걷고 있었다.

하지만 이런 방법으로 과연 범인을 체포할 수 있을까? 일이 이렇게 흘러온 과정은 물론 이해하지만, 역시 의문이 머리를 쳐드는 건 어쩔 수 없었다. 사상 최강의 불가해한 사건이 연속으로 터지는 판에 이런 데서 한가하게 기다리고 있어도 괜찮은 건가.

그렇다, 이런 사건은 과거에 한 번도 없었다. 연쇄살인이라는 점은 명백하지만 각각의 피해자 사이에서 아무런 관련도 찾을 수 없고 범행 수법에도 공통점이 없었다. 그런데도 연쇄살인 사건으로 단정할 수 있었던 것은 범인이 사건 현장마다 똑같은 메시지를 남겼기 때문이다.

첫 번째 사건이 일어난 것은 10월 4일 밤이었다. 오후 8시 23분에 사람이 죽어 있다는 110 신고 전화가 들어왔다. 공중전화에서 걸려온 것이었다. 신고자는 장소만 말했을 뿐 자신의 신분을 밝히지 않은 채 전화를 끊었다. 현장은 린카이센 시나가와 시사이드역에서 도보로 오 분 거리의 임대주차장이었다. 가장 가까운 파출소의 순경이 달려가 보니 주차장 임대계약 차량인 볼보 XC70의 운전석에서 30세 전후의 남자가 사망한 채 발견되었다.

교살絞殺이었다. 목에 가느다란 밧줄 흔적이 생생하게 남아 있었다. 또한 후두부에 둔기로 맞은 자국도 있었다.

사체의 신원은 곧바로 판명되었다. 볼보 차량의 소유자 오카베 데쓰하루라는 회사원이었다. 근처 맨션을 임대해서 살고 있었고 그날 밤에는 골프 레슨을 받기로 되어 있었다. 볼보 차량의 트렁크에는 골프채 세트가 실려 있었다.

차를 타고 출발하려는 참에 느닷없이 습격을 받은 것으로 보였다. 도난당한 물건은 없었다. 다만 조수석 시트에 기묘한 메모지가 남겨져 있었다. 두 개의 숫자가 인쇄된 것이었다.

45.761871

143.803944

이 숫자들이 무엇을 의미하는지, 아무도 알지 못했다. 사건과 관계가 있는지 없는지도 명확하지 않았다. 우선은 중요 단서로 취급하지 않는다, 라는 것이 상부의 지시였다.

시나가와 경찰서에 특별 수사본부가 설치되었다. 경시청 수사

1과의 닛타 일행도 그곳에 내려가 이 사건을 전담하게 되었다.

피해자의 가족과 지인, 친구 등을 중심으로 탐문 수사를 담당한 닛타는 피해자 오카베 데쓰하루의 인간관계를 조사하는 동안 한 남자를 주목하게 되었다. 피해자의 회사 동료였다. 이 남자에게는 살인의 동기가 있다고 짐작했다. 그래서 알리바이를 조사해보기로 했다.

하지만 그자에게는 명확한 알리바이가 있었다. 범행이 일어난 것으로 추정되는 시간에 자기 집 전화로 통화를 하고 있었다. 게다가 그 전화는 명백하게도 우연히 걸려온 것이었다.

그래도 그자를 포기할 수 없어 닛타는 이래저래 머리를 굴렸지만, 그의 추리를 밑바닥부터 뒤집어엎는 사건이 일어났다. 바로 두 번째 살인이다.

사체는 10월 11일 이른 아침, 센주신바시 부근의 빌딩 건설 현장에서 발견되었다. 파란 시트로 덮인 채 방치된 모습이었다. 살해된 사람은 노구치 후미코라는 43세의 주부였다. 남편은 아다치구에서 소규모 공장을 경영하고 있었다. 그 남편에 의하면 노구치 후미코는 10월 10일 저녁, 친정에 간다면서 집을 나섰다. 그 뒤 남편도 집을 나와 친구와 함께 술을 마시고 새벽 1시경에 돌아왔다. 아내가 집에 없었지만 친정에서 자고 오는 모양이라고 생각하고 딱히 걱정도 하지 않았다고 한다.

부검 결과, 사망 시각은 전날 오후 6시부터 9시 사이로 추정되었다. 즉 노구치 후미코가 집을 나온 직후의 일이었다. 목에는 액살縊殺의 흔적이 있었다. 등 뒤에서 습격을 받은 것으로 보였다.

도난당한 물품은 없는 것 같았지만 피해자의 옷 밑에서 한 장의 종이가 발견되었다. 잡지나 신문에서 잘라낸 활자를 이어 붙인 것이었다. 한 세대 이전에 유행하던 협박장 같은 것이다. 사용된 활자는 숫자와 소수점뿐이었다. 숫자는 다음과 같았다.

45.648055

149.850829

피해자 본인이 옷 밑에 넣어둔 거라고 볼 수는 없었다. 이건 범인이 보낸 모종의 메시지라고 봐야 할 것이다. 하지만 그렇게 되면 시나가와 사건과의 관련을 생각하지 않을 수 없었다. 이 숫자는 무엇을 의미하는가. 양쪽 사건은 어떤 관련이 있는 것인가.

하지만 수사관들이 대거 나서서 조사해봐도 그 두 사건에서는 관련성을 찾아낼 수 없었다. 이윽고 수사팀에서는 우연히 비슷한 숫자가 적힌 메모지가 현장에 남아 있었을 뿐 원래부터 아무 관련이 없었던 게 아니냐는 의견이 나오기에 이르렀다. 어쩌면 시나가와 사건에 대한 이야기를 관계자 중 누군가가 자기도 모르게 외부에 흘렸고, 그것을 주워들은 누군가가 센주신바시 사건에 써먹은 것이 아니냐고 말하는 형사도 있었다.

하지만 우연이라고 하기에는 두 사건 현장에 남겨진 숫자는 너무도 비슷했다. 또한 숫자에 대한 이야기가 외부에 새어나간 흔적도 없었다.

그런 참에 또 다른 충격이 수사진을 덮쳤다. 세 번째 살인 사건이 일어난 것이다. 10월 18일 밤의 일이었다.

피해자는 하타나카 가즈유키라는 53세의 고등학교 교사였다. 살해 현장은 수도고속 중앙환상선의 가사이 인터체인지 아래에 있는 도로였고, 그곳은 피해자가 매일 밤 달리던 조깅 코스였다. 온몸을 둔기로 얻어맞은 흔적이 있었지만 치명상은 후두부에 가해진 타격이었다. 교살이나 액살의 흔적은 없었다. 피해자는 면바지에 윈드브레이커를 입고 있었는데 그 호주머니에 한 장의 쪽지가 들어 있었다. 거기에도 다음과 같은 두 개의 숫자가 인쇄되어 있었다.

45.678738

157.788585

3

로비의 소파에 앉아 문고본을 읽는 남자가 눈에 들어왔다. 하지만 굳이 그런 표지를 확인할 필요는 없었다. 그는 닛타와 같은 경시청 수사 1과의 모토미야 형사였다. 두개골 형태가 드러날 만큼 바짝 말랐고 까만 머리칼을 올백으로 단정히 넘겼다. 게다가 가느다란 눈썹 위에 5센티 정도의 흉터가 있었다. 지금 당장 야쿠자로 위장하고 나서면 일이 간단했을 텐데, 아무리 봐도 호텔리어라고 하기는 어려운 용모였다.

닛타를 알아보고 모토미야가 입가로 씩 웃었다.

"오, 꽤 어울리는데. 어때, 기분은?"

"최악이에요." 닛타는 테이블을 사이에 두고 맞은편 자리에 앉았다. "솔직히 벌써부터 힘이 쭉 빠집니다. 가능하면 다른 사람이 대신해줬으면 좋겠어요."

모토미야는 문고본을 테이블에 내려놓았다. 서점 커버가 씌워져서 어떤 책인지는 알 수 없었다.

"우리 계 사람들 생긴 꼴을 떠올려봐. 호텔리어라고 할 얼굴들이야? 게다가 영어 회화라고는 한마디도 못하잖아. 그나마 자네는 생김새도 나쁘지 않고 해외 경험이 있어서 영어도 문제없잖아. 이미 결정된 거니까 새삼스럽게 투덜거리지 말라고."

"잠깐 하소연 좀 해본 거예요." 닛타는 문고본을 집어 들었다. 펼쳐 보니 『우주 소년 아톰』 만화책이었다.

모토미야가 옆의 가방에서 파일 하나를 꺼냈다. "이거, 읽어봐."

"뭔데요?" 닛타는 파일을 손에 들었다. 거기에는 다양한 인물 사진이 붙어 있었다. 스냅사진도 있고 누군가의 증명사진도 있었다. 사진 밑에는 이름과 함께 세 명의 피해자와의 관계가 적혀 있었다.

"세 사건과 관련된 인물들의 사진이야. 모두 합해 쉰일곱 장."

파일의 의미를 닛타는 금세 이해했다.

"사진 속 인물이 나타나면 철저히 마크하라는 건가요?"

"그렇지. 여기뿐만이 아니야. 비상구나 직원용 출입구에도 잠복 형사들이 지키고 있어. 모두들 이것과 똑같은 파일을 갖고 있고."

"준비는 완벽하군요."

닛타의 말에 모토미야는 입가를 일그러뜨리며 파일을 다시 가방에 챙겨 넣었다.

"우리가 아무리 감시를 해도 지금까지 수사에서 거명되지 않은 인물이 범인이라면 어떻게 해볼 수도 없어. 아마 범인은 당당히 찾아오겠지. 체크인 하고 객실에 들어가는 데 성공하면 우리로서는 손쓸 도리가 없잖아. 누가 수상한지 일일이 검문할 수도 없고. 기댈 데라고는 자네들뿐이라는 얘기야." 모토미야는 어깨를 으쓱하며 쓴웃음을 지었다. "하긴 내가 이런 얘기 할 것도 없이 벌써 계장님이 단단히 기합을 넣었지?"

선배 형사의 말에는 미안함과 답답함이 묘하게 뒤섞여 있었다. 자신들의 무력감을 통감하고 있는지도 모른다.

"중요한 임무라는 건 잘 알고 있어요." 닛타는 자리에서 일어섰다.

세키네가 건네준 평면도에 의하면 이 층에는 또 다른 두 곳에서 수사관이 잠복 중일 터였다. 한 곳은 화장실 옆이고, 또 한 곳은 프런트 바로 앞이다. 닛타는 각 잠복 장소를 확인했다. 두 사람 모두 한두 번은 만났던 형사들이어서 닛타에게 의미 있는 시선을 던져왔다.

체크인 하는 손님이 많아져서 프런트 데스크 앞에 긴 줄이 생겼다. 주말인 탓인지 커플이며 가족 동반 손님이 주로 눈에 띄었지만 역시 비즈니스맨 풍의 남자가 많았다. 국제공항을 왕복하는 리무진 버스 터미널이 바로 근처라서 외국인 손님도 심심찮게 눈에 들어왔다.

바로 옆에서 영어로 말하는 소리가 들렸다. 여전하네, 라는 뜻이었다. 금발에 키가 큰 남자가 서 있었다. 짐 가방을 끌고 있었다.

"여전하다고요?" 닛타가 영어로 물었다.

금발의 남자는 쓴웃음을 지으며 고개를 갸우뚱했다.

"항상 똑같은 항공편을 이용하는데, 이 시간에 도착해서 곧바로 체크인 할 수 있었던 적이 없어요. 특히 금요일은 언제나 이 모양이죠."

"그렇습니까?"

금발의 남자는 의아하다는 듯 닛타를 쳐다보았다. "당신은 그런 줄 몰랐어요?"

"죄송합니다. 아직 신입 사원이라서요. 오늘은 견학을 하는 중입니다."

"그랬군요. 좋은 호텔에 취직한 거, 축하해요. 내가 이용하는 호텔 중에서도 이곳은 베스트 파이브에 들거든요."

"고맙습니다."

"그럼 열심히 해봐요. 나도 열심히 줄을 설 테니까요." 그러면서 남자는 짐 가방을 끌고 사람들이 서 있는 줄 끝을 향해 걸음을 옮겼다.

외국인 손님의 뒷모습을 배웅하면서 닛타는 저절로 얼굴에 웃음이 번졌다. 베스트 파이브에 드는 호텔. 자신과는 관계없는 일이지만 아무튼 기분 나쁜 말은 아니었다.

그때였다.

"이봐." 옆에서 부르는 소리가 들려왔다. 닛타가 못 들은 척하고 있었더니 "어이, 이봐"라고 좀 더 큰 소리로 불러댔다. 돌아보니 오십 대의 뚱뚱한 남자가 불쾌하다는 듯이 이쪽을 노려보고 있었다.

"네, 무슨 일이십니까?" 별수 없이 응대에 나섰다.

"이것 좀 어떻게 해줄 수 없어?" 뚱뚱한 남자는 이중 턱으로 사람들이 줄지어 선 쪽을 가리켰다.

"어떻게 해줄 수 없냐니, 뭘요?"

"내가 지금 몹시 급하다고. 6시에 여기 일식 레스토랑에서 거래처 사람을 만나기로 약속했어. 그러니 그 전에 체크인을 해야 할 거 아냐."

닛타는 손목시계를 보았다. 6시 오 분 전이었다. 줄을 서서 순서를 기다리다가는 약속한 6시에 맞출 수 없을 것이다.

"식사하신 다음에 체크인 수속을 하시면 어떨까요?" 닛타는 은근슬쩍 말해보았다.

"먼저 체크인을 하지 않으면 식사 대금을 숙박비에 포함시킬 수가 없잖아. 나도 이래저래 사정이 있다고. 빨리 좀 처리해줘."

"그건 어쩔 수 없습니다. 다른 손님들도 지금 줄을 서 계시잖습니까."

"내가 이 호텔을 얼마나 자주 이용하는지 알아?" 남자의 목소리에 위압감이 담겼다. "이번에도 이그제큐티브룸을 예약했어."

"아뇨, 그런 건 관계없습니다. 댁만, 아니, 손님만 특별 대우를 해드릴 수는 없어요. 나이도 지긋하신 분이니 그 정도는 아실 텐데요?"

뚱뚱한 남자는 눈을 부릅뜨며 닛타를 올려다보았다.

"뭐야, 그 말투는. 지금 손님을 뭘로 보는 거야?"

"아무리 손님이라도 규칙을 무시해도 괜찮은 건 아니……."

손님, 이라는 소리와 함께 검은 그림자가 닛타 왼편에서 쓰윽 나타났다. 다음 순간, 닛타의 눈앞을 가로막은 야마기시 나오미의 등이 보였다.

"무슨 일이신지요?"

"무슨 일이고 뭐고, 저 사람 대체 뭐야?"

뚱뚱한 남자는 흥분한 말투로 자신의 요구 사항과 닛타에 대한 불만을 늘어놓았다. 앞뒤가 뒤죽박죽, 종잡을 수 없는 설명이었다.

"네, 그러셨군요. 바쁘신 때에 정말 죄송합니다." 놀랍게도 야마기시 나오미는 남자의 설명을 모두 이해했는지 우선 머리부터 숙였다. "그런 일이시라면 저희 쪽에서 체크인 준비를 하겠습니다. 손님께서 레스토랑에 먼저 가 계시면 준비가 끝나는 대로 담당자에게 객실 키와 숙박부를 갖다드리겠습니다. 그때 서명만 해주시면 됩니다."

"그럼 지금 바로 레스토랑에 가도 되겠나?" 남자가 부루퉁한 얼굴로 물었다.

"물론입니다. 그 전에, 대단히 송구스럽지만 성함을 여쭤도 되겠습니까?"

남자의 이름을 확인한 야마기시 나오미는 닛타 쪽을 돌아보았다.

"프런트 안으로 들어가세요. 나도 곧 뒤따라갈 테니까." 작은 소리로 속삭였다.

닛타는 고개를 끄덕이고 남자 손님을 한번 쓰윽 노려보았다. 남자가 놀라서 몸을 주춤 뒤로 젖히는 것을 보고서야 프런트를 향해 걸음을 옮겼다. 프런트 데스크 안쪽의 문을 열고 사무실로 들어갔다. 잠시 뒤에 험악한 표정의 야마기시 나오미가 들어왔다.

"닛타 씨, 그렇게 하시면 곤란해요." 목소리에 날이 서 있었다.

"뭐가요? 그 손님이 이상한 거잖아요."

야마기시 나오미는 천천히 눈을 깜빡이며 한 차례 고개를 가로저었다.

"그 손님은 전혀 이상하지 않아요. 서둘러 체크인을 하고 싶은데 그렇게 안 되니까 어떻게든 해결해달라고 요구하는 건 당연한 일이에요."

"그래도 다른 손님들은 얌전히 줄을 서서 기다렸잖아요. 불평하는 손님만 특별 대우를 해주는 건 문제가 있죠. 아무리 손님이라도 옳지 않은 건 옳지 않다고 말해줘야 하는 거 아닙니까?"

그러자 야마기시 나오미는 길쭉한 눈으로 닛타를 지그시 바라보았다.

"닛타 씨에게 좀 물어볼게요. 경찰관이 하는 일은 나쁜 사람을 단속하는 것이죠? 그렇다면 어떤 행위가 옳은지 나쁜지는 어떻게 결정해요?"

닛타는 그녀의 얼굴을 쳐다보았다.

"무슨 뜻으로 하는 질문인지 모르겠네. 옳은 것과 나쁜 것은 정상적으로 자란 사람이라면 상식적으로 다 알죠."

야마기시 나오미는 새침하게 턱을 치켜들고 차가운 미소를 지었다.

"그럼 다시 물어볼까요? 전에는 운전 중에 핸드폰을 사용해도 단속하지 않았는데 요즘에는 달라요. 뒷좌석 안전벨트도 그렇죠, 전에는 매지 않아도 괜찮았어요. 나쁘지 않았던 일이 어느새 나쁜 일로 바뀌었죠. 그거, 이상하지 않은가요?"

"그건 궤변이죠. 바뀐 것은 법률입니다. 규칙이 바뀐 거라고요. 그 규칙을 따르지 않는다, 다시 말해 규칙을 위반하는 것이 나쁜 일이라는 얘기예요."

"그러면 이렇게 말할 수 있겠네요. 경찰관은 규칙이 지켜지느냐 마느냐로 옳은지 나쁜지를 판단한다? 어때요, 맞아요?"

"뭐, 그렇겠죠." 닛타는 콧잔등 옆을 긁적였다.

"그렇다면 우리도 마찬가지예요. 우리 호텔리어도 규칙이 무엇보다 소중해요."

"그럼 왜 조금 전 그 손님은 규칙을 지키지 않은 거죠? 늦게 온 사람이 잘못한 거니까 자기 차례가 될 때까지 줄을 서는 게 규칙이잖아요."

하지만 야마기시 나오미는 고개를 가로저었다. "우리 호텔에 그런 규칙은 없어요."

"뭐요?"

"규칙은 손님이 정해요. 예전에 프로야구에서 자신이 '룰북'이라고 공언한 심판이 있었다는데, 그런 거예요. 손님이 곧 룰북이죠. 그러니까 손님이 룰을 위반하는 일은 있을 수도 없고, 우리는 손님의 룰에 따라야 해요. 반드시."

어이가 없어 순간적으로 말문이 막힌 닛타는 방금 깎고 온 머리만 벅벅 긁었다.

"손님은 왕이다, 절대로 뜻을 거스르면 안 된다? 하지만 손님들의 이기적인 요구까지 다 들어주면 한이 없어요. 너도나도 자기 편한 대로 해달라고 덤비면 수습할 수가 없겠죠."

"그걸 어떻게든 해결해드리는 게 우리 일이에요. 모든 손님들이 기품 있고 이성적이고 인내심 강한 분들이라면 호텔리어처럼 편한 일도 없겠죠."

닛타는 다시 말문이 막혔다. 깊은 한숨만 내쉬었다.

"참으로 훌륭한 마음가짐이기는 한데, 꼭 그렇게까지 해야 합니까?"

닛타가 고개를 갸웃거리며 물었다.

"그게 바로 호텔입니다."

갑자기 뒤쪽에서 말소리가 들려왔다. 돌아보니 삼십 대 후반으로 보이는 마른 남자가 서 있었다. 프런트 직원 유니폼을 입고 있었다.

"아, 실례. 안쪽에 있었는데 말소리가 들려서."

남자는 구가라고 자신의 이름을 밝혔다. 프런트 오피스 매니저라는 직함을 가진 모양이었다.

"이번 잠복 수사에 대해 저도 얘기 들었습니다. 저희로서는 가능한 한 협조해드릴 생각이니까 원하시는 것은 언제든지 말씀하세요."

예, 고맙습니다, 하고 닛타는 고개를 숙였다.

"닛타 씨, 호텔리어로 위장한다고 해도 딱히 어렵게 생각할 필요는 없어요." 구가는 웃는 얼굴로 말했다. "기본은 고객의 기분을 쾌적하게 해드린다는 거예요. 호텔리어가 옷차림이나 말투에 신경을 쓰는 것도 그 때문이죠. 자신이 한 말에 누군가 반론을 하면 대부분의 사람들은 불쾌하게 생각해요. 그래서 호텔리어는 고객에게 반론을 하지 않습니다. 하지만 무엇이든 손님이 시키는 대로 하는 건 아니에요."

"그러면요?"

"방금도 말했듯이 고객의 기분을 쾌적하게 해드리는 게 첫 번째예요. 거꾸로 말해 그것만 충족되면 반드시 손님이 시키는 대로 할 필요는 없다는 얘기죠."

"그게 뭐죠? 마치 선문답 같군요."

"야마기시와 함께 일하다 보면 곧 알게 될 겁니다. 그녀는 아주 우수한 호텔리어니까요."

구가의 말에 닛타는 새삼 야마기시 나오미를 쳐다보았다. 그녀는 냉랭한 표정으로 그의 시선을 맞받았지만 금세 그 길쭉한 눈을 숙였다.

가벼운 저녁 식사를 마치고 닛타는 야마기시 나오미의 재촉을 받으며 프런트 데스크에 들어섰다. 하지만 갑작스레 체크인 수속을 할 능력은 없는지라 오늘은 일단 뒤쪽에 서서 직원들이 일하는 모습을 보고 배우기로 했다. 물론 실제로 닛타의 시선은 찾아오는 손님 한 사람 한 사람을 쏘아보고 있었다. 태연한 얼굴로 호텔에 오는 손님들 중에 네 번째 살인자가 섞여 있는지도 모르는 것이다.

그나저나 정말 별별 손님들이 다 있다고 닛타는 느꼈다. 같은 비즈니스맨이라고 해도 저마다 분위기는 천차만별이었다. 명품 옷과 액세서리로 한껏 멋을 낸 사람이 있는가 하면 후줄근한 양복과 가방처럼 얼굴 표정까지 녹초가 된 사람도 있었다. 호텔리어를 건방진 말투로 대하는 사람이 있는가 하면 묘하게 쩔쩔매며 비굴하게 구는 사람도 있었다.

주말이라서 그런지 오늘은 비즈니스맨보다 여행객이 더 많은 것 같았다. 생김새가 똑같아서 누가 봐도 한가족으로 보이는 네 명 일행은 추운 지방에서 왔는지 끊임없이 "역시 도쿄는 따뜻하다, 따뜻해"라는 말을 되풀이하고 있었다. 아버지로 보이는 사람은 숙박부에 서명도 하기 전에 도쿄 디즈니랜드에 가는 방법을 야마기시 나오미에게 물었다. 물론 그녀는 숙박부의 서명은 제쳐두고 관광지도를 꺼내 자세히 설명해주고 있었다. 답답해하는 기미라고는 털끝만큼도 보이지 않았다.

한눈에 야쿠자라는 게 훤히 보이는 남자도 있었다. 주위를 위협하는 걸음걸이로 접수대에 다가오더니 껌을 질겅질겅 씹으며 퉁명스럽게 "사토"라고 한마디 던졌다. 가와모토라는 젊은 직원이 성씨뿐만 아니라 이름도 알려달라고 하자 그는 가느다란 눈썹을 찌푸리며 "아까 전화한 사람이야. 얼른 서류나 주쇼. 내가 적을 테니까"라고 말했다.

남자가 숙박부에 서명하는 동안에 가와모토는 작은 소리로 야마기시 나오미에게 디포짓, 즉 보증금을 요구해야 하느냐고 물었다. 야마기시 나오미는 필요 없다고 그 자리에서 짧게 답했다.

벨보이가 접수대로 다가왔다. 가와모토가 그에게 카드키를 건네려고 했지만 남자는 "됐어. 따라올 거 없어"라면서 카드키를 빼앗아 들고 프런트를 떠났다. 닛타가 남자를 눈으로 따라가 보니 화려한 옷차림의 여자가 옆에서 뛰어나와 남자의 팔에 안겼다. 둘이 나란히 엘리베이터 홀로 향했다.

손님의 발길이 뜸해졌을 때, 디포짓을 받지 않은 것에 대해 야마기시 나오미에게 슬쩍 물어보았다.

"이유는 간단해요. 틀림없이 거절할 것 같아서." 그녀는 시원스레 대답했다.

"고작 그런 이유 때문에?"

"그때 다른 손님들도 체크인 수속 중이셨어요. 공연히 말이 길어지면 그분들이 불쾌하시겠죠. 뒤에서 기다리는 손님들께도 폐를 끼칠 거고. 그때그때 상황에 맞게 대응하는 것도 호텔리어가 갖춰야 할 덕목이에요."

"물론 그 남자라면 디포짓은 못 내겠다고 했겠죠. 하지만 그렇다고 절차를 무시하는 건 좀 그렇잖아요? 아무리 손님이 룰북이라도 받아야 할 돈을 받지 않는 건 이상하죠. 손님이 떼를 쓰는 대로 다 들어주다가 혹시 숙박비를 못 내겠다고 하면 어쩔 겁니까?"

이 물음에 대한 그녀의 대답은 명쾌했다.

"요금을 내지 않는 분은 손님이 아니에요. 따라서 그분의 룰에 따를 필요도 없어요. 우리는 절차에 따라 대응합니다. 먼저 요금을 지불하시도록 설득하고 그게 여의치 않을 때는 경찰에 신고해요."

"그렇다면 디포짓도?"

"디포짓은 단순한 보증금이에요. 미리 받지 않아도 다른 형태로 지불이 보장되면 문제는 없어요."

"다른 형태라는 건 뭔데요?"

"경험에 의한 감이죠." 야마기시 나오미는 가슴을 당당하게 내밀었다. "닛타 씨도 형사로서 감이 작동하는 일이 있죠? 그거하고 똑같아요. 나는 아까 그 손님이 스키퍼는 아니라고 판단했어요."

"스키퍼?"

"숙박비를 내지 않고 사라지는 사람을 스키퍼라고 해요."

"아하, 그렇군. 그나저나 자신만만하시네요. 근거는요?"

"유난히 눈에 띄는 분이었거든요." 그녀는 딱 잘라 대답했다. "자신의 존재를 주위에 어필하고 있었어요. 그런 분은 스키퍼 짓은 못해요."

"그런가요?"

닛타가 고개를 갸웃거리자 야마기시 나오미는 접수대 아래 캐비닛에서 두께가 5센티쯤 되는 두툼한 파일을 꺼냈다.

"외부인에게 절대로 보여주면 안 되는 파일이지만 닛타 씨는 예외로 하죠. 이건 도쿄의 각 호텔에서 전송해준 스키퍼에 관한 파일이에요. 피해를 당한 호텔은 즉시 다른 호텔에 그 정보를 공개하거든요. 성별, 추정 연령, 얼굴이나 신체적 특징, 어떤 가명을 사용했는지, 주소를 어떻게 기입했는지, 어떤 것을 주문했는지 등등 최대한 상세하게 공시해요."

닛타는 파일을 펼쳐보고 헉 숨을 삼켰다. 그녀의 말대로 다양한 호텔에서 보내준 팩스였다. 호텔과 호텔 사이에 이토록 상세한 정보 교환이 이루어지는 줄은 닛타도 전혀 알지 못했다.

"이 파일을 보면 알겠지만 스키퍼의 수법은 대개 엇비슷해요. 예약은 주로 전날이나 당일에 하죠. 숙박 날짜를 연장하고, 식사비 외의 모든 요금을 숙박비에 포함시켜요. 그러다가 외출하는 척하면서 행방을 감추는 게 전형적인 패턴이죠. 대부분 중년 남자고 평범한 회사원을 가장하고 찾아옵니다. 어떤 케이스에서나 공통적인 것은 스키퍼는 결코 눈에 두드러지지 않는다는 점이에요. 뭐든 강한 인상을 남기면 더 이상 다른 호텔에 갈 수 없으니까요."

닛타는 보고서 몇 개를 재빨리 훑어보았다. 그녀가 말한 대로였다. 특징을 기록하는 칸에는 말수가 적다, 목소리가 작다, 고개를 자꾸 숙이는 경향이 있다, 수수한 옷차림이다 등의 묘사가 이어졌다.

"물론 예외도 있어요. 온몸을 명품으로 차려입은 미녀가 스키퍼였던 적도 있거든요. 하지만 그 여자도 호텔 측이 경계하지 않도록 했다는 공통점이 있죠. 근데 아까 그 손님은……."

"인상이 험악하고 뭔가 수상쩍었다?" 닛타는 야마기시 나오미에게 파일을 돌려주며 말했다. "그렇군요, 이해가 되네요. 그나저나 참 별별 손님이 다 오는군요."

"모든 손님이 신은 아니에요. 악마도 섞여 있죠. 그걸 간파해내는 것도 우리가 할 일이에요." 그렇게 말하고 그녀는 빙긋이 웃었다.

오후 10시가 되자 닛타는 사무동으로 이동했다. 총무과 회의실에는 벌써 관리관 오자키와 이나가키 등이 나와 있었다. 모토미야의 모습도 보였다. 닛타가 회의실 안에 들어서자 여기저기서 탄성이 터져나왔다.

"잘 어울리네." 오자키가 닛타의 유니폼 차림을 찬찬히 뜯어보며 말했다. "자세까지 확 달라졌는데? 하루 만에 아예 딴사람으로 둔갑을 했군."

"그 여자한테 단단히 교육 받은 모양이야." 이나가키가 빙글빙글 웃으며 말했다. "총지배인이 귀띔을 해주더라고. 그녀라면 형사를 봐도 겁내는 일은 없을 거라고."

맞는 말이어서 닛타는 그저 쓴웃음만 돌려주었다. 그때 "늦어서 죄송합니다"라면서 세키네가 들어왔다. 벨보이 옷을 입은 채였다. 이번에는 탄성이 아니라 폭소가 사무실 안을 가득 채웠다.

하지만 화기애애한 분위기는 거기까지였다. 자아, 시작해볼까, 라는 오자키의 말이 떨어지자마자 참석자 전원의 얼굴에서 웃음기가 싹 사라졌다. 이나가키가 고개를 끄덕이며 모두를 둘러보았다.

"호텔 측의 호의로 이 회의실을 대책 본부로 사용하게 되었다. 수사관 대기, 정보 교환 등에 요긴하게 사용할 것이다. 단 눈에 띄는 행동은 삼가주기 바란다. 만에 하나라도 경찰이 잠복 중이라는 것을 범인이 눈치채서는 안 된다. 이렇게 최소한의 필요 인원만 모여 회의를 하는 것도 그런 이유 때문이다. 지금까지 일어난 세 건의 살인 사건과 관련된 사항, 범인이 네 번째 살인을 계획하고 있다는 것, 그 장소가 판명되었다는 것, 그 모든 것에 대해서도 사건이 해결될 때까지는 일절 공개하지 않을 방침이다. 자네들도 행여 입 밖에 내지 않도록 조심해. 자, 그러면 우선 호텔 측에서 들어온 정보부터 듣겠다. 모토미야."

네, 하고 모토미야가 자리에서 일어섰다.

"일주일 이내에 이 호텔에서 치러질 행사에 대해 보고하겠습니다. 평일 저녁 시간에는 거의 매일 연회와 파티가 잡혀 있습니다. 대부분 기업이 주최하는 행사이고 참석자는 2백 명에서 3백 명 정도입니다. 낮 시간대에는 앞으로 일주일 동안 별다른 행사가 없습니다. 다만 토요일과 일요일에 결혼식 및 피로연 일정이 빽빽이 차 있습니다. 이를테면 토요일인 내일만 해도 여덟 쌍의 결혼식이 있을 예정입니다. 자세한 내용을 보고서로 작성했으니까 읽어보시기 바랍니다."

A4 크기의 서류가 닛타에게도 전해졌다. 앞으로 치러질 파티, 결혼식, 피로연이 줄줄이 적혀 있었다. 파티를 주최하는 기업에 관한 정보뿐만 아니라 결혼식을 올리는 신랑 신부와 하객 이름까지 참고 자료로 첨부되었다.

"호텔 측에서 결혼식 명부까지 군소리 없이 내주었군." 오자키가 말했다.

"떨떠름한 표정이기는 했는데 경비 강화를 위해 꼭 필요하다고 설득했어요. 외부 유출은 절대 금지입니다."

"그야 당연하지. 자네들도 특히 주의하도록 해. 그건 그렇고 지금까지의 수법으로 봐서는 범인이 파티나 피로연 같은 행사장에서 살인을 저지를 가능성은 낮다고 생각되는데, 어떤가?" 오자키는 누구에게랄 것도 없이 질문을 던졌다.

"지금까지의 사건에서는 사람들 눈에 잘 띄지 않는 장소에서 피해자가 혼자 있는 틈을 노렸으니까요." 이나가키가 응했다. "하지만 행사 때에 범행을 저지를 가능성도 높다고 생각합니다. 낯선 사람이 북적거리는 상황은 범인에게는 절호의 찬스니까요."

"음, 그 말도 맞아. 역시 범인은 호텔 손님으로 위장해서 찾아오겠지?"

"그럴 가능성도 높지만 저는 아마 반반일 거라고 생각합니다."

"그건 무슨 말이지?"

"손님인 척하고 찾아올 경우, 반드시 호텔 직원과 마주치게 됩니다. 그리고 호텔 안에서는 드나들 수 있는 범위도 한정적이에요.

사람들 눈에 띄지 않는 곳에서 살인을 하려면 오히려 호텔 관계자로 위장하는 게 더 유리하다고 생각할 가능성이 있습니다."

오자키는 짧게 깎은 백발을 뒤로 쓰다듬어 넘겼다.

"그런 경우라면 범인은 호텔 관계자용 출입구를 사용하겠군. 그쪽의 경비 상황은 어떻지?"

"호텔 직원이나 관련 업자들이 이용하는 출입구는 크고 작은 것을 합쳐 다섯 군데입니다. 그 다섯 곳 모두에 경비원 차림의 형사들을 붙일 예정입니다. 호텔 직원이 사복 차림으로 출입할 때는 신분증을 제시하도록 했습니다. 하청업자에 대해서는 가능한 한 평소 출입하던 사람을 보내고 그게 불가능할 때는 반드시 사전에 알려달라고 요청했습니다."

"그 사진 리스트는?"

"물론 잠복 중인 수사관 전원에게 나눠줬습니다."

사진 리스트라는 건 모토미야가 갖고 있던 그 파일 얘기일 터였다.

오자키는 책상에 양 팔꿈치를 짚고 턱 앞에서 손가락을 꼈다.

"호텔 관계자용 출입구에 대해서는 그 정도면 됐어. 그다음은 정면 현관인가. 1층 로비에는 항상 세 명의 수사관이 잠복 감시하기로 했지? 호텔에 드나드는 사람을 체크하는 건 그걸로 빈틈이 없을 테고……."

"리스트에 있는 인물이 나타날 경우에는 틀림없이 알아볼 수 있습니다." 오자키의 말에 이나가키가 덧붙여 설명했다.

그 뒤 한참 동안 묘한 침묵이 이어졌다. 그 침묵의 의미를 짐작하면서 닛타는 모토미야와 나눴던 대화를 떠올렸다. 오자키 관리관과 이나가키 계장은 범인이 리스트에 없을 경우를 고민하고 있는 것이다. 지금까지의 수사망에 전혀 걸리지 않은 사람이 범인이라면 아무리 많은 형사가 잠복하고 있어도 모조리 쓸데없는 짓이 된다.

"문제는 우리가 모르는 범인이 호텔에 침입했을 경우야." 오자키가 입을 열었다. "감시 카메라는 어떻게 됐지?"

"1층에는 현재 세 개의 감시 카메라가 있어서 전체를 조감할 수 있습니다. 연회 층, 혼례 층, 레스토랑 층, 객실 층은 엘리베이터 홀과 복도에 카메라가 있어요. 사각지대가 몇 군데 발견되어서 카메라를 추가 설치할 예정입니다. 모니터가 있는 경비실에는 수사관을 배치하겠습니다." 이나가키가 즉시 대답했다.

"그 감시 카메라는 사람들 눈에 띄나?"

"아뇨, 얼핏 보고는 카메라인 줄 모를 겁니다. 상당히 교묘하게 위장되어 있거든요. 호텔 측에서 카메라를 설치했다는 게 알려지면 아무래도 이미지가 나빠지기 때문일 겁니다."

"그렇겠지. 하지만 눈에 띄지 않는다고 범인이 카메라의 존재를 모를 거라고 생각하기는 어려워. 어차피 사전 탐색을 했을 테니까. 아무튼 그런 감시를 뚫고 범인은 어떻게 살인을 저지를 계획일까? 우선 범행 장소로 어디를 선정할까?" 모두의 의견을 청하듯이 오자키는 실내를 둘러보았다.

베테랑 형사가 조심스럽게 손을 들었다. "화장실 쪽이 유력하지 않을까요?"

예상외의 대답이었는지 오자키가 등을 꼿꼿이 세웠다. "흠, 화장실이라."

"화장실에는 감시 카메라가 없거든요. 범인이 무작위로 아무나 살해하려고 한다면 거기가 범행을 저지르기에 가장 좋은 환경이죠. 볼일을 보고 있을 때, 인간이란 무방비 상태니까요."

"하지만 화장실에 사람이 뒤따라 들어올 가능성을 염려하지 않을까?"

"그 점은 나름대로 대비하겠지요. 화장실에 들어간 사람이 한 명이고 게다가 화장실 칸에 들어갔을 때를 노리는 겁니다. 입구에 '청소 중'이라는 팻말을 세워두면 아무도 들어오지 않아요. 그다음은 사냥감이 나오기만을 기다리면 됩니다."

선배 형사의 의견에 닛타는 내심 감탄했다. 이 형사는 나이가 지긋하지만 발로 뛰는 수사를 시작하기 전에 충분히 숙고하는 타입이었다.

"일리 있는 의견이야." 오자키가 말했다. "공용 화장실은 몇 군데나 되지?"

"1층에 두 군데가 있습니다." 이나가키가 대답했다. "지하에도 있고, 연회 층과 혼례 층, 레스토랑 층에도 있을 테니까 모두 합하면 상당한 수가 될 수 있습니다."

"순찰 정도로는 안 되겠군. 그곳에도 잠복을 붙이도록 하지. 인원은 내가 확보할 테니까. 그 밖에 범행 장소가 될 만한 곳은 없을까? 연회장 같은 곳은 어떨까. 낮 시간에는 거의 쓰지 않는 곳이야. 즉 보는 눈이 없다는 얘기지. 그런 곳에 데리고 들어가 살해한다는 쪽으로 생각해볼 수 있지 않을까?"

"연회장은 낮 시간대에는 사람이 없지만 복도에는 쉴 새 없이 사람들이 지나다닙니다. 감시 카메라도 있어요. 그럴 가능성은 낮다고 생각합니다."

이나가키의 의견에 닛타도 동감이었다. 이번 사건의 범인이 그런 엉성한 계획을 세우리라고는 생각되지 않았다.

"자, 그럼 그 밖에는 어디가 될까?"

이나가키가 잠시 망설이는 표정을 짓더니 입을 열었다.

"범인으로서는 범행 현장을 사람들에게 들키고 싶지 않을 테니까 결국 감시 카메라가 없는 장소를 선택할 수밖에 없습니다. 그런 장소는 공용 화장실과 마찬가지로 프라이버시가 유지되는 공간, 바로 객실이에요."

"물론 객실 안에는 감시 카메라가 없지. 하지만 복도에는 있잖아. 사건 발각 후에 카메라 영상을 조사해보면 어떤 사람이 드나들었는지 다 알 수 있어."

"물론 모자 같은 걸로 얼굴을 가릴 겁니다." 이나가키가 대답했다.

오자키는 신음소리를 내며 팔짱을 꼈다. "범인이 투숙객을 노린다는 건가. 역시 일이 그렇게 되겠지?"

아무래도 오자키는 처음부터 그쪽일 가능성이 가장 높다고 생각한 모양이었다.

"지금까지의 범행 수법으로 보면 범인은 상당히 대담한 놈이에요. 목격자가 여러 명 나올 만한 위험한 곳에서 범행을 해치웠어요. 이번에도 범인은 그런 자신의 강한 운에 모험을 걸어볼 것 같은 느낌이 듭니다." 이나가키가 험한 표정을 지으며 말했다.

"그렇다면" 오자키의 날카로운 눈빛이 닛타와 세키네에게로 날아왔다. "우리도 자네들에게 모험을 걸어보는 수밖에 없어."

4

한 차례 심호흡을 한 뒤에 문을 노크했다. 총지배인실에 들어설 때의 버릇이다.

들어와요, 라는 목소리에 나오미는 문을 열었다. 바로 정면에 책상이 있고 거기에 후지키가 앉아 있었다. 그 옆에는 다쿠라가 서 있었다.

"부르셨습니까?"

"응, 어서 들어오게." 후지키가 말했다.

"실례합니다." 나오미는 조용히 머리 숙여 인사하고 안으로 들어갔다.

"늦은 시간까지 수고가 많군. 피곤하지?" 후지키가 돋보기를 벗으며 말했다.

"괜찮습니다. 두 분이 더 피곤하실 텐데요." 상사들의 얼굴을 번

같아 바라보았다.

"나나 다쿠라는 괜찮아. 딱히 뭘 하는 것도 아니니까. 하지만 자네는 아침부터 계속 서서 근무하고 있잖아. 혹시 건강을 해치지나 않을지 걱정이야."

"걱정해주셔서 고맙습니다. 하지만 정말 괜찮아요." 나오미는 미소를 지어 보였다.

시각은 이미 자정을 넘어서고 있었다. 코르테시아도쿄 호텔은 낮, 저녁, 밤 3교대제여서 오후 5시와 10시에 업무 인수인계가 이루어졌다. 나오미는 오늘 낮 근무였기 때문에 원래는 오후 5시 퇴근이었다. 하지만 수사 협조라는 이례적인 사태 때문에 저녁 근무팀이 밤 근무팀에게 인수인계하는 오후 10시가 지나서까지 호텔에 묶여 있어야 했다. 두말할 것도 없이 닛타가 계속 남아 있기 때문이다.

"닛타 형사는 지금 뭐하고 있지?" 다쿠라가 물어왔다.

"조금 전에 사무동에서 돌아와 호텔 안을 둘러보는 중이에요. 프런트 업무는 일단락되어서요."

"그러면 우리끼리 좀 느긋하게 이야기해도 괜찮겠군." 후지키가 자리에서 일어나 옆의 소파로 향했다.

그가 일인용 소파에 앉는지라 나오미도 그와 마주하듯이 자리를 잡았다. 다쿠라도 그녀 옆으로 왔다.

"무리한 일을 부탁해서 미안해." 후지키가 부드러운 눈길을 던져왔다.

나오미는 쓴웃음으로 응했다.

"시련이라고 생각하고 어떻게든 뛰어넘어야죠."

"시련이라. 맞는 말이야. 자네만의 시련일 뿐만 아니라 우리 호텔 전체가 시련에 처해 있는지도 모르겠어." 후지키는 고개를 끄덕였다. 눈에는 진지한 빛이 되살아나 있었다. "그래서 말인데, 어때, 오늘 하루 함께 일해본 느낌을 솔직히 얘기해줬으면 좋겠는데."

"닛타 씨 말인가요?"

"물론 그렇지. 솔직하게 대답해봐."

나오미는 일단 시선을 떨어뜨린 뒤에 다시 고개를 들어 후지키의 얼굴을 바라보았다.

"그분을 호텔리어로 만들어내는 건 몹시 어려운 일이라고 생각해요. 손님에 대한 서비스를 그분에게 맡기는 건 위험합니다."

후지키는 다쿠라와 마주 보더니 다시 나오미 쪽을 향했다.

"그건 닛타 형사라서 그런가? 아니면 형사들에게는 애초에 무리한 일이라는 건가?"

나오미는 고개를 갸우뚱했다.

"그건 잘 모르겠어요. 어쩌면 형사들 중에도 적임자가 있을 수 있겠지요. 다만 닛타 씨와 함께 움직이면서, 이 사람들과 우리는 가치관이나 인간관이 전혀 다르다는 생각이 들었어요."

"그건 어떤 점에서?"

"모든 점에서 그렇습니다. 저는 호텔 업계에 처음 들어왔을 때, 항상 감사의 마음을 잊어서는 안 된다고 배웠어요. 고객에 대한 감사의 마음이 있으면 정확한 응대나 대화, 예의, 웃음 등은 따로 훈련받지 않더라도 몸에서 배어나오기 때문이죠."

"음, 맞는 말이야."

"근데 그분은…… 아뇨, 아마 형사라는 분들은 일단 남을 의심하고 보는 것 같아요. 이 사람이 무슨 나쁜 짓을 하려는 게 아닌가, 무슨 딴 속셈이 있는 건 아닌가 하는 식으로 항상 눈을 번득이고 있어요. 하긴 당연한 일이죠. 그게 직업이니까요. 하지만 모든 사람을 그런 눈으로 바라보는 분께 고객에 대한 감사의 마음을 잊어서는 안 된다고 말해봤자 소용없는 일이겠지요."

"그도 그렇군. 맞는 말이야." 후지키는 다쿠라와 마주 보며 고개를 끄덕였다.

"실은 벨 캡틴 스기시타에게도 어떠냐고 물어봤어." 다쿠라가 나오미에게 말했다. "벨보이 역할을 맡은 형사, 세키네 씨라고 했나, 아무튼 그 사람은 어떠냐고 물어봤지. 스기시타의 말로는, 부지런하고 싹싹해서 나쁘지 않은데 눈초리가 영 좋지 않다는 거야. 특히 고객의 얼굴이나 옷차림을 흘끔흘끔 쳐다보는 버릇이 있다더군. 일종의 직업병이겠지."

"닛타 씨도 마찬가지예요. 체크인 하는 고객을 필요 이상으로 흘끔흘끔 관찰합니다. 그 눈빛이 너무 날카로워서 도저히 호텔리어로는 보이지 않아요. 손님이 혹시 눈치를 채실까봐 내내 가슴이 두근거렸어요."

후지키는 얼굴빛이 흐려지면서 팔짱을 끼었다.

"경찰 쪽 설명으로는 수사관 중에서 그나마 기품 있는 인재를 선정했다고 하던데, 흠."

"그건 맞는 얘기일 겁니다." 다쿠라가 말했다. "아까 오후부터 수사관 몇 명이 로비와 라운지에서 잠복근무를 시작했는데, 정말 하나같이 무섭고 강한 인상이어서 닛타 씨와 세키네 씨는 그나마 나은 편이더군요."

"그렇게 심해?"

"심하다고 할까, 아무튼 분위기가 독특해요. 너무 눈에 띄면 손님들이 무서워할 가능성이 있습니다."

"그건 안 되지. 내가 이나가키 계장에게 직접 전화해서 신경 좀 써달라고 부탁해야겠어. 그건 그렇고, 지금 야마기시가 하는 말을 들어보니 아까 그 건은 역시 거절하는 게 좋을 것 같아." 후지키는 생각에 잠긴 얼굴로 다쿠라를 바라보았다.

"네, 저도 같은 생각입니다. 이런 말씀 드리기는 좀 그렇지만, 닛타 형사를 가르치는 것만으로도 야마기시는 이미 벅찬 상황이에요. 여기서 또 도와줘야 할 사람이 늘어나면 프런트 오피스는 큰 혼란에 빠집니다."

"저어, 무슨 말씀이신가요?" 나오미는 두 사람의 얼굴을 번갈아 바라보며 물었다.

다쿠라가 입술을 축였다.

"실은 경찰에서 잠입 수사관 수를 좀 더 늘렸으면 좋겠다고 해왔어. 사무동에서 가진 수사 회의에서 그런 안이 나온 모양이야."

나오미의 눈이 둥그레졌다.

"프런트에 형사를 더 보내겠다고요? 그건 말도 안 돼요. 그 형사…… 닛타 씨만으로도 힘이 드는데."

후지키는 미간에 주름이 깊게 파인 채 고개를 끄덕였다.

"알았네. 이 건은 거절하도록 하지. 하지만 수사관을 전혀 늘리지 않을 수는 없을 거야. 이것 참, 어떻게 해야 좋을까."

"역시 타협할 수 있는 부문은 하우스키퍼 쪽이겠지요." 다쿠라가 말했다. "손님과 직접 마주할 기회가 적고, 실제 업무는 원래의 하우스키퍼에게 맡기면 문제가 없습니다. 하우스키퍼라면 몇 명을 늘리든 괜찮다고 경찰에 제안해보시면 어떻겠습니까?"

"그렇군. 하지만 그쪽으로서는 불만일 거야. 손님과 직접 접촉할 일이 없다면 별 의미가 없으니까."

"그럴 경우에는 벨보이 역할을 한두 명 증원하는 것으로 하면 어떨까요. 아무튼 프런트 직원 역할만은 피해달라고 하지요."

"알았네. 그 정도 선에서 이야기를 추진해보지." 후지키는 자신의 마음을 확인하듯이 머리를 위아래로 두어 번 흔든 뒤, 표정을 약간 누그러뜨리면서 나오미를 바라보았다. "피곤할 텐데 호출해서 미안해. 오늘 밤은 그만 퇴근하도록 해요. 다른 직원도 있고, 아침까지는 닛타 형사를 혼자 둬도 별문제 없어. 자네는 내일 9시까지만 출근하면 돼."

고맙습니다, 라고 나오미는 머리를 숙였다. 오전 9시는 밤 근무팀에서 낮 근무팀으로 인수인계가 이루어지는 시각이다.

그녀는 자리에서 일어나 문으로 향했다. 하지만 중간에 발을 멈추고 상사들을 돌아보았다. "한 가지 질문을 해도 될까요?"

후지키는 당황한 듯 눈을 깜박이며 "뭔가?" 하고 물었다.

나오미는 가만히 숨을 들이쉰 다음에 입을 열었다.

"두 분은 알고 계시지요? 왜 경찰이 이다음에 우리 호텔에서 살인이 일어난다고 판단했는지, 그리고 그 근거가 상당히 신빙성이 있다고 믿고 계시는 거지요?"

다쿠라가 낭패한 기색을 보이며 뭔가 말을 하려고 했다. 하지만 후지키가 손으로 제지하며 "왜 그렇게 생각하지?"라고 되물었다.

나오미는 가만히 고개를 저으며 말했다.

"아무래도 뭔가 이상해서요. 총지배인님과 다쿠라 부장님은 손님에 대한 서비스를 무엇보다 소중하게 생각하시는 분들입니다. 형사에게 우리 호텔의 유니폼을 입히는 것뿐만 아니라 실제로 접객까지 맡게 하는 건 아무리 생각해봐도 너무 무모한 일이에요. 그런 무모한 일을 받아들이신 걸 보면 역시 그만한 이유가 있으셨겠지요. 그저 이 호텔에서 살인이 일어날 우려가 있다는 정도의 막연한 설명만 듣고 두 분이 그런 일을 받아들이셨을 리 없습니다."

후지키는 한숨을 내쉬며 다쿠라를 흘끗 쳐다보았다. 다쿠라는 얼굴을 찌푸리며 뒤통수를 쓸어내리고 있었다. 그 모습을 보고 나오미는 확신했다.

"역시 알고 계시는군요?"

후지키가 턱을 쓱 당겼다.

"음, 자네 말이 맞아. 이 호텔에서 살인 사건이 일어날 거라고 예상하는 이유에 대해 우리는 경찰의 설명을 들었어."

"그리고 그걸 제게 말해줄 수 없는 속사정이 있군요?"

그러자 후지키는 눈을 감고 잠시 묵고하는 표정을 보인 뒤에 고개를 끄덕이며 눈을 떴다.

"맞아, 그걸 자네에게 말해줄 수는 없어. 그건 자네를 위한 일이기도 해."

"저를 위한 일요? 그건 무슨 말씀이신지."

"자세한 얘기는 할 수 없지만, 이번 연쇄살인범은 현장에 기묘한 메시지를 남겼다는 거야. 처음에는 경찰에서도 무슨 뜻인지 알지 못했는데 결국 해독해냈어. 그 결과, 다음 범행 현장이 우리 호텔이라는 게 판명된 거야. 이건 기밀 사항이라서 언론에도 발표되지 않았어. 만일 이 일이 외부로 새어나가 범인이 눈치를 채면 어떻게 되는가. 아마도 범인은 이 호텔에서 계획한 범행을 중지하겠지. 그렇게 되면 경찰은 범인을 체포할 길이 없게 돼. 현재 경찰이 갖고 있는 단서는 그 메시지뿐이니까 말이야."

"그럼 범인을 유인하기 위해 그 메시지를 해독해냈다는 사실을 비밀로 하는 건가요?"

"그렇지. 하지만 여기서 생각해야 하는 것은, 아니, 사실을 말하자면 그런 건 생각하고 싶지도 않지만, 그래도 만에 하나 실제로 살인 사건이 발생해버렸을 경우야. 우리 호텔은 피해자 유족은 물론이고 모든 사람들로부터 큰 비난을 받겠지. 우리 호텔을 노린다는 것을 다 알면서 왜 그것을 공개적으로 밝히지 않았느냐고 말이야. 솔직히 말하면 처음 경찰에서 이 문제를 상의해왔을 때, 모두 발표해버릴까 하는 생각도 했었어. 물론 그렇게 되면 당분간 고객의 발길이 끊길 거라는 점도 각오했지. 하지만 방금도 말했듯이 우리가 그걸 발표해버리면 경찰이 범인을 체포할 기회를 잃게 돼. 나아가 범인은 또 다른 곳에서 살인을 저지를 수도 있어. 우리 호텔 손님이 무사하다고 그걸로 끝날 일이 아니더란 말이야. 그래서 나도 고민이 많았네."

후지키의 말이 나오미의 가슴에 무겁게 가라앉았다. 그가 자신의 이익만을 우선하는 사람이 아니라 항상 사회적 책임을 의식하는 인물이라는 건 잘 알고 있었다.

"고민을 거듭한 결과, 수사에 협조하는 길을 택하신 거군요."

"그렇지. 손님의 안전은 반드시 지켜주겠다는 경찰의 말을 믿어보기로 했어. 하지만 우리로서는 최악의 사태도 고려할 필요가 있어. 만일 살인 사건이 터져버린다면 어떻게 할 것인가. 아마 세상 사람들이나 여론은 우리가 어디서 어디까지 파악하고 있었는지 추궁할 거야. 그럴 경우 자세한 내용을 알고 있었던 건 극히 일부 관계자뿐이라는 게 밝혀지면 호텔이 입을 피해를 최소한으로 줄일 수 있어. 그리고 그 일부 관계자들만 책임을 지면 되는 거야."

나오미는 흠칫해서 후지키를 빤히 바라보다가 이내 다쿠라에게 시선을 옮겼다. 두 사람 모두 온화한 표정이었지만 눈에는 굳은 결의의 빛이 서려 있었다.

“직원들에게 이런 위험한 얘기는 알리지 않는 게 좋겠다고 생각하셨군요. 저를 위해서라고 말씀하신 건 그런 의미겠지요?”

“음, 부디 이해해주면 고맙겠네.” 후지키는 조용한 어조로 말했다.

“잘 알겠습니다. 더 이상 이 일에 관한 질문은 하지 않겠습니다. 총지배인님의 깊은 뜻을 미처 헤아리지 못해 죄송합니다.” 나오미는 고개를 숙였다.

“아니, 사과할 일은 아니지. 자, 내일도 힘들 텐데 오늘은 돌아가서 푹 쉬도록 해요.”

“그렇게 하겠습니다. 그럼 저는 이만.” 나오미는 문을 열었다.

총지배인실을 뒤로하고 쥐죽은 듯 고요한 복도를 걸으면서 나오미는 먼 옛날 일을 떠올렸다. 대학 입시를 위해 도쿄에 올라와 이 호텔에 머물렀을 때다.

그때까지 고급 호텔을 이용해본 일이라고는 한 번도 없었다. 기왕이면 즐거운 추억을 만들어보려고 이 호텔로 정했던 것이다. 이곳을 처음 찾았을 때 눈부시게 화려한 분위기에 압도되었다. 이 호텔은 최상류층들이 모이는 곳이고 자신 같은 여학생이 찾아올 곳은 아니라고 직감적으로 깨달았다.

무엇보다 그녀의 마음을 사로잡은 것은 호텔 직원들의 경쾌한 모습이었다. 무슨 일이 있어도 결코 당황하지 않고 능숙하게 문제를 처리해나가는 모습은 프로페셔널이 무엇인지 몸소 보여주는 것 같았다. 특히 인상적이었던 것은 외국인 손님을 대하는 프런트 직원의 모습이었다. 어떤 트러블이 있었던 모양인데, 그는 결코 당황하는 일 없이 유창한 영어로 끈기 있게 설명을 계속하고 있었다. 뭔가 못마땅한 기색이던 외국인 손님은 어느새 웃음을 보였고, 마지막에는 감사의 말을 건네며 그 자리를 떠났다. 하지만 그 프런트 직원은 딱히 안도하는 표정을 짓는 일도 없이 담담하게 다음 손님을 맞이했다. 자신감이 뒷받침된 평정이라고 느꼈다.

그때 나오미는 이 호텔에서 이틀 밤을 묵었다. 이틀 연달아 시험이 있었기 때문이다. 시험 첫날, 그녀는 시험장에 도착한 뒤에야 작은 물건 하나를 깜빡 잊고 온 것을 알았다. 어머니가 건네준 합격 기원 부적을 호텔 방 탁자에 놓아둔 채 오고 만 것이다. 뭐, 괜찮아, 라고 그녀는 생각했다. 딱히 간절한 정성이 담긴 물건도 아니고 애초에 신에게 매달릴 마음도 없었다.

그런데 시험이 시작되기 직전에 시험장 담당자가 다가와 나오미에게 봉투 하나를 내밀었다. 호텔 직원이 가져다준 것이라고 했다. 안에는 부적과 메모지가 들어 있었다. 메모지에는 '소중한 물건인 것 같아 전해드립니다. 시험 잘 치르시기를 빕니다'라고 적혀 있었다.

큰 감동과 함께 의아한 마음도 들었다. 어느 대학에서 시험을 치르는지, 호텔 사람에게 말한 기억이 없었기 때문이다. 혹시 대학에 문의했더라도 가르쳐주지 않았을 터였다.

시험이 끝나고 호텔로 돌아왔다. 그러자 프런트 직원이 웃음을 지으며 "어서 오십시오. 잊으신 물건은 무사히 받아보셨습니까?"라고 물었다.

그녀는 당황하면서 네, 라고 대답했다. 다행이라고 프런트 직원은 하얀 이를 내보이며 웃었다.

방은 깨끗이 청소되어 있었다. 침대 시트는 주름 하나 없이 팽팽하고 욕실에는 물방울 하나 남아 있지 않았다. 수건도 새것으로 교체되어 있었다. 반면 나오미가 두고 간 옷이며 책 등에는 최대한 손을 대지 않기 위해 노력했다는 것을 알 수 있었다.

집에서 전화가 걸려온 것은 그 직후였다. 엄마의 전화였다. 시험을 잘 치렀냐는 말보다 부적이 잘 도착했냐고 먼저 물었다.

"엄마, 그걸 어떻게 알았어?" 나오미가 물었다.

"호텔에서 집으로 전화가 걸려왔으니까 알았지. 깜빡 잊고 부적을 놓고 간 것 같은데 어디서 시험을 치르는지 알려주실 수 있느냐고 하더라. 일부러 가져다줄 것까지는 없다고 내가 말을 했지. 어차피 우리 애는 부적 같은 건 믿지도 않고 내가 그냥 억지로 쥐여준 것이라고 했어. 그런데도 그 호텔 직원이 말하길, 부적을 잊고 간 것 때문에 혹시라도 따님이 불길하다고 느낀다면 너무 딱하다는 거야. 그 말을 듣고 보니 그런 것도 같아서 시험 장소와 수험번호를 알려줬어. 얘, 호텔에 돌아와서 인사는 했니?"

아차, 하고 수화기를 든 채 가만히 부르짖었다. "깜빡했네."

엄마의 한숨 소리가 들렸다.

"그러니 네가 아직 어린애라는 소리를 듣는 거야. 지금이라도 가서 꼭 고맙다고 인사해. 얘, 그나저나 시험은 잘 치렀어?"

시험은 괜찮게 본 것 같다고 엄마를 안심시킨 뒤, 나오미는 방을 나섰다. 감사 인사를 하기 위해서였지만 엘리베이터로 1층에 내려서자마자 우두커니 서버렸다. 누구에게 인사를 해야 할지 알 수 없었다.

부적을 발견한 사람은 방을 청소한 직원일 것이다. 하지만 집에 전화한 사람은 아마 다른 직원일 터였다. 그리고 또 다른 직원이 대학 시험장에까지 그걸 들고 왔을 것이다. 멍하니 서 있는데 검은 유니폼을 입은 남자가 웃는 얼굴로 다가왔다. "무슨 일이십니까?"

그녀는 머뭇머뭇 사정을 설명했다. 그러자 그 남자는 잘 알겠다는 듯 고개를 크게 끄덕였다.

"손님이 야마기시 씨였군요. 부적이 시험 시작 전에 무사히 도착했다니 정말 다행입니다."

"그래서 감사 인사를 하고 싶은데, 어느 분께 말씀드려야 할지 모르겠어서……."

하지만 남자는 미소를 지은 채 고개를 저었다.

"그런 마음만으로도 충분해요. 저희는 직원 모두가 손님들께 최상의 서비스를 제공하고자 노력합니다. 이른바 팀플레이지요. 손님께서 흡족해하신 건 누구 한 사람의 공적이 아니에요. 거꾸로 불손한 직원이 있어서 손님께 폐를 끼쳤을 경우에도 그 한 사람만이 아닌 호텔 전체의 책임이라고 생각하지요."

어린 십 대 여학생에게 그야말로 공손한 말투로 설명해주었다. 그 말에는 자신의 일과 직장에 대한 자부심과 자신감, 나아가 책임감까지 담겨 있었다. 온화한 말투였지만 나오미는 그 말에 압도되었다.

"……그렇습니까." 나오미는 가느다란 목소리로 겨우 그렇게 대답했을 뿐이다.

"이번 일로 손님께서 흡족하셨다면 다음에 도쿄에 오실 때에도 꼭 저희 호텔을 이용해주세요." 남자는 단정한 자세로 말하고 머리를 숙였다. 그리고 이렇게 덧붙였다. "물론 그것이 대학 입학을 위해 올라오시는 것이라면 저희로서도 더할 수 없는 기쁨입니다."

나오미는 아무 말도 할 수가 없었다. 그 남자의 화술은 마법 같았다. 대화하는 것만으로도 마음속에 행복이 가득 찼다. 이런 게 바로 그들의 일인 것이다. 이 얼마나 멋진 직업인가, 하고 생각했다.

그의 마지막 예언은 결과적으로 보기 좋게 실현되었다. 무사히 대학에 합격한 나오미는 입학 전에 다시 이 호텔에서 묵었다. 그때 그 사람을 찾아보려고 호텔 안을 돌아다녔지만 결국 찾아낼 수 없었다. 그를 다시 만난 것은 그녀가 대학을 졸업하고 이 호텔에 취직한 다음이었다.

그 사람, 후지키 씨는 총지배인으로 승진해 있었다. 나오미가 처음 만났을 때는 부총지배인으로 일하고 있었다는 건 나중에야 알았다.

시간이 참 빠르기도 하다는 생각이 절로 들었다. 그 사람 밑에서 일한 지도 벌써 10년이 되어간다. 지금까지도 숱한 일이 있었지만 이번처럼 큰 위기는 처음이다. 하지만 그의 자세는 조금도 흔들리지 않았다. 호텔 서비스는 팀플레이이기 때문에 혹시 무슨 일이 생기면 호텔 전체가 책임을 진다. 즉 총책임자인 자신이 먼저 책임질 각오가 되어 있다는 것이다. 어려운 문제는 아랫사람에게 떠넘기고 트러블이 생기면 자신은 전혀 몰랐다면서 도망치는 정치가나 경영자와는 완전히 반대되는 사고방식이다.

후지키 총지배인만은 어떻게든 지켜내야 한다, 라고 나오미는 생각했다. 이 멋진 직장으로 자신을 이끌어준 은인이다. 또한 이 호텔이 계속 일류로 남기 위해서도 그는 반드시 필요한 사람이다.

나는 어떤 일을 할 수 있을까, 어떤 일을 해야 하는가. 사무동에서 사복으로 갈아입으면서도, 그리고 집으로 돌아가면서도 나오미는 내내 그 생각을 했다.

이튿날 아침, 나오미는 8시에 출근했다. 밤 근무팀에게서 인수인계를 받는 것은 9시부터였지만 역시 닛타가 마음에 걸렸다.

프런트로 나가자 체크아웃을 하려는 투숙객이 줄을 서기 시작했다. 응대하는 프런트 직원 뒤편으로 닛타의 모습이 보였다. 다른 사람에게 방해가 되지 않으려고 맨 뒤편에 서 있는 것이겠지만, 사냥개처럼 손님들을 일일이 쏘아보는 것이 호텔에 큰 폐가 된다는 생각은 없는 모양이었다.

"안녕? 일찍 나왔네." 뒤에서 누군가 말을 걸어왔다. 구가였다.

안녕하십니까, 하고 나오미도 인사를 건넸다.

"좀 늦어도 되는데 왜 이렇게 일찍 출근했어? 간밤에 늦게까지 남아서 일했다던데."

"그렇긴 한데, 어쩐지 가만히 있을 수가 없어서요."

구가는 쓴웃음을 지으며 프런트 쪽으로 시선을 돌렸다.

"까다로운 학생을 가르쳐야 하니 마음이 무겁기도 하겠지. 야근하던 친구들에게서 들었는데 저 형사, 새벽 3시까지 호텔 안을 순찰했대. 그러고는 잠깐 눈 좀 붙이고 6시에 다시 나와서 저렇게 손님들을 감시하는 거야. 역시 터프하지?"

"터프한 건 좋은데, 저런 태도는 좀 곤란하죠."

나오미는 큰 걸음으로 재빨리 프런트 안쪽으로 들어갔다. 곧바로 닛타와 눈이 마주쳤다. 잠깐 이쪽으로, 라고 닛타를 안쪽 사무실로 데려갔다.

"뭔데요? 지금 근무 중이에요."

"닛타 씨의 현재 업무는 호텔리어로 위장하는 것이잖아요? 그렇다면 이제 더 이상 손님을 노려보는 짓은 하지 말아주세요."

닛타는 흥 하고 콧소리를 냈다.

"나쁜 놈을 찾다보면 아무래도 눈초리가 사나워지는 법이에요."

나오미는 고개를 저었다.

"어제도 말씀드렸을 텐데요? 그런 눈초리로 쏘아보면 상대방이 오히려 경계할 뿐이에요. 게다가 호텔을 떠나는 체크아웃 손님은 범인일 가능성이 낮은 거 아닌가요?"

"그건 모르는 일이죠. 체크아웃을 한 뒤에 범행을 저지를 우려도 있으니까. 수사에서 예단은 금물입니다. 그러니 이렇게 일찌감치 일어나서 나왔죠." 닛타의 말에는 형사로서의 강한 의지가 담겨 있었다.

"……그런가요? 어쨌든 그 눈빛만은 좀 주의해주세요."

"예, 노력은 해보죠." 부루퉁한 기색으로 닛타는 고개를 끄덕였다.

9시 인수인계 뒤부터 본격적인 체크아웃 업무로 프런트는 정신없이 바빠졌다. 나오미도 프런트에 섰다. 닛타는 뒤에 있었지만 어떤 눈빛을 하고 있는지 돌아볼 여유는 없었다.

마침내 업무가 일단락되었을 즈음, 가와모토가 다가와 귀엣말을 했다. "야마기시 씨, 이제 슬슬 후루하시 씨가 체크아웃을 하러 내려오실 시간이에요."

나오미는 시간을 확인했다. 오전 10시가 막 지난 참이었다. 후루하시라는 손님은 10층 트윈룸에서 여자와 둘이 묵고 있었다.

그녀는 수화기를 들고 이그제큐티브 하우스키퍼 하마지마에게 전화를 걸었다.

"네, 하마지마입니다." 쾌활한 목소리가 돌아왔다.

"야마기시예요. 어제 말씀드린 1025호실 손님 말인데요, 어때요?"

"그 일이라면 지시하신 대로 했어요. 손님은 아직 방에 계시는 것 같아요. 방이 비는 대로 작업에 들어가라고 지시했습니다."

"알겠습니다. 잘 부탁합니다."

전화를 끊은 참에 닛타가 무슨 일이냐고 물었다. "무슨 문제가 있는 놈입니까?"

나오미는 한숨을 내쉬었다. "손님에게 그런 말투는 안 된다니까요."

닛타는 귀찮다는 듯 손을 내저었다.

"네네, 알았어요, 조심하죠. 그보다, 뭡니까, 그 손님은?"

"별일 아니에요."

"이것 참, 신경 쓰이는데? 불안한 기척이 느껴져. 혹시 스키퍼?"

탐색하는 눈빛으로 자신을 쳐다보는 닛타의 얼굴을 바라보았다. 나오미는 형사의 후각이 예리하다는 것을 실감했다.

그녀는 주위에 손님의 눈이 없는 것을 확인한 뒤에 목소리를 낮춰 말했다.

"지난달에 그 손님이 체크아웃 한 후에 목욕 가운이 없어졌다는 걸 알았어요."

"목욕 가운? 그 손님이 가져갔어요? 참 쩨쩨한 짓거리를 하는 놈이군." 닛타가 어이없다는 얼굴로 말했다.

"웃을 일이 아니에요. 우리 호텔 목욕 가운은 한 벌에 2만 엔이나 하는 고급품이에요. 숙박할 때마다 가져가면 도저히 당해낼 수가 없어요."

"흠, 그렇군요. 이제 어떻게 할 겁니까?"

"거기서 잠깐 지켜보세요. 우리에게도 우리만의 방식이 있으니까."

"그래요, 어디 솜씨를 한번 볼까."

닛타의 말이 끝나자마자 내선 전화가 울렸다. 가와모토가 받아 두세 마디 나눈 뒤에 나오미를 향해 말했다. "방금 손님이 방을 나왔대요. 곧바로 하우스키퍼를 보내겠습니다."

"응, 알았어요. 고마워." 나오미는 대답했다.

"아주 훌륭한 연합작전이군요. 여기서 체크아웃 수속을 하는 사이에 목욕 가운이 없어졌는지 확인하는 겁니까?" 닛타가 감탄한 듯이 말했다. "이 시간에 체크아웃을 한다는 건 언제 알았어요?"

"체크인 할 때요. 자연스럽게 미리 물어봤죠."

"오호, 빈틈이 없네."

이윽고 후루하시라는 손님이 엘리베이터 홀 쪽에서 나타났다. 마흔 살 남짓한, 몸집이 큰 남자였다. 턱이 넓적하고 눈매는 날카로웠다. 곁에는 서른 살 전후로 보이는 짙게 화장한 여자가 서 있었다. 여자는 껌을 씹고 있었다.

프런트에서 조금 떨어진 소파에 여자를 앉혀두고 후루하시가 프런트 쪽으로 걸어왔다. 여자의 발치에는 큼직한 가방이 놓여 있었다.

"지금 출발하시려고요?"

나오미가 묻자 "그래요"라고 부루퉁한 얼굴로 대답하더니 카드키를 내려놓았다. 나오미는 체크아웃 수속을 시작했다.

그런데 컴퓨터가 명세서를 찍어내는 동안에도 하우스키퍼에게서 연락이 오지 않았다. 나오미는 속이 탔다. 일부러 시간이 걸리는 척해보았다.

"이봐요, 빨리해요. 나도 바쁜 사람이야." 아니나 다를까 후루하시가 재촉을 해왔다.

"네, 지금 곧……."

나오미가 명세서를 내보이자 후루하시는 지갑에서 현금을 꺼냈다. 이제 잔돈만 내주면 그대로 도망쳐버릴 터였다.

그때 드디어 전화가 울렸다. 즉시 가와모토가 받았다. 그는 한 손으로 메모를 하더니 그것을 나오미에게 슬쩍 내보였다. 그녀는 살짝 시선을 떨구고 잽싸게 훑어보았다.

한 벌 없음, 이라고 급히 휘갈겨 쓴 메모였다.

나오미는 가와모토에게 은밀히 고개를 끄덕였다. 그러자 갑자기 닛타가 다가가 가와모토의 손에서 수화기를 빼앗아 뭔가 말하기 시작했다. 가와모토는 어리둥절해서 눈만 둥그렇게 뜨고 있었다.

대체 왜 저러는 거야, 하고 닛타 쪽을 의식하면서 나오미는 후루하시에게 잔돈과 영수증을 내밀었다. 후루하시가 그것을 지갑에 챙겨 넣는 것을 보면서 그녀는 말했다.

"손님, 방금 청소 담당자에게서 연락이 왔는데, 손님의 짐 속에 저희 호텔 비품이 잘못 들어간 것 같다고 합니다. 번거로우시겠지만 함께 오신 분의 짐을 잠깐 확인해봐도 될까요?"

후루하시의 눈썹이 꿈틀했다.

"호텔 비품이? 이봐요, 그거 무슨 뜻이야? 그런 게 제 발로 내 짐에 들어올 리 없잖아. 아, 혹시 우리가 뭘 훔쳤다는 말인가?"

아뇨, 아닙니다, 라고 말하며 나오미는 손을 저었다.

"저희 호텔 비품 중에는 자유롭게 가져가셔도 되는 물건과 그렇지 않은 것이 있어요. 하지만 그런 설명을 일일이 붙여놓지 않아서인지 이따금 착각하시는 분이 계세요. 번거로우시겠지만 확인 좀 할 수 있을까요?"

후루하시의 입가가 구겨지더니, 몸을 앞으로 쓱 내밀었다.

"빙빙 돌려서 말하지 말고 단도직입적으로 말하쇼. 대체 뭐가 없어졌는데?"

나오미는 턱을 당기고 상대에게서 눈을 떼지 않은 채 대답했다. "목욕 가운이에요."

"목욕 가운? 그런 물건이 내 가방에 있을 리 없어."

"그러니 일단 확인을."

"잠깐, 내가 없다고 말하잖아. 그런데도 확인을 하겠다니, 뭔가 이상하잖아. 역시 나를 도둑으로 의심하는 거지."

"아뇨, 절대로 그런 것이 아니라……."

"알았어, 알았어. 가방 가져올 테니까 당신이 똑똑히 확인해." 후루하시는 발길을 돌려 함께 온 여자에게로 갔다.

그때였다. 돌연 닛타가 나오미 옆으로 다가왔다. 게다가 "아, 손님, 손님, 후루하시 씨" 하고 불러 세웠다.

후루하시는 험악한 표정으로 돌아보았다. "뭐야?"

"손님, 됐습니다. 그냥 돌아가셔도 괜찮습니다."

닛타의 말에 나오미는 놀라서 그를 올려다보았다.

"뭐라고?" 후루하시는 입을 헤벌렸다. "대체 무슨 소리야?"

"저희는 손님을 믿습니다. 대단히 실례했습니다."

"믿는다고? 근데 저 여자는……." 후루하시는 도깨비 같은 형상으로 나오미를 가리키며 뭔가 말하려다가 닛타와 눈이 마주치는 순간, 얼굴에서 스르르 독기가 빠져나갔다.

혹시나 해서 나오미는 닛타를 올려다보았다. 그의 눈은 평소보다 더욱 날카롭게 위험한 빛을 내뿜고 있었다.

후루하시는 연거푸 눈을 껌뻑거리더니 몇 차례 한숨을 내쉬었다. "……정말 가도 돼? 나를 의심했던 거 아니야?" 당황한 듯 목소리가 갈라져 있었다.

"에이, 천만에요. 부디 조심해서 돌아가십시오. 저희 호텔을 다시 찾아주시기를 기다리겠습니다." 닛타는 공손하게 인사까지 건넸다.

후루하시는 나오미와 닛타의 얼굴을 번갈아 쳐다보다가 빠른 걸음으로 여자에게 돌아갔다. 두 사람은 조금 전까지와는 딴판으로 어딘지 불안한 기색을 보이며 현관 정문으로 향했다.

나오미는 닛타를 올려다보았다. "대체 왜 그런 거예요? 설명 좀 해보세요."

"저 가방에는 목욕 가운이 없어요."

"그럴 리가……."

"하우스키퍼에게 자세한 상황을 물어봤어요. 그랬더니 원래 목욕 가운이 두 개였는데 한 개는 없어지고 사용하지 않은 나머지 하나는 옷장에 있었다고 하더군요."

"그러니까 없어진 목욕 가운은 저 손님이 훔쳐가서……."

닛타는 씩 웃으면서 고개를 저었다.

"만일 내가 트윈룸에서 목욕 가운을 훔친다면 한 벌은 목욕 후에 실제로 사용하고 다른 새것을 가방에 슬쩍 넣을 겁니다. 누구라도 당연히 그렇겠죠?"

아, 하고 나오미는 낮게 외쳤다. 분명 맞는 말이었다.

전화가 울렸다. 가와모토가 받아 짧은 대화를 나누고 전화를 끊었다.

"하우스키퍼의 연락이에요. 닛타 씨의 말대로 목욕 가운 한 벌을 침대 밑에서 찾았다는데요?"

"역시 그렇죠? 분명 거기에 숨겼을 거라고 생각했어." 고개를 끄덕이는 닛타는 만족스러운 기색이었다.

"잠깐만요, 그럼 일부러 숨겼다는 건가요?" 나오미가 물었다.

"그렇죠. 당신은 자연스럽게 체크아웃 시간을 물어봤다고 했지만, 저자들은 그 이유를 진즉 눈치챘을 겁니다. 그래서 일부러 목욕 가운 한 벌을 숨겼어요. 체크아웃 때 가방 속을 확인할 거라고 미리 내다보고 한 짓이죠. 가방을 수색하게 한 다음에 무고한 사람을 도둑으로 몰았다면서 명예훼손이니 뭐니 떠들면서 돈을 뜯어낼 속셈이었을 거예요. 지난번에 목욕 가운을 훔쳐간 것 자체가 오늘을 위한 복선이었는지도 모르죠. 어쩌면 호텔을 돌면서 이런 수법으로 쏠쏠하게 용돈 벌이를 했을 겁니다."

나오미는 손을 들어 이마를 짚었다.

"하마터면 그 수에 놀아날 뻔했네요. ……닛타 씨, 어떻게 그런 걸 알아냈어요?"

"나쁜 짓을 간파해내는 능력이라면 댁들보다 더 확실한 눈을 가졌죠. 그저 별 볼 일 없이 눈초리만 사나운 건 아니라고나 할까요?"

뒤에 덧붙인 말은 명백히 나오미를 비꼬는 소리였지만 이 자리에서는 아무 대꾸도 할 수 없었다. 나오미는 조용히 머리 숙여 감사 인사를 건넸다.

그때 닛타의 핸드폰이 울렸다. 그는 낮은 목소리로 통화하더니 "잠깐 실례하겠습니다. 사무동에 다녀올게요"라면서 프런트를 나섰다.

그런 그를 나오미가 따라나섰다. 그의 등을 향해 닛타 씨, 하고 말을 건넸다.

닛타가 발을 멈췄다. "왜요?"

"중요한 이야기가 있어요. 오 분만 시간 좀 주세요."

"눈초리 얘기라면 나도 나름대로 노력할 건데요."

"그게 아니에요. 긴히 물어볼 게 있어요. 이번 사건에 대해."

닛타의 눈이 반짝 빛났다. "이번 사건에 대해? 뭔데요?"

나오미는 한 차례 심호흡을 하고 입을 열었다.

"메시지. 연쇄살인범은 대체 어떤 메시지를 남겼죠?"

5

"아, 잠깐 저쪽으로." 닛타는 야마기시 나오미의 팔을 잡았다. 재빨리 주위를 살펴보고 2층으로 올라가는 에스컬레이터를 향해 걸음을 옮겼다. 에스컬레이터 뒤쪽이라면 사람들 눈에 잘 띄지 않는다고 생각했기 때문이다.

"잠깐만요, 잡아당기지 마세요."

하지만 그 말은 무시한 채 닛타는 그녀의 팔을 잡아끌고 에스컬레이터 뒤로 갔다. 다시금 주위를 살펴본 뒤에야 팔을 풀어주었다.

"난폭하게 굴지 마세요. 말로 해도 다 알아들어요." 야마기시 나오미는 미간을 찌푸리며 잡혔던 팔을 다른 손으로 매만졌다.

닛타는 그녀를 노려보았다.

"어떻게 알았죠? 대체 누구한테 들었어요?"

야마기시 나오미는 짐짓 헛기침을 한 뒤에 슬쩍 눈을 들어 그를 보았다. "상사에게 들었어요."

닛타는 고개를 홱 돌리며 혀를 찼다.

"그런 거였군. 역시 일반인은 입이 가벼워서 탈이야. 비밀을 혼자 품고 있기가 힘들었던 모양이네."

"그런 말은 그분들께 큰 실례예요. 내가 끈질기게 물고 늘어지니까 그런 메시지가 있다는 정도만 알려준 거예요. 그것 말고는 일절 아무 말씀도 안 하셨어요. 만에 하나 불상사가 생겼을 때, 그분들이 모든 책임을 지실 각오로 함구한 거라고요." 평소에는 담담한 말투로 일관하던 야마기시 나오미가 약간 불끈해 있었다.

"그렇다면 그런 마음을 존중해줘야 하는 거 아닙니까? 애써 부하 직원이 힘든 처지에 빠지지 않게 배려해줬는데 윗분들의 호의를 헛수고로 만들어서는 안 되죠."

"상사의 그런 마음에 감사하고 있고, 그걸 헛수고로 만들 마음도 없어요. 그래서 더 이상 캐묻지 않고 나왔죠. 하지만 너무 걱정되어서 닛타 씨에게 물어보는 것뿐이에요."

"미안하지만 야마기시 씨가 걱정을 하느냐 마느냐는 우리와는 관계가 없어요. 그런 건 이번 수사에 별 도움이 되지 않아요." 닛타는 손목시계를 들여다보았다. "그럼 실례합니다. 나도 상사의 호출을 받은 몸이라서."

그는 성큼 사무동 출입구로 향했다. 하지만 야마기시 나오미가 뒤를 쫓아가 그 앞을 가로막고 섰다.

"어젯밤 집에 돌아가서 내가 과연 무엇을 어떻게 해야 하는지 고민했어요. 윗분들이 최종적인 책임을 지겠다고 했으니까 나는 그저 기계적인 업무만 하면 된다? 난 그건 아니라고 생각해요. 하지만 밤새 생각해봐도 결론이 나오지 않더라구요."

닛타는 한숨을 내쉬었다.

"그렇게 심각하게 생각할 거 없어요. 수사를 하는 것도 사건을 방지하는 것도 우리 경찰입니다. 당신들은 그냥 우리 요구대로 협조만 해주시면 돼요. 그렇게 하면 총지배인님과 윗분들에게도 도움이 될 거라고요."

"난 그렇게 생각하지 않아요." 야마기시 나오미는 등을 꼿꼿이 세우고 말했다. "조금 전에 닛타 씨가 손님의 속셈을 간파해내는 것을 보고 역시 경찰은 다르다고 생각했어요. 우리와는 전혀 다른 시각으로 사람들을 지켜보죠. 우리로서는 도저히 흉내조차 낼 수 없는 일이에요."

칭찬을 받고 보니 그리 기분이 나쁘지는 않았다. 닛타는 슬그머니 미소를 지었다.

"고맙군요. 하지만 그건 별로 대단한 일도 아닌데."

"그리고 동시에 깨달은 게 있어요. 아직도 나는 한참 순진하다는 거. 전에 목욕 가운을 훔쳤다고 이번에도 똑같은 짓을 할 거라고 생각한 것 자체가 너무도 단순하죠. 좀 더 깊이 생각했어야 하는데."

전혀 웃음기 없이 말하는 야마기시 나오미의 얼굴을 바라보며 참 착실한 여자라고 닛타는 생각했다. 아니, 착실하다 못해 고지식하다. 함께 산다면 그 고지식함에 어깨가 결릴 것 같다.

"당신들이 경찰도 아니고, 그렇게까지 깊게 생각할 건 없어요. 그런 생각으로 손님을 대해서는 안 되잖아요? 나처럼 눈빛이 사나워지면 어쩌려고."

슬쩍 놀려주려고 한 말이었지만 야마기시 나오미는 여전히 진지한 표정이었다.

"의심하는 것과 상대의 마음을 읽는 건 달라요. 그건 원래 호텔리어에게 요구되는 일이기도 해요. 닛타 씨는 지금 이 방식으로도 정말 괜찮다고 생각해요? 살인 사건을 미연에 방지하고 범인을 체포할 수 있다고 생각해요?"

"우리 경찰이 일하는 방식에 무슨 불만 있어요?"

"수사에 참견하려는 건 아니에요. 나는 닛타 씨를 도와주라는 지시를 받았고, 처음에는 조금 못마땅한 마음도 있었지만 지금은 할 수 있는 한 열심히 해볼 생각이에요. 하지만 지금 이대로는 내

역할을 충분히 해내지 못할 것 같아요. 다음에는 이 호텔에서 사건이 일어날 거라는 막연한 설명만으로는 어떤 것에 역점을 두고 어떤 것을 주의해야 할지 모르겠어요. 솔직히 이 호텔에서 정말로 사건이 일어날지, 의심스럽기까지 해요."

흥분한 탓인지 야마기시의 목소리가 조금 커졌다. 닛타는 주위를 살펴본 뒤에 집게손가락을 입에 댔다. 그녀는 문득 평정을 되찾은 표정을 보이며 작은 소리로 미안해요, 라고 사과했다.

"범인은 다음 범행 장소로 이 호텔을 선택했어요. 그건 사실이에요." 닛타는 대답했다.

"그러니까 그 근거를 말해달라는 거예요."

"미안하지만 그건 안 돼요. 우리 경찰이 그런 단서를 잡았다는 사실 자체가 극비라니까요."

"하지만 자세한 내용을 가르쳐주지 않으면 제가 충분히 도와드릴 수가……."

야마기시 나오미가 말을 중단한 것은 닛타가 그녀의 얼굴 앞으로 손을 내밀어 제지했기 때문이었다.

"당신은 형사가 아니에요. 거기까지 생각하지 않아도 됩니다. 게다가 당신은 나를 충분히 도와주고 있어요. 날 좀 그냥 내버려뒀으면 좋겠다는 생각이 들 정도로."

비꼬는 소리라는 것을 깨달았는지 야마기시 나오미가 험악한 표정으로 닛타를 노려보았다. 그런데 평소보다 눈을 둥그렇게 뜬 그 얼굴이 상당히 예뻐 보여서 닛타는 순간 가슴이 뜨끔했다.

“정말로 알려주시면 안 되는 거예요?” 그녀가 거듭 물었다.

“안 됩니다. 여기서 입을 열면 나는 형사 자격이 없어요.”

낙담한 듯 시선을 떨군 야마기시 나오미를 남겨두고 닛타는 출입구로 향했다. 급히 걸음을 옮기면서, 이래서 문외한은 곤란하다고 마음속으로 투덜거렸다. 경찰 일에 관여한다는 것만으로도 필요 이상으로 흥분해서 수사에 참견을 하고 형사 흉내를 내려고 든다. 야마기시 나오미는 그런 타입이 아니라고 생각했던 만큼 더욱 뜻밖이었다.

다만 그 표정만은 나쁘지 않았어. 닛타는 야마기시 나오미의 마지막 표정을 머릿속에 그려보고 있었다.

사무동 회의실 공기는 여전히 담배 연기로 부옇게 흐려져 있었다. 일부 레스토랑을 제외하고 호텔 전체가 거의 금연이라서 잠복근무 중인 형사들이 교대할 때마다 엄청나게 피워대기 때문이다. 지금도 세 명의 형사가 재떨이 주위에 모여 있었다.

이나가키와 모토미야가 선 채로 한창 이야기를 나누고 있었다. 곁에 있는 화이트보드에는 얼굴 사진 몇 장이 붙어 있었지만, 딱 부러지게 용의자를 집어내지 못했다는 건 그 옆에 적힌 정보의 양이 적은 것만 봐도 알 수 있었다. 용의자로 압축될 만한 요소가 조금이라도 있으면 그 인물에 관한 정보 기입량은 단숨에 불어날 터였다.

닛타는 그들에게로 다가갔다. 이나가키가 호출했기 때문이다.

“응, 수고가 많지? 뭔가 달라진 사항은 없나?” 이나가키가 물었다.

“딱히 없습니다. 지금 이 시간대에는 주로 체크아웃 업무가 많고

새 투숙객은 아직 나타날 시간이 아니거든요."

목욕 가운 건은 보고할 것도 없다고 닛타는 판단했다. 야마기시 나오미에게서 메시지에 대한 질문을 받은 것도 그냥 넘어가기로 했다.

"그렇군. 오늘은 결혼식과 피로연이 있으니까 드나드는 사람들이 많을 거야. 잠복 인원을 늘리기는 했지만 프런트에서도 최대한 주의해서 지켜봐."

"네, 알겠습니다. 그 밖에 또 무슨?"

응, 하고 이나가키는 고개를 끄덕였다.

"센주신바시 건이야. 마음에 걸리는 정보가 들어왔어." 화이트보드를 손끝으로 툭툭 치며 말했다.

센주신바시 사건의 피해자는 노구치 후미코라는 주부였다. 지금까지 조사한 바로는 원한이나 이해득실이 얽힌 수상쩍은 인간관계는 떠오르지 않았다.

"그 남편이 경영하는 공장 말인데, 요즘 자금 사정이 몹시 안 좋은 모양이야."

"곧 망할 것 같다는 얘기인가요?"

모토미야가 옆에서 말했다.

"아니, 그보다 이미 망했다고 하는 게 맞아. 반년 전부터 사원들 월급도 못 주고 있었어. 은행에서도 대출을 거절당했다는 얘기야. 자동차 부품 회사의 하청 업체인데 아무튼 요즘 워낙 불황이잖아. 언제 일거리가 들어올지도 모르는 상황 같아. 그런 때에 중소기업

사장이 가장 먼저 생각하는 게 뭐겠어?"

닛타는 팔짱을 꼈다.

"은행에서도 대출을 해주지 않는다면 우선 사채시장에 기댈 수밖에 없겠죠."

허허, 하고 모토미야가 엷은 웃음을 지었다.

"사채시장도 장사하는 데야. 건질 것이 하나도 없는 작자한테는 돈을 안 빌려주지. 자살이라도 했다가는 왕창 손해를 볼 텐데."

자살이라는 말을 듣고 닛타의 머릿속에 번쩍 떠오르는 게 있었다.

"그럼 생명보험?"

모토미야가 딱 하고 손가락을 튕겼다. "정답."

닛타는 놀라서 이나가키를 보았다. "그럼 피해자가 생명보험에?"

"음, 가입되어 있었어. 게다가 하나가 아니야." 이나가키가 말을 이었다. "사망했을 경우에 약 5천만 엔이 들어오는 보험과 1억 엔이 지급되는 보험까지 두 개를 들어둔 모양이야. 5천만 엔 쪽은 10여 년 전에 가입했어. 이건 간병이 필요할 때나 입원 시에도 지급되는 보험이라니까 부자연스럽다고 할 수 없겠지. 문제는 1억 엔 쪽이야. 보험에 가입한 게 바로 최근이고, 무배당 보험이라서 납입금이 비교적 적지만 그래도 한 달에 2만 엔 가까이 내는 거야. 사원 월급도 못 주는 판에 그런 보험에 가입하는 사장이 어디 있나."

"그럼 남편이 보험금을 탈 목적으로 아내를 살해한 건가요?" 닛타의 시선이 화이트보드로 향했다. 물론 피해자의 남편 노구치 야스히코의 얼굴 사진도 붙어 있었다.

"사원이 다섯 명이야. 그중 누군가에게 사주했을 가능성도 있지만 역시 가장 수상한 건 남편 노구치 야스히코야."

"사건 당일 알리바이는 어떻게 되죠?"

"피해자의 사망 추정 시각은 10월 10일 오후 6시부터 9시 사이야." 모토미야가 메모를 들여다보면서 말했다. "야스히코에 의하면, 피해자가 친정에 간다고 나간 뒤에 자신은 친구들을 만나 밤중까지 술을 마셨다는 거야. 하지만 그 친구들을 만난 게 오후 8시경이니까 범행은 충분히 가능해. 게다가 사건 현장이 이 부부의 집에서 가까워."

닛타는 끄응 신음 소리를 냈다. "분명 수상하네요. 상당히 수상해요."

"문제는 바로 그거야." 이나가키가 말했다. "동기도 충분하고 알리바이도 없어. 하지만 남편이 범인이라고 하면 일이 지나치게 단순해. 무엇보다 그 숫자 메시지가 전혀 설명되지 않아. 한마디로 다른 사건과의 관련이 전혀 없어."

닛타는 화이트보드를 노려보았다. 범인의 유류품은 아직 발견되지 않았다. 물증이 지극히 적어서 동기만으로 야스히코를 구속하기는 어려울 것이다. 무엇보다 이나가키의 말대로 다른 사건과의 관련을 밝히지 않고서는 취조 자체를 하기가 어렵다. 피해자의 유족에게도 그 숫자의 의미는 아직 비밀로 한다는 것이 수사 방침이었다.

"그래서 저는 뭘 하면 됩니까?" 닛타가 물었다.

모토미야가 책상 위에서 봉투를 집어 들었다. 안에서 사진 한 장을 꺼내 닛타에게 내밀었다. "이걸 잘 봐."

그것은 중년 남자 수십여 명이 함께 찍은 단체 사진이었다. 대부분 남자였다.

"앞에서 둘째 줄, 왼쪽에서 세 번째가 노구치 야스히코야." 모토미야는 화이트보드에 붙어 있는 야스히코의 사진을 가리켰다.

닛타는 두 장의 사진을 비교해보았다. 분명 동일인이었다.

"이 단체 사진은 뭐죠?"

"5년 전 파티 때 찍은 거야. 자동차 부품 회사가 주최한 파티였어. 배경을 잘 보라고. 어쩐지 눈에 익지 않아?"

모토미야의 말에 닛타는 사진을 자세히 들여다보았다. 사람들 뒤쪽의 기둥에 새겨진 특징적인 무늬가 눈에 들어왔다.

"이 호텔이네요." 닛타가 중얼거렸다.

"그래, 이 호텔 로비에서 촬영한 거야."

"용케도 찾아내셨군요, 이런 사진을."

"노구치의 거래처를 조사하던 수사관이 우연히 발견했어."

"그랬군요."

"이 파티에서 뭔가 특이한 점이 없었는지, 자네는 그걸 조사해 봐. 이 호텔과 노구치의 접점은 그때밖에 없어. 노구치가 사건에 관여했다면 틀림없이 뭔가 잡힐 거야. 연회부에 대한 탐문 수사는 다른 친구에게 맡길 테니까 자네는 객실부 사람들을 알아보라고."

"알았어요. 프런트 직원들에게 확인해보겠습니다."

"이봐, 자세한 얘기는 흘리지 않도록 특히 조심해."

"네, 알고 있어요." 닛타는 사진을 손에 들었다.

프런트로 돌아온 닛타는 즉시 야마기시 나오미를 붙잡고 안쪽 사무실로 갔다. 모토미야에게서 받아 온 노구치 야스히코의 단체 사진을 보여주었다.

"5년 전 이 호텔 연회장에서 개최되었대요. 자동차 부품 회사가 주최한 파티라고 하던데."

야마기시 나오미는 진지한 눈빛으로 사진을 들여다본 뒤에 조용히 고개를 끄덕였다.

"틀림없이 우리 호텔이네요. 이 파티는 3년 전까지 해마다 가을이면 열렸어요. 그 뒤로는 불경기의 여파로 중단된 것 같은데."

"그 파티 때, 혹시 기억에 남는 일은 없어요? 어떤 것이든 괜찮아요."

닛타의 물음에 야마기시 나오미는 미간을 찌푸리며 고개를 갸웃거렸다.

"나는 그때 이미 객실부에 있었기 때문에 연회장 쪽은 잘 모르겠어요. 게다가 5년이나 지난 일이라서……. 비슷비슷한 파티가 거의 날마다 열리니까요."

"그래요?"

닛타는 사진을 상의 호주머니에 챙겨 넣었다. 예상했던 대답이었기 때문에 그다지 낙담은 하지 않았다.

"근데 그 파티가 무슨 문제라도?" 야마기시 나오미가 탐색하는 듯한 눈빛으로 물었다.

"아니, 아무것도 아닙니다. 아마 이번 사건과는 아무 관계도 없을 거예요."

그건 본심이었다. 그녀가 말했듯이 이 호텔에서는 크고 작은 파티가 매일같이 열리고 있다. 피해자의 남편이 5년 전에 우연히 그런 파티에 참석했었다고 해도 그리 부자연스러운 일은 아니다. 하지만 그녀는 닛타가 솔직하게 말하지 않는다고 생각한 모양이었다.

야마기시 나오미는 한숨을 내쉬었다.

"정말 아무것도 안 가르쳐주시네요. 번번이 질문만 하고." 침착한 말투였지만 목소리에 가시가 섞여 있었다.

닛타는 쓴웃음을 지었다.

"형사들은 원래 별 쓸데도 없는 일을 엄청나게 조사하고 다니는 거예요. 그중에서 사건과 관련 있는 건 정말 한 줌도 안 되죠. 하지만 그렇게 조사하지 않으면 진실을 찾아낼 수가 없어요. 수사 목적을 가르쳐주지 못하는 건 수사상 비밀이기도 하지만 그걸 일일이 설명해주다가는 한이 없다는 현실적인 이유도 있어요."

뭔가 반론이라도 할 생각인지 야마기시 나오미는 숨을 깊이 들이쉬었다. 하지만 그대로 한숨을 내쉬더니 결국 손목시계로 시선을 떨구었다.

"이제 슬슬 조기 체크인 손님들이 오실 시간이에요. 프런트 업무로 돌아갈까요?"

"좋죠. 잘 부탁합니다."

프런트에서 닛타는 항상 야마기시 나오미의 등 뒤에 서 있었다. 찾아오는 손님을 직원들이 차례차례 맞아들이는 모습을 관찰하는 것이다. 정식 체크인 시각까지는 아직 여유가 있어서 그리 바쁘지는 않았다. 손이 비는 프런트 직원이 있을 때는 슬쩍 다가가 노구치 야스히코의 사진을 보여주었다. 하지만 기억이 난다고 대답하는 사람은 없었다.

그러던 닛타가 저도 모르게 눈이 휘둥그레진 것은 어느 중년 남자가 체크인을 하러 왔을 때였다. 둥글둥글한 체형에 한참 유행 지난 양복을 좀 조인다 싶게 입고 있었다. 남자는 프런트 안에서 닛타를 가장 먼저 알아봤는지 눈이 마주치자 헤실헤실 웃으며 인사를 해왔다. 못된 장난을 치다 들켜서 겸연쩍게 웃는 어린애 같은 표정이었다.

"그럼 야마모토 손님, 오늘부터 일박, 싱글룸으로 하면 되겠습니까?"

야마기시 나오미의 물음에 중년 남자는 약간 갈팡질팡하는 기색을 보이며 대답했다. "아, 예, 그거면 됩니다."

체크인을 마친 남자는 벨보이의 안내를 받으며 엘리베이터 홀로 향했다. 도중에 딱 한 차례 닛타에게로 시선을 던졌다.

"방금 저 손님, 1015호라고 했죠?" 닛타는 야마기시 나오미에게 작은 소리로 물었다.

"그렇습니다만, 왜요?"

하지만 닛타는 대답하지 않고 프런트를 빠져나왔다. 급한 걸음으로 엘리베이터 홀로 나가 상행 버튼을 눌렀다. 엘리베이터는 좀체 내려오지 않았다. 발끝으로 바닥을 몇 번 걷어찼다.

"닛타 씨."

뒤에서 들려오는 목소리에 닛타는 짜증스러운 표정을 지었다. 굳이 돌아보지 않아도 야마기시 나오미라는 건 알고 있었다.

"무슨 일이죠? 그 손님께 무슨 문제라도 있어요?"

닛타는 고개를 저었다.

"손님이 아니에요. 형사예요."

"형사?" 야마기시 나오미의 미간이 찌푸려졌다.

"게다가 관할 경찰서 형사예요. 그 사람, 대체 무슨 생각으로 이곳에……."

엘리베이터 문이 열렸다. 그럼, 이라고 말하고 닛타는 엘리베이터 안으로 들어섰다.

10층에 도착하자 큰 걸음으로 1015호실로 향했다. 복도 중간쯤에 있는 방이었다. 닛타는 주먹을 쥐고 노크했다. 예에, 하는 느긋한 목소리가 문 안쪽에서 들려왔다. 문이 열리고 중년 남자의 둥글둥글한 얼굴이 나타났다. 웃는 얼굴이었다.

"역시 왔군. 혹시 오지 않으면 내 쪽에서 전화할 생각이었는데."

"어떻게 된 겁니까? 수사관이 투숙객으로 위장한다는 얘기는 듣지 못했는데요." 닛타는 객실에 들어가 방 안을 둘러보며 물었다. 일인용 침대 위에 가방과 상의가 놓여 있었다.

"당연히 그렇지. 이건 내가 개인적으로 하는 일이거든."

"개인적으로?"

"나와 닛타 씨는 한팀이잖아. 근데 아무것도 안 하고 있기도 미안해서 현장을 내 눈으로 한번 둘러보기로 했어. 하지만 밖에서 쳐다보기만 해서는 아무것도 알아내지 못하니까 정식으로 수속하고 방을 잡았지. 와우, 역시 고급 호텔이네. 이런 호텔에서 자보는 건 결혼식 이후로 처음이야. 분발한 보람이 있어. 닛타 씨도 아주 잘 어울려. 역시 대단해." 둥글둥글한 얼굴의 남자는 가느다란 눈을 더욱 가늘게 뜨고 웃었다.

이 사람의 이름은 노세라고 한다. 시나가와 경찰서 형사다. 첫 번째 살인 사건으로 특별 수사본부가 개설되었을 때, 닛타는 그와 한팀이 되라는 지시를 받았다.

우둔해 보이는 중년 아저씨, 라는 게 첫인상이었다. 말 사이사이에 기타간토 지방 사투리가 섞여 있었다. 동작도 굼떠서 곁에서 보고 있으면 답답해지는 일이 많았다. 호텔 잠입 수사 지시를 받았을 때는 마음이 무거웠지만 우둔한 형사 아저씨와 헤어지는 것만은 다행이라고 생각했었다.

그의 칭찬을 뿌리치기라도 하듯 닛타는 손을 저었다.

"노세 씨는 따로 하실 일이 많을 텐데요? 이런 곳에서 느긋하게 놀고 있을 때가 아니라고 생각합니다만."

"물론 내 볼일을 마치는 대로 경찰서로 돌아가야지." 노세는 가방을 끌어당겨 안에서 수첩을 꺼냈다. 드라마에 나오는 형사가 갖고 다닐 것 같은 갈색 수첩이었다.

"볼일이라니요?"

"피해자의 여자관계에 대해서 말인데, 내가 아주 흥미로운 정보를 파악했어. 아직 윗선에도 보고하지 않은 내용이야. 가장 먼저 닛타 씨에게 알려주려고."

"피해자라니, 누구요?"

닛타의 물음에 노세는 눈을 깜작거렸다.

"오카베 데쓰하루, 첫 번째 피해자 말이야. 내가 시나가와 경찰서 사람이잖아."

"아 참, 그렇군요."

호텔 업무로 머릿속이 가득해서 개개의 사건에 대한 인상이 희미해지고 있었다. 닛타와 노세는 시나가와 경찰서 수사본부에서 첫 번째 피해자인 오카베 데쓰하루의 인간관계를 조사하라는 지시를 받았지만 본격적인 탐문 수사를 시작하기도 전에 닛타는 이번 잠입 수사 명령을 받았다.

"오카베 씨의 맨션 근처에 단골 주점이 있었어. 거기 종업원이……."

"아, 잠깐만요." 노세가 수첩을 보며 이야기를 풀어놓기 시작하는지라 닛타는 서둘러 제지했다. "저한테 그런 보고를 하시면 곤란하죠."

노세는 다시 가느다란 눈을 깜작거렸다. "왜?"

"왜냐니, 노세 씨한테는 따로 파트너가 있잖아요."

"파트너라니, 누구?"

"새로 팀을 짠 파트너요. 제 후임이 있었을 텐데요?"

하지만 노세는 당황한 얼굴로 슬쩍 고개를 저었다.

"아냐, 내 파트너는 아직 닛타 씨야. 다른 사람하고 한팀이 되라는 지시는 없었어."

닛타는 둥글둥글한 얼굴을 마주 보았다.

"하지만 우리 팀은 해체되었죠. 당연한 거 아닙니까?"

노세는 아주 잠깐 눈이 큼지막해졌다. "닛타 씨는 그런 지시를 받았어?"

"아뇨, 그런 지시는 없었지만 그래도……."

그러자 노세는 만면에 미소를 지었다.

"그렇다면 우리 관계는 지속 중이야. 뭐, 아무튼 좀 들어봐. 피해자 오카베 씨가 단골로 다니던 주점이 있는데, 거기 종업원이 어떤 여자하고 함께 왔던 것을 기억하고 있었어. 올여름이었다고 하더라고. 상당히 친밀해 보여서 부인을 데려온 모양이라고 생각했었대. 왜냐하면, 돌아갈 때 여자가 술값을 냈다는 거야. 여자가 자기 핸드백에서 지갑을 꺼내서. 그러니 종업원이 부부라고 생각할 만도 하지."

닛타는 침대에 걸터앉았다. 아무래도 관할서 형사는 보고를 그만둘 마음이 없는 모양이다.

"나는 그 여자가 지금까지 나타나지 않은 게 아무래도 이상해. 부부로 착각할 만큼 친밀한 사이였다면 어떤 식으로든 나타나야 하는데 말이야."

"이런 일에 연루되는 게 싫었던 모양이죠." 닛타는 별로 생각해 보지도 않고 대꾸했다.

"응, 나도 그럴 거라고 생각했어. 그러니까 평범한 연인 사이가 아니야. 도리에 어긋난 관계, 즉 불륜일 거야."

"유부녀라는 건가요?" 닛타는 어깨를 으쓱했다. "뭐, 그럴지도 모르겠네요."

"내가 조사하다가 알게 됐는데 피해자가 상당한 플레이보이였던 것 같아. 하지만 자칫 결혼하자고 조를 만한 여자에게는 절대로 손을 대지 않았어. 그런 의미에서는 오히려 유부녀가 더 좋았을 거야." 노세는 말을 마치자 스스로 이해했다는 듯 고개를 끄덕였다.

"그거, 전부 노세 씨가 조사했어요?"

노세는 헤싱헤싱해져가는 자신의 머리를 스윽 쓰다듬었다.

"발로 돌아다니면서 물어보는 것밖에는 재주가 없어서 말이야. 하긴 주점을 발견해낸 건 내가 이 지역을 훤히 꿰고 있기 때문이지. 근데 그게 왜?"

"아뇨, 아무것도 아니에요."

이 잠입 수사가 시작된 이래로 관할서 형사가 무엇을 하는지, 닛타는 생각해본 적도 없었다.

"자, 그럼 이만 가볼까?" 노세가 상의를 집어 들었다.

"어딜 가요?" 닛타가 물었다.

"경찰서로 돌아가야지. 계속해서 탐문 수사를 해야 하거든. 그

유부녀의 정체를 어떻게든 알아내야지."

닛타는 고개를 저었다. "그런 건 조사해봐야 소용없어요."

노세는 뜻밖이라는 듯 입을 동그랗게 오므렸다. "소용없다니, 왜?"

"첫 번째 사건에서 범인은 피해자를 둔기로 가격한 뒤에 끈으로 목을 졸랐어요. 하지만 둔기도 끈도 현장에는 없었죠. 즉 둘 다 범인이 미리 준비한 것이라는 얘기예요. 여자가 남자를 살해하려고 둔기와 끈을 준비하다니, 그건 부자연스럽죠. 여자가 흉기를 준비한다고 하면 두말할 것도 없이 칼입니다."

아하, 하고 노세는 탄성을 내질렀다. "말을 듣고 보니 그렇겠네."

"그러니까 여자에 대해 조사하고 다녀봤자 소용없다는 거예요."

흐음, 하고 노세는 짧게 신음했다. "하지만 일단 찾아볼 거야. 이게 내 일이니까."

닛타는 한숨을 내쉬었다. 마음대로 하세요, 라고 속으로 투덜거렸다.

"이 방은 어떻게 할 겁니까? 안 쓰실 거예요?"

"천만에. 내가 그런 돈 아까운 줄 모르는 짓을 할 리가 있나. 이따 밤에 슬그머니 돌아올 생각이야. 모처럼 호텔 방을 잡았으니 저기 저 푹신한 침대에서 자야지." 노세는 탁자에 놓여 있던 카드키를 집어 들었다. "닛타 씨는 여기서 잠깐 쉬었다 가. 이 방, 오토록이라는 걸로 되어 있지? 방문을 닫기만 하면 저절로 잠기더라고. 자, 그럼 나중에 또 보세."

"저기, 잠깐만요." 닛타가 불러 세웠다.

노세가 문을 연 채로 돌아보았다. 그 둥근 얼굴을 바라보며 닛타는 물었다. "데시마에 대해서는 누가 조사하고 있죠?"

"데시마, 데시마…… 아, 데시마 마사키?"

"네." 그럼 당연히 그 사람이지 누구겠냐는 말은 꿀꺽 삼켰다. "누군가 담당한 사람이 있습니까?"

"그건 내가 모르겠네. 확인해볼까?"

"아뇨, 됐습니다. 어서 가보세요."

노세는 그래, 하고 고개를 끄덕이고 방을 나갔다. 닛타는 그 문을 가만히 바라보았다. 그 순간 머릿속에 떠오른 것은 볼이 움푹 파인 창백한 얼굴이었다. 얇은 입술에 감정이 결핍된 눈빛을 하고 있었다.

닛타가 데시마 마사키를 주목하게 된 것은 피해자 오카베 데쓰하루가 사는 모습에서 뭔가 이상한 것을 감지했기 때문이다. 거실에 놓인 60인치 액정 텔레비전, 선반에 줄줄이 세워둔 바카라 유리잔, 프랭크뮬러 손목시계, 옷장에 걸린 수십 벌의 아르마니 정장 모두 평범한 회사원에게는 어울리지 않는 물건들이었다.

조사해보니 그런 사치품은 모조리 최근 1년 동안 구입한 것들이었다. 하나같이 현금으로 지불했지만 오카베의 예금계좌에는 그런 큰돈이 들어온 흔적은 없었다.

오카베는 대체 어디서 그런 큰돈이 났을까. 닛타가 주목한 것은 오카베가 다니던 회사의 소속 부서였다. 알아보니 그는 경리부 소속이었다.

닛타의 짐작이 맞아떨어졌다. 회사에 내부 조사를 의뢰했더니 최근 1년 동안 약 20여 차례의 수상쩍은 출금 기록이 발견되었다. 총액 1억 엔을 훌쩍 뛰어넘는 액수라고 했다. 전표를 확인해보니 관리자들의 인감을 무단 사용하거나 위조한 사실이 밝혀졌다. 아주 교묘하게 은폐되어 한 차례 검증만 통과하면 담당자 정도가 아니고서는 부정을 알아차리기 어려웠다는 것이었다.

오카베 데쓰하루가 횡령을 했다고 치면 모든 계산이 빈틈없이 맞는다, 라고 경리과장은 관자놀이에서 땀을 뚝뚝 흘리며 대답했다.

하지만 경리 장부를 조작할 수 있는 사람이 오카베뿐이겠는가, 라고 닛타는 생각했다. 만일 그에게 공범이 있었다면 이번 사건으로 오카베가 죽어버린 건 그자에게는 아주 유리한 일이 된다.

그렇게 추리해서 떠올린 사람이 바로 오카베와 같은 부서에서 일하던 데시마 마사키였다. 데시마는 오카베의 3년 선배로, 오히려 오카베보다 부정을 저지르기가 더 쉬운 입장이었다. 요즘은 착실하게 지내는 모양이지만 2년 전까지만 해도 거액의 도박 빚을 떠안고 있다는 소문이 나돌기도 했다.

즉시 데시마 마사키를 만나보기로 했다. 거주지는 네리마 구의 주택가에 있었다. 오래된 맨션이어서 방의 벽지가 누렇게 변색되어 있었다. 오카베의 방과는 달리 사치품이라고는 하나도 눈에 띄지 않았다.

당연한 얘기지만 데시마 마사키는 이번 살인 사건을 알고 있었다. 오카베가 업무상 횡령을 한 것으로 보인다는 얘기도 경리과장에게서 들었다고 했다.

"설마 그럴 리가 없다는 생각뿐입니다. 오카베가 살해되었다는 소식으로도 너무 놀랐는데." 데시마는 무표정한 얼굴로 고개를 저었다.

닛타는 이번 사건에 대해 뭔가 짐작 가는 게 있느냐, 최근에 오카베의 기색은 어땠느냐, 라는 질문을 이어가면서 오카베와의 관계를 캐보려고 했다.

하지만 데시마의 대답은 처음부터 끝까지 한결같았다. 오카베와는 회사 밖에서 따로 만난 적이 없고, 회사 일도 철저한 분업이었기 때문에 부정행위에 대해 전혀 눈치채지 못했을 뿐만 아니라 사적인 일은 거의 아무것도 모른다, 라고 말했다.

"나도 사교적인 편이 아니지만 오카베도 사람은 별로 안 사귀는 편이었어요. 친한 사람이 거의 없지 않았나 싶은데요." 데시마는 어물어물 말했다.

닛타는 그의 알리바이를 확인해보기로 했다. 10월 4일 밤에는 어디 있었느냐고 물었다.

집에 있었다, 라는 것이 데시마의 대답이었다. 입증할 수 있느냐고 물었더니 처음에는 혼자 사는 처지라서 증명하기는 어렵다고 말했다. 하지만 조금 지나서 갑자기 생각난 듯이 전화가 걸려 왔었다는 말을 했다. 게다가 핸드폰이 아니고 집 전화로 왔었다는 것이다.

"전화한 사람은 예전에 사귀던 여자예요. 별다른 볼일은 아니었고요. 그냥 전화가 온 김에 잠깐 이야기를 나눴습니다. 한 오 분쯤 통화했었나."

그게 8시경이었다고 한다. 전화기는 팩스 겸용이었다.

"예전에 그 여자와 사귀던 시절에는 이 근처의 통신 상태가 별로 좋지 않아서 핸드폰 연결이 잘 안 됐어요. 주로 집 전화를 썼습니다. 그날도 그래서 아마 이쪽으로 걸었을 거예요." 그렇게 대답하는 데시마의 입가에는 자신이 이겼다는 듯한 옅은 웃음이 묻어 있었다.

데시마의 옛 여자 친구는 혼다 치즈루라는 여자였다. 확인해보니, 분명히 10월 4일 밤 8시경에 자신의 핸드폰으로 데시마의 집에 전화했었다고 말했다. 그때 곁에 친구가 있었다고 해서 닛타는 그 여자 이야기도 들어보았다. 틀림없다, 라고 그 여자는 단언했다. 통화 기록도 그들의 진술이 옳다는 것을 말해주고 있었다.

데시마의 집에서 범행 현장까지는 어떤 교통수단을 이용하건 한 시간 넘게 걸렸다. 그의 알리바이를 믿는다면 데시마는 범행이 불가능했다.

하지만 닛타는 받아들일 수 없었다. 마음에 걸리는 점이 두 가지가 있었다. 첫째는, 110 신고 전화였다. 그 전화에 의해 범행 시각을 확정한 것인데 그것은 곧 데시마의 알리바이를 성립시키는 요인이기도 했다. 신고자가 이름을 밝히지 않은 것도 수상쩍었다. 어쩌면 데시마 자신이 신고한 것이 아닐까.

그리고 또 한 가지는, 데시마가 헤어지면서 보인 얼굴 표정이었다.

이 수수께끼를 풀 수 있다면 어디 풀어봐. 그렇게 말하는 것처럼 느껴졌다.

하지만 그건 큰 착각인지도 모른다. 첫 번째 사건은 그렇다 쳐도 데시마는 두 번째, 세 번째 사건과는 아무 관련도 없다. 그 숫자 메시지도 설명이 되지 않는다.

닛타는 두 손으로 머리를 움켜쥐었다. 자신이 막다른 궁지에 몰린 작은 벌레 같았다.

6

회사원으로 보이는 중년 남자의 체크인 수속을 끝내고 나오미는 현관 정문으로 시선을 던졌다. 도어맨이 한 여자를 안내하며 들어오는 참이었다. 여자는 선글라스를 쓰고 오른손에 지팡이를 들고 있었다. 그 신중한 동작은 시각장애인 특유의 것이었다.

나오미는 저도 모르게 눈살을 찌푸렸다. 가장 가까이에 있는 벨보이가 하필 위장한 가짜 벨보이 세키네 형사였기 때문이다. 아니나 다를까, 여자의 손에서 여행 가방을 빼앗듯이 받아 들더니 도와준답시고 등을 떠밀고 있었다. 눈이 보이지 않는 사람이 등을 떠밀리면 얼마나 불안한지, 전혀 모르는 것이다.

상황을 눈치채고 벨 캡틴 스기시타가 달려왔다. 스기시타는 가짜 벨보이에게 몇 마디 건네고 가방을 받아 들더니 직접 여자의 손을 잡아 자신의 두 팔을 잡게 한 다음에 천천히 걸음을 옮겼다. 여자의 입술에 안도의 미소가 떠오르는 것을 보고 나오미도 그제야 가슴을 쓸어내렸다.

스기시타는 여자를 프런트까지 데려왔다. 진한 선글라스 때문에 얼굴은 파악하기 힘들지만 피부 결로만 보면 예순 전후의 노부인이었다. 호리호리한 몸매에 자세가 반듯해서 진회색 정장이 잘 어울렸다. 목에는 스카프를 둘렀고, 수수하게 뒤로 묶은 머리칼에는 백발이 반쯤 섞여 있었다.

"가타기리 손님이에요. 예약을 하셨답니다." 스기시타가 프런트의 젊은 직원 가와모토에게 말했다.

"가타기리 손님이라고요. 네, 잠시만 기다려주십시오."

가와모토가 체크인 작업을 시작하려고 할 때였다.

"아, 잠깐 괜찮겠어요?" 노부인이 왼손을 살짝 들었다. 약간 허스키하지만 부드럽게 울리는 목소리였다.

"네, 무슨 일이십니까?" 가와모토가 물었다.

노부인은 천천히 좌우를 둘러본 뒤에 왼손을 나오미 쪽으로 향했다. 그 손에는 하얀 장갑이 끼워져 있었다.

"미안하지만 이쪽 분께 부탁드려도 될까요?"

"예?"

나오미는 저도 모르게 되물었다. 그러자 노부인이 빙긋이 미소를 지었다.

"여자분이셨나요? 그렇다면 더욱더 당신에게 부탁하고 싶군요."

가와모토가 당황한 표정으로 동작을 멈췄다. 나오미도 무슨 영문인지 알 수 없었다.

"아, 미안해요. 당신이 마음에 들지 않은 건 아니에요." 노부인은 온화한 어조로 가와모토를 향해 사과했다. "나는 상성相性이나 직감을 소중하게 생각한답니다. 부디 노인네의 어리광을 받아주었으면 좋겠는데."

가와모토가 눈을 깜빡이며 나오미를 바라보았다. 그녀는 고개를 끄덕이고 노부인을 향해 말했다.

"네, 잘 알겠습니다. 제가 체크인 수속을 해드리겠습니다."

"미안해요." 노부인은 접수대 가장자리를 잡고 나오미 앞까지 이동했다. "당신은 이름이 어떻게 되죠?"

"야마기시라고 합니다."

"야마기시 씨, 기억해둘게요."

"숙박부는 어떻게 할까요? 괜찮으시다면 제가 대필해드리겠습니다만."

"괜찮아요. 기입하는 곳을 짚어주면 이름과 주소 정도는 쓸 수 있답니다."

"그러면 숙박부 뒷면에 기입해주시겠습니까?"

"음, 그러지요." 노부인은 지팡이 손잡이를 접수대에 걸었다.

"이게 숙박부예요." 나오미는 노부인의 오른손을 잡고 뒷면으로 넘긴 숙박부를 짚어주었다. 노부인이 용지의 크기를 확인하듯이 두 손으로 만지작거리며 자기 앞으로 숙박부를 당겨놓는 것을 지켜보고 나오미는 노부인의 오른손에 볼펜을 건네며 말했다. "이건 볼펜입니다. 뚜껑이 없는 볼펜이니까 조심하세요."

"이름과 주소만 쓰면 되나요? 전화번호는?"

"괜찮으시다면 전화번호도 부탁드립니다."

노부인은 고개를 끄덕이더니 왼손으로 숙박부의 위치를 확인해 가며 오른손으로 쓰기 시작했다. 몸을 숙이지 않고 꼿꼿하게 등을 세운 채였다. 선글라스를 쓴 얼굴은 나오미에게로 향하고 있었다. 그래도 글씨가 용지 밖으로 나가는 일 없이 이름과 주소, 그리고 전화번호를 꼼꼼히 써내려갔다. 이름은 '가타기리 요코'라고 적혀 있었다. 주소가 고베라는 것을 알고 나오미는 뜻밖이라는 생각이 들었다. 노부인의 말투에서는 그쪽 억양이 전혀 느껴지지 않았기 때문이다.

"이 정도면 됐나요?"

"네, 됐습니다. 잠깐만 기다려주세요."

나오미는 단말기를 두드렸다. 가타기리 요코는 3일 전에 예약을 했다. 흡연 가능한 싱글룸을 희망하고 있었다. 이 또한 뜻밖이었다. 이 나이 대의 여자 손님은 대개 금연실을 원하기 때문이다.

"오래 기다리셨습니다, 가타기리 씨. 오늘부터 일박, 싱글룸, 괜찮으시겠습니까?"

"응, 맞아요. 잘 부탁해요."

"그러면 1215호실을 준비해드리겠습니다. 카드키는 벨보이에게 전달하겠습니다."

나오미는 스기시타에게 눈짓을 보내면서 카드키를 건넸다. 스기시타는 조금 전과 마찬가지로 노부인에게 자신의 두 팔을 잡게 하고 천천히 걸음을 옮겼다. 그에게 맡겨두면 그다음은 문제없다. 카드키 사용법도 자세히 알려줄 터였다.

그제야 마음이 놓여 잠시 한숨을 돌렸을 때, 등 뒤에서 인기척이 느껴졌다. 돌아보니 닛타가 서 있었다. 시선이 먼 곳을 향하고 있었다. 그 끝에는 가타기리 요코의 뒷모습이 있었다.

"형사분들과의 회의는 끝났어요?"

나오미의 질문에 닛타는 대답하지 않았다. 아직도 가타기리 요코를 쳐다보고 있었다.

"저 손님이 마음에 걸리는 모양이죠? 시각장애를 가진 분이 호텔을 이용하는 일도 가끔 있어요."

드디어 닛타가 나오미 쪽으로 시선을 돌렸다. 눈에는 경계하는 빛이 서려 있었다.

"그건 그렇겠죠. 우리 경찰도 시각장애인을 상대하는 일이 가끔 있으니까."

"그렇다면 흘끔흘끔 쳐다보실 거 없잖아요?"

"일단 관찰한 것뿐이에요. 약간 걸리는 게 있어서."

"그러니까 뭐가요?"

"장갑."

"장갑이 왜요?"

"저 부인은 흰 장갑을 끼고 있었죠, 양손에."

"네, 나도 봤어요. 그게 어떻다는 건가요?"

"내 경험으로는 시각장애인은 장갑을 거의 끼지 않아요. 그들에게는 청각과 마찬가지로 촉각도 귀중한 정보거든요. 손에 닿는 감촉을 방해하는 장갑은 거치적거릴 뿐이죠. 게다가 시각장애인은 자칫 잘못해서 젖은 곳에 손이 닿는 상황을 늘 염두에 두게 마련이에요. 혹시 장갑이 축축해지면 잘 마르지도 않고 아무래도 찝찝하잖아요."

형사의 설명에 나오미는 연거푸 눈만 깜빡였다. 듣고 보니 맞는 말이었다.

하지만, 하고 그녀는 말을 이었다. "저 손님에게는 뭔가 사정이 있는지도 모르죠. 손에 흉터가 있다거나 멍 든 걸 가리기 위해서라든가."

"물론 그럴 가능성도 있어요. 이상하다고 결론을 내린 건 아니에요. 맘에 좀 걸렸다는 정도지요. 형사는 일단 의심하는 게 일이라서."

"닛타 씨는 저 손님의 어떤 점이 의심스러운데요?"

"글쎄요, 저 노부인에 대해서는 아무것도 알지 못하지만 장애인답지 않은 행동이 마음에 걸렸으니까 역시 시각장애가 있다는 게 과연 사실인지 의심스럽다는 얘기가 되겠죠."

빙빙 돌리는 말투에 나오미는 닛타를 정면으로 바라보았다.

"그럼 저 손님이 시각장애인인 척 연극을 한다는 거예요? 무엇 때문에?"

글쎄요, 라고 닛타는 고개를 갸웃거렸다. "그건 모르죠. 다만 일단 주의해서 지켜보는 게 좋겠어요. 아무 목적도 없이 장애인인 척하는 사람은 없으니까."

"지나친 의심인 것 같은데요?"

닛타는 한쪽 입가를 슬쩍 들어 올렸다. "생각이 짧은 것보다는 낫겠죠."

나오미가 불끈해서 그를 노려보았을 때, 옆에서 전화가 울렸다. 가와모토가 얼른 수화기를 들었지만 두세 마디 통화하다가 "야마기시 씨" 하고 나오미를 불렀다.

"벨 캡틴 스기시타 씨예요. 조금 전 그 손님이 야마기시 씨가 잠깐 객실로 올라오셨으면 한답니다."

"전화 좀 바꿔줘요." 나오미는 흥미로운 듯 지켜보는 닛타와 눈을 마주친 뒤, 그에게 등을 돌리고 수화기를 받아 귀에 댔다. "야마기시예요. 무슨 일이죠?"

"미안합니다. 실은 조금 전의 손님이 방을 바꿔달라고 해서."

"무슨 문제라도 있었어요?"

"아뇨, 그걸 잘 모르겠어요. 손님도 제대로 설명하기가 어렵다고 말씀하시네요." 스기시타의 대답이 어쩐지 시원치 않았다.

"알았어요. 지금 곧 올라갈 테니까 손님과 함께 기다려주세요."

"네, 그러죠."

나오미는 수화기를 내려놓고 가와모토에게 말했다.

"12층에서 지금 바로 내드릴 수 있는 방 좀 찾아봐요. 찾으면 방 번호를 모두 문자로 보내줘요."

알겠습니다, 라는 가와모토의 대답을 등 뒤로 들으며 나오미는 마스터키를 손에 들었다. 프런트를 나와 엘리베이터 홀로 향하는데 뒤에서 발소리가 쫓아왔다.

"나도 갈게요." 닛타가 옆에 나란히 섰다. "아까 그 노부인이죠? 수상한 손님을 체크하려고 잠입한 거니까 가봐야겠어요."

나오미는 한숨을 내쉬었다. "네, 좋으실 대로."

엘리베이터 문이 열리고 둘은 안으로 들어갔다. 닛타가 12층 버튼을 눌렀다.

"이런 일이 자주 있는 모양이죠? 손님이 방을 바꿔달라고 떼쓰는 일."

"자주 있는 일이에요. 어제도 금연실인데 담배 냄새가 난다고 클레임이 들어와서 스위트룸을 내드렸어요."

"그럼 싱글 요금으로 스위트룸에 묵고 싶을 때는 그렇게 하면 되겠네. 그 노부인도 역시 그런 목적으로?"

닛타의 말투가 농담조가 아니어서 나오미는 저절로 눈이 둥그레졌다. 장애인을 마주하게 되면 대부분의 사람들은 그 마음속을 의심하지 않는다. 몸이 부자유한 만큼 영혼은 깨끗할 것이라고 생각하기 십상이다. 하지만 이 형사는 달랐다. 장애인이라고 반드시 교활하지 않다는 보장은 없다, 라고 생각하는 것이다. 아니, 애초에 장애인이라는 것 자체를 의심하고 있었다.

마음이 꼬였다고 생각할 수도 있을 것이다. 하지만 반대로, 사람을 겉모습으로 판단하지 않는 공정한 눈을 갖고 있다고 할 수도 있다. 그건 어쩌면 경찰관으로서 꼭 필요한 자질이고 이 사람의 장점인지도 모른다고 나오미는 생각했다.

"내 얼굴에 뭐 묻었어요?"

"아, 아니에요. 그나저나 지금 경찰에서 추적하는 그 사건 말인데요, 범인이 여성일 가능성도 있어요?"

"제로는 아니죠." 대답해버린 뒤에야 닛타는 후회하듯이 얼굴을 찌푸렸다. 범인이 여자일 가능성은 낮다고 인정해버린 셈이기 때문일 것이다.

엘리베이터가 12층에서 멈췄다. 문이 열리자 나오미가 먼저 복도로 걸음을 옮겼다.

1215호실 문이 열려 있고 스기시타가 입구에 서 있었다. 나오미 쪽을 보고 약간 놀란 표정을 지은 것은 닛타가 함께 따라왔기 때문일 터였다.

가타기리 요코는 일인용 침대에 걸터앉아 있었다. 선글라스는 아직도 쓰고 있고 장갑도 벗지 않은 채였다.

"야마기시 씨가 왔습니다." 스기시타가 가타기리 요코에게 말했다.

몸을 구부정하게 숙이고 있던 노부인이 미소 띤 얼굴을 들었다. 그 표정을 보고 아무래도 기분이 상한 건 아닌 것 같다고 나오미는 안도했다.

"오래 기다리셨습니다. 방에 뭔가 문제가 있었습니까?"

가타기리 요코는 겸연쩍은 표정으로 조용히 고개를 갸웃했다.

"미안해요. 이 방은 나한테는 조금 맞지 않아요. 다른 방을 보여줄 수 없을까요?"

"어떤 점이 마음에 들지 않으십니까?"

"그건 말로 하기가 무척 어려운 것인데요, 뭔가 지나치게 북적북적해요. 약간이라면 참을 수도 있는데 이 방은 좀……."

"북적북적하다…… 소리가 시끄럽다는 말씀이신가요?" 나오미는 귀를 기울였다. 방음은 문제없었다. 바로 앞에 도로가 있지만 자동차 소음 따위는 거의 들리지 않았다.

"소리가 아니에요. 그런 뜻이 아닌데……." 가타기리 요코는 가만가만 손을 저었다. 차마 말하지 못하는 뭔가가 있는 것처럼 보였다.

"무슨 일이세요? 괘념치 말고 말씀해주세요. 저희 쪽에서 성심껏 조치를 취해드릴 테니까요."

노부인은 난처한 듯 고개를 숙였다.

"미안해요. 이상한 소리는 하지 말걸 그랬어. 하룻밤만 꾹 참으면 될 일인데."

"천만의 말씀이세요. 손님께서 참으실 필요는 전혀 없습니다. 우선 어떤 방을 원하시는지 말씀해주시겠어요? 최대한 빨리 준비해드리겠습니다."

가타기리 요코는 다시 고개를 들고 망설이듯이 머뭇머뭇 입을 열었다.

"그럼 솔직히 말하지요. 부디 기분 나쁘게 생각하지 마세요. 영업을 방해할 생각 따위는 전혀 없고, 직원 여러분들을 힘들게 하려는 것도 아니에요. 다른 사람이라면 이 방에 묵어도 분명 아무 문제도 없을 거예요. 그저 나 같은 사람에게 맞지 않는다는 것뿐이니까요."

나오미는 스기시타와 서로 마주 본 뒤 다시 노부인에게 물었다.

"무슨 말씀이신지요."

"이 방에는 수많은 사람들이 있어요. 나쁜 사람들은 아니에요. 그래서 투숙객에게 피해를 주지는 않지요. 하지만 그들의 수많은 생각이 내게는 너무도 무겁게 느껴져요. 그게 좀 힘이 드는군요."

가타기리 요코가 무슨 말을 하는지 그제야 나오미도 알아들었다. 닛타도 무슨 말인지 감을 잡은 모양이었다.

"혹시 유령에 대한 얘기입니까?"

닛타가 나오미 바로 뒤에서 불쑥 물었다. 그렇게 가까이에 있는 줄은 생각지 못했던 터라서 나오미는 흠칫 놀랐다.

"아, 유령이 아니에요. 하지만 그렇게 말해야 알아듣기 쉬울까? 유령이라는 말을 별로 좋아하지는 않지만……." 가타기리 요코는 난처한 표정을 내보이며 말했다. "정말 미안하군요. 이런 건 당신들에게는 생트집으로만 들리겠지요?"

"아뇨, 절대 그런 건 아니고……." 나오미가 거기까지 말했을 때, 그녀의 상의 주머니에서 핸드폰이 진동했다. "죄송합니다. 문자가 왔군요. 아마 객실에 대한 연락일 거예요. 잠깐 핸드폰 좀 확인하겠습니다."

"네, 그래요. 번거롭게 해서 미안해요."

나오미는 핸드폰을 열었다. 역시 가와모토에게서 온 문자였다. 청소가 끝나서 곧바로 안내가 가능한 객실은 이 층에 네 군데가 있었다.

"가타기리 씨, 이 층에서 준비해드릴 수 있는 방이 몇 군데 나왔습니다. 힘드시겠지만 그 방들을 둘러보시고 원하시는 곳으로 선택해주세요."

"선택? 아, 내가 선택해도 되나요?" 노부인은 오른손을 들어 자신의 가슴에 댔다.

"네, 그렇습니다. 원하시는 방을 골라주세요. 저희 쪽에서 준비했다가 다시 마음에 들지 않으시면 거듭 폐를 끼치는 일이니까요."

"그래요? 하지만 너무 내 마음대로 하는 것 같아 미안하군요."

"고객께서 원하시는 대로 해드리는 것이 저희 일입니다. 자, 죄송하지만 가실까요?"

"고마워요. 그럼 한번 둘러봐야겠네."

"네, 알겠습니다."

나오미는 스기시타를 향해 고개를 끄덕했다. 스기시타는 가타기리 요코에게 다가가 말을 건네며 노부인의 손을 잡았다. 지팡이에 몸을 의지해 자리에서 일어선 그녀는 조금 전과 마찬가지로 스기시타의 팔을 잡았다.

노부인이 복도로 나선 참에 나오미가 말했다.

"가타기리 씨, 방은 어떤 타입으로 할까요? 지금 이 방은 싱글룸입니다만, 혹시 다른 타입을 원하신다면 그쪽으로 먼저 안내해드리겠습니다."

가타기리 요코는 크게 고개를 저었다.

"어떤 타입이든 상관없어요. 하지만 가능하면 싱글룸이 좋겠네요."

"알겠습니다. 그럼 가까운 1219호실을 먼저 보실까요?"

나오미는 옆으로 나란히 이어진 세 번째 객실로 먼저 걸어가 마스터키로 문을 열었다. 스기시타의 팔을 붙잡은 가타기리 요코가 올 때까지 기다렸다. 두 사람 뒤로 닛타도 따라오고 있었다.

스기시타가 그녀를 방 안으로 이끌어주었다.

"어떠세요?" 나오미가 물었다. "이 방은 조금 전 1215호실과 완전히 똑같은 타입이에요."

가타기리 요코는 우뚝 선 채 마치 실내를 눈으로 관찰하듯이 천천히 고개를 돌렸다. 하지만 그 눈은 감겨 있었다.

이윽고 그녀는 입술이 빙긋이 풀어지더니 고개를 끄덕였다.

"이 방은 조용하군요. 아무도 없는 것 같아. 그럼 이 방으로 해줄래요?"

"네, 이 방은 괜찮으시겠어요?"

"아주 좋아요. 번거롭게 해서 정말 미안해요."

"천만의 말씀이세요. 그럼 곧 키를 가져오도록 하겠습니다. 그다음 일은 벨보이가 알아서 잘 해드리겠지만, 뭔가 문제가 있으시다면 언제든지 제게 말씀해주세요."

스기시타에게 부탁한다고 작게 속삭인 뒤에 나오미는 인사를 건네고 방을 나왔다.

엘리베이터 홀로 걸어가는 도중에 닛타가 옆에 다가와 나란히 섰다.

"유령이라니, 정말 뜻밖이네. 호텔에 그런 소문이 끊이지 않는다는 얘기는 가끔 들었지만, 저런 식으로 이상한 불평을 하는 사람이 다 있다니."

"불평이라는 말은 실례예요. 저 손님한테는 심각한 문제일 텐데."

"그럼 저런 말을 믿는다는 거예요?"

나오미는 엘리베이터 버튼을 누른 뒤 닛타 쪽으로 몸을 돌렸다.

"감각이라는 건 사람마다 다른 거예요. 유령인지 아닌지는 둘째 치고, 손님의 감각에 방이 맞지 않다면 다른 방을 준비해드리는 건 당연한 일이에요."

"그런가? 하긴 저 여자분이 좀 더 고급스러운 방을 노린 게 아니라는 건 밝혀졌죠."

"형사의 감이 빗나가서 억울한 모양이네요?"

엘리베이터 문이 열렸다. 안에 아무도 없었다.

"내 감이 틀렸는지 맞았는지, 아직 모르는 일이에요." 엘리베이터에 오르면서 닛타가 말했다.

"무슨 말이에요?"

"야마기시 씨와 여자분이 대화하는 중에 내가 불쑥 말을 건넸었죠? 유령 얘기냐고. 그랬더니 여자분은 유령이 아니라고 대답했어요. 그 순간 또 한 가지 마음에 걸리는 게 생겼어요."

"그 대답이 어떤 점에서 마음에 걸렸는데요?"

“내가 문제시한 건 대답의 내용이 아니에요. 갑작스럽게 질문했는데도 그 여자분이 전혀 놀라는 기색이 없었던 게 아무래도 이상해요. 그때까지 나는 한마디도 하지 않았잖아요. 그 여자분은 벨보이에게 야마기시 씨를 불러달라고 했어요. 그러니까 야마기시 씨 말고 또 다른 사람이 함께 왔으리라고는 생각 못했을 겁니다. 그런 상황에서 전혀 들은 적이 없는 목소리가 갑자기 귀에 들어왔다면 질문에 대답하기 전에 우선 이렇게 물어봐야 하는 거 아닙니까? 당신은 누구냐. 근데 그 여자분은 물어보지 않았어요. 어째서 그랬을까. 내가 거기 있다는 것을 미리 알았기 때문이죠. 즉 내 모습을 봤다는 얘기예요. 그 여자, 눈을 감고 있는 것처럼 보이지만 실은 슬쩍 뜨고 있었던 거 아니에요?”

닛타의 지적에 일순 나오미는 입을 다물었다. 분명 날카로운 관찰력이라고 생각했다.

하지만 반론이 곧바로 떠올랐다. 그녀는 형사의 시선을 맞받으며 말했다.

“분명 가타기리 씨는 닛타 씨의 존재를 눈치채셨을 수도 있어요. 하지만 그건 눈으로 봤기 때문이 아닐 거예요. 평생 시각장애를 안고 사시는 분들은 그만큼 다른 감각이 남다르게 발달하게 마련이에요. 나 말고 또 한 사람이 와 있다는 것쯤은 발소리 등으로 쉽게 알아채셨겠죠.”

닛타가 씩 웃었다.

“그렇다면 그 시점에 야마기시 씨 말고 또 한 사람이 있는 것 같은데 누구냐고 물어봤겠지요. 발소리만으로는 프런트 직원인지 벨보이인지 알 수 없잖아요. 우연히 같은 방향으로 걸어온 또 다른 손님일 가능성도 있는 거고."

엘리베이터가 1층에 도착해 문이 열렸다. 두 명의 젊은 남녀가 기다리고 있었다. 닛타가 얼른 열림 버튼을 누르며 나오미에게 말했다. "먼저 내리세요."

나오미는 커플에게 살짝 머리 숙여 인사를 건네고 엘리베이터에서 내렸다. 닛타는 그들이 타는 것을 지켜본 다음에 재빨리 내리더니 문이 닫힐 때까지 두 사람에게 머리를 숙이고 있었다. 그 각도는 나오미가 가르쳐준 그대로였다.

"하니까 되잖아요." 나오미가 웃으며 말했다.

"이제 좀 프런트 직원다워졌나요?"

"방금 그 행동은 아주 좋았어요. 분위기가 나오던데요."

"고맙군요. 하지만 아무리 호텔리어다운 분위기가 나더라도 입을 꾹 다물고 있으면 시각장애인에게는 그런 게 전해지지 않아요."

닛타는 가타기리 요코에 대한 이야기를 계속하고 싶은 모양이었다.

"그분이 시각장애인인 척해서 무슨 이득이 있겠어요?"

"글쎄 그건 모르죠. 그러니 더더욱 마음에 걸리는 거예요. 아무 목적도 없이 그런 짓을 하는 사람은 없으니까. 대체 그 목적이 뭔지, 그걸 알아내야겠어요."

"이번 사건과 관계가 있다는 거예요?"

"글쎄요." 닛타는 고개를 갸웃거렸다. "아무튼 수상한 사람이 눈에 띄면 체크를 해야죠. 그러려고 내가 여기 와 있는 거니까."

나오미는 일단 시선을 떨어뜨렸다가 다시 그를 바라보았다.

"알았어요. 누구를 의심하건 닛타 씨 마음대로 하세요. 하지만 이것만은 약속해주세요. 범죄와 관련되었다는 명확한 근거가 없는 한, 절대로 가타기리 씨가 불쾌할 만한 일은 하지 말 것. 만일……이건 어디까지나 만일의 이야기인데, 가타기리 씨가 만일 시각장애인인 척 연기를 하고 있다고 해도 그것 자체는 범죄가 아니에요. 저희 호텔의 소중한 고객이라는 점은 전혀 달라지지 않아요."

"하지만 야마기시 씨나 벨보이는 벌써 피해를 입었잖아요?"

"그 정도는 피해도 아니에요. 그보다 훨씬 더 손이 많이 가는 손님이 얼마든지 있으니까요. 제발 그 점만은 약속해주세요. 부탁드립니다." 나오미는 머리를 숙였다.

"어휴, 머리까지 숙일 건 또 뭡니까. 아무튼 좋아요, 약속하죠. 굳이 다짐하지 않아도 현재로서는 그 여자분 일에 관여할 생각은 없어요. 그저 좀 더 주의해서 관찰하겠다는 것뿐이에요."

"부탁드려요. 관찰이라는 행위도 남을 불쾌하게 만들 수 있으니까요."

"알았다니까요. 나를 영 못 믿으시네." 닛타는 부루퉁한 표정으로 코언저리를 긁적이며 성큼성큼 걸음을 옮겼다.

가타기리 요코에게서 프런트로 전화가 걸려온 것은 오후 6시를 조금 지났을 무렵이었다. 나오미는 정해진 근무시간이 이미 끝났지만 닛타가 여전히 프런트를 지키고 있어서 그 옆에 함께 붙어 있어야 했다. 전화를 받은 젊은 직원이 "1219호실의 가타기리 씨가 야마기시 씨에게 부탁이 있다고 하십니다"라면서 수화기를 건네주었다.

"네, 전화 바꿨습니다. 야마기시예요. 무슨 일이십니까?" 나오미가 물었다.

"아, 미안해요. 실은 저녁 식사에 대해 잠깐 상의하려고요. 이 호텔에 무척 유명한 프렌치 레스토랑이 있다고 들었는데, 나 같은 사람이 혼자 가도 괜찮을까요? 전에 다른 레스토랑에서는 옆에서 거들어줄 사람을 꼭 데려와야 한다고 했는데."

나오미는 수화기를 귀에 댄 채 고개를 끄덕였다.

"아뇨, 저희 호텔 레스토랑은 괜찮습니다. 점자 메뉴판도 준비되어 있을 거예요."

"그건 참 다행이네요."

"예약은 하셨습니까?"

"아, 아직 안 했는데."

"그러면 제가 레스토랑에 전화해두겠습니다. 식사 시간도 정하셨는지요?"

"글쎄, 7시쯤일까."

"가타기리 씨 혼자서 가시는 걸로 예약하면 될까요?"

"응, 혼자예요."

"그럼 레스토랑 직원에게 잘 얘기하겠습니다. 그리고 7시 조금 전에 제가 방으로 모시러 올라갈게요. 그 레스토랑이 약간 찾기 힘든 곳이라서요."

"그렇게 해주면 정말 고맙지요. 부탁해도 될까요?"

"네, 제게 맡겨주세요. 자, 그럼 7시 전에 찾아뵙겠습니다."

전화를 끊는 것과 동시에 바로 옆에 있던 닛타와 눈이 마주쳤다.

"이번에는 뭐래요, 그 노부인이?"

"별일 아니에요. 저녁 식사에 대한 상담이에요."

대충 얘기해주자 아니나 다를까 닛타는 의아한 표정을 지었다.

"시각장애를 가진 노부인이 혼자서 프렌치 레스토랑에 가겠다고? 이거, 점점 더 뭔가 이상하네."

"그렇게 마음에 걸리면 손님인 척하고 레스토랑에 잠입해보시든지요."

"그럴 수는 없죠. 프런트 직원으로 벌써 얼굴이 다 알려졌잖아요. 게다가 식당 손님으로 위장 잠입 중인 수사관이 따로 있어요. 그 친구들한테 맡겨야겠네."

"제발 저희 호텔의 고객을……."

"불쾌하게 하지 말아달라는 거죠? 네네, 잘 알고 있습니다. 잔소리도 많으시네." 닛타는 투덜거리며 핸드폰을 꺼냈다. 가타기리 요코에 대해 상사에게 보고할 생각인 것 같았다.

7시 십오 분 전에 나오미는 프런트를 나와 1219호실로 향했다. 문 앞에서 시계를 확인하고 십 분 전이 되기를 기다렸다가 문을 노크했다. 네, 라는 대답이 들리고 잠시 뒤에 문이 열렸다. 선글라스를 쓰고 정장으로 차려입은 가타기리 요코가 서 있었다.

"제가 좀 일찍 왔나요?"

"아니, 이제 곧 오겠구나 생각하던 참이에요."

그녀는 천천히 방에서 나왔다. 지팡이를 든 왼손에 은빛 손목시계를 차고 있었다. 얼핏 보기에는 평범한 시계인 것 같지만 금세 맹인용 시계라는 것을 알아보았다. 유리 뚜껑이 달려 있어서 외부로 드러난 문자판을 손으로 만져보고 시간을 확인하는 구조의 시계였다.

하지만 문제는 그녀가 여전히 양손에 흰 장갑을 끼고 있다는 것이었다. 장갑을 낀 채 시간을 확인할 수 있을까. 그게 아니면 그때마다 장갑을 벗는 걸까.

"왜 그래요? 엘리베이터는 이쪽일 텐데?" 가타기리 요코가 물었다.

"아, 실례했습니다. 자아, 제 팔을 잡으세요." 나오미는 그녀의 오른손을 잡아 자신의 팔에 얹었다.

프렌치 레스토랑은 맨 위층에 있었다. 예약 전화를 하면서 가타기리 요코에 대해 레스토랑 측에는 미리 설명을 해주었다. 나오미가 가타기리를 안내하며 들어서자 낯익은 레스토랑 매니저가 상냥하게 맞아주었다. 그의 안내에 따라 나오미는 가타기리 요코를 창가 자리로 데려갔다. 물론 이곳의 자랑거리인 야경을 즐기라는 게 아니었다. 되도록 구석 쪽이 편안할 것이라는 레스토랑 측의 배려였다. 다른 테이블에는 냅킨을 얹은 접시며 포크, 나이프, 유리

잔, 꽃병 등이 세팅되었지만 이쪽 테이블 위에는 아무것도 놓여 있지 않았다.

매니저의 말에 의하면 시각장애인 손님이 찾아올 경우를 대비해 직원 교육은 충분히 실시해왔다고 한다. 그런 손님에게는 요리에 대한 설명과 함께 테이블 위의 접시와 식기들이 어떻게 배치되어 있는지 자세히 설명해드리는 것이 가장 중요하다.

"그럼 저는 이만 가보겠습니다. 혹시 궁금한 점이 있으시면 여기 레스토랑 직원에게 언제든지 말씀해주세요." 나오미는 가타기리 요코에게 말했다.

"고마워요. 덕분에 무사히 식사를 하겠네."

"천만에요."

나오미는 매니저에게 눈인사를 건네고 테이블을 떠났다. 하지만 일단 레스토랑을 나선 뒤에도 문득 마음에 걸려 문 뒤편에서 가타기리 요코의 모습을 살펴보았다.

아무래도 이상한 건 그 흰 장갑이었다. 식사를 할 때도 벗지 않을 생각일까.

젊은 웨이터가 가타기리 씨 옆에 서서 메뉴판을 건네주는 참이었다. 그녀는 아직도 장갑을 끼고 있었다. 점자 메뉴판을 펼쳐 들었지만 손을 대려고 하지 않았다.

웨이터가 뭔가 설명해주자 그녀는 고개를 끄덕여 응했다. 주문이 끝났는지 웨이터는 그녀에게서 메뉴판을 받아 들더니 고개 숙여 인사하고 자리를 떠났다.

나오미는 총총걸음으로 그 웨이터를 따라갔다. 그가 주방에 들어가기 전에 얼른 말을 건넸다. "미안한데 잠깐 얘기 좀 해도 될까요?"

젊은 웨이터가 놀란 얼굴로 돌아보았다. "무슨 일이십니까?"

"메뉴판을 잠깐 보고 싶은데."

"이거 말입니까?"

나오미는 그가 내민 메뉴판을 펼쳤다. 가느다란 점자가 규칙적으로 늘어서 있지만 문자 표기는 없고 첫머리에 번호가 붙어 있을 뿐이었다. 즉 장애인이 아니라면 읽을 수 없는 메뉴판이었다.

"가타기리 씨가 이 메뉴판을 보고 요리를 선택했어요?"

"아뇨, 이 메뉴판에는 기본 메뉴와 코스 요리뿐이라서 특선 요리에 관해 구두로 설명해드렸어요. 그랬더니 셰프가 추천해주는 코스 요리가 좋다고 하셨습니다."

"흐음."

"근데 그게 왜요?"

"아니, 아무것도 아니에요. 바쁠 텐데 미안해요."

나오미는 메뉴판을 웨이터에게 건네고 빙글 발길을 돌렸다.

그 순간, 가타기리 요코와 눈이 마주쳤다. 아니, 마주친 것처럼 느껴졌다. 선글라스를 쓴 가타기리 요코가 급히 고개를 돌린 것으로 보였기 때문이다.

지금까지 웨이터와 이야기하는 모습을 지켜보고 있었을까.

설마. 나오미는 노부인에게서 시선을 돌리고 고개를 숙인 채 출구로 향했다. 음울한 기분이 가슴속에 퍼져가고 있었다.

7

닛타의 손목시계는 밤 11시를 막 넘어선 시각을 가리키고 있었다. 사무동 회의실이 가까워지자 벌써 담배 냄새가 솔솔 풍겨왔다. 문이 단단히 닫혀 있는데도 냄새가 났다. 심호흡을 하고 숨을 멈춘 뒤에 문을 열었다.

탁한 공기 속에 몇몇 수사관들의 모습이 보였다. 그중 한 사람, 모토미야가 팔짱을 낀 채 눈을 감고 의자에 앉아 있었다.

닛타가 옆의 파이프 의자에 자리를 잡자 모토미야가 눈을 번쩍 떴다. "왔어?"

"예, 수고가 많으시네요. 계장님은요?"

모토미야는 흥 하고 콧소리를 내고는 쓴웃음을 지었다.

"두 시간쯤 전에 본청에 들어가셨어. 관리관과 둘이서 과장에게 상황 보고를 한다나봐. 수사에 전혀 진전이 없으니까 위에서도 어지간히 답답해하는 모양이야."

"그래봤자 이제 겨우 잠입 수사를 시작한 단계잖아요."

"바로 그거야. 형사를 호텔에 잠입시키는 무리한 짓까지 벌여놨으니까 좀 더 성과를 내줘야지 안 그러면 곤란하다는 거야. 우리로서는 범인이 움직이지 않으면 어쩔 도리도 없는데 말이야. 조금이라도 수상한 손님이 눈에 띄면 샅샅이 마크를 하고 있는데 번번이 허탕이야."

"아, 그거 말인데요, 그 여자 손님은 어땠어요?" 닛타가 물었다.

모토미야는 가느다란 눈썹 위를 새끼손가락으로 긁적였다.

"가타기리라는 투숙객 말이지? 시각장애인이라는."

"예, 레스토랑에서 식사를 했을 겁니다. 누군가 감시를 붙여달라고 계장님께 말씀드렸는데."

"알아. 내가 손님인 척하고 그 레스토랑에 갔어."

"선배가 프렌치 레스토랑에? 혼자서요?" 닛타는 저도 모르게 눈이 휘둥그레졌다.

"당연히 혼자 갔지. 왜, 내가 그런 데 가면 안 되나?"

"아, 아뇨, 그런 건 아니고." 닛타는 웃음을 삼키느라 고생했다. 험상궂은 얼굴의 모토미야가 혼자 프렌치 레스토랑에서 얌전히 식사하는 모습을 상상하니 우스꽝스러웠다. "그래, 어떻던가요?"

모토미야는 한쪽 입술을 구기고는 목뒤를 주물렀다.

"내가 본 바로는 딱히 부자연스러운 점은 없었어. 시각장애자인 척한다는 말을 듣고 보니 그런 식으로 보이기도 했어. 하지만 이렇다 할 결정타가 없어. 내 주의력이 부족해서 그런지도 모르지만."

"장갑은요?"

"끼고 있더라고. 식사 중에도 계속 끼고 있었어. 그건 분명 이상하긴 했는데, 그렇다고 완전히 이상하다고 할 정도는 아니야. 뭔가 속사정이 있는지도 모르잖아."

"그야 그렇지만……."

모토미야는 회의 책상에 팔꿈치를 대고 턱을 괴었다.

"그 아주머니가 설령 연극을 하고 있다고 해도 이번 사건하고는 관계가 없어. 지금까지의 범행 수법으로 봐서 범인은 틀림없이 남자야. 첫 번째는 교살, 두 번째는 액살, 세 번째는 둔기로 내리쳐서 살해했잖아. 여자가 하기에는 무리지. 특히 그런 허약한 느낌의 아주머니는 더 말할 것도 없어."

이 의견에는 닛타도 반론을 할 수 없었다. 그 역시 범인은 여자가 아니라고 노세에게 단언했었다.

"나는 이제 슬슬 물러가야겠네." 모토미야가 자리에서 일어났다. "내일 또 보자고."

수고하셨습니다, 하고 닛타가 말했다. 모토미야를 비롯한 잠복근무팀에게는 호텔에서 도보로 십 분 거리의 히사마쓰 경찰서에 잠깐 눈을 붙일 수 있는 휴게소를 마련해주었다.

닛타는 얼굴 사진이 더덕더덕 붙어 있는 화이트보드로 다가갔다. 우선 전체를 대충 훑어보았다. 시나가와에서 일어난 회사원 살해 사건, 센주신바시에서 일어난 주부 살해 사건, 그리고 가사이에서 일어난 고등학교 교사 살해 사건. 기묘한 숫자 메시지가 남겨져 있다는 것 외에는 서로 연결될 만한 점이 거의 발견되지 않았다. 그렇기 때문에 닛타 일행이 이렇게 호텔에 잠입 수사까지 하고 있는 것인데, 과연 이런 방법으로 범인을 찾을 수 있을까 하는 불안이 여전히 가슴 한쪽에 남아 있었다.

이런 것보다는 지금까지 일어난 사건을 다시 처음부터 철저히 조사해보는 게 사건 해결을 위한 지름길이 아닐까.

자신이 호텔리어 흉내를 내고 있는 동안에 다른 수사관들이 착착 성과를 올리고 있을 거라고 생각하면 답답해서 견딜 수가 없었다.

닛타는 회의실을 나왔다. 바로 위층이 객실부 사무실이어서 탈의실이며 직원용 휴게실이 같이 있었다. 거기서 잠시 눈을 붙이자 생각하고 계단을 올라갔다.

사무실에 들어서니 공용 책상에 누군가 와 있었다. 뒷모습이라 얼굴은 보이지 않지만 프런트 직원 유니폼을 입고 있었다. 게다가 책상에 엎드려 잠이 든 것 같았다.

닛타는 발소리를 죽여 다가갔다. 곧바로 야마기시 나오미라는 것을 알았다. 그녀 앞에는 노트북컴퓨터가 켜진 채 열려 있었다. 그리고 책상 위에는 출력한 A4지 몇 장이 널려 있었다.

닛타는 노트북 화면을 들여다보았다. 살인 사건을 보도한 신문 기사인데, 닛타 일행이 수사 중인 사건과는 관계가 없는 것이었다.

인쇄된 내용을 읽어보았다. 역시 살인 사건에 관한 기사였다. 게다가 닛타도 잘 알고 있는, 시나가와에서 오카베 데쓰하루가 살해된 사건에 대한 보도였다.

다른 A4지도 들여다보았다. 모두 최근에 일어난 살인 사건에 대한 신문 기사였다. 그중 몇 가지는 닛타 일행이 수사하고 있는 연쇄살인에 관한 것이었다.

닛타는 대충 상황이 짐작되었다. 야마기시 나오미에게는 지금까지 세 건의 연쇄살인 사건이 일어났다는 이야기만 했지, 그게 어떤 사건이었는지는 일절 알려주지 않았다. 게다가 어째서 그다음 사건이 이 호텔에서 일어난다고 예측했는지에 대해서도 설명해주지 않았다. 그녀는 도저히 이해할 수가 없었을 것이다. 그래서 나름대로 사건의 내용을 파헤쳐보기로 한 모양이었다. 우선 최근에 도쿄에서 일어난 살인 사건을 죄다 검색해보고 관심이 가는 신문기사를 인쇄했을 것이다.

닛타는 야마기시 나오미 옆에 서서 가볍게 어깨를 두드렸다.

잠시 뒤에 그녀는 천천히 몸을 일으켰다. 하지만 눈은 감은 채였다. 앞뒤로 가만히 몸을 흔든 뒤, 속눈썹을 움찔움찔하더니 그제야 슬며시 눈을 떴다.

야마기시 씨, 하고 닛타가 말을 건넸다. 그러자 전기 충격이라도 받은 것처럼 그녀의 등이 꼿꼿하게 펴졌다. 눈도 큼지막해졌다. 그 상태로 그녀는 닛타를 올려다보았다.

"닛타 씨…… 언제부터 여기에?"

"방금 왔어요. 이런 곳에 엎드려서 자면 감기 걸려요."

야마기시 나오미는 뺨에 손을 대고 잠시 가만히 있었다. 아직도 멍한 모양이었다. 이내 책상 위에 서류를 펼쳐놓은 걸 깨닫고 당황한 기색으로 주섬주섬 정리하기 시작했다.

"서두를 거 없어요. 이미 다 봤으니까."

그녀는 잠시 손을 멈췄지만 곧바로 다시 움직였다.

"쓸데없는 짓은 하지 말라고 할 거죠?"

"쓸데없다기보다 불필요한 짓이에요. 몇 번이나 말했지만 수사는 우리에게 맡기세요. 야마기시 씨는 이런 일에 개입해서는 안 돼요."

"그냥 나 혼자 하고 싶어서 하는 일이에요. 닛타 씨에게 폐가 될 일은 아니라고 생각하는데요?"

"폐가 된다는 말은 안 했어요. 야마기시 씨를 위해 하는 얘기죠. 나 때문에 늦게까지 호텔에 남아 있는 것도 미안한데. 그러니까 최소한 쉬는 시간만이라도 편히 쉬라고요."

"그렇게 내 생각을 해주신다면……." 거기까지 말하다가 야마기시 나오미는 문득 입을 다물고 슬쩍 어깨를 으쓱했다. "아뇨, 아니에요."

"사건에 대해 자세히 알려달라는 거죠?"

"일반인에게는 알려줄 수 없다면서요? 나도 더 이상 묻지 않을래요." 그녀는 노트북을 끄고 자리에서 일어났다. "수고하셨습니다. 편히 쉬세요."

"노부인은 그 뒤로 별말 없었어요? 자칭 시각장애인이라는 그 부인요."

탈의실로 가려던 야마기시 나오미가 발을 멈추고 돌아보았다.

"아뇨, 별말 없었어요. 그분에게 무슨 일 있었어요?"

"아니, 아무리 생각해도 수상해서요." 닛타는 코밑을 쓱쓱 문질렀다. "아무튼 조심하는 게 좋아요."

"낮에도 내가 말했을 텐데요. 설령 그 손님이 연기를 한다고 해도 그게 범죄행위로 연결되지 않는 한, 우리의 대응이 달라질 일은 없어요."

"그런 말 하는 걸 보니 야마기시 씨도 그게 연기일지 모른다고 의심하는 모양이군요."

"혹시 그럴지도 모른다는 생각은 했어요. 하지만 그걸 확인해볼 마음은 없어요."

"확인할 것도 없어요. 그건 연기예요. 무슨 속셈인지는 모르지만."

야마기시 나오미는 크게 숨을 내쉰 뒤, 닛타 쪽으로 몸을 돌렸다.

"저희 호텔에는 다양한 손님들이 찾아오세요. 개중에는 상당히 개성적인 분도 계시죠. 하지만 개성적이라고 해서 반드시 딴 속셈이 있다고 의심하는 건 실례 아닐까요? 그 목욕 가운 건으로 닛타 씨가 날카로운 통찰력을 가진 분이라는 건 잘 알겠어요. 그런 점은 나도 배워야 한다고 생각해요. 하지만 몇 번이나 말했듯이 범죄로 연결되지 않는 한, 그대로 조용히 지켜봐야 해요. 아니면 닛타 씨가 수사 중인 사건에 그분이 관련되었다는 근거라도 있나요?"

닛타는 피식 웃으며 고개를 저었다.

"그런 건 없어요. 아마 이번 사건과는 관계없을 겁니다. 나는 호텔이나 당신을 위해 말하는 거예요. 시각장애인인 척한다는 건 그 시점에 이미 수많은 사람들을 속이는 일이에요. 아무 목적도 없이 거짓말을 하는 사람은 없죠. 그러니 조심하는 게 좋아요."

그러자 야마기시 나오미는 도전하는 눈빛으로 닛타를 쏘아보았다. 당장이라도 입에서 반론이 터져 나올 기색이었다.

하지만 다음 순간, 빙긋 웃음을 지었다.

"충고 고맙군요. 남을 의심하는 일에 관해서는 전문가인 분의 의견이니 마음에 담아둘게요. 하지만 나도 호텔리어로서 자부심이 있어요. 나는 내 눈을 믿고 싶어요. 그 손님이 닛타 씨가 수사 중인 사건과 별 관계가 없다면 부디 나한테 맡겨주세요."

"참견하지 말라는 건가요?"

그녀는 약간 비꼬는 투가 섞인 미소를 지었다.

"닛타 씨도 그렇잖아요? 문외한이 나서서 수사에 이러니저러니 참견하는 건 싫으시죠?"

닛타는 얼굴을 찡그리며 고개를 끄덕였다. "뭐, 좋으실 대로."

그럼 쉬세요, 라고 다시 한 번 인사하고 야마기시 나오미는 탈의실로 향했다.

휴게실은 탈의실과는 반대쪽이었다. 닛타가 발길을 돌리는 참에 상의 안주머니에서 핸드폰이 진동했다. 착신 표시를 확인해보니 노세에게서 온 것이었다. 그가 오늘 밤 호텔 방에 몰래 들어오겠다고 말했던 게 생각났다.

"네, 닛타입니다."

"나, 노세야. 수고가 많네."

"이제야 호텔에 왔어요? 침대는 마음에 들 만큼 푹신합니까?"

"아니, 그게 말이지, 이래저래 잡무가 많아서 아무래도 오늘 밤에는 못 갈 것 같아. 정말 유감스럽지만." 낙담한 기색이 목소리에 역력했다.

쌤통이다, 하고 닛타는 내심 고소했다.

"거참, 안타깝네요. 모처럼 고급 호텔 방을 잡으셨는데."

"누가 아니래. 그나저나 그 방을 그냥 놀리는 것도 아깝잖아. 그래서 닛타 씨에게 전화했어."

"무슨 말씀인지."

"닛타 씨, 어차피 어딘가에서 잠은 잘 거지? 그렇다면 그 방을 쓰라고."

"아이, 그건 안 되죠."

"왜? 싱글룸에 둘이 들어가면 규칙 위반인지도 모르지만 닛타 씨 혼자 사용한다면 아무 문제 없잖아?"

"그런 게 아니라 그 방은 노세 씨가 잡은 것이라서 제가 쓸 수 없다는 얘기예요."

"근데 내가 못 가게 됐으니 어쩔 수 없지. 그나마 닛타 씨라도 그 방을 사용하면 나도 덜 억울할 거 같아. 그냥 비워두면 방을 잡은 보람이 없잖아."

닛타는 입을 다물었다. 숙박료를 이쪽에 떠넘길 마음은 없는 것 같았다.

노세의 방은 1015호실이었다. 세련된 색조로 통일된 싱글룸의 모습이 닛타의 머릿속에 떠올랐다. 그 방을 그냥 비워둔다는 건 아닌 게 아니라 아까운 일이었다.

"노세 씨, 정말 오늘 밤에 못 들어와요?" 확인차 다시 한 번 물었다.

"아무래도 그럴 것 같아. 정말 재수도 없지 뭐야. 이번 사건이 일단락되면 언젠가 하룻밤 편안하게 자볼 거야. 그러니까 오늘 밤에는 닛타 씨가 그 방에 가서 자."

닛타는 핸드폰을 오른손에서 왼손으로 바꿔 들고 출구를 향해 걸음을 옮겼다.

"알았어요. 사정이 그렇다면 제가 쓰겠습니다. 단 숙박비는 반반씩 내기로 하죠."

"아니, 그건 안 되지. 괜히 닛타 씨에게 부담을 주게 되잖아. 내 마음대로 방을 예약하고 체크인 한 거야. 방을 쓰건 못 쓰건 내 책임이지. 닛타 씨에게 괜한 돈을 쓰게 할 수는 없어."

"그래도."

"그 점은 신경 쓸 거 없어. 내일 체크아웃 때까지 내가 가서 요금은 정확히 치를 생각이야. 아 참, 방 키는 어떻게든 받을 수 있겠지?"

"그거야 뭐 어떻게든."

"그럼 잘됐네. 오늘 밤은 부디 편히 지내. 잘 자." 일방적으로 말하더니 노세는 전화를 끊었다.

닛타는 사무동을 나와 프런트에서 마스터키를 확보해 1015호실로 향했다.

당연한 일이지만 방은 낮에 와본 그대로였다. 침대에는 닛타가 앉았던 흔적이 남아 있었다. 침대 커버를 벗기고 유니폼을 입은 채 몸을 던졌다. 휴게실에 있는 침대와는 푹신함이 완전히 달랐다.

도쿄 한복판에 있는 호텔에서 자본 게 대체 언제였나 하고 생각했다. 이래저래 기억을 더듬어보니 5년쯤 전에 사귀던 여자와 와본 게 마지막이었다. 분명 화이트데이였다. 과자 회사의 상술에 놀아나는 짓거리라고는 생각했지만 뭔가 이벤트를 해주었으면 하는 여자 친구의 요청에 따라 바다가 보이는 호텔에 묵기로 했다. 이튿날 아침, 급한 호출을 받고 예정보다 일찌감치 체크아웃을 했는데 여자 친구가 도무지 욕실에서 나오지 않아 답답했던 기억이 있다. 화장을 하느라 시간이 걸린 듯했다.

결국 그 여자와는 그 뒤 얼마 안 되어 헤어졌다. 넛타는 그녀의 느슨함이 지겨웠지만 그녀는 그녀대로 무신경한 남자를 더 이상 참아줄 수 없는 모양이었다.

그때 일을 떠올리다 보니 저절로 미소가 지어졌다. 씁싸래한 추억이지만 그리 나쁜 경험은 아니었던 것 같다. 그런 일이라도 없었다면 도심 호텔에 묵을 일도 없었을 것이다.

그렇다. 도쿄에 사는 사람이 도쿄 도심 호텔에 숙박하는 일 따위, 보통은 없다.

이번 사건의 범인은 어디 사람일까. 지금까지의 살인 사건은 모두 도쿄 안에서 일어났다. 그렇다면 도쿄에 사는 사람이거나 혹은 아니라고 해도 일단 쉽게 오갈 수 있는 수도권에 살고 있다고 생각해도 틀림없지 않을까.

계획적으로 범죄를 실행하려는 인간은 통상 자신이 잘 아는 장소를 이용하려고 한다. 결국 범행 장소는 자신이 활동하는 주변 지역이 된다. 호텔이란 하나의 건물에 지나지 않지만 그 내부는 작은 마을이라고 표현해도 될 만큼 복잡하다. 즉 이번 범인은 도쿄 혹은 근교에 살면서 평소에 호텔을 이용할 일이 많은 사람이라고 생각할 수 있다.

예를 들면 어떤 사람들일까.

닛타는 몸을 일으켜 방 안을 둘러보았다. 시선이 문으로 향했을 때 움직임이 멈췄다.

전에 이나가키 일행과도 말했던 것이지만, 아무리 불특정 다수의 사람들이 빈번하게 드나든다고 해도 호텔 안에서 어느 누구에게도 들키지 않고 살인을 저지를 수 있는 장소는 거의 없는 것이나 마찬가지다. 가능한 곳이 있다면 역시 객실이다. 그러면 객실에 있는 사람을 살해하려고 할 경우, 과연 어떤 수단을 선택할까.

피해자와 같은 방에 묵는다면 범행은 실로 간단하다. 체크인은 피해자에게 맡기고 범인은 나중에 객실로 몰래 들어가 살해하면 된다. 조심해야 하는 것은 감시 카메라 정도다. 함께 묵을 예정이 아니더라도 피해자와 서로 아는 사이라면 객실에서 둘만 마주하는 건 그리 어렵지 않을 것이다.

하지만 그런 경우에는 굳이 호텔을 범행 장소로 택하지 않아도 된다. 서로 아는 사이라면 되도록 남의 눈에 띄지 않는 곳으로 상대를 유인해내는 건 그리 어렵지 않을 것이다.

반대로 서로 모르는 사이라면 객실에서의 범행은 크게 어려워진다. 낯선 사람을 순순히 안으로 들이는 사람은 없기 때문이다. 노크를 하더라도 방문객의 정체를 알지 못한다면 도어카드를 빼지 않을 것이다.

문에 못 박혀 있던 닛타의 시선이 아주 조금 이동했다. 도어카드의 조금 위쪽에 플라스틱으로 된 카드 키홀더가 붙어 있었다.

그곳에 카드키를 꽂게 되어 있다. 지금은 닛타가 가져온 마스터키가 꽂혀 있었다.

갑자기 한 가지 생각이 떠올랐다. 그 순간, 가슴이 움찔할 만큼 심장이 크게 뛰었다. 그는 문으로 다가가 마스터키를 집었다. 그것을 지그시 들여다보며 방금 머릿속에 번쩍 스쳐간 생각을 정리했다.

가능성이, 있다.

서로 아는 사이가 아닌 경우, 객실 안에 있는 사람에게 접근하기란 어려운 일이다. 하지만 일부 사람에게 그것은 실로 쉬운 일이다. 이것을, 이 마스터키를 사용하면 되는 것이다. 물론 도어카드나 안전 자물쇠를 걸어둔다면 들어갈 수 없을 것이다. 하지만 투숙객 전원이 문단속에 유난히 신경을 쓰는 것은 아니다. 몇 군데 시도해 보면 개중에는 손쉽게 열리는 문도 있을 터였다.

범인은 왜 다음 범행 장소로 이 호텔을 선택했는가. 그 의문에는 가장 합리적인 대답이 존재한다.

범인이 이 호텔 안에 있기 때문이다.

8

항상 그렇듯이 인수인계 시각보다 조금 일찍 출근한 나오미는 한가한 프런트 직원을 붙잡고 가장 먼저 가타기리 요코에 대해 물어보았다. 그러자 별다른 특이 사항은 없었다는 대답이 돌아왔다.

나오미는 일단 마음이 놓였다.

잠시 뒤에 구가와 가와모토 등도 출근했다. 인사를 나누고 밤 근무자로부터의 인수인계 작업에 들어갔다. 각 객실에 부과되는 청구 대금이며 연회비나 식음료 등의 정산, 중요한 전달 사항 등 인계해야 할 내용이 많다.

"제자가 보이지 않네?" 인계를 마치고 프런트 업무에 들어간 구가가 나오미에게 물었다.

"저도 웬일인가 하던 참이에요. 아직 사무동에 있는 거 아닐까요?"

"흐음, 형사들도 늦잠을 자나?"

구가가 그렇게 말하며 하얀 이를 내보이자마자 옆에서 가와모토가 낮게 속삭였다.

"엇, 왔어요."

나오미는 뒤를 돌아보았다. 프런트 직원 유니폼을 입은 닛타가 엘리베이터 홀에서 뛰어오는 참이었다.

"늦어서 죄송합니다." 닛타가 꾸벅 머리를 숙였다.

"사무동에 계셨던 거 아니었어요?" 나오미가 물었다.

"아뇨, 잠깐 객실을 순찰하러……."

"순찰?"

"아, 그게, 비상계단이라든가 복도에 수상한 물건은 없는지 등등, 확인차 한 바퀴 둘러봤어요. 별다른 이상은 없더군요."

"그러시다면 괜찮지만, 누구에게든 말을 하고 움직여주세요. 저희가 당황하게 되니까요."

"알겠습니다. 죄송합니다." 닛타가 웬일로 순순히 사과하고 나섰다.

그의 뒷머리 부분이 삐죽이 튀어나와 있었다. 나오미가 그것을 가리키며 말했다. "베개에 눌린 자국이 남았네요."

앗, 하면서 그는 뒷머리를 잡더니 그대로 안쪽 문을 열고 사무실로 사라졌다.

이윽고 체크아웃을 하는 손님이 슬슬 불어났다. 나오미도 프런트에 서서 업무에 쫓기게 되었다.

통통한 체형의 남자가 현관 정문으로 들어왔다. 나오미는 어디선가 본 기억이 났다. 닛타가 관할 경찰서 형사라고 했던 사람이었다. 야마모토라고 이름을 댔었지만 본명인지 아닌지는 알 수 없었다.

남자는 나오미 앞에 다가와 카드키를 내밀며 체크아웃을 신청했다.

"야마모토 씨, 냉장고는 이용하셨는지요?"

그 즉시 남자는 우물쭈물하는 기색을 보였다. "아, 냉장고……."

그러자 뒤에서 "안 했어요"라는 목소리가 들려왔다. 닛타였다.

"예?" 나오미가 돌아보았다.

"냉장고는 열지 않았어요. 이용하지 않은 걸로 해서 계산해주세요." 닛타는 무표정하게 말했다.

나오미는 두 남자를 번갈아 바라보았다. 야마모토라고 이름을 댄 남자는 뭔가 겸연쩍은 표정이고 닛타는 고개를 슬며시 돌리고 있었다.

뭔가 사정이 있는 모양이라고 생각하면서 잠시만 기다려달라고 말한 뒤 나오미는 정산 수속을 시작했다.

오전 11시 체크아웃 시간이 끝나기 오 분 전쯤, 프런트의 전화가 울렸다. 구가가 수화기를 들었지만 곧바로 나오미를 불렀다.

"1219호실 가타기리 씨에게서 온 전화야. 자네에게 할 얘기가 있대."

가슴이 철렁했다. 이번에는 또 무슨 일일까. 수화기를 귀에 대고 "전화 바꿨습니다. 야마기시입니다"라고 말했다.

"바쁠 텐데 미안해요. 이제 그만 체크아웃을 해야 할 시간이지요?"

"아뇨, 약간 늦으셔도 괜찮습니다. 천천히 준비하셔도 돼요."

"근데 내가 난처한 일이 생겼어요. 그래서 야마기시 씨에게 부탁을 좀 하려고 이렇게 전화했답니다."

수화기를 든 나오미의 손에 힘이 들어갔다. "무슨 일이신지요?"

"평범한 사람에게는 아무 일도 아닐 거예요. 실은 내가 못 찾고 있는 물건이 있어요. 분명 이 방 어딘가에 있을 텐데 아무리 찾아도 손에 잡히질 않네요."

아무래도 가타기리 요코가 뭔가 물건을 찾고 있는 모양이었다.

"네, 알겠습니다. 지금 곧 올라가겠습니다."

"그래요. 미안해요."

"천만의 말씀이에요. 자, 그럼 잠시 뒤에 뵙겠습니다."

나오미는 전화를 끊고 구가에게 사정을 설명한 뒤 프런트를 나왔다.

"야마기시 씨." 다시 닛타가 뒤따라 왔다. "함께 가도 되죠?"

나오미가 미간을 찌푸렸다. “둘이 함께 쳐들어가면 이상하게 생각할 거예요.”

“어떻게 둘이라는 걸 알죠?”

“어제도 말했잖아요. 그런 분은 발소리만으로도 사람 숫자를 아신다니까요.”

“그럼 벨보이를 데려왔다고 하면 되겠네요. 설마 옷이 스치는 소리만으로 복장까지 알아낼까요?”

엘리베이터 문이 열렸다.

“원하는 대로 하세요. 하지만 마음대로 방에 들어가시면 안 돼요.”

나오미가 엘리베이터에 타자 닛타도 따라 탔다.

1219호실의 문을 노크하자 네, 라는 대답이 들려왔다. 그리고 십 초쯤 틈을 두었다가 문이 열렸다. 가타기리 요코는 이미 떠날 준비를 마치고 선글라스도 쓰고 있었다. 게다가 장갑까지 낀 뒤였다.

오래 기다리셨습니다, 하고 나오미는 말했다.

“일부러 여기까지, 미안해요.” 가타기리 요코는 진심으로 미안하다는 듯이 말했다. 닛타가 나오미의 바로 뒤에 서 있었지만, 그를 알아챈 기척은 느껴지지 않았다.

“아뇨. 그런데 찾으시는 물건이 무엇인가요?”

“대단한 건 아니에요. 아무튼 들어와요.”

실례하겠습니다, 라고 말하고 나오미는 안으로 들어갔다. 닛타를 복도에 남겨두고 문을 닫았다.

“실은 이거예요.” 가타기리 요코는 자신의 블라우스 옷깃을 잡으며 말했다. "단추 하나가 없어져버렸지 뭐예요."

"아, 네……."

맞는 말이었다. 위에서 두 번째 단추가 떨어지고 없었다.

"어제 이 방에서 옷을 벗을 때는 틀림없이 있었어요. 그런데 아까 입어보니 손에 잡히지 않아서."

"네, 알겠습니다. 잠시만 자리에 앉아 계세요. 제가 찾아보겠습니다."

나오미는 바닥을 둘러보았다. 눈에 보이는 범위 안에는 없는 것 같았다. 네 발로 엎드려 책상 밑이며 탁자 밑은 물론이고 침대 밑까지 들여다보았다. 그러면서 내내 의심과 싸우고 있었다. 이 사람, 정말 시각장애인일까. 만일 연기라면 왜 이런 짓을 하는 걸까. 왜 나한테 이런 일을 시키는 걸까.

혹시 일부러 나를 괴롭히려는 건가, 하는 생각이 떠올랐다. 전에 이 호텔에 묵었을 때 뭔가 불쾌한 일이 있어서 그 앙갚음을 하려는 건 아닐까.

"안 보이는 모양이네요." 가타기리 요코가 말했다.

"죄송합니다."

"아이, 당신이 사과할 일이 아니지요. 잘못한 건 난데."

하지만, 이라고 나오미가 말했을 때, 문을 두드리는 소리가 들려왔다. 닛타일 것이다.

"벨보이에게 밖에서 기다리라고 했거든요. 잠깐 나가봐도 괜찮겠습니까?"

"네, 그래요."

나오미는 문으로 다가가 조금만 열었다. 닛타가 무표정하게 서 있었다.

"무슨 일이에요?"

"단추를 찾고 있어요."

"단추?" 닛타는 의아한 듯 미간을 찡그렸다.

"여기는 나 혼자서도 괜찮으니까 닛타 씨는 그만 돌아가세요." 빠른 말투로 그렇게 속삭이고는 여전히 뭔가 궁금한 표정인 닛타를 무시하고 문을 닫았다.

"내가 큰 폐를 끼치는군요." 가타기리 요코가 말을 건네왔다.

나오미는 그녀 쪽을 향해 웃음을 지었다.

"신경 쓰실 것 없어요. 그보다 가타기리 손님, 이렇게 하면 어떨까요. 프런트에서 체크아웃 수속을 하시는 동안 하우스키퍼에게 청소를 부탁하려고요. 그 사람에게 맡기면 반드시 찾아낼……"

거기까지 말한 참에 나오미는 멍하니 입이 벌어졌다. 가타기리 요코의 발치, 침대 바로 옆에서 검은 단추가 눈에 띄었기 때문이다.

나오미는 그쪽으로 다가가 단추를 주웠다.

"가타기리 손님, 이거 아닌가요?" 그녀의 왼손을 잡고 손바닥 위에 단추를 얹어주었다.

"아, 이거예요. 틀림없네. 정말 고마워요. 어디 있었죠?"

"가타기리 손님의 발밑이었어요. 그래서 제가 아까 못 본 모양이에요."

거짓말이었다. 그 근처는 몇 번이나 살펴보았다. 나오미가 닛타와 이야기하는 사이에 가타기리 요코가 거기에 떨어뜨렸다고 생각할 수밖에 없었다.

무엇 때문에 이런 짓을.

의심의 구름이 나오미의 가슴속에 모락모락 피어났다.

"다행이네. 이제 출발할 수 있겠어요." 가타기리 요코는 웃는 얼굴로 자리에서 일어났다.

나오미는 그녀를 프런트까지 안내하고 곧장 체크아웃 수속에 들어갔다. 닛타가 의심스럽다는 얼굴로 바라보고 있었지만 그쪽은 되도록 쳐다보지 않았다.

왜 이 노부인이 시각장애인인 척하는지는 확실하지 않지만 아무튼 한시라도 빨리 이 호텔에서 떠나게 하자는 것이 나오미의 생각이었다. 일부러 괴롭히는 것이 목적이고, 그것을 이루었다고 본인이 만족했다면 그걸로 됐다고 생각했다.

가타기리 요코는 현금으로 지불을 마쳤다. 지갑 속을 들여다보는 일 없이 손으로 더듬어 지폐와 동전까지 정확하게 꺼냈다. 단순히 남을 괴롭히겠다는 목적만으로 이런 연기까지 가능한 것일까, 하는 또 다른 의문도 일었다.

"야마기시 씨." 모든 수속을 마친 뒤에 가타기리 요코가 나오미를 불렀다. "현관까지 배웅해줄래요?"

"그러면 벨보이를 불러드리……."

가타기리 요코는 천천히 고개를 저었다. "아뇨, 당신에게 부탁하고 싶은데."

나오미는 흘끔 닛타 쪽을 돌아본 뒤에 심호흡을 했다.

"네, 알겠습니다. 제가 안내해드리겠습니다."

프런트를 나와 가타기리 요코를 안내하며 현관으로 향했다. 뒤에서 닛타가 따라왔다.

현관 자동문 앞까지 왔을 때였다. 갑자기 가타기리 요코가 나오미의 팔을 놓았다. 앗, 하고 나오미는 돌아보았다.

가타기리 요코는 멈춰 서서 똑바로 나오미 쪽을 바라보았다. 선글라스 너머의 눈은 분명하게 뜬 상태였다.

"무슨 일이세요?" 나오미는 당황하면서 물었다.

"야마기시 씨." 그렇게 부른 뒤, 가타기리 요코는 빙긋이 웃었다. "이래저래 정말 고마워요. 그리고 미안해요. 진심으로 사과드립니다."

"네?"

가타기리 요코는 지팡이를 사용하지 않은 채 정확한 걸음걸이로 나오미에게 다가섰다.

"이미 눈치채고 있었죠? 사실은 내가 눈이 보인다는 거. 어젯밤에 레스토랑에서 야마기시 씨가 웨이터와 뭔가 이야기하는 걸 보고 알았어요. 아, 이 사람에게는 들켰구나 하고. 언제부터 알았어요?"

"언제부터냐면……." 나오미는 조금 떨어진 곳에 서 있는 닛타와 눈을 마주친 뒤, 가타기리 요코에게로 시선을 돌렸다. "체크인 때부터일까요? 아니, 딱히 확신이 있었던 것은 아니에요."

"그렇군요. 처음부터 들켜버렸네. 역시 안 되네요. 나름대로 연기를 잘해볼 생각이었는데."

"저어, 왜 이런 일을 하셨는지……."

가타기리 요코는 몸을 숙여 선글라스의 위치를 바로잡더니 입가를 슬쩍 움직였다. 마치 수줍어하는 소녀 같은 표정이었다.

"실은 우리 남편이 이제 곧 도쿄에 올라올 예정이에요. 옛날 친구들을 만난다는군요. 그건 좋은 일이지만, 한 가지 걱정스러운 게 있었답니다. 우리 남편이 시각장애인이거든요."

아, 하고 나오미는 탄성을 흘렸다.

"남편은 지금까지 혼자서 장거리 여행을 한 적이 없어요. 항상 내가 따라와서 돌봐줬지요. 하지만 이번에는 꼭 혼자서 오겠다고 하는군요. 왜 그런가 하면 사실 나도 그날 중요한 볼일이 있어요. 절친한 친구의 딸이 결혼식을 올릴 예정이랍니다. 그 결혼식을 내가 오래전부터 손꼽아 기다렸다는 것을 잘 아니까 남편도 이번만은 내게 신세를 지고 싶지 않은 모양이에요. 그 결혼식에는 참석하지 않아도 괜찮다고 했는데도 고집을 부리며 받아주지 않는군요."

그제야 나오미도 어떤 사정인지 이해가 되었다.

"그럼 이번에 가타기리 씨는 남편분을 위해 사전 답사를?"

가타기리 요코는 만족스럽다는 듯 크게 고개를 끄덕였다.

"그렇답니다. 당일 여행이라면 남편 혼자서 간 적도 있으니까 교통편 같은 건 걱정이 없어요. 가장 불안한 건 숙소에서 난처한 일을 당하지 않을까 하는 거였지요. 그래서 어떤 호텔이라면 마음이 놓일지 조사해보기로 했어요. 이쪽 호텔이 장애인들 사이에서도 평판이 좋다는 건 인터넷 등을 통해서 알았답니다. 하지만 역시 내가 직접 확인하고 싶었어요. 시각장애인에게 얼마나 친절한 서비스를 해주는지 말이에요."

"네에, 그래서 저희 호텔 서비스는 어떠셨습니까?"

나오미의 물음에 가타기리 요코는 가슴을 슬쩍 내밀며 등을 꼿꼿이 세웠다.

"기대했던 것보다 훨씬 더 좋았어요. 대단히 만족했답니다. 내가 유령이니 뭐니 하는 말을 했을 때도 당신은 흔쾌히 방을 바꿔줬지요. 남편도 나와 마찬가지로 아니, 나보다 더 영감靈感이 강한 사람이에요. 그래서 그런 이유로 과연 방을 바꿔줄지, 반드시 확인해볼 필요가 있었어요. 사실대로 말하자면 처음에 내준 방, 아마 1215호실이었을 텐데, 그 방도 아무 문제는 없었어요."

"네에, 그런 사정이 있었군요."

"당신에게는 어처구니없는 봉변이었지요? 다시 한 번 사과합니다. 미안해요." 가타기리 요코가 머리를 숙였다.

"그런데 체크인 때는 왜 저를 선택하셨어요?"

"거기에는 아무 거짓도 없어요. 그때 말했던 이유가 전부지요. 나는 상성이라든가 직감을 소중히 여기니까요. 내 감각을 믿고 꼭 이 사람에게 맡기고 싶다고 생각했답니다. 정말이에요."

"그러셨군요. 서비스에 만족하셨다니, 무엇보다 기쁩니다."

"아까 단추를 찾아달라고 했을 때, 실은 몹시 마음이 아팠답니다. 내가 시각장애인인 척한다는 것을 다 알면서도 바닥에 엎드려 단추를 찾고 있는 야마기시 씨를 보고 있자니 괴로웠지요. 하지만 동시에 확신도 했답니다. 이 사람이라면 괜찮겠다, 이 호텔이라면 모든 것을 맡길 수 있겠다 하고요." 가타기리 요코는 장갑을 낀 오른손을 내밀었다. "남편이 이곳에 올 때쯤 연락드릴게요. 그때도 야마기시 씨가 맡아줄 수 있겠지요?"

나오미는 그녀의 손을 잡았다. "네, 물론입니다."

"이 장갑, 이상하게 생각했나요?" 가타기리 요코가 물었다.

"네, 조금……."

"역시 그렇군요. 예전에 남편을 돌봐주다가 손에 뜨거운 물을 쏟은 적이 있어요. 그때 다친 흉터를 가린 것인데 역시 부자연스러웠던 모양이네."

어떻게 대답해야 할지 알 수 없어서 나오미는 미소로 응했다.

"자, 그럼 우리 남편, 잘 부탁해요."

"네, 오시기를 기다리고 있다고 꼭 전해주세요."

가타기리 요코는 고개를 끄덕이고 현관으로 씩씩하게 걸어 나갔다. 저만치에서 달려오는 벨보이를 만류하며 자신이 직접 택시를 잡아탔다.

택시가 떠나는 것을 지켜본 뒤, 나오미는 곧장 프런트로 돌아가지 못하고 옆에 있던 기둥에 몸을 기댔다. 온몸의 힘이 스르르 빠져나가는 느낌이었다.

닛타가 옆으로 다가왔다. 놀랍네요, 하고 낮은 목소리로 말했다.

"당신 말이 맞았어요. 호텔에는 별별 손님들이 다 오는군요. 설마 남편을 위한 사전 답사일 줄이야. 정말 깜짝 놀랐어요." 한숨을 섞어 내놓은 말이었다.

나오미는 힘없이 고개를 저었다.

"저도 별로 잘한 게 없어요. 솔직히 저 부인을 의심했거든요. 뭔가 못된 꿍꿍이가 있는 게 아닌지 경계했어요. 그런데 저렇게 기뻐해주시다니……. 호텔리어로서 부끄럽네요." 양손으로 뺨을 감쌌다. 이상하게 얼굴이 달아올랐다.

닛타가 상의 호주머니에서 쪽지 한 장을 꺼냈다. 약간 머뭇거리면서 "이거 읽어봐요" 하고 나오미 쪽으로 내밀었다.

거기에는 다음과 같은 숫자가 적혀 있었다.

45.761871
143.803944
45.648055
149.850829
45.678738
157.788585

"이게 뭐예요?" 나오미가 물었다.

"당신이 궁금해하던 거예요." 닛타가 대답했다. "이 호텔이 다음 범행의 현장이 된다는 것을 예언해주는 암호."

9

코르테시아도쿄 호텔의 예식 코너는 2층에 있었다. 슬쩍 살펴보니 두 쌍의 커플이 상담하러 와 있었다. 각각 호텔 직원이 응대하고 있었다. 칸막이로 나눠져서 서로 어떤 상황인지는 알지 못했다.

다른 테이블은 모두 비어 있었다. 나오미는 가장 안쪽으로 들어갔다.

"음, 이곳이라면 비밀 얘기를 나누기에 딱 좋군요." 자리를 잡고 나서 닛타가 만족스러운 듯 말했다.

나오미는 사무실에서 가져온 노트북을 켜고 인터넷에 접속했다. 사정을 설명하기 위해서는 인터넷을 사용하는 게 간단하다고 닛타가 말했기 때문이다.

"준비 다 됐어요." 나오미는 말했다.

"그럼 시작하죠." 닛타가 조금 전의 쪽지를 테이블에 내려놓았다. 복잡한 숫자 여섯 개가 주르륵 적혀 있었다. "사건 현장에 남아 있던 범인의 메시지라는 게 사실은 숫자였어요. 하나의 사건 현장마다 두 개씩 기묘한 숫자가 남겨져 있었죠. 지금까지 일어난 사건은 세 건. 그래서 도합 여섯 개의 숫자예요."

나오미는 다시금 숫자를 들여다보았다. 중간에 소수점이 찍힌 몹시 세밀한 숫자였다. 당연히 무슨 뜻인지는 전혀 알 수 없었다.

"첫 번째 사건은 10월 4일에 일어났어요. 장소는 시나가와였죠. 현장은 린카이센 시나가와 시사이드 역에서 걸어서 오 분 거리에 있는 주차장이었어요. 숫자가 적힌 종이가 피해자의 자동차 좌석에 놓여 있었죠. 맨 윗줄과 둘째 줄의 숫자예요." 닛타는 여섯 개의 숫자 중에서 위쪽 두 개를 가리켰다.

45.761871
143.803944

"그다음 사건이 일어난 건 10월 10일입니다. 장소는 센주신바시 근처의 빌딩 건설 현장. 살해된 사람은 중년 여성으로, 옷 속에서 숫자가 적힌 종이가 발견되었죠. 정확히 말하면 손으로 적은 게 아니라 잡지와 신문에서 오려낸 것으로 보이는 활자를 일일이 붙였어요. 그 숫자가 여기 셋째 줄과 넷째 줄입니다." 닛타의 손끝이 조금 아래로 이동했다.

45.648055
149.850829

여기서 닛타는 얼굴을 들고 씩 웃었다.
"어때요, 이 숫자가 무엇을 의미하는지, 알겠어요?"
나오미는 턱을 쭉 당기고 닛타를 흘겨보았다.
"알 리가 있겠어요? 겨우 그 정도 힌트로."
"하긴 그렇죠." 닛타는 시원하게 인정했다. "우리도 무슨 뜻인지 전혀 알지 못했거든요. 두 사건에 공통점이라고는 찾을 수가 없었어요. 그래서, 우연히 똑같은 숫자가 현장에 남겨져 있던 것 아니냐는 의견도 나왔어요. 하지만 우연으로 치기에는 숫자가 너무도 유사했죠. 그럭저럭하는 사이에 세 번째 사건이 일어났습니다. 10월 18일의 일이었죠. 장소는 가사이 인터체인지 아래 도로였어요. 피해자는 조깅 중이던 고등학교 교사였고 그가 걸치고 있던 윈드브레이커 호주머니 속에 또다시 숫자가 적힌 쪽지가 들어 있었어요."
마지막 두 개의 숫자를 닛타는 가리켰다.

45.678738
157.788585

"이제 어때요, 숫자의 비밀을 눈치챘어요?"
"전혀 모르겠는데요." 나오미가 내뱉듯이 말했다. "아니, 닛타 씨는 사건이 일어난 날짜와 장소만 말했잖아요? 그걸로 어떻게 수수께끼를 풀라는 거예요? 당연히 힘들죠."
닛타는 마침 잘 말했다는 듯이 눈을 큼직하게 뜨고 고개를 끄덕거리더니 윗몸을 앞으로 쓰윽 내밀었다.
"바로 그거예요. 날짜와 장소. 이 숫자가 그걸 나타내는 거라니까요."
"예?" 나오미는 다시금 숫자가 적힌 종이에 시선을 떨구었다.
"숫자가 한 쌍이라는 점을 주목해봐요. 항상 한 쌍으로 사용되는 숫자에는 여러 가지가 있죠? 이를테면 좌우 시력, 몸무게와 키, 직사각형의 가로세로 길이, 음, 그리고 그 밖에 또 뭐가 있더라?"

"객실 요금과 서비스 요금."

"역시 호텔리어답군요."

"기본급과 수당, 지급액과 공제액, 보통예금과 정기예금." 나오미는 생각나는 대로 줄줄 말했다.

"오, 대단해요. 돈이라면 빠삭하군요."

나오미는 불끈했다.

"어쩌다보니 그런 게 먼저 나온 것뿐이에요. 그거 말고도 생각나는 게 많아요. 도착 날짜와 출발 날짜라든가 아이디와 비밀번호라든가."

"아이디와 비밀번호가 모두 숫자인 경우는 드물잖아요. 보안상의 문제가 있으니까요. 어쨌든 호텔 용어로 예를 들자면, 객실 번호도 두 가지가 한 세트로 되어 있죠?"

닛타의 말을 얼핏 알아들을 수 없어서 나오미는 고개를 갸웃했다.

"3810호실이라는 객실 번호를 예로 들죠. 이건 얼핏 보면 하나의 숫자로 보이지만, 두 개의 의미를 포함하고 있어요. 첫 단위인 38은 층수, 그리고 뒤의 단위 10은 그 층에서의 위치를 나타내죠. 당신에게는 굳이 설명할 필요도 없는 일이지만."

"그러고 보니 그건 너무 당연한 일이라 딱히 의식한 적도 없네요."

"이렇게 어떤 장소를 나타내기 위해 두 개의 숫자를 사용하는 일이 많아요. 그런데 대부분의 경우, 한쪽은 숫자가 아니라 알파벳 같은 것이 쓰이죠. 이를테면 이 호텔 주차장에도 B15라는 식의 표기법을 쓰고 있어요. 하지만 양쪽을 모두 숫자로 쓰고, 게다가 이 지구상의 모든 지점을 특정할 수 있는 게 있어요. 자, 여기까지 얘기하면 이제 알겠죠?"

지구라는 말을 듣고 나오미는 지구본을 머릿속에 떠올렸다. 덕분에 즉시 대답할 수 있었다.

"위도와 경도?"

"그렇죠." 닛타는 메모지를 손끝으로 툭 쳤다. "이건 위도와 경도를 나타내는 거예요."

아하, 하고 나오미는 줄줄이 늘어선 숫자를 바라보았다.

"의외로 간단한 것이었네요?"

"근데 이게 그렇게 단순하지 않아요. 위도와 경도인 것 같다는 얘기는 꽤 일찍부터 나왔어요. 하지만 실제로 끼워 맞춰봤는데 잘 풀리지 않았죠. 자, 여기서 인터넷이 등장할 차례예요. 위도와 경도를 입력하면 그 지점을 찾아주는 지도 서비스가 있으니까 우선 거기에 접속해봐요. 아니, 내가 하죠. 그게 빠르겠어요." 닛타는 노트북을 자기 쪽으로 돌리고 익숙한 손놀림으로 키보드를 쳤다.

화면에 사이트 제목이 나타났다. 그 옆에 검색 내용을 써넣는 길쭉한 칸이 있었다.

"첫 번째 사건 현장에 남아 있던 두 줄의 숫자를 넣어보자고요. 자, 어떻게 될까."

닛타는 두 개의 숫자를 써넣은 뒤, 검색 버튼을 클릭했다. 곧바로 구글 지도가 나타났다. 그런데 파란색만 가득할 뿐 지도다운 것은 어디에도 없었다.

"뭐예요, 이게?"

"네, 대체 뭘까요. 자, 그럼 여기서 지도의 축척을 바꿔보겠습니다."

닛타는 지도의 축척을 점점 올려갔다. 이윽고 한쪽 귀퉁이에서 육지가 출현했다. 아무래도 바다 위였던 모양이다. 조금 더 축척을 올리자 그 육지의 정체를 나오미도 알 수 있었다.

"홋카이도……."

"맞아요, 오호츠크해보다 한참 더 북쪽, 사할린 옆이에요."

"그런 곳에 대체 어떤 의미가 있어요?"

"그 질문에 대답하기 전에 두 번째 사건 현장에 남아 있던 숫자도 검색해보죠. 마찬가지로 위도와 경도를 입력합니다."

닛타는 조금 전과 마찬가지로 검색을 했다. 다시금 나타난 것은 파란 바다였다. 축척을 올려가자 이번에는 육지가 조금 더 빨리 나타났다. 하지만 전혀 엉뚱한 장소라는 점은 마찬가지였다.

"이곳은……."

"조금 전의 지점에서 약간 동쪽으로 이동했어요. 북방사도北方四島(러시아와 일본 사이에 그 소속을 놓고 분쟁 중인 섬 지역—옮긴이)의 맨 끝 에토로후 섬보다 더 동쪽이죠." 닛타는 노트북을 들여다보던 얼굴을 들었다. "여기까지 밝혀졌을 때, 수사관들 사이에서 재미있는 가설이 나왔어요. 범인이 일본의 영토 문제에 대해 뭔가 메시지를 보낸 게 아니냐는 거예요."

"영토 문제?" 생각지도 못한 말이 튀어나오는 바람에 나오미는 크게 당황했다.

"예전에 사할린은 북방 영토와 마찬가지로 일본 소유라는 설이 있었잖아요. 범인이 그 영유권을 강력히 주장하려는 것이 아니냐는 의견인데, 그리 엉뚱한 얘기는 아니지요."

"그건 알겠는데요, 그렇다고 왜 사람을 죽여요?"

"정부를 위협하는 행동이라고 생각하면 어떨까요? 신속하게 영유권을 주장하지 않으면 더 많은 희생자가 나올 것이다, 라는."

나오미는 형사의 얼굴을 곰곰이 바라보았다. "그거, 진심으로 하는 말이에요?"

닛타가 싱글벙글했다.

"아니, 내 생각이 그렇다는 게 아니에요. 그런 가설도 나왔다는 얘기죠. 범인이 남긴 숫자가 사할린이나 북방 영토를 나타낸다면 그런 식으로 생각할 수밖에 없는 것도 사실이고."

"아무리 그래도……."

"하지만 그 가설도 완전히 빗나갔다는 게 곧바로 밝혀졌어요. 세 번째 사건이 일어났기 때문이죠."

닛타는 세 번째 사건 현장에 남겨진 두 개의 숫자를 입력하여 검색했다. 화면에 나타난 것은 다시 바다 위의 한 지점이었다. 축척을 올려갔다. 그러자 그곳은 치시마 열도에서 좀 더 북동쪽, 캄차카반도의 바로 남쪽이었다.

"여기는 또 어디에요?" 나오미는 저도 모르게 말했다.

"아시는 대로 캄차카반도예요. 이러니 영토 문제와 관계가 있다고는 생각할 수 없죠. 여기서 완전히 앞이 탁 막혀버렸어요. 위도와 경도가 아닌 것 같다, 라는 의견이 지배적이었죠. 그러면 대체 뭔가. 우리는 다시 처음부터 생각해볼 필요가 있었습니다."

나오미는 손목시계를 보고 한숨을 내쉬었다.

"닛타 씨, 잘 아시겠지만 지금은 근무시간이에요. 결과적으로 빗나가버린 가설이 아니라 정답을 빨리 좀 알려주실 수 없어요?"

"모든 일에는 순서라는 게 있어요. 어떻게 암호가 풀렸는지 그 과정을 당신이 알아두는 게 좋아요. 게다가 이제 곧 얘기가 끝납니다. 따분하겠지만 좀 참고 들어봐요." 마치 타이르며 슬슬 가르치는 듯한 말투였다.

"아니, 따분한 건 아닌데……." 나오미는 말끝을 흐렸다.

"이 숫자의 의미는 무엇인가. 이윽고 한 인물이 흥미로운 것을 알아냈습니다. 두 개의 숫자의 소수점 이하를 무시했을 경우, 윗줄은 모두 45인데 아랫줄은 143, 149, 157로 바뀌는 거예요. 이 변화는 대체 무엇인가. 왜 숫자가 점점 커지는가. 자, 여기서 사건이 일어난 날짜를 다시 확인해봅시다. 첫 번째는 10월 4일, 다음이 10월 10일, 그리고 세 번째가 10월 18일이에요. 날짜의 간격이 엿새와 여드레, 즉 6과 8이에요. 어때요, 숫자가 커지는 방식과 일치하죠?"

아, 하고 나오미는 작게 탄성을 흘렸다.

닛타는 호주머니에서 볼펜을 꺼냈다.

"이 두 개의 숫자에는 날짜가 포함되어 있을 가능성이 높은 거예요. 그러고 보면 날짜에서도 월月과 일日을 나타내는 숫자가 쌍으로 쓰이죠. 그래서 사건이 일어난 날짜의 월일을 각각 빼보기로 했어요."

닛타는 여섯 개의 숫자 옆에 간단한 수식을 써내려갔다.

45.761871-10=35.761871

143.803944-4=139.803944

45.648055-10=35.648055

149.850829-10=139.850829

45.678738-10=35.678738

157.788585-18=139.788585

"자, 이렇게 변환한 것으로 다시 한 번 위도와 경도를 검색해봅시다."

닛타는 처음 두 개의 숫자를 검색 칸에 넣고 엔터키를 쳤다. 이윽고 화면에 지도가 표시되었다. 이번에는 바다가 아니었다.

도쿄였다. 센주신바시 북단이라는 글자가 확인되었다.

"방금 말했었죠? 두 번째 사건이 일어난 장소가 센주신바시였어요. 바로 이 위도와 경도가 표시된 지점."

닛타의 말에 나오미는 숨을 삼켰다. 목소리를 낼 수가 없었다.

"다음에는 그 센주신바시 사건 현장에서 발견된 숫자에 대해 확인해보죠."

그는 경쾌하게 키보드를 쳤다. 다음에 화면에 나타난 것은 수도 고속 중앙환상선의 가사이 인터체인지였다.

"세 번째 피해자는 조깅 중에 습격을 받았다고 했지요?" 나오미가 물었다.

"맞아요. 가사이 인터체인지 아래 도로 위였어요." 닛타는 말을 이었다. "이제 이해하겠지요? 범인은 사건 현장에 다음 범행 장소를 예고하는 숫자를 남겨둔 거예요. 그 목적은 전혀 알 수 없지만."

"세 번째 숫자도 검색해볼 수 있어요?" 나오미의 목소리가 떨리고 있었다.

"물론이죠. 그러기 위해서 지금까지 지루한 설명을 했으니까."

닛타는 숫자를 쳤다. 화면에 나타난 것은 나오미가 예상한 대로였다. 그런데도 등줄기가 오싹해지는 것을 막을 수 없었다.

지도 한가운데 '코르테시아도쿄 호텔'이라는 글자가 정확하게 찍혀 있었다.

"이제 알겠죠? 다음 범행 장소가 이 호텔이라는 건 틀림없는 사실이에요."

나오미는 심호흡을 하며 화면에서 눈을 돌려버렸다.

"경찰에는 정말 머리 좋은 분이 계시네요. 이런 암호, 보통 사람은 절대로 해독할 수 없을 텐데. 이 수수께끼를 풀어낸 분은 마침내 해냈다고 환호성을 질렀겠어요."

"네, 해독한 순간에는 그랬죠." 닛타가 귓구멍을 후비며 말했다.

"그때는 설마 호텔리어 노릇을 하게 될 줄은 생각도 못했으니까."

나오미는 눈을 깜빡거리며 그의 얼굴을 빤히 바라보았다. "그럼 닛타 씨가 이걸 풀었단 말이에요?"

그는 아랫입술을 쑥 내밀며 어깨를 슬쩍 으쓱했다.

"하지만 자랑도 못했어요. 어쩌면 범인은 이 수수께끼가 풀릴 것을 상정했을지도 모르니까. 그렇다면 눈속임일 가능성도 있어요."

"눈속임이라고요?"

"경찰의 주의를 이 호텔로 유인하는 것이 범인에게 뭔가 득이 되는지도 모르죠. 구체적으로 뭔지는 모르겠지만 어찌됐건 우리가 할 수 있는 일은 이 호텔을 감시하는 것뿐이에요."

나오미는 후 하고 긴 한숨을 토해냈다. "하필 왜 우리 호텔을 선택했을까요?"

닛타는 진지한 눈빛으로 돌아와 고개를 저었다.

"그건 모르겠어요. 지금까지의 범행 장소를 어떤 식으로 선택했는지도 밝혀지지 않았으니까. 하지만 범인이 항상 다음 장소를 미리 결정했다는 건 분명합니다."

"범인은 우선 장소를 정한 뒤에 살해할 사람을 찾는 걸까요? 아니면 살해할 사람이 정해져 있어서 필연적으로 장소도 정해지는 걸까요?"

"그건 뭐라고도 말할 수 없어요. 둘 다 가능성이 있습니다."

나오미는 이마에 손을 짚고 눈을 깜빡였다. 마음을 침착하게 가라앉힐 필요가 있었다. 이 호텔이 처한 상황에 대해 충분히 이해했다고 생각했는데 이렇게 근거를 코앞에서 확인하고 보니 역시 동요하지 않을 수 없었다. 이게 현실이라는 것을 새삼 실감했다.

후지키 총지배인이 직원들에게는 이런 얘기를 비밀에 부친 이유를 다시금 깨달았다. 이런 일은 모르는 게 오히려 더 냉정하게 대처할 수 있는지도 모른다.

나오미는 닛타의 검게 그을린 얼굴을 바라보았다.

"닛타 씨는 왜 나한테 알려주기로 하셨죠? 수사상의 비밀이라 알려줄 수 없다고 내내 도리질만 치시더니."

"아, 듣지 않는 게 나았을까요?"

나오미는 일단 고개를 숙였다가 다시 그의 눈을 마주 보며 고개를 가로저었다.

"아뇨, 듣기를 잘했어요. 각오가 되었으니까요." 솔직한 마음이었다.

닛타는 고개를 끄덕였다.

"그걸 기대하고 말해준 거예요. 당신이 지금까지보다 더 적극적으로 수사에 협조해줄 필요가 있다고 생각했으니까요."

나오미는 미간을 찡그렸다. "그건 왜 그렇죠?"

닛타는 정색하는 표정으로 의자의 등받이에 몸을 맡겼다. 신중하게 말을 고르는 듯한 기척이었다.

"범행 장소로 이 호텔이 선택된 이유에 대해 생각해봤어요. 아마도 범인에게 뭔가 유리한 점이 있기 때문이겠죠. 그게 대체 무엇인가. 생각할 수 있는 건 두 가지예요." 닛타는 손가락 두 개를 세웠다. "하나는 타깃이 되는 인물이 정해졌고 그 인물이 이 호텔에 있거나 앞으로 찾아온다는 것. 또 하나는 범인에게는 이 호텔에서 범행을 저지르기 위한 그만의 방법이 있다는 것."

나오미는 고개를 갸우뚱했다.

"첫 번째는 알겠는데 두 번째는 잘 모르겠군요. 뭔가요, 범행을 저지르기 위한 방법이라는 게?"

"그건 한마디로 말해서." 여기서 닛타는 말을 끊고 나오미의 표정을 살피는 듯한 눈빛으로 바라보았다. "투숙객의 방을 갑작스럽게 노크해도 의심받지 않고, 그뿐 아니라 오히려 손님이 조용히 잠든 뒤에 마음대로 방에 들어갈 수도 있다는 의미예요."

"네에?" 크게 말끝을 올린 뒤에 나오미는 형사가 무슨 말을 하려는지 감을 잡았다. 그 즉시 얼굴이 굳어지는 것을 느꼈다. "닛타 씨는 저희 호텔 직원들 중에 범인이 있다는 건가요?"

"가능성에 대해 말하는 겁니다. 제로는 아니겠지요?"

"아니, 제로예요. 무슨 말씀을 하시는가 했더니만……. 그건 말도 안 돼요."

"냉정하게 생각해보세요. 범인이 이 호텔을 선택한 데에는 나름의 이유가 있을 거라고요."

"닛타 씨야말로 좀 더 냉정해지셔야겠어요. 그런 방법으로 범행을 저지른다면 호텔 관계자의 짓이라는 게 당장 드러날 거예요. 범인이 그렇게 바보일까요?"

"바보가 아니기 때문에 그럴 경우에는 뭔가 적절한 방법을 강구하겠죠. 호텔 관계자의 짓이라고 생각하지 않을 적당한 방법 말이에요."

"아니, 이제 됐어요. 더 이상 듣고 싶지 않군요." 나오미는 자리를 박차고 일어섰다. 노트북을 덮어 옆구리에 끼었다.

하지만 그녀가 출구로 향하기도 전에 뒤쪽에서 닛타의 목소리가 날아왔다.

"야마기시 씨가 불쾌해하는 마음은 충분히 이해해요. 하지만 다양한 가능성을 의심해볼 필요가 있어요. 어쨌든 사람의 목숨이 걸린 일이니까."

나오미는 돌아보았다.

"그렇다면 왜 나한테 협조를 해달라는 거죠? 내가 범인일 가능성도 제로는 아니잖아요?"

닛타는 자리에서 일어나 그녀에게로 다가왔다.

"야마기시 씨만은 범인이 아니라고 확신했기 때문에 부탁하는 거예요. 만일 야마기시 씨가 범인이라면 형사를 교육해주는 일 따위 받아들일 리 없겠죠."

"그건 모르는 일이죠. 경찰의 움직임을 파악하기 위해 마침 잘됐다고 생각할 수도 있어요."

"그런가요? 그럼 물어보겠는데 야마기시 씨는 경찰의 움직임을 파악하고 있어요? 수사 내용을 이야기한 것도 이번이 처음일 텐데?"

닛타의 반론에 나오미는 대꾸할 말이 없었다. 자기도 모르게 시선을 떨어뜨리고 있었다.

“게다가 야마기시 씨의 프로 의식도 높이 평가합니다.” 닛타는 말했다. “야마기시 씨는 상대에 대해 의심을 품으면서도 그것을 완벽하게 감추고 항상 최상의 응대를 하는 사람이죠. 가타기리 요코를 대하는 것을 보고 그렇게 확신했어요.”

“그러니까” 그녀는 닛타를 노려보았다. “동료를 의심하는 마음이 있더라도 그걸 상대에게 눈치채이지 않을 것이다, 그런 말을 하시려는 건가요?”

닛타는 조금 답답한 듯 고개를 저었다.

“어려운 일을 요구할 생각은 없어요. 야마기시 씨 주위에 있는 사람들만이라도 괜찮습니다. 뭔가 부자연스러운 일이 있거나 평소와는 다른 기색을 보일 경우에 곧바로 알려주기만 하면 돼요.”

“동료들을 감시하라고요?”

“조금만 주의를 기울여달라는 겁니다. 자꾸 똑같은 말을 하는 것 같지만 이건 사람 목숨이 걸린 일이에요.”

“거절하겠어요. 나는 동료들을 믿어요. 그들을 그런 눈으로 보고 싶지도 않고, 만일 그런 식으로 바라봤다는 것을 나중에 그들이 알게 되면 나를 절대로 동료라고 인정해주지 않을 거예요.”

실례할게요, 라고 머리 숙여 인사하고 나오미는 발길을 돌렸다. 이번에는 말을 걸어와도 발을 멈추지 않을 작정이었다. 하지만 닛타는 그녀를 불러 세우지 않았다.

10

야마기시 나오미보다 이삼 분 늦게 닛타는 1층으로 내려갔다. 함께 내려가지 않은 건 심각한 밀담을 나누었다는 것을 다른 직원들에게 들키고 싶지 않았기 때문이다. 숫자의 수수께끼를 야마기시 나오미에게 알려줬다는 것을 다른 수사관들이 눈치채는 것도 난처하다. 모두 그가 자의적으로 한 일인 것이다.

하지만 후회는 하지 않았다. 야마기시 나오미를 불쾌하게 만들기는 했지만, 사건을 해결하기 위해서는 필요한 절차라고 생각했다. 말은 그렇게 해도 야마기시 나오미는 틀림없이 의식하지 않고는 배길 수 없을 것이다. 그리고 뭔가 알아낸다면 어떻게든 액션을 취해줄 게 틀림없었다.

프런트로 돌아가는 도중에 로비 한 귀퉁이에서 슬쩍 손을 흔드는 남자가 눈에 들어왔다. 노세였다. 체크아웃을 하기 위해 찾아왔을 텐데 아직 돌아가지 않은 모양이었다.

주위의 시선을 조심하면서 닛타는 노세에게로 다가갔다. 다른 사람들에게는 손님에게 다가가는 호텔리어로 보여야 한다.

"아직 계셨어요?" 노세 곁에 서서 작게 물었다.

"닛타 씨를 기다렸어. 여기 좀 앉아."

노세 옆의 소파가 비어 있었다. 닛타는 그 자리에 앉았지만 팔걸이는 사용하지 않고 두 손을 단정히 무릎 위에 얹었다.

"뭐 좀 알아냈어요?"

아니, 그게, 라고 하면서 노세는 눈썹 주위를 긁적였다.

"그 유부녀에 대해서는 전혀 진전이 없어. 하긴 닛타 씨에게 얘기한 게 어제였으니까 그리 쉽게 성과가 나올 리도 없지만."

"그럼 왜 나를 기다렸는데요?"

"아, 그건……." 노세의 눈이 잽싸게 움직였다. 목소리를 낮춰 말을 이었다. "오늘 아침에 수사본부에 얼굴을 내밀었는데 과장이 묘한 말을 하더라고. 아무래도 수사 방침이 크게 바뀐 것 같아."

"어떤 식으로 바뀌었는데요?"

"그게 말이지." 노세는 몸을 움츠리듯이 고개를 숙이고 닛타 쪽으로 얼굴을 가까이 댔다. "한마디로, 다른 사건과의 연관을 무시하는 식으로 수사 방침이 바뀌었어. 저쪽은 저쪽대로, 이쪽은 이쪽대로, 라는 식으로."

"설마요."

"정말이라니까. 이를테면 데시마 마사키에 대해서도 알리바이를 포함해 다시 원점에서부터 조사해보기로 했어. 공범이 있을 가능성을 조사하라고 지시 받은 형사도 있더라니까."

그건 분명 묘한 이야기였다. 다른 사건과의 관련이 발견되지 않았기 때문에 닛타 자신도 데시마를 더 이상 추궁하지 못하고 있던 참이었다.

"그럼 그 숫자 메시지는 어떻게 되는데요? 명백히 세 개의 사건에는 연결 고리가 있어요. 앞으로 일어날지 모르는 네 번째 사건도 그렇고."

노세는 짤막한 팔로 팔짱을 끼고서 고개를 외로 틀었다.

"누가 아니래. 그래서 나도 우리 과장에게 물어봤지. 숫자 메시지는 대체 어떻게 되는 거냐고. 그랬더니 당분간 그건 고려하지 않아도 괜찮다는 거야."

"말도 안 돼." 닛타는 저도 모르게 목소리에 날이 섰다. "그 숫자 메시지를 감안하지 않겠다면 내가 이런 호텔에 와 있을 이유도 없잖아요?"

"아니, 그러니까 당분간 그렇다는 얘기야. 전혀 아무 관계도 없다는 얘기는 아닐 거야. 아무튼 과장님은 다른 사건과는 분리해서 이쪽은 이쪽대로 수사를 해나갈 거라고 하시더라고."

"이거, 대체 뭐가 어떻게 된 거야. 그런 식으로 해서는 사건의 전모를 파악할 수 없잖아요. 대체 왜 그렇게 초조해한대요?"

"아니, 초조해한다기보다 오히려 차분히 장기전 방식으로 전환한 느낌이야. 용의자를 닥치는 대로 추적하기보다는 아무튼 증거가 될 만한 것들을 우선 수집하라는 지시였어."

"일이 왜 이렇게 되어가지." 닛타는 팔걸이를 사용해 턱을 괴려다가 곧바로 원래의 자세로 돌아갔다. "다른 두 곳의 특별 수사본부는 어떻게 돌아가고 있어요?"

"아, 미안해. 다른 곳에 대해서는 내가 전혀……." 노세는 헤싱헤싱한 머리를 긁적였다.

"아뇨, 괜찮아요. 내 쪽에서 알아볼게요. 할 이야기라는 건 이상입니까?"

"그래. 별일은 아닌지도 모르지만 일단 알아두는 게 좋겠다 싶어서."

"예, 고마워요."

닛타가 자리에서 일어서는데 "아, 참" 하고 노세가 덧붙였다.

"어젯밤에 그 방에서 잤지? 어땠어?"

아아, 라고 말하며 닛타는 고개를 끄덕였다.

"좋은 방이었어요. 잠자리도 편안했고요. 숙박비, 정말 괜찮아요?"

"그건 신경 쓰지 마. 그보다 뭔가 수확이 있었어?"

"수확요?"

"닛타 씨는 계속 프런트에만 있었잖아. 드나드는 손님들은 찬찬히 관찰할 수 있겠지만 그래도 숙박하는 사람의 마음을 실제로 알려면 역시 직접 자보는 게 가장 좋다고 생각했거든."

"그런 거였어요?"

"어때, 범인이 어떤 수법으로 나올지, 조금은 머릿속에 떠오르지 않았어?"

닛타는 가만히 고개를 저었다.

"그리 쉽게 되나요. 유감스럽지만 너무 피곤해서 금세 곯아떨어졌어요." 범인이 호텔리어일 가능성이 떠올랐다는 말은 일부러 하지 않았다. 맥 빠진 표정을 지을 줄 알았더니만 노세는 재미있다는 듯 히죽이 웃었다.

"그래? 하긴 뭐 그럴지도 모르겠네."

"죄송합니다. 숙박비를 내주신 보람도 없이."

"아이, 아냐. 돈 얘기는 이제 그만하자고."

그럼 나는 이만, 이라고 말하고 노세는 빠른 걸음으로 자리를 떴다. 그 뒷모습이 보이지 않게 되자 닛타는 주위로 시선을 돌렸다. 안쪽 소파에서 모토미야가 신문을 읽고 있었다. 정확히 말하면 읽는 척하고 있었다.

닛타는 비어 있는 소파의 위치를 바로잡는 척하면서 모토미야 옆까지 다가갔다.

"관할 형사하고 무슨 밀담을 나눴어?" 모토미야 쪽에서 먼저 말을 걸어왔다.

"이상한 얘기를 들었어요." 닛타는 선 채로 노세의 이야기를 모토미야에게 들려주었다.

"뭐야, 그게? 나는 그런 얘기는 전혀 들은 적이 없는데?"

"어젯밤에 계장님하고 관리관이 본청에 보고하러 갔다고 하셨죠? 그때 뭔가 얘기가 있었던 거 아닌가 싶은데."

"그럴지도 모르겠네. 알았어, 나중에 계장님이 들어오시기로 했으니까 그때 물어봐야지."

"잘 부탁합니다. 단순한 착각인지도 모르겠네요. 그냥 관할 경찰서의 형사가 한 얘기니까요."

"아냐, 저 노세라는 형사, 상당한 수완가라고 하더라고."

"예에?" 그때까지 계속 서로의 얼굴을 쳐다보지 않고 이야기했지만 닛타는 저도 모르게 모토미야를 빤히 쳐다봤다. "설마요."

"정말이야. 그 형사하고 한팀이 되었던 자들이 다들 그렇게 말했어. 예전에 본청으로 불러들이자는 이야기도 나왔는데 본인이 거절했다고 하더라고. 그냥 뒤에서 열심히 거드는 게 좋고 수훈을 세우는 데는 별 관심이 없다나? 아무튼 괴짜 형사야."

닛타는 노세의 우둔해 보이는 몸짓을 떠올렸다. 그런 사람이 수완가라는 건가. 조금 전의 대화가 되살아났다. 숙박하는 사람의 마음을 실제로 알려면 직접 자보는 게 가장 좋다, 라고 말했었다. 어쩌면 그는 처음부터 닛타에게 양보할 마음으로 객실을 예약한 것일까.

"왜 그래?"

"아, 아무것도 아닙니다. 계장님께 여쭤보시기로 한 얘기, 잘 부탁합니다."

자리를 떠나 프런트로 돌아왔다. 매번 그렇듯이 닛타는 야마기시 나오미 뒤편에 섰다. 그녀는 흘끔 돌아보았을 뿐 아무 말도 하지 않았다.

온갖 생각이 머릿속에서 소용돌이를 치는 바람에 좀체 일에 집중할 수가 없었다. 정말 수사 방침이 바뀐 걸까. 바뀌었다면 그 이유는 무엇일까. 노세는 무슨 생각을 하고 있는 건가. 일부러 무능한 척하면서 닛타를 조종할 생각이라면 그건 정말 의외이다.

그런 생각을 거듭하는 사이에 이윽고 조기 체크인 손님들이 찾아왔다.

이십 대 중반으로 보이는 여자가 다가와 야마기시 나오미 앞에 섰다. 화려한 생김새에 여자치고는 키가 큰 편이었다. 벨보이가 뒤에서 그녀의 큼직한 여행 가방을 들고 있었다.

그녀는 안노라고 이름을 대고, 예약했다고 말했다. 확인해보니 예약이 들어와 있었다. 야마기시 나오미는 통상적인 수속에 들어갔다. 닛타는 뒤에서 숙박부 기록을 들여다보았다. '안노 에리코'라고 적혀 있었다.

야마기시 나오미가 카드키를 벨보이에게 건네주었다. 벨보이는 짐과 카드키를 들고 앞장서서 안내하려고 했다. 하지만 안노 에리코는 곧장 뒤따라가지 않고 심각한 눈빛으로 야마기시 나오미를 바라보았다.

부탁이 있는데요, 라고 그녀는 말했다. 허스키한 목소리였다.

"무슨 일이십니까?" 야마기시 나오미가 물었다.

안노 에리코는 가방에서 한 장의 사진을 꺼내 접수대에 내려놓았다. 남자의 얼굴 사진이었다.

"이 남자를 절대로 내 옆에 오지 못하게 해주세요. 만일 이 호텔에 찾아오면 반드시 쫓아주시고, 내가 이곳에 있다는 건 절대로 말하면 안 돼요. 알았죠, 꼭 그렇게 해줘야 해요."

11

나오미는 일순 당황했지만 곧바로 마음을 다잡았다. 빈번하다고 할 정도는 아니지만 이 비슷한 일은 지금까지 몇 번 있었다.

다시 한 번 사진 속 남자를 들여다본 뒤에 나오미는 안노 에리코에게 시선을 돌렸다. 심각한 표정의 그녀에게 부드러운 미소를 건넸다.

"실례지만, 이분은?"

하지만 안노 에리코는 굳은 표정을 누그러뜨릴 생각이 없는 모양이었다.

"당신들이 그것까지 알 필요는 없잖아요? 아무튼 내가 하라는 대로 해주시면 돼요. 이 남자가 찾아오는지 주의해 볼 것, 그리고 나한테 절대 접근하지 못하게 해줄 것, 아시겠죠?" 날 선 목소리로 일방적으로 말하더니 사진을 챙겨 가방에 넣으려고 했다.

"잠깐만요. 그 말씀만으로는 원하시는 대로 해드리기가 어렵습니다." 나오미가 말했다.

안노 에리코는 가방에 손을 넣은 채, 대체 뭐가 문제냐는 듯한 눈빛을 던져왔다.

나오미는 등을 꼿꼿이 세우고 턱을 당겼다.

"프런트 업무를 맡고 있는 직원은 저 말고도 아주 많습니다. 사진 없이는 그들에게 안노 손님의 지시 사항을 충분히 전달할 수 없어요. 저 역시 사진을 한 번 본 것만으로는 혹시 그분이 이곳에 오시더라도 정말 본인인지 판단하기가 어렵습니다."

"당신은 프로잖아요. 사람 얼굴쯤은 사진 한 번만 보면 기억할 수 있을 텐데요."

"죄송합니다." 나오미는 머리를 숙였다.

"프런트 업무는 계속 교대가 됩니다." 등 뒤에서 목소리가 들렸다. 닛타였다. "아니면 이 사람에게 스물네 시간 이곳을 지키기라도 하라는 말인가요?"

나오미는 고개를 뒤로 돌렸다. 가만히 계세요, 라고 작은 소리로 나무랐다.

후, 하고 안노 에리코가 숨을 토해냈다. 가방에서 사진을 꺼내 내동댕이치듯이 접수대에 내려놓았다.

"한 장밖에 없는 사진이니까 조심해서 다루세요."

하지만 나오미는 그 사진을 흘끗 쳐다보았을 뿐, 손을 내밀지 않았다.

"무슨 사정이신지 말씀해주실 수 없을까요? 그걸 알면 저희도 좀 더 정확하게 대처할 수 있을 것 같은데요."

안노 에리코는 오른편 눈썹만 바짝 치켰다.

"내 사생활을 왜 남에게 말해야 되죠? 귀중품을 맡아줄 때, 그 내용물이 뭐냐고 물어보나요? 그런 건 묻지 않잖아요. 마찬가지예요. 이 사진 속 남자를 접근하지 못하게 해달라고 하면 그 말대로 해주시면 되는 거예요. 이유 같은 건 아무 상관없어요. 아시겠어요?"

아무래도 이 여자에게서 사정을 알아내기는 어렵겠다고 나오미는 판단했다. 그렇다고 경솔하게 여자의 요구를 떠맡을 수도 없는 일이었다.

"알겠습니다. 그럼 최소한 이분의 이름이라도 알려주실 수 있을까요?"

"그런 걸 왜 알아야 하죠? 사진이 있으니까 그거면 충분하잖아요."

"전화로 문의하실 수도 있어요. 이름을 알면 그 자리에서 곧바로 대처할 수 있거든요."

안노 에리코는 답답하다는 듯 고개를 저었다.

"나에 대해 뭔가 문의가 들어오면 상대가 누가 됐건 이 호텔 투숙객 중에 그런 사람은 없다고 하세요. 그리고 이 남자 이름을 당신에게 알려줘도 아무 의미가 없어요. 가짜 이름을 쓸 수도 있으니까요. 그렇잖아요?"

나오미는 몸을 숙이고 가만히 한숨을 내쉬었다. 더 이상 무슨 말을 해도 소용없겠다고 체념했다. 하지만 그렇다면 호텔 측의 태도를 명확히 밝혀둘 필요가 있다.

나오미는 사진을 집어 안노 에리코에게 내밀었다.

"알겠습니다. 그러시다면 이 사진은 돌려드리겠습니다."

"무슨 말이에요? 손님의 부탁을 못 들어주겠다는 거예요?" 안노 에리코가 노려보았다. 그 험한 눈빛은 기가 약한 남자라면 몸이 위축되겠다 싶을 만큼 박력이 있었지만 여자의 아름다움을 한층 더 두드러지게 하는 것도 사실이었다.

"그런 게 아니라 이 남자분을 포함한 다른 어떤 분에게서 연락이 오더라도 안노 손님에 관한 문의에는 일절 답하지 않도록 프런트 직원 모두에게 전달하겠습니다. 그렇다면 사진은 필요가 없고 이분의 이름을 여쭤볼 필요도 없으니까요."

"문의에 대답하지 않는 것뿐만 아니라 이 남자가 나한테 접근하지 못하게 각별히 주의해주세요. VIP 등이 숙박할 때, 이상한 사람이 접근하지 못하도록 배려해주잖아요? 그런 서비스를 나한테도 해달라는 거예요."

"안노 씨, 그런 것이라면 역시 자세한 사정을 저희에게 말씀해주셔야 합니다. 물론 저희 호텔 고객분 중에는 특별한 경비가 필요하신 경우도 있습니다. 하지만 그런 때는 사전에 분명하게 상의하시도록 하고 있습니다."

안노 에리코의 부루퉁한 표정으로 봐서는 납득이 안 되는 모양이었다. 하지만 역시나 반론할 근거가 생각나지 않았는지 "알았어요. 이제 됐어요"라고 말하며 나오미의 손에서 사진을 낚아챘다.

그럼 편히 쉬십시오, 라고 말하며 나오미는 머리를 숙였다. 얼굴을 들었을 때 안노 에리코는 발길을 돌려 엘리베이터 홀을 향해 걸어가고 있었다. 자그마한 몸집의 벨보이가 다급한 기색으로 그 뒤를 따라갔다.

나오미는 가만히 고개를 내저었다. 옆에서는 닛타가 의아한 눈빛으로 엘리베이터 홀 쪽을 바라보고 있었다.

왜 그러느냐고 그녀는 물었다.

"아니, 뭔가 마음에 걸려서요. 저 여자 손님의 태도는 상식적이지 않아요."

"그런가요? 딱히 드문 일도 아니라고 생각하는데요."

닛타는 뜻밖이라는 듯 몸을 슬쩍 뒤로 젖혔다.

"손님이 사진까지 준비해서 그 사람을 자신에게 접근하지 못하게 해달라는데 그게 드문 일이 아니에요?"

"그야 사진까지 준비해 오는 손님은 드물죠. 하지만 찾아온 분을 쫓아내달라고 부탁하는 일은 자주 있어요. 그런 것도 우리가 할 일 중의 하나예요."

"어휴, 진짜 힘들겠네."

"몇 번이나 똑같은 말을 하는 것 같지만 호텔에는 다양한 고객들이 찾아오십니다."

나오미는 가와모토를 불러 안노 에리코에게서 들은 내용을 전달했다.

"구가 씨 쪽에도 전해줘요. 인수인계 때도 잊지 말고 꼭 얘기하고."

"네, 알겠습니다." 가와모토는 안쪽 문으로 사라졌다.

다시 닛타가 옆으로 다가왔다.

"사진 속 남자는 저 여자 손님과 어떤 관계일까요?"

"글쎄요." 나오미는 어깨를 으쓱했다. "그렇게 마음에 걸리세요? 하긴 안노 씨가 상당히 아름다운 분이기는 했지만."

"미인인 만큼 귀찮게 따라다니는 사람도 많은 모양이죠. 사진 속 남자도 얼핏 본 바로는 상당한 미남이던데. 전 남자 친구, 혹은 전 남편이 스토커로 전락한 건가?"

나오미는 한 호흡 쉬었다가 닛타의 얼굴을 빤히 쳐다보았다.

"이 일이 닛타 씨가 수사 중인 사건과 무슨 관계가 있나요?"

"아뇨, 그건 아니겠죠." 닛타는 고개를 저었다. "우리가 추적하는 건 동기가 확실치 않은 연쇄살인 사건이에요. 단순한 스토커 따위는 아무 상관없어요."

"그렇다면 이 이야기는 그만 끝내죠. 이제 슬슬 정규 체크인 타임이니까요." 실제로 비즈니스맨으로 보이는 외국인이 프런트 쪽으로 다가오는 참이었다.

12

낮 근무팀에 인수인계 업무를 마친 뒤, 닛타는 사무동으로 향했다. 물론 그다음에도 계속 프런트에 있을 생각이었지만, 우선 보고해야 할 사항이 몇 가지 있었다. 그리고 확인하고 싶은 것도 있었다.

회의실로 들어가자 이미 이나가키가 나와서 모토미야 등과 뭔가 상의하는 참이었다. 곁에 놓인 재떨이 안에는 여전히 꽁초가 그득했다.

"어, 수고." 이나가키가 닛타를 향해 손을 들었다. "그 노부인, 아무것도 아니었어. 시각장애 연기를 하는 것 같다고 자네가 말했던 그 부인 말이야."

"예, 그건 이미……."

연극을 했다는 것은 짐작했던 대로였지만 그 이유는 전혀 뜻밖의 것이었다. 하지만 이 자리에서 길게 이야기할 만한 내용은 아니었다.

"죄송했습니다. 괜히 소란스럽게 해서."

"아니, 신경 쓸 거 없어. 지나칠 만큼 경계한다고 나쁠 건 전혀 없어. 잠시 웃을 일로 끝났으니 무엇보다 다행이지."

네, 라고 고개를 끄덕인 뒤에 "저어, 한 가지 여쭤볼 게 있는데요"라고 말하며 닛타는 모토미야를 보았다. 노세에게서 들은 이야기의 진위를 알아보고 싶었다.

"응, 그 건이라면 내가 확인했어. 아까 그 얘기예요." 모토미야가 이나가키를 바라보며 말했다.

이나가키는 아아, 하고 고개를 끄덕였다.

"시나가와 경찰서 형사과장이 다른 두 사건과의 연관은 감안하지 않아도 된다고 부하 직원에게 말했다면서?"

"네, 그렇게 들었습니다. 그래서 뭔가 이상하다 싶어서요."

"분명 그건 이상한 얘기지."

그렇게 말하는 계장의 얼굴을 닛타는 빤히 바라보았다. "계장님도 모르시던 얘기예요?"

"물론 그렇지. 관리관에게 전화해서 확인해봤는데 시나가와 경찰서에 그런 지시를 내린 기억이 없다고 하더라고. 그래서 이번에는 직접 그 형사과장에게 확인해봤어. 그랬더니 별일 아니었어. 단순한 착각이었던 거 같아."

"착각이라고요?"

"형사과장은 연쇄살인 사건 전반에 대해서는 경시청에서 분석 중이니까 관할 경찰인 자기들이 담당한 사건은 단독 사건처럼 수사할 생각이다, 라고 말했던 거래. 그걸 노세라는 형사가 지레짐작한 것 같아."

"그런 거였군요……."

"전례 없는 연쇄살인 사건인 데다 특별 수사본부도 세 개나 설치되었어. 게다가 네 번째 사건을 막기 위해 이쪽에 대책 본부까지 설치했잖아. 의견 전달에 약간의 착오가 생기는 것도 무리는 아니지." 일을 정리하듯이 말한 뒤에 이나가키는 닛타를 향해 고개를 끄덕였다. "일이 그렇게 됐으니까 괜히 딴 데 신경 쓰지 말고 지금까지 하던 대로 움직여줘."

"네, 알겠습니다."

닛타는 고개를 끄덕였지만 이해했다고는 말하기 어려웠다. 정말로 노세의 지레짐작이었을까. 그 형사가 실은 상당한 수완가라는 이야기를 모토미야에게서 바로 얼마 전에 들은 참이다.

"그 밖에 또 뭔가 있나? 호텔 쪽 특이점은?" 이나가키가 물었다.

"아직까지는 딱히 아무것도 없어요. 좀 이상한 여자 손님이 들어온 것 정도예요."

이나가키의 미간에 주름이 잡혔다. "어떤 손님인데?"

"스토커가 귀찮게 따라다니는 것 같던데요."

닛타는 안노 에리코에 대해 짧게 설명했다. 어차피 이나가키 일행은 금세 관심을 잃을 거라고 생각했기 때문이다. 하지만 예상과는 달리 계장이 몸을 쓰윽 앞으로 내밀며 관심을 보였다.

"그거, 왠지 마음에 걸리네." 이나가키가 나지막하게 중얼거렸다.

"그런가요?"

"자네 말에 따르면 그 여자 손님이 신변의 위험을 느끼는 것 같잖아. 그렇다면 그냥 내버려둘 수는 없지."

"분명 그렇긴 하지만 지금까지 일어난 세 사건과는 명백히 아무 관계도 없습니다."

"어째서 그렇게 단언하지?"

"왜냐하면……" 닛타는 당황스러웠지만 차분히 말을 이어나갔다. "저는 그저 단순한 스토커 부류일 거라고 생각해요."

이나가키는 고개를 저었다.

"단정은 금물이야. 아까도 말했잖아, 지나칠 만큼 경계한다고 나쁠 일은 하나도 없어. 범인을 특정할 만한 단서를 우리는 아직 하나도 잡지 못했으니 하는 말이야."

"그건 그렇습니다만……"

"게다가 설령 지금까지의 사건과는 관계가 없더라도 그자가 괜히 소란을 피우면 일이 귀찮아져. 그 바람에 이 호텔이 경찰 감시하에 있다는 걸 누구보다 범인이 눈치챌 수 있다니까."

계장의 말에는 일리가 있었다.

"그럼 어떻게 할까요?"

"우선 그 여자의 신원부터 확실히 파악해보자고. 숙박부에 적힌 내용을 알려줘. 그리고 그 여자가 사진을 갖고 있다고 했지? 그걸 빌려다 컬러로 몇 장 복사하자고. 잠복 중인 수사관들에게 나눠주게 말이야."

"그 여자에게 대충 현재 상황을 알려줄까요? 그러면 왜 남자를 피하는지 말해줄지도……."

"아니, 그건 안 돼." 이나가키는 한마디로 딱 잘라 거절했다. "이번 사건이 외부로 새나가게 할 수는 없어. 뭐든 다른 이유를 대서 무슨 사정인지 알아내봐. 그게 불가능한 경우에라도 사진만은 확보하도록 해."

"복사에 대해 본인의 승낙을 얻지 않아도 되겠습니까?"

"괜찮아. 안 된다고 하면 성가셔. 그 사진 속 남자가 언제 나타날지 모르잖아. 어서 서둘러."

알겠습니다, 라고 말하고 닛타는 출구로 향했다. 하지만 계단을 내려가면서 뭔가 석연치 않은 느낌이 마음속에 퍼져갔다. 이나가키의 말처럼 범인에 대한 단서를 전혀 잡지 못한 건 사실이다. 하지만 그렇기 때문에 더더욱 진범이 이런 식으로 쉽게 꼬리를 내밀 거라는 생각은 들지 않았다. 하지만 윗선의 지시에 따르지 않을 수도 없었다.

프런트에 돌아왔지만 야마기시 나오미의 모습은 보이지 않았다. 닛타는 안노 에리코의 숙박부를 찾아내 그곳에 적힌 내용을 전화로 모토미야에게 전달했다. 그러고는 안쪽 사무실로 들어갔더니 야마기시 나오미가 프런트 매니저 구가와 이야기를 나누고 있었다.

잠깐 실례, 하고 닛타는 두 사람에게로 다가가 야마기시 나오미에게 말했다.

"상황이 바뀌었어요. 지금 나와 함께 안노라는 여자 손님의 방에 가봐야겠어요."

"상황이 어떻게 바뀌었는데요? 이번 사건과는 관계없는 일이잖아요?"

"그런 단정은 금물이라고 따끔하게 혼났습니다. 아무튼 다시 그 여자 손님을 만나서 사진을 얻어 올 필요가 있어요."

야마기시 나오미는 당혹스러운 기색으로 옆에 있는 구가를 보았다.

"윗분하고 잠깐 상의 좀 하게 해주시지요." 구가가 말했다.

"보고는 하셔도 좋습니다. 하지만 이건 결정된 사항이에요. 불만이 있을 경우에는 사무동의 대책 본부에 전화해주세요. 지금 제 상사분이 와 있으니까요."

구가는 표정이 흐려지더니 야마기시 나오미에게로 시선을 돌렸다. "객실부장과 총지배인에게 보고하고 올게."

"잘 부탁합니다." 그렇게 말하고 구가를 배웅한 뒤, 야마기시 나오미는 약간 냉담해 보이는 눈빛을 닛타에게로 던졌다. "안노 씨에게는 뭐라고 말해야 하죠?"

"아니, 내가 말할게요. 당신은 함께 가서 옆에 있어주기만 하면 돼요."

"알았어요. 하지만 이것만은 약속해주세요. 손님을 대할 때 자신이 호텔리어라는 것을 결코 잊지 말 것. 말투에도 특히 주의해주세요. 나, 가 아니라 저, 라고 하셔야 해요."

"네네, 압니다. 걱정 말아요."

야마기시 나오미는 미심쩍은 눈빛으로 닛타를 바라보더니 옆에 있던 단말기를 재빨리 두드렸다.

"안노 에리코의 방이라면 2510호인데?"

닛타의 말에 그녀가 쓰윽 째려보았다. 닛타는 흠흠 헛기침을 했다.

"아차, 실례. 안노 에리코 손님이 머물고 계신 객실은 2510호실, 싱글룸입니다."

야마기시 나오미는 한숨을 내쉬더니 내선 전화를 들고 안노에게 연락했다. 상대가 곧바로 전화를 받은 모양이었다.

"안노 에리코 손님이세요? 여기는 프런트입니다. 편히 쉬시는데 정말 죄송합니다. …… 아니에요, 안노 에리코 손님에 대해 문의하신 분은 아직 없었습니다. 단지 그 일로 저희 쪽에서 잠시 제안할 게 있어서요. 지금 잠깐 객실 쪽으로 찾아가도 괜찮을까요?"

두세 마디 더 나눈 뒤에 야마기시 나오미는 전화를 끊었다.

"저녁 식사 예정이라 시간이 별로 없대요. 지금 곧바로 와서 오 분 이내에 용건을 마쳐달라는군요."

닛타가 혀를 끌끌 찼다.

"스토커에게서 지켜주겠다는데, 정말 콧대가 높네."

"그 말투, 앞으로 십 분 동안은 봉인해두도록 하세요."

두 사람은 반은 뛰다시피 안노 에리코의 객실로 향했다. 야마기시 나오미가 노크를 하자 대답도 없이 문이 열렸다. 안노 에리코는 검은 원피스로 갈아입고 있었다.

"무슨 일이에요?" 팔짱을 낀 채 안노는 두 사람을 번갈아 바라보았다.

닛타가 입을 열었다.

"아까 낮에 말씀하신 그 건 때문입니다. 경비 담당자와 상의해보니 역시 사진을 저희가 받아두는 게 좋겠다고 결론이 났습니다."

안노 에리코의 크고 검은 눈망울이 빙그르르 움직여 닛타를 포착했다.

"사진을 주면 확실하게 조치를 취해주실래요?"

"그 남자가 나타나 안노 손님에 대해 문의하더라도 절대로 알려주지 않으면 되겠지요?"

"그것뿐만이 아니라 내게 접근하지 못하게 해달라는 거예요."

"사진이 있으면 그것도 가능할 겁니다."

"아까 저 사람은 안 된다고 했는데?" 안노 에리코는 여전히 팔짱을 낀 채 턱으로 야마기시 나오미를 가리켰다.

"그 시점에는 그렇게 대답할 수밖에 없었습니다. 이제는 경비 담당자와 상의를 했으니까 안심하셔도 됩니다." 닛타는 웃음을 지었다.

안노 에리코는 경계하는 표정으로 잠시 아무 말이 없다가 "잠깐만요"라고 하면서 방 안으로 사라졌다.

돌아온 그녀는 사진을 손에 들고 있었다. 여기요, 라고 부루퉁하게 내밀었다.

"저희 경비 담당자는 경찰 출신이라서 경시청에도 인맥이 있습니다. 만일 뭔가 상의할 일이 있으시면 언제든지 말씀해주십시오. 어떤 문제든 프로에게 맡기면 일이 쉽게 풀리는 경우도 있으니까요."

안노 에리코는 일순 망설이는 기색이었지만 결국 가만히 고개를 저었다.

"경찰에는…… 볼일이 없어요."

"그러십니까."

그럼 잘 부탁한다고 메마른 목소리로 말하고 안노는 문을 닫았다. 그 소리까지 메마르게 들렸다.

닛타는 야마기시 나오미와 서로 마주 본 다음, 엘리베이터를 향해 걸음을 옮겼다.

"사진 속 남자가 연쇄살인과 관계되었을 가능성이 있나요?" 엘리베이터에 오른 뒤에 야마기시 나오미가 물었다.

"그건 모르겠어요. 그래도 만일을 위해 조사해보는 거예요."

"아까 낮에는 관계없다고 딱 잘라 말하셨잖아요?"

"개인적인 느낌과 수사 방침은 일치하지 않아요. 자주 있는 일이죠."

입 밖에 내고 나서야 쓸데없는 소리를 했다고 닛타는 후회했다.

1층으로 내려오자 로비에 모토미야의 모습이 보였다. 소파에 앉아 슬쩍 손짓을 하고 있었다.

닛타가 그쪽으로 걸어가 곁에 섰다. 주위에 사람들의 시선이 없는 것을 확인한 뒤에 안노 에리코에게서 받아 온 사진을 재빨리 건네주었다.

“안노 에리코의 숙박부에 적힌 주소, 조사해봤어.” 모토미야가 말했다. “존재하지 않는 번지야. 전화번호도 엉터리고 이름도 가짜인 것 같아.”

닛타는 심호흡을 했다.

“그러고 보니 디포짓을 카드가 아니라 현금으로 지불했어요. 가짜 이름인지도 모르겠네요. 계장님은 뭐라고 하셨어요?”

“우선 상황을 지켜보라는 얘기야. 지금 단계에서는 본인에게 추궁해볼 수도 없잖아. 가짜 이름을 쓴 것 자체는 죄라고 할 수 없으니까. 방을 비운 틈을 노려 하우스키퍼팀에게 짐을 조사하라고 할 수도 있지만 그건 마지막 수단이야. 진짜로 신원을 감출 생각이라면 단서가 될 만한 물건을 방에 두고 외출하지도 않을 거고.”

모토미야가 말하는 하우스키퍼팀이란 잠입해 있는 수사관을 가리키는 것이었다.

“안노 에리코가 지금 곧 식사를 하러 나간답니다. 어디로 가는지는 모르겠어요.”

“알았어. 감시를 붙여야 할지, 계장님과 상의해서 결정하지.”

“그럼 부탁합니다.” 작은 소리로 말하고 닛타는 그 자리를 떠났다.

프런트에 야마기시 나오미가 없는 것을 확인하고 사무실로 들어갔다. 그녀는 객실부장 다쿠라와 이야기를 하던 참이었다. 다쿠라는 닛타를 보더니 “자, 그럼 그렇게 하지”라고 그녀에게 말하고 사무실을 나갔다.

무슨 일이냐고 닛타가 물었다.

"손님께 말하지 않은 채 소중한 사진을 수사에 사용하는 건 역시 문제가 있다는 게 총지배인님의 의견이라고 하셨어요." 야마기시 나오미는 냉랭한 말투였다.

닛타는 양손을 허리에 짚고 얼굴을 찌푸렸다.

"어쩔 수 없는 상황이라는 건 잘 알잖습니까. 아니면 그 여자에게 연쇄살인의 다음 무대가 바로 이곳이라고 얘기해줄 생각이에요? 불만이 있다면 사무동의……."

그의 말을 밀쳐내듯이 야마기시 나오미는 가슴 앞에 양손을 내밀었다.

"알고 있어요. 문제는 적잖이 있지만 총지배인님도 이번만은 어쩔 수 없다고 결론을 내리신 모양이에요."

"그럼 그걸 먼저 얘기했어야죠."

"하지만 조건이 있어요. 아마 사진을 복사하시려는 모양인데, 이번 사건과 관계없다는 게 밝혀지면 그 즉시 모두 폐기해주세요. 그리고 이 사실을 절대로 언론에 알리지 말 것. 총지배인님도 직접 이나가키 계장님에게 부탁하기로 했지만, 담당자인 닛타 씨에게도 약속을 받아야겠어요."

그 말에는 절실함이 담겨 있었다. 진심으로 고객의 신뢰를 배반하고 싶지 않은 것이리라. 그녀에게는 변장한 형사를 프런트에 세워두는 것 자체가 고객에 대한 중대한 배신행위였다.

"알았어요. 약속합니다." 야마기시 나오미의 눈을 똑바로 쳐다보며 닛타는 대답했다.

그녀는 큰 일거리 하나를 끝냈다는 듯이 참았던 숨을 내쉬고 옆의 의자를 끌어다 앉았다.

닛타도 그녀와 마주하듯이 자리를 잡았다.

"이게 드문 일이 아니라고 했죠?"

무슨 얘기냐고 묻는 나오미의 얼굴을 향해 닛타는 말을 이었다.

"투숙객이 자신을 찾아온 사람을 쫓아내달라고 부탁하는 것 말이에요."

아, 그거요, 하고 나오미는 고개를 끄덕였다.

"손님 입장에서는 꼭 유쾌한 분들만 찾아오시는 건 아니니까요."

"이를테면 빚쟁이라든가?"

"그런 경우도 있어요."

"참고삼아 묻는 건데, 그럼 상대가 순순히 이해하고 돌아갑니까? 당신은 관계없다, 비켜달라, 하는 식으로 떼를 쓸 것 같은데."

"그건 테크닉이에요. 손님께서 당신과 만나기를 원하지 않으니 그만 돌아가라고 직접적으로 말해봤자 상대를 화나게 할 뿐이죠. 가장 손쉬운 방법은 저희 호텔에 그런 투숙객은 안 계시다, 라고 대답하는 거예요."

"거짓말을 하는 거네."

"고객을 지켜드리기 위해서예요. 때로는 그런 수단도 사용해요."

"자신이 찾는 사람이 이 호텔에 묵고 있는 걸 다 알고서 방 번호만 알려달라고 했을 경우에는?"

"손님이 자신이 묵고 있다는 걸 아무에게도 말하지 말아달라고 부탁했다면 무슨 일이 있어도 가르쳐주지 않아요. 설령 가르쳐주더라도 일단 손님에게 그래도 괜찮은지 전화로 확인부터 하죠. 지금은 대부분의 손님들이 핸드폰을 갖고 계세요. 친한 분이라면 번호를 알고 있을 테니까 본인에게 직접 물어보면 되는 거예요. 그걸 하지 않거나 혹은 못한다면 뭔가 사정이 있다고 생각해야겠지요. 물론 손님께 문의할 때는 상대가 눈치채지 않도록 조심합니다."

"상대가, 방 번호를 알려줄 때까지 여기서 꼼짝도 하지 않겠다는 식으로 나오면?"

"그럴 때는 계속 머리를 숙일 수밖에 없어요. 만일 그분이 폭력적인 언동으로 나올 경우에는 경비 담당자를 부르게 되지만요."

야마기시 나오미의 대답에는 막힘이 없었다. 단순히 교육을 받았기 때문이 아니라 실제 경험을 통해 몸으로 익혀왔기 때문일 것이다.

"하지만 호텔 측의 대응 방식이 원래 그렇다는 것을 아는 사람이라면 뭔가 다른 수단을 선택할 텐데요. 의심을 받지 않기 위해 뭔가 적당한 수단을."

닛타가 물어보자 야마기시 나오미의 시선이 잠시 먼 곳으로 향하더니 천천히 고개를 끄덕였다.

"맞아요, 이런저런 궁리를 해서 찾아오는 분도 있어요."

"뭔가 인상에 남는 경험이 있었어요?"

"몇 가지 있었는데……." 잠시 틈을 두고 나서 그녀는 다시 입을 열었다. "1년쯤 전에 한 여자분이 찾아와서 어느 손님의 방 번호를 문의했어요. 그 여자의 말에 의하면, 자신은 뉴욕에 살고 있는데 우리 호텔 남자 손님과 원거리 연애 중이래요. 그런데 갑작스럽게 귀국하게 되어서 방금 나리타 공항에서 오는 길이라고 하더라고요."

제법 흥미로운 이야기였다. 닛타는 저도 모르게 몸을 앞으로 내민 채 듣고 있었다. "그래서요?"

"그 여자분이 이렇게 말했어요. 남자 친구에게는 아직 귀국한 걸 말하지 않았다, 갑작스럽게 방에 찾아가 깜짝 놀라게 해주고 싶다, 라고."

"흠, 과연." 닛타는 신음을 흘렸다. "꽤 연구를 많이 하셨네. 그렇게 얘기하는 데야 호텔 측에서도 투숙객에게 미리 확인해볼 수는 없겠죠. 그래서 어떻게 했어요?"

"잠시 기다리라고 말하고 이 사무실로 들어와 그 손님께 전화를 드렸죠." 야마기시 나오미는 태연한 얼굴로 말했다.

"예?" 닛타의 눈이 둥그레졌다. "그럼 여자의 깜짝 이벤트가 꽝이 되잖아요?"

"그렇죠. 저로서도 괴로웠던 건 사실이에요. 하지만 그 여자분에게는 그렇게 하지 않을 수 없는 묘한 기운이 있었어요."

"그건 무슨 말이죠?"

"이 일을 오래 하다보면 퍼뜩 감지되는 게 있어요. 그 여자분을 대하는 순간, 뭔가 심상치 않은 기운이 느껴지더라고요. 위험한 아우라라고 표현하면 적당할까? 그 직감에 따라 나는 손님에게 전화를 걸었어요. 만일 그게 지나친 걱정이었을 경우에는 두 분에게 깊이 사과할 생각이었어요."

"하지만 지나친 걱정이 아니었다?"

야마기시 나오미는 고개를 끄덕였다.

"손님에게 그 여자의 생김새며 분위기를 전해드렸더니 말도 안 되는 거짓말이라면서 절대로 방 번호를 알려주지 말라고 하셨어요. 가능하면 그대로 돌려보내달라고 신신당부까지 하더라고요."

가슴이 두근거리는 전개였다. 그 남자 손님이 어쩔 줄 몰라 하는 모습이 눈에 선했다.

"그래서 어떻게 쫓아냈어요? 그 말을 여자에게 그대로 전할 수는 없었을 거 아닙니까."

"물론이죠. 그분에게는 그런 손님이 우리 호텔에 오신 적이 없다고 했어요. 하지만 여자분이 물러서지 않더군요. 그럴 리 없다, 이 호텔에 예약했다는 건 본인에게 들어서 알고 있다고 하면서요. 아마 사전에 무슨 방법으로 확인을 하고 온 모양이었어요. 그렇다면 계속해서 시치미를 떼는 것도 문제가 있죠. 그래서 저는 이렇게 대답했어요. 분명 예약을 했다, 하지만 투숙하기 직전에 취소했다, 라고."

"오, 대단한 솜씨. 정말 적절한 대답이었네. 그런 사정이라면 상대도 포기할 수밖에 없었겠죠."

"하지만 그 여자분은 닛타 씨처럼 쉽게 포기하는 분이 아니었어요. 아니, 그보다 내 말을 아예 믿지 않았죠. 남자 친구가 틀림없이 이 호텔에 올 거니까 자신에게 방을 달라고 하더군요. 이곳에 머물면서 호텔 안을 죄다 찾아보려는 것 같았어요."

닛타는 일순 등에 한기를 느꼈다.

"엄청난 집념이네. 남자 손님, 그 여자에게 대체 무슨 짓을 한 거지?"

"그럴 만한 일이었겠죠."

"그래서 어떻게 했어요? 이 호텔에서 묵겠다면 그 여자도 소중한 고객이 되는 건데."

야마기시 나오미는 고개를 저었다.

"우선순위라는 게 있어요. 현재 묵고 계신 고객을 첫째로 생각하지 않으면 안 돼요. 그 여자분에게는, 공교롭게도 오늘 밤에는 준비해드릴 수 있는 방이 없다고 대답했어요. 물론 실제로는 빈 방이 몇 개 있었죠. 그 여자분은 그래도 물러서지 않았지만, 제가 계속 머리를 숙였더니 얼마 있다 접수대를 쿵 내리치고 가버렸어요. 마지막에는 손님에게 미리 확인 전화를 했다는 걸 눈치챈 것 같더라고요."

닛타는 후우 하고 숨을 내쉬었다.

"결국 해결된 건가요. 하지만 그런 여자라면 방을 잡지 못했더라도 어딘가에서 지켜보고 있지 않았을까요? 어차피 남자는 체크아웃을 할 거고, 호텔 밖에 숨어서 기다리면 붙잡을 가능성이 높은데."

"그럴 수도 있었겠네요."

"그 남자 손님은 무사히 여자의 추적을 따돌렸을까요?"

"그다음 일은 잘 모르겠어요. 호텔 경계를 벗어나면 더 이상 저희로서는 어떻게도 할 수 없으니까요."

"거꾸로 말해, 호텔 밖에서라면 무슨 일이 일어나도 상관없다는 겁니까?"

닛타의 말에 야마기시 나오미의 표정이 어두워졌다. 하지만 곧바로 감정을 드러내지 않는 호텔리어 특유의 표정을 지으며 의연한 어조로 말했다.

"저희는 고객의 행복을 기원합니다. 하지만 저희가 별 힘이 없다는 것도 잘 알아요. 그렇기 때문에 떠나시는 고객분에게는 이런 말씀을 드리죠. 부디 조심해서 가십시오, 라고."

손님이 호텔 안에 있는 한, 온 힘을 다해 지키겠다.

닛타에게는 그렇게 들렸다.

자정이 지나서도 사진 속 인물은 나타나지 않았다. 닛타는 사무동으로 이동해 회의실을 들여다보았다. 모토미야 일행이 돌아갈 준비를 하고 있었다. 이나가키의 모습은 이미 보이지 않았다.

"결국 오늘도 하루 종일 아무 일 없었네." 닛타를 보고 모토미야가 말했다.

"진짜 사람 속 시끄럽게 하는 여자라니까요. 사진 속 남자가 자신을 따라다닌다고 생각하는 모양인데 어쩌면 그 여자만의 착각인지도 모르겠어요."

"자의식과잉에서 오는 피해망상인가." 모토미야의 입가가 구겨졌다. "그럴 수도 있겠군."

"아무튼 됐습니다. 오늘 하룻밤만 자고 떠날 테니까 내일 아침에 체크아웃 할 때까지 그 피해망상에 휘둘려주죠, 뭐."

"밤 새우려고?"

"설마요. 지금부터 눈 좀 붙이려고요." 닛타는 천장을 가리켰다. 휴게실이 위층에 있었기 때문이다.

오랜만에 집에 들어간다는 모토미야와 함께 회의실을 나와서 닛타는 계단을 올라갔다. 놀랍게도 객실부 사무실에 야마기시 나오미의 모습이 보였다. 컴퓨터를 마주하고 뭔가 생각에 잠겨 있었다.

"진즉 퇴근한 줄 알았는데."

닛타가 말을 건네자 그녀의 등이 흠칫했다. 그를 돌아보며 아, 수고 많으시네요, 라고 말했다.

"또 살인 사건에 대해 독자적인 수사를 하는 중이에요?"

야마기시 나오미는 쓴웃음을 지었다.

"수사라고 할 정도는 아니에요. 닛타 씨가 숫자 메시지의 비밀을 알려주셨으니까 나도 각각의 사건이 어떤 것이었는지 신문 기사를 검색해본 것뿐이에요."

닛타는 가까이 다가가 그녀 옆에 앉았다. 노트북 화면에는 처음에 일어난 시나가와 사건에 관한 기사가 떠 있었다.

"이 사건으로 처음 출동했을 때는 일이 이렇게 커질 줄은 생각도 못했죠. 설마 내가 호텔리어로 위장하게 될 줄이야."

"이 시점에서는 연쇄살인이라고는 생각 못했지요?"

"그런 생각을 할 리가 없죠. 현장에 남겨진 그 숫자 메시지만 해도 사건과는 별 관계가 없다고 생각했으니까. 게다가 지극히 수상쩍은 용의자가 있었어요. 아니, 사실을 말하자면 나는 아직도 그 사람이 의심스러워요. 단지 알리바이가 있고 다른 사건과의 연결점을 찾지 못하고 있을 뿐이죠."

"알리바이가 있다면 그 사람은 범인이 아니잖아요?"

"그야 물론 그렇지만 그 알리바이라는 것도 좀 미심쩍어요."

"미심쩍다니요?"

"즉 위장된 게 아닌가 하는……." 그렇게 말한 뒤, 너무 많은 것을 말해버린 건 아닐까 하고 닛타는 생각했다. 하지만 한편으로 그녀에게는 어느 정도 밝혀도 괜찮다는 마음도 있었다.

그는 야마기시 나오미 쪽으로 몸을 돌려 "이건 수사상 비밀이에요"라고 전제한 뒤에 그자의 알리바이를 대강 설명해주었다. 범행 추정 시각에 용의자는 자기 집에 있었고 더구나 예전에 사귀던 여자 친구의 전화를 받고 있었다. 게다가 그 집과 범행 현장은 멀리 떨어져 있다. 그런 내용이었다.

"옛 여자 친구에게서 온 전화를 받은 건 그 용의자와 목소리가 비슷한 딴 사람일 수도 있다든가?" 야마기시 나오미가 물었다.

닛타는 고개를 저었다.

"전 여자 친구는 그야말로 우연히 전화한 거였어요. 따라서 용의자는 전화가 걸려오리라는 것을 예측할 수 없었죠."

"그럼 전 여자 친구가 공범일 가능성은요?"

"그것도 생각해봤는데 가능성이 낮아요. 용의자와 헤어진 게 벌써 2년 전이고 지금은 따로 사귀는 남자가 있어요. 게다가 그 여자가 전화했을 때, 친구가 함께 있었다는 거예요. 그 친구도 분명히 전화하는 걸 봤다고 증언했어요."

"친구가?"

"예. 그러니 뭐, 막다른 골목에 부닥쳐버렸죠. 하지만 나로서는 아직 받아들일 수가 없어요. 뭔가 트릭을 쓴 게 아닌가 하는 의심이 들어요. 하지만 그럭저럭하는 사이에 두 번째, 세 번째 사건이 터지면서 첫 번째 사건에만 매달려 있을 수도 없어서……." 거기까지 이야기하고는 닛타는 말을 끊었다. 야마기시 나오미가 그저 건성으로 흘려듣는 것처럼 보였기 때문이다. 그녀의 시선은 어딘가 먼 곳을 향하고 있었다. 야마기시 씨, 라고 불러보았다.

그녀가 눈을 깜빡거렸다. 눈의 초점이 닛타의 얼굴에 맞춰졌다. "아, 미안해요."

"무슨 일 있어요?"

"아뇨, 별일 아니에요. 얘기를 듣는 사이에 나 혼자 딴생각을 좀."

"웬일이에요? 당신이 이야기 도중에 멍하니 딴생각을 하다니?" 말속에 빈정거림이 담겼다.

"미안해요. 마음에 좀 걸려서……."

"뭐가요?"

닛타의 물음에 야마기시 나오미는 머뭇거리면서 입을 열었다.

"그 전 여자 친구는 어떤 일로 용의자에게 전화를 했을까요? 혹시 둘 사이의 관계를 회복하고 싶다든가 하는 건 아니었어요?"

닛타는 웃으면서 고개를 저었다.

"아니에요. 별로 대단한 용건은 아니었다던데요."

"별로 대단한 용건이 아니었다면……." 야마기시 나오미가 고개를 갸우뚱하며 말을 이었다. "어째서 친구와 함께 있을 때 전화를 했을까요?"

"예?" 허를 찔린 듯 닛타는 눈을 깜빡였다.

"친구하고 함께 있을 때 일부러 그런 애매한 사이의 남자에게 전화를 걸지는 않을 텐데요. 그런 때 전화를 했다면 뭔가 특별한 이유가 있었을 거예요."

"아뇨, 그런 식으로 얘기하지는 않았는데?"

"거짓말을 했는지도 모르겠네요. 그 전 여자 친구가."

"왜요?"

"형사에게 말하기는 좀 난처한 일이라서 그랬겠죠. 그 용의자를 지금도 좋아하고 있고, 요즘 어떻게 지내는지 알고 싶어서 전화한 거라면 그런 얘기를 솔직히 털어놓기가 어려웠을 거예요."

그런가, 하고 닛타는 고개를 끄덕였다.

"그렇게 볼 수도 있겠군요. 하지만 그런 일이라면 친구와 함께 있을 때는 더욱더 전화하기 힘든 거 아닙니까?"

그러자 야마기시 나오미는 뭔가 속셈이 있는 듯한 웃음을 지었다. 그녀가 이런 표정을 짓는 건 처음이라서 닛타는 뜻밖이라는 느낌이 들었다.

"그게 아니라 아마 반대였을걸요?"

"무슨 말이죠?"

"그 친구가 부추겼던 거 아닐까요? 남자한테 전화를 해보라고요. 친구가 옆에 있었다는 말을 듣고 나는 우선 그런 상황이 그려지는데요."

닛타는 저도 모르게 신음 소리를 흘렸다. 그럴 가능성은 지금까지 생각해본 적도 없었다.

"아, 미안해요. 그냥 문외한의 생각이에요. 무시하셔도 괜찮아요."

"아뇨, 의외로 맞는 말인지도 모르겠네. 역시 여자는 여자가 아니면 모르는 건가." 닛타는 팔짱을 꼈다. 진심으로 감탄하고 있었다.

만일 야마기시 나오미의 추리가 맞다면…….

닛타의 뇌리에서 뭔가 꿈틀거리기 시작했다. 지금까지 굳게 닫혀 있던 문이 스르르 열릴 듯한 예감이었다.

하지만 그때, 그의 사고를 뚝 끊듯이 품속에서 전화가 울렸다. 혀를 차며 핸드폰을 꺼냈다. 세키네에게서 온 것이었다. 그는 지금도 장난감 병정 같은 벨보이 차림으로 호텔 현관 근처에 서 있을 터였다.

"응, 나야. 무슨 일이지?"

"세키네예요. 지금 곧 프런트로 와주세요. 사진 속 남자가 나타났어요!"

"뭐라고? 틀림없어?"

"틀림없습니다. 방금 택시에서 내려서 외부 흡연 구역에서 담배를 피우고 있어요."

"알았어. 바로 갈게."

닛타는 전화를 끊고 빠른 말투로 야마기시 나오미에게 사정을 전했다. 이미 심각한 표정이던 그녀는 급히 의자 등받이에 걸쳐두었던 상의를 들고 자리에서 일어섰다.

13

한눈에 보기에도 분명 사진 속 인물이라고 나오미는 생각했다. 사진보다 머리가 조금 길고 안경을 쓰고 있지만 틀림없었다. 키가 크고 어깨가 넓었다. 검은 정장 안의 셔츠는 두 번째 단추까지 풀려 있었다.

남자는 곧장 프런트를 향해 걸어왔다. 프런트에는 고노라는 젊은 프런트 직원이 있었지만 나오미는 자신이 직접 대응에 나서기로 했다. 닛타는 뒤편으로 물러서 있었다.

심장이 점점 빠르게 고동치는 것을 느꼈다. 하지만 동요를 겉으로 드러내서는 안 된다. 빰이 긴장되는 것을 자각하면서도 평소와 똑같이 웃는 얼굴을 유지해야 해, 라고 자신을 다독였다.

남자가 험상궂은 표정으로 발을 멈추는 것을 보고 나오미는 얼굴을 들었다.

"어서 오십시오. 숙박하시겠습니까?"

그게 아니라 잠깐 물어보고 싶은 게 있다, 라는 대답을 예상했다. 이러저러한 여자가 이 호텔에 묵고 있지 않으냐, 라고 사진을 내밀지 않을까 하는 생각도 했다. 물론 두말할 것도 없이 안노 에리코의 사진을.

하지만 예상과는 달리 남자는 고개를 끄덕였다.

"다테바야시예요."

"네?"

저도 모르게 되묻고 말았다. 남자의 표정이 어두워졌다.

"다테바야시. 예약이 되어 있을 텐데요."

"아…… 실례했습니다. 잠시만 기다려주세요."

서둘러 단말기를 두드려보았다. 아닌 게 아니라 '다테바야시 미쓰히로'라는 이름이 곧바로 눈에 들어왔다. 도착 예정 시각은 자정, 스위트룸에서 일박, 이라고 되어 있었다.

나오미는 당혹스러웠다. 예약이 되어 있는 이상, 쫓아낼 수는 없다. 예약이 중복되었다고 사과하고 다른 호텔을 소개해주는 방법도 있지만 과연 그렇게까지 할 필요가 있을까. 이 인물이 반드시 안노 에리코에게 위해를 끼칠 것이라고 판명된 것도 아니다.

"왜요, 이름이 없어요?" 다테바야시가 말을 건넸다.

"아, 아뇨. 다테바야시 미쓰히로 손님이시지요? 오늘부터 스위트룸에서 일박하시는 것으로, 괜찮겠습니까?"

"예, 그래요."

나오미는 숙박부를 내밀었다.

"그럼 이쪽에 성함과 연락처를 적어주시겠습니까?"

다테바야시 미쓰히로는 말없이 적어 넣었다. 그 손의 움직임을 나오미는 가만히 지켜보았다. 펜의 움직임에 부자연스러운 점은 찾을 수 없었지만 가명을 써넣는 데 익숙해진 사람일 가능성도 있다.

재빨리 단말기를 두드려 비어 있는 방을 찾았다. 지금 단계에서 할 수 있는 일은 되도록 안노 에리코의 방에서 멀리 떨어진 스위트룸을 고르는 것이다. 안노 에리코의 방은 2510호실, 즉 25층이다.

마침 1530호실이 비어 있었다. 여기라면 문제없을 것이다. 곧바로 카드키를 준비했다.

"이 정도로 쓰면 되지요?" 다테바야시가 숙박부를 가리켰다. 그곳에는 이름과 다카자키 시로 시작되는 주소, 그리고 핸드폰 번호가 기입되어 있었다.

"네, 좋습니다. 손님, 지불은 현금으로 하시겠습니까?"

"아, 그거, 나도 알아요. 디포짓이라는 거죠?"

다테바야시는 상의 안주머니에서 지갑을 꺼내 털털한 몸짓으로 만 엔짜리 지폐 몇 장을 뽑아냈다. 익숙한 손놀림으로 열 장을 세어 접수대에 내려놓았다.

"이거면 되겠어요?"

"네, 감사합니다."

예탁증을 작성해 다테바야시에게 건넸다. 이어서 1530호실의 카드키를 내밀면서 옆에서 기다리던 벨보이에게 눈짓을 보냈다. 그 벨보이는 형사 세키네였다. 현재 호텔에 잠입한 수사관 전원이 이 다테바야시라는 손님을 주목하고 있을 터였다.

세키네가 재빨리 다가와 카드키에 손을 내밀었다. 하지만 그것을 다테바야시가 제지했다.

"아니, 됐어요. 나 혼자 갈 수 있으니까." 그렇게 말하고 카드키를 손에 들었다.

"하지만 손님, 비상구 확인도 해야 하니까요."

나오미가 말했지만 다테바야시는 귀찮다는 듯 고개를 가로저었다.

"그건 층별 안내도를 보면 알아요. 사람이 따라다니는 건 별로 좋아하지 않아서."

그렇게까지 말을 하니 억지로 안내하겠다고 할 수는 없었다.

"네, 알겠습니다. 그럼 편히 쉬십시오."

나오미의 말을 끝까지 듣지도 않고 다테바야시 미쓰히로는 걸음을 옮겼다. 엘리베이터 홀까지 안내하겠노라고 세키네가 달라붙어봤지만 괜찮다고 거절했다.

"숙박부 좀 보여줘요." 뒤에서 닛타가 말했다. "주소를 조사해봐야겠어요. 틀림없이 가명일 겁니다."

"어떻게 아시죠?"

"다카자키 시는 군마 현이죠. 그리고 군마 현에는 다테바야시 시라는 곳도 있어요."

"아……."

"어서, 숙박부."

이런 때는 경찰에게 맡기는 편이 나을 것이다. 부탁합니다, 라고 말하며 나오미는 숙박부를 건네주었다.

닛타가 어딘가로 전화를 하는 곁에서 그녀도 수화기를 들었다. 2510호실에 걸자 곧바로 안노 에리코가 받았다.

"밤늦은 시간에 죄송합니다. 꼭 전해드릴 말씀이 있어서요." 그렇게 서두를 꺼내고 사진 속 인물이 나타났다는 것, 게다가 예약을 해두었기 때문에 의례적인 절차에 따라 체크인을 할 수밖에 없었다는 것을 설명했다.

깜짝 놀랐는지 안노 에리코는 몇 초 동안 침묵한 채 대답이 없었다. 그녀가 내쉬는 한숨이 수화기에 부딪히는 소리가 들렸다.

"나한테 접근하지 못하게 해달라고 부탁했었죠?"

"죄송합니다. 다만 안노 손님의 방과는 최대한 멀리 떨어진 객실을 골라 드렸으니까 복도에서 우연히 마주치실 일은 없으리라고 생각합니다."

"정말 괜찮은 거예요? 몇 층 몇 호실인데요?"

"15층 1530호실입니다."

안노 에리코는 다시 진한 한숨을 내쉬었다.

"알았어요. 그만 됐어요."

뚝 하고 전화가 끊겼다. 나오미는 수화기를 잠시 바라보다가 제자리에 내려놓았다.

"이 주소는 존재하는데 그곳에 있는 건 염색 공장이라는군요. 사람은 살고 있지 않아요."

"그럼 역시 가명?"

"그렇게 생각하는 게 타당하겠죠. 안노도 가명, 다테바야시도 가명, 대체 어떻게 된 거야?"

"방금 그분은 안노 씨에 대해 전혀 묻지 않으셨어요. 그건 또 어떻게 된 걸까요?"

"물어봐도 가르쳐주지 않을 거라고 예상했는지도 모르죠. 이 호텔에 묵으면서 직접 찾아보려는 것일 수도 있어요."

닛타가 그렇게 말했을 때, 지금까지 곁에서 말없이 지켜보던 고노가 "저어" 하고 끼어들었다.

"방금 그 손님, 전에도 여기서 묵으셨던 것 같아요."

엇, 하고 나오미는 후배의 얼굴을 빤히 바라보았다. "그게 정말이에요?"

고노는 고개를 갸웃거리면서도 틀림없다고 말했다.

"사진으로 봤을 때는 잘 몰랐는데 직접 얼굴을 보고 생각났어요. 틀림없을 겁니다. 역시 이 시간대였고 그때도 제가 프런트에 있었어요. 스위트룸을 예약한 것도 똑같아요."

"그때 썼던 이름, 생각나요?" 닛타가 물었다.

"아뇨, 거기까지는 좀……. 하지만 다테바야시라는 성씨는 아니었던 것 같습니다."

"똑같은 이름일 리 없어요." 나오미가 말했다. "한 번이라도 우리 호텔을 이용하신 고객의 이름은 저희 호텔 기록에 남으니까요. 예약을 받는 시점에 이미 확인됩니다."

"그렇군." 닛타가 턱을 쓰다듬으며 말했다. "그 사람이 체크인 했다는 것을 안노 씨에게 전하는 것 같던데요. 안노 씨의 반응은 어땠어요? 겁에 질린 기색이었습니까?"

"역시 깜짝 놀라시는 것 같았어요. 겁에 질린 기색까지는 아니었지만, 어쩌면 애써 태연한 척하는 것일 수도 있어요."

"상당히 기가 드센 여자이기는 했죠. 약점을 내보이고 싶지 않다는 건가. 하지만 그토록 다테바야시라는 사람이 싫다면 지금 당장 체크아웃을 하면 될 텐데."

"이런 시간에요? 그럼 오늘 밤은 어디서 자고요?"

"아, 그런가." 닛타는 얼굴을 찌푸렸다. "아무튼 경계할 필요가 있겠어요. 나는 경비실에 다녀올게요. 다테바야시의 방은 15층이었죠? 감시 카메라를 맡고 있는 형사에게 주의해서 지켜보라고 말해야겠어요."

닛타는 안쪽 문으로 나갔다. 그것을 지켜본 뒤에 나오미는 자신은 어떻게 해야 할지 생각해보았다. 닛타의 기세로 봐서는 아직 집에 돌아갈 생각이 없는 모양이었다. 그러기는커녕 밤샘 감시를 하겠다고 나설지도 모른다.

"야마기시 씨, 괜찮습니다. 이제 그만 퇴근하세요. 여기는 우리끼리 어떻게든 해보겠습니다. 무슨 일이 생기더라도 이건 경찰에 맡길 수밖에 없잖아요." 그녀의 망설임을 알아차렸는지 고노가 그렇게 말해주었다.

“하지만 닛타 씨는 아직 남아 있으려나봐.”

“밤늦은 시간이라서 닛타 씨가 손님을 접대할 일은 없을 거예요. 그보다 야마기시 씨가 무리해서 건강을 해치지나 않을지, 그게 더 걱정이에요.”

후배가 하는 말에는 일리가 있었다.

“그럼 그렇게 할까? 잠깐 닛타 씨에게 인사라도 하고 올게.”

나오미는 뒤로 돌아가 직원용 엘리베이터에 올랐다. 경비실은 지하 1층이었다.

경비실 문은 활짝 열려 있었다. 우뚝 서 있는 닛타의 등이 보였다. 안에 있는 사람과 뭔가 이야기를 나누는 것 같았다.

나오미는 그쪽으로 다가가 안의 상황을 살펴보았다. 감시 카메라 모니터가 주르륵 늘어서 있고 그 앞에 경비원과 와이셔츠 차림의 남자가 있었다. 이쪽은 형사일 터였다.

그 형사가 나오미 쪽을 돌아보았다. 그러자 덩달아 닛타도 돌아보았다.

“야마기시 씨, 무슨 일이에요?”

“아뇨, 저는 그만 퇴근할까 해서요.”

아, 하고 닛타는 크게 고개를 끄덕였다.

“그게 좋아요. 야마기시 씨까지 밤샘할 필요는 없어요. 우리하고 똑같이 움직였다가는 몸이 남아나질 않아요. 나도 지금 뒷일은 이쪽에 맡기고 잠시 눈을 붙이려던 참이에요.”

"죄송합니다. 그럼 이만……."

실례합니다, 라고 나오미가 말하려던 때였다. 닛타 씨, 하고 와이셔츠 차림의 남자가 목소리를 높였다.

"1530호실에 누군가 들어갔어요!"

"뭐라고?" 닛타가 모니터로 다가갔다. "확실해?"

"확실합니다. 15층 복도에 사람이 나타나길래 계속 지켜보고 있었거든요."

"좋아, 재생해보자고."

나오미도 뒤에서 들여다보았다. 모니터에는 복도를 끼고 줄줄이 이어진 객실 문이 비쳤다. 복도 끝에는 굽어드는 모퉁이가 있었다.

형사가 기기를 여기저기 눌렀다. 그러자 모퉁이에서 한 젊은 여자가 나타났다. 하얀 코트 같은 것을 걸치고 있었다. 닛타가 작게 "여자인가" 하고 중얼거렸다.

여자는 각 방 번호를 보면서 걸어왔다. 이윽고 발을 멈췄다. 노크를 하자 잠시 뒤에 문이 열리고 여자의 모습이 안으로 사라졌다.

"저건 1530호실이에요." 와이셔츠 차림의 형사가 말했다.

"이거, 어떻게 된 거야. 다테바야시가 안노 에리코의 스토커라면 자기 방에 딴 여자를 불러들일 리가 없는데?" 닛타가 혼잣말처럼 중얼거렸다. "우선 상황을 좀 더 지켜보자고." 그러고는 나오미 쪽으로 얼굴을 돌렸다. "여기는 우리한테 맡기고 야마기시 씨는 어서 가봐요."

나오미는 고개를 끄덕였다. 마음에 걸리기는 했지만 자신이 남아 있어도 별 도움이 안 된다고 생각했다. 지금 일어나는 일은 호텔 서비스가 아니라 경찰 수사와 관련된 일인 것이다.

"그럼 먼저 실례하겠습니다."

"수고했어요."

닛타의 인사를 듣고 나오미는 경비실을 뒤로했다. 직원용 엘리베이터까지 가서 버튼을 눌렀다.

안노 에리코와 다테바야시 미쓰히로의 일은 마음에 걸리지만 딱히 불상사가 일어날 거라고 단정 지을 수는 없다. 두 사람의 방은 한참 멀리 떨어져 있다. 다테바야시가 왔다는 소식은 전했으니 안노 에리코는 방에서 나오지 않을 것이고, 다테바야시 쪽에서는 그녀의 방을 알지 못한다.

엘리베이터 문이 열렸다. 나오미는 문 안에 발을 들였다. 천천히 문이 닫히고 있었다. 그 순간, 그녀의 뇌리에 한 줄기 빛이 내달렸다. 순간적으로 '열림' 버튼을 꾹 눌렀다.

나오미는 엘리베이터에서 내렸다. 총총걸음으로 다시 경비실로 향했다.

뛰어 들어오는 그녀를 보고 닛타의 눈이 휘둥그레졌다. "웬일이에요?"

"25층은요?" 나오미는 물었다. "2510호실의 영상은 어떤 거죠?"

"25층이라…… 아, 이건가?" 와이셔츠 차림의 형사가 기기를 조작하자 모니터 한 대의 영상이 바뀌었다.

닛타가 옆에 와서 섰다. "야마기시 씨, 왜 그쪽을……."

"닛타 씨, 나 잠깐 여기 있어도 괜찮죠?"

"예?"

"아무래도 내가 말도 안 되는 실수를 한 것 같아요."

나오미의 말에 닛타가 미간을 찡그렸을 때였다. 앗, 하고 와이셔츠 차림의 형사가 작게 탄성을 올렸다. 나오미는 반사적으로 화면을 바라보았다. 어느 방문에서 한 여자가 나오는 참이었다. 방 번호를 확인해볼 것도 없었다. 여자는 안노 에리코였다.

"저 여자, 이 시간에 어딜 가려는 거야?"

닛타의 난폭한 말투를 나무랄 여유 따위는 없었다. 엘리베이터 홀, 이라고 나오미는 외쳤다. "25층 엘리베이터 홀을 빨리 보여주세요!"

모니터 영상이 다시 바뀌었다. 엘리베이터 홀이었다. 이윽고 오른편에서 천천히 안노 에리코가 나타났다. 버튼을 누르고 엘리베이터를 기다리고 있었다. 험상궂은 얼굴을 하고 핸드백을 꼭 끌어안고 있었다.

엘리베이터가 도착하자 안노가 올라탔다. 여섯 대 중 하나인 3호 엘리베이터였다.

이미 옆 모니터에는 엘리베이터 내부 감시 카메라 영상이 비치고 있었다. 굳은 표정의 안노 에리코가 얼굴을 카메라 쪽으로 향한 채 서 있었다. 그녀가 몇 층 버튼을 눌렀는지는 알 수 없었다.

"15층 복도로 돌려주세요." 나오미가 말했다.

화면이 바뀌었다. 15층의 엘리베이터 홀이었다. 그 직후, 3호 엘리베이터에서 안노 에리코가 내려섰다.

결정적이다!

나오미는 경비실을 뛰쳐나왔다. 자신을 부르는 닛타의 목소리가 뒤쫓아왔지만 엘리베이터 앞에 도착할 때까지 멈출 수 없었다.

다행히 엘리베이터는 지하 1층에 멈춰 있었다. 문이 열리자마자 얼른 올라탔다. 문이 닫히기 직전에 닛타도 뛰어들었다.

"대체 왜 그래요? 설명 좀 해봐요."

"내가 큰 실수를 했어요. 호텔리어로서 절대 해서는 안 될 실수를." 무슨 말인지 전혀 모르겠다는 표정을 짓는 닛타에게 나오미는 이어서 말했다. "고객의 방 번호는 무슨 일이 있어도 다른 사람에게 알려줘서는 안 돼요. 그런데 나는 알려주고 말았어요. 안노 씨에게 다테바야시 씨의 방 번호를."

닛타의 눈이 휘둥그레졌다. "그럼 안노가 다테바야시에게 스토킹을 당하는 게 아니라 사실은 그 반대라는 거예요?"

"지금으로서는 그렇게 생각할 수밖에 없어요."

엘리베이터가 1층에 도착했다. 두 사람은 경쟁하듯이 복도로 내려섰다. 사무실을 지나 프런트 쪽을 통해 뛰어나갔다. 고노와 다른 직원들이 입을 떡 벌린 채 쳐다보았지만 상황을 설명해줄 여유는 없었다.

달리기라면 남자 쪽이 단연 빠르다. 한 발 앞서 엘리베이터 홀에 도착한 닛타가 문을 열고 나오미를 기다려주었다. 얼른 올라타고 숨을 가다듬었다. 심장이 두방망이질을 하는 것은 뛰어온 탓만은 아니었다.

"안노 에리코가 무슨 짓을 할 생각일까요?" 오른쪽 발목을 가볍게 흔들면서 닛타가 말했다. "그 핸드백이 아무래도 마음에 걸리는데. 뭔가 중요한 걸 끌어안고 있는 느낌이었어요."

"핸드백에 혹시 흉기가 있다……든가?"

닛타는 대답 대신 지그시 나오미의 눈을 마주 보았다.

엘리베이터가 멈췄다. 문이 반쯤 열리자 닛타가 몸을 밀어 넣어 스르륵 빠져나갔다. 나오미도 그 뒤를 따라 달려갔다.

스위트룸은 복도 안쪽에 있다. 안노 에리코의 모습은 어디에도 없었다. 즉 그녀는 이미 1530호실에 들어갔다는 얘기다.

문 앞에 멈춰 선 두 사람은 서로를 바라보았다. 닛타가 노크를 해도 되겠느냐고 몸짓으로 물었다. 나오미는 말없이 고개를 끄덕했다.

닛타가 문으로 다가가 손을 약간 들어올렸다. 다음 순간, 갑자기 문이 벌컥 열렸다. 하마터면 닛타의 얼굴을 강타할 뻔했다.

방에서 뛰쳐나온 건 안노 에리코가 아니었다. 처음 이 방에 들어간 여자였다. 얇은 원피스 차림에 손에는 가방과 코트를 들고 있었다. 자세히 보니 스타킹까지 움켜쥐고 있었다. 여자는 나오미와 닛타를 보고 화들짝 놀라는 기색이었지만 아무 말 없이 통탕통탕 급한 걸음으로 멀어져갔다.

닫히려는 문을 닛타가 손으로 잡았다. 나오미는 그의 뒤편에서 안을 들여다보았다.

방 한가운데 안노 에리코가 서 있었다. 그녀의 시선 끝에는 목욕 가운을 걸친 다테바야시가 있었다. 고개를 떨구고 소파에 앉아 있었다.

"지금 뭐하는 겁니까?"

닛타의 물음에 흠칫 놀란 안노 에리코가 이쪽을 돌아보았다. 다테바야시도 흘끔 쳐다봤다. 두 사람 모두 나오미와 닛타가 와 있는 것을 미처 알지 못한 모양이었다.

"뭐예요, 왜 당신들이 거기 와 있죠?" 안노 에리코가 목소리를 높였다.

닛타를 밀쳐내며 나오미가 앞으로 나섰다.

"안노 손님께서 이쪽 객실로 오시는 게 보여서요. 뭔가 트러블이 생긴 게 아닌가 걱정이 되어서 왔습니다."

안노 에리코는 귀찮다는 듯 고개를 저었다. "이제 됐다니까요. 그냥 내버려둬요."

"그래도……."

안노 에리코가 성큼성큼 다가왔다. 약간 몸을 숙이고 있었는데 나오미와 닛타 앞에 서더니 고개를 번쩍 들었다. 나오미는 흠칫 놀랐다. 안노의 눈이 붉게 물들어 있었기 때문이다.

"우리, 부부예요."

"앗, 설마……."

안노 에리코는 들고 있던 핸드백을 열어 안에서 서류를 꺼냈다. 그것을 펼쳐 나오미와 닛타 쪽으로 내보였다. 이혼 신청서였다. 남편은 무라카미 미쓰히로, 아내는 무라카미 에리코라고 되어 있었다.

"이걸 저 사람에게 주려고 온 것뿐이에요. 그러니까 이제 걱정할 거 없어요."

그녀의 목소리는 낮게 억제되어 있었다. 감정을 억누르고 있다고 나오미는 느꼈다.

"저어, 조금 전에 나간 여자분은?"

나오미가 물어보자 안노 에리코 아니, 무라카미 에리코의 입가가 일그러졌다.

"아마 롯폰기의 호스티스겠죠. 저 사람, 롯폰기를 엄청 좋아하니까."

대꾸할 말이 선뜻 생각나지 않았다. 나오미는 입술을 깨물었다.

괜찮아요, 라고 무라카미 에리코가 말했다. 그 목소리는 지금까지 그녀가 했던 어떤 말보다 힘없이 들렸다.

"부탁이니까 그냥 내버려두세요. 걱정하지 말고. 억지 동반자살 같은 건 안 할 테니까."

나오미는 숨을 헉 삼키며 그녀의 침울한 얼굴을 바라보았다. 그 입술은 미소를 짓고 있었지만 눈에는 슬픈 빛이 일렁였다.

닛타가 나오미의 어깨에 손을 얹었다. "그만 가죠."

나오미는 고개를 끄덕이고 뒤로 물러섰다. 그럼 편히 쉬십시오, 라는 한마디가 저도 모르게 흘러나오려는 것을 아슬아슬하게 꾹 참았다. 나오미가 복도로 나서자 닛타가 천천히 문을 닫았다.

참았던 숨을 후 하고 토해냈다. 옆에서는 닛타가 감시 카메라를 향해 양팔을 번쩍 드는 포즈를 취하고 있었다.

엘리베이터에 오른 뒤에야 둘이서 얼굴을 마주 보았다. 어느 쪽이 먼저인지도 모르게 쓴웃음이 비어져 나왔다.

이거야, 원, 하고 닛타가 말했다. 정말, 하고 나오미는 대꾸했다.

1층에 내려와 프런트 데스크로 돌아갔다. 닛타는 경비실에 가보겠다고 했다. 나오미는 불안한 얼굴로 기다리던 고노에게 사정을 설명해주었다. 고노는 이야기를 듣는 내내 놀란 표정을 감추지 못했다.

"그런 거였어요? 어쨌든 큰 불상사로 번지지 않은 건 천만다행이네요."

"호텔로서야 그렇지……."

나오미는 프런트에서 벗어나 로비 소파에 자리를 잡고 앉았다. 몸이 무거웠다. 팽팽한 긴장의 실이 뚝 끊겼는지 피곤이 한꺼번에 밀려왔다. 안 돼, 이대로 잠들어버릴 것 같아. 나오미는 몸을 일으켜 고개를 좌우로 움직였다. 그때 엘리베이터 홀에서 무라카미 에리코가 나오는 게 보였다. 짐을 들고 있었다. 나오미는 자리에서 벌떡 일어섰다.

무라카미 에리코는 프런트로 가더니 카드키를 내밀었다. 체크아웃 하실 건가요, 라고 고노가 물었다. 그렇다고 그녀는 대답했다.

수속을 마치자 영수증을 접수대에 남겨둔 채 무라카미 에리코는 걸음을 옮겼다. 흘끔 나오미에게 시선을 던지더니 말없이 지나쳐갔다. 하지만 곧바로 멈춰 서서 돌아보았다.

"미안해요. 이래저래 번거롭게 했군요."

나오미는 호주머니에서 사진을 꺼내 그녀에게로 다가갔다.

"이 사진은 어떻게 할까요?"

무라카미 에리코는 사진에 시선을 떨구고 망설이듯이 몇 차례 눈을 깜빡였다.

"그건 그쪽에서 적당히 처리……." 거기까지 말하다가 고개를 저으며 손을 내밀었다. "아니, 역시 내가 직접 처리해야겠네."

나오미에게서 사진을 받아 들더니 찬찬히 들여다본 뒤에 핸드백에 넣었다.

"그 사람이 회사 일로 도쿄에 올 때마다 바람을 피운다는 건 알고 있었어요. 하지만 증거가 없었죠. 현장을 덮치는 게 가장 좋은데, 호텔에서는 본인 허락 없이 투숙객의 방 번호를 알려주지 않잖아요."

"고객의 프라이버시를 지켜드리는 것이 저희가 할 일이라서요."

"그렇죠. 그래서 나로서는 이런 방법을 쓸 수밖에 없었어요."

"완전히 속아 넘어갔어요."

"정말 미안해요. 하지만 덕분에 일이 잘 풀렸어요. 속이 후련하게."

"남편분과 상대 여자가 따로따로 방에 들어간다는 건 미리 알고 계셨군요?"

"물론이에요. 그게……." 무라카미 에리코가 가슴이 그득해질 만큼 크게 숨을 들이쉬었다. "그 사람, 나한테도 똑같은 짓을 시켰으니까. 전 부인과 헤어지기 전의 일이지만."

"아……." 역시, 라는 말은 꿀꺽 삼켰다.

무라카미 에리코는 미소를 지으며 어깨를 으쓱했다.

"옛날부터 그런 말이 있죠. 남의 남편을 빼앗으면 언젠가는 똑같은 일을 당한다고. 나만은 절대 그러지 않을 거라고 생각했는데 인생이란 역시 만만치 않네."

경솔하게 대답할 수 없는 말이었다. 나오미는 조용히 고개를 끄덕였다.

"그럼 갈게요. 빨리 가서 집 떠날 준비를 해야 하니까."

"택시 승차장까지 안내해드리겠습니다."

텅 빈 로비를 둘이서 걸었다. 현관을 지나 밖으로 나서면 바로 옆에 택시 승차장이 있다. 검정 택시가 서 있었다. 무라카미 에리코가 다가가자 뒷좌석 문이 열렸다. 그녀는 미끄러지듯이 차에 올랐다.

"다시 찾아주시기를 기다리겠습니다." 나오미는 고개를 숙였다.

문이 닫히고 차가 움직였다. 나오미는 고개를 들었다. 택시가 빙그르르 선회할 때, 무라카미 에리코가 손수건으로 눈두덩을 누르는 게 보였다.

14

노세의 둥글둥글한 몸이 프런트 앞 로비에 나타난 것은 현관 정문 밖이 약간 어둑어둑해지던 참이었다. 여느 때와 마찬가지로 후줄근한 양복을 입고 있었다. 프런트에 있는 닛타를 알아보고 뭔가 흐뭇한 표정으로 슬쩍 인사를 건네더니 빈 소파에 가서 앉았다.

"잠깐 자리 좀 비울게요." 닛타는 곁에 있는 야마기시 나오미에게 말하면서 슬쩍 노세 쪽을 가리켰다.

그녀도 촌티 잘잘 흐르는 관할 경찰서 형사를 기억하고 있는 모양이었다. 의미심장한 미소를 짓더니, 알았어요, 라고 작은 소리로 대답했다.

닛타는 주위를 재빨리 살펴본 뒤에 노세에게로 다가갔다. 로비에는 여전히 몇몇 수사관이 잠복해 있지만 닛타의 움직임을 눈으로 좇는 자는 없어 보였다. 그가 호텔리어로서 여기저기를 돌아다니는 게 그들에게는 더 이상 특별한 일이 아닌 것이다.

닛타는 노세 옆에 자리를 잡고 앉았다.

"갑자기 불러내서 미안해요." 닛타는 말했다. "한창 탐문 수사 중이셨지요?"

"아냐, 그런 말을 들었으니 내가 가만있을 수 없지." 노세는 입맛을 다시며 잔뜩 기대하는 표정을 지었다.

"그냥 얼핏 생각난 것뿐이긴 한데요."

"아니, 아주 훌륭한 착안이라고 생각해. 역시 대단하구나 하고 감탄했어. 아닌 게 아니라 보통 사람이라면 친구 앞에서 예전 남자에게 전화를 한다는 게 좀 껄끄러울 거야. 하지만 그 친구가 자꾸 부추겨서 전화한 것이라면 충분히 고개가 끄덕여지지. 역시 닛타 씨는 최고야. 용케도 그런 생각을 해냈네. 여자의 심리를 아주 꿰고 있다니까."

노세의 찬사에 쓴웃음이 나오려는 것을 꾹 참았다. 실제로는 자신이 생각해낸 게 아니라 야마기시 나오미의 의견이었다. 하지만 그런 뒷이야기를 굳이 털어놓을 필요는 없었다.

"그래서 노세 씨에게 조사를 부탁하고 싶은 건……."

닛타가 말을 꺼내자 그다음 얘기는 더 들을 것도 없다는 듯이 노세가 손을 들어 제지했다.

"응, 알아, 알아. 이노우에 히로요 말이지?" 노세는 안주머니에서 작은 수첩을 꺼내 펼쳐 들었다. "데시마 마사키에게 전화한 옛 여자 친구는 혼다 치즈루 씨. 그리고 그 자리에 함께 있었던 혼다 씨의 친구는 이노우에 히로요. 아차, 아직은 피의자가 아니니까 정식으로 씨 자를 붙여줘야 하나? 좋아, 이노우에 히로요 씨."

아무래도 노세는 닛타가 무엇에 주목했는지 충분히 이해하고 있는 것 같았다.

닛타는 노세 쪽으로 몸을 가까이 댔다.

"우리끼린데 그냥 이름만 부르면 어때요. 이노우에 히로요가 데시마와 공범이라면 그 전화 알리바이는 어떻게든 해결될 것 같아요. 지금까지는 혼다 씨가 전화하리라는 것을 데시마는 전혀 예상하지 못했다는 게 큰 장벽이었으니까요." 주위 시선에 주의하면서 닛타는 목소리를 한껏 낮춰 말했다. 주변 손님은 물론이고 다른 수사관들의 귀에도 들어가지 않았으면 하는 내용이었다.

노세는 크게 고개를 끄덕였다.

"나도 동감이야. 닛타 씨의 보고서에 의하면 이노우에 히로요는 혼다 치즈루 씨의 대학 친구로 나와 있더라고. 나이는 28세. 결혼해서 오모리에 살고 있고……." 노세가 수첩을 보면서 말했다.

닛타는 입을 다물었다. 이노우에 히로요를 찾아 탐문 수사를 나갔을 때의 일이 생각났다. 화장의 힘을 빌려 평범한 생김새를 화려하게 다듬은 듯한 여자였다. 몸에 걸친 것이 모두 명품 브랜드여서 졸부 남편을 두었구나 싶었다. 말수가 유난히 적어 이쪽에서 물어보는 것 말고는 전혀 덧붙여 대답해주는 게 없었다. 그때는 살인 사건에 관한 것이라서 아무래도 신중하게 답하려는 모양이라고 생각했지만, 기실 그 여자에게는 또 다른 속내가 있었는지도 모른다.

"그때만 해도 이노우에 히로요는 혼다 치즈루의 진술을 뒷받침해줄 단순한 증인이라는 인식밖에 없었거든요. 그 정도만 조사해도 보고서로서 충분하다고 생각했어요."

"그거야 그렇지. 어디서 어떻게 보건 그 시점에는 관계없는 사람이었으니까."

위로하는 말투로 나오는 노세에게 닛타는 어깨를 으쓱해 보였다. "아직 관계가 있다고 단정한 건 아니에요."

그러자 노세는, 아니야, 라며 자세를 바로잡았다. 그 눈이 여느 때와 다르게 날카로워서 닛타는 조금 놀랐다.

"이번에는 제대로 짚은 거 같아. 조금 전에 닛타 씨의 전화를 받았을 때, 감이 딱 왔어. 이유를 물어보면 대답하기는 곤란하지만 뭔가 가슴이 울렁울렁하더라고. 물론 좋은 의미에서 가슴이 울렁거렸다는 뜻이야. 닛타 씨, 이건 뭔가 될 거 같아."

"그렇다면 좋겠습니다만."

"즉시 이노우에 히로요에 대해 자세히 조사해봐야겠어. 어딘가에서 데시마와 연결이 된다면 일이 재미있어지는 거야. 아, 그리고 혼다 씨에게도 다시 한 번 찾아가볼 필요가 있겠지? 데시마에게 전화한 건 이노우에 히로요가 권했기 때문이 아니냐고 확실하게 물어보는 게 좋겠지. 전화한 이유에 대해서도 다시 알아볼게." 노세는 수첩에 뭔가 써넣기 시작했다.

"혼다 씨가 데시마에게 전화한 이유 말인데요, 지금까지 그 여자가 한 진술이 거짓말이었다면 아마 남들에게 말하기 어려운 내용이기 때문일 거예요. 그런데 그걸 순순히 털어놓게 할 수 있을까요?"

닛타가 물어보자 노세는 수첩을 정리하던 손을 멈추고 잠시 생각에 잠기는 표정을 지었다. 하지만 곧바로 굵직한 목을 흔들며 고개를 끄덕였다.

"뭐, 어떻게든 되겠지. 알아내는 대로 곧바로 연락할게." 그러고는 힘차게 자리에서 일어섰다.

"아 참, 노세 씨." 닛타도 몸을 일으켰다. "이 일은 아직 다른 형사들에게는 말하지 마세요."

노세의 눈이 휘둥그레졌다. 그러더니 닛타 쪽으로 눈동자만 쓰윽 움직였다.

"상사에게도 말하지 말라고?"

"가능하면."

둥글둥글한 얼굴의 형사는 아랫입술을 툭 내밀고 이중 턱을 위아래로 흔들었다.

"알았어. 다행히 현재로서는 나 혼자 자유롭게 근무할 수 있는 상황이야. 윗선에는 비밀로 해두지."

"고맙습니다. 다행이네요."

"인사는 생략해도 돼. 자, 그럼 이만."

나타났을 때보다 더욱더 가벼운 걸음걸이로 멀어져가는 노세를 눈으로 배웅한 뒤, 닛타는 프런트로 돌아왔다. 야마기시 나오미가 눈짓으로 인사를 건네왔다.

"둘이서 꽤 열심히 이야기하던데요? 뭔가 수사에 진전이라도 있었어요?" 목소리를 낮추어 그녀가 물었다.

"수사에 대한 얘기는 발설하면 안 되지만 당신한테는 특별히 말해주죠. 어쩌면 당신이 해준 조언이 큰 도움이 될 것 같습니다. 만일 좋은 결과가 나온다면 그때 정식으로 인사드리지요."

그녀는 뜻밖이라는 듯 올려다보았다. "내가 언제 그런 조언을?"

닛타는 집게손가락을 입에 댔다. 지금은 말할 수 없다, 라는 뜻이었다. 야마기시 나오미는 한숨을 내쉬고 슬쩍 쓴웃음을 지었다. 불쾌하게 생각하지는 않는 것 같았다.

저녁나절이 되자 체크인 하는 손님이 불어났다. 항상 그렇듯이 닛타는 프런트 업무를 보는 척하면서 노세와의 대화를 곱씹고 있었다.

그 우둔해 보이는 아저씨가 실은 우수한 형사라는 이야기를 그는 완전히 믿지는 않았다. 하지만 지금 상황에서는 그 관할서 형사에게 기대는 수밖에 없었다. 물론 제대로 하자면 이나가키나 모토미야와 상의하는 것이 맞을 것이다. 이노우에 히로요와 데시마 마사키가 공범일 것이라는 가설은 어느 정도 인정을 받을 것 같기도 했다. 하지만 그렇다고 그와 관련된 수사를 닛타한테 맡겨주지는 않을 터였다. 이나가키의 일하는 스타일로 보자면 분명 다른 수사관에게 지시할 것이다. 그래서 만일 뭔가를 건져낸다면 높은 평가를 받는 건 그 수사관이지 닛타가 아니다.

이나가키 쪽에 보고하는 건 좀 더 확신을 얻고 난 다음에, 라고 닛타는 마음먹었다. 그러기 위해서는 노세에게 좀 더 도와달라고 매달리는 수밖에 없다.

하긴 설령 이노우에 히로요와 데시마 마사키 사이에 뭔가 연결고리가 있다고 해도 공범 관계를 증명해내지 못하면 아무 의미가 없다. 구체적으로 어떤 트릭이 사용되었는지 명백히 밝힐 필요가 있다. 이노우에가 옆에서 부추겼다고 해도 실제로 혼다 치즈루는 데시마에게 전화를 걸었다. 그 여자가 전화한 곳은 데시마의 집 전화고 틀림없이 데시마의 목소리였다고 단언했다.

게다가 이 수수께끼가 풀린다고 해도 아직 더 고민해야 할 일이 있다. 말할 것도 없이 다른 사건과의 관련성이다. 현 시점에서는 아직 아무것도 발견되지 않았다.

그런 식으로 머리를 굴리고 있을 때였다. "어이, 자네" 하고 부르는 누군가의 목소리가 들려왔다. 하지만 닛타는 그것이 자신에게 날아온 말이라고는 생각하지 못했다. 프런트 직원은 그 외에도 몇 명이나 더 있었고, 그는 그들로부터 한 걸음 뒤로 물러선 위치에서 있었기 때문이다.

"자네 말이야. 안 들리나?"

그 소리에 겨우 깨달았다. 웬 퉁퉁한 남자가 프런트 옆에서 닛타를 부르고 있었다. 체격에 비해 얼굴이 큼직하고 검은 머리칼을 짧게 깎은 모습이었다. 부숭하게 부은 외까풀 때문에 표정을 읽어내기가 어렵고 나이도 짐작할 수 없었지만 피부가 유난히 반들거려서 동안으로 보였다.

야마기시 나오미가 즉시 다가왔다. "네, 손님, 숙박하시겠습니까?"

하지만 남자는 그녀 쪽은 쳐다보려고도 하지 않고 닛타를 손끝으로 가리켰다.

"왜 자네는 대답이 없어?"

야마기시 나오미가 곤혹스러운 표정으로 돌아보았다. 그녀와 눈이 마주치고서야 닛타는 한 걸음 앞으로 나섰다.

"예, 저에게 무슨 볼일이신지?"

"무슨 볼일이냐니, 그런 말이 어딨어? 손님이 말을 건네는데 왜 무시하냐고."

"그런 것이 아니라……. 아, 죄송합니다." 닛타는 머리를 숙였다.

통통한 남자는 인상을 쓰며 지그시 닛타를 노려보았다. 그 얼굴을 보고 닛타는 가슴이 일렁이는 것을 느꼈다. 어디선가 만난 적이 있는 사람 같았기 때문이다.

"구리하라." 남자가 퉁명스럽게 말했다.

"예?"

"구리하라라니까. 예약했어."

"아, 예. 잠시만 기다리십시오."

체크인 수속에 대해서는 대충 배웠지만 닛타가 실제로 해본 적은 없었다. 허둥거리면서 우선 숙박부부터 내밀었다.

"여기에 기입해주시겠습니까?"

남자는 잔뜩 불쾌한 표정으로 숙박부를 쓰기 시작했다. 닛타 옆에서 재빨리 단말기를 두드리던 야마기시 나오미가 화면을 가리켰다. 구리하라 겐지라는 이름으로 예약이 들어와 있는 것을 확인했다. 오늘부터 싱글룸에서 일박이다. 금연실 희망, 이라고 적혀 있었다.

구리하라, 구리하라, 구리하라 겐지……. 닛타는 머릿속에서 몇 번이나 남자의 이름을 반복했다. 어디선가 들은 듯한 이름이었다. 하지만 정확히 기억이 나지 않았다.

"다 썼어." 구리하라가 말했다.

닛타는 숙박부를 집어 들었다. 주소는 야마가타 현으로 되어 있었다.

"손님, 지불은 신용카드로 하시겠습니까? 아니면 현금으로?"

"카드."

"그러면 디포짓도 카드로, 괜찮으시겠습니까?"

구리하라는 부루퉁한 얼굴로 지갑에서 카드를 꺼냈다. 닛타는 그 카드의 프린트를 떴다. 그곳에 분명하게 KENJI KURIHARA라고 각인되어 있었다.

야마기시 나오미가 옆에서 카드키를 내밀었다. 방 번호는 2210호실이었다.

닛타는 신용카드를 구리하라 앞에 내려놓았다.

"오래 기다리셨습니다. 22층 객실을 준비했습니다." 닛타는 이미 옆에 와 대기하고 있던 벨보이에게 카드키를 건네주었다. 구리하라는 의미심장한 눈빛으로 닛타를 흘끔 쳐다보더니 빙글 몸을 돌려 천천히 걸음을 옮겼다.

"저 손님, 뭔가 문제가 있어요?" 닛타가 그 등을 계속 쳐다보고 있자 야마기시 나오미가 옆에서 물었다.

"아뇨, 왜 일부러 나한테 수속을 해달라고 했나 싶어서요."

"우연히 눈에 띄었던 거 아닐까요?"

"그런가."

"그 밖에 무슨 다른 이유가 있다는 건가요?"

"이유라기보다 어디선가 본 적이 있는 사람 같아서요."

야마기시 나오미의 눈이 휘둥그레졌다. 뺨이 팽팽하게 긴장한 것처럼 보였다.

"아는 분이에요?"

"글쎄 그걸 잘 모르겠어요." 닛타는 고개를 저었다. "그런 것 같은 느낌뿐이에요. 어쩌면 내가 착각한 건지도 모르죠."

"하지만 만일 착각이 아니라면?" 야마기시 나오미는 입술을 혀끝으로 핥았다. "그건 상당히 큰 문제예요. 일이 난처해질 수도 있잖아요."

"당신 말이 맞아요."

닛타는 주위를 살펴보았다. 벨보이 차림의 세키네가 눈에 띄어서 손짓해 불렀다.

"무슨 일이에요?" 세키네가 약간 긴장한 표정으로 뛰어왔다.

닛타는 짤막하게 사정을 이야기한 뒤에 구리하라의 숙박부를 보여주었다.

"어쩌면 그 손님이 나를 알고 있는지도 모르겠어."

놀란 세키네가 숨을 헉 삼켰다.

"그러고 보니 아까 그 손님, 저기 좀 떨어진 곳에서 한참이나 프런트 안을 살피는 것 같았어요. 닛타 씨를 쳐다보고 있었을까요?"

"그럴 가능성도 있어."

"어떤 사건에선가 닛타 씨하고 관련이 있었나요?"

"그럴지도 모르지. 전과자처럼 보이지는 않지만 일단 경시청 데이터베이스로 조사해봐."

"알겠습니다. 계장님이나 모토미야 씨와 상의해볼게요."

"부탁해."

세키네는 숙박부를 손에 들고 잰걸음으로 멀어져갔다. 그 뒷모습을 지켜보며 닛타는 양손을 가볍게 움켜쥐었다. 두 손바닥 모두에 땀이 배어 있었다.

그때 내선 전화가 울렸다. 야마기시 나오미가 수화기를 들었다. 짧게 말을 나누는 그녀의 얼굴이 심각해졌다. 시선은 닛타 쪽을 향하고 있었다.

"무슨 일이죠?" 닛타가 물었다.

그녀는 수화기에 대고 "알겠습니다. 곧 올려 보내겠습니다" 하더니 전화를 끊었다.

"뭐예요?" 닛타가 거듭해서 물었다.

"벨보이의 연락이에요. 구리하라 씨가 객실에 클레임을 걸었대요."

닛타의 가슴속에 불길한 예감이 번졌다. "뭐가 마음에 안 든답니까?"

야마기시 나오미는 고개를 저었다.

"아직 모르겠어요. 아무튼 이 방은 안 되겠으니 조금 전의 그 프런트 직원을 불러오라고 했대요."

"조금 전의 프런트 직원이라니, 나 말이에요?"

"그런 모양이에요."

닛타는 입술을 깨물며 고개를 갸우뚱했다. "뭐야, 그 작자."

"아무튼 가봐야 해요. 늦어지면 손님은 점점 더 기분이 상할 뿐이에요."

"아니, 나 혼자 가죠. 방을 변경하는 절차는 전에 옆에서 본 적이 있어서 대강 알아요. 사정이 파악되면 이쪽으로 전화할 테니까 당신은 대신 내줄 다른 객실을 찾아봐요."

"네, 그건 내가 찾아볼게요. 하지만 정말 괜찮겠어요?"

"괜찮아요. 그 사람이 내 정체를 알고 나와 둘이서만 있으려고 일부러 클레임을 걸었을 수도 있어요."

"정말 그럴 수도 있겠네요."

"다녀올게요. 2210호실이었죠?" 방 번호를 다시 한 번 확인하고 닛타는 프런트를 나섰다.

엘리베이터를 기다리는 동안, 다시 한 번 구리하라의 얼굴을 떠올려보았다. 자꾸 어디선가 만난 것 같은 느낌이 들었다. 하지만 생각이 나지 않았다. 생김새가 특이해 취조실에서 마주쳤다면 분명 기억에 남아 있을 터였다.

닛타가 호텔리어로 위장하기로 결정했을 때부터 그가 형사라는 사실을 아는 인물과 우연히 맞닥뜨릴 위험에 대해 이나가키 등과도 상의했었다. 그때 나온 결론은 그럴 확률이 지극히 낮다는 것이었다. 탐문 수사 때 한두 번 만났을 뿐인 형사의 얼굴을 또렷하게 기억하는 사람은 그리 많지 않다. 일반인은 경찰관이라는 말만 들어도 상대를 똑바로 바라보지 못하는 게 보통이기 때문이다. 설령 기억한다고 해도 호텔리어 차림을 하고 있으면 설마 동일인이라고는 생각하지 못할 것이다. 만일 닛타를 분명하게 기억한다면 용의자로서 그에게 취조를 받았던 사람 정도겠지만, 그런 경우라면 당연히 닛타 쪽에서도 기억이 날 것이다. 호텔에 찾아오는 자들의 얼굴을 항상 주시하고 있으니 그런 사람이 찾아올 경우 상대보다 먼저 눈치를 챌 터……. 이나가키를 비롯하여 대부분의 형사들이 이 의견에 동의했다. 닛타도 같은 생각이었다.

하지만 인간의 기억이란 절대적인 것이 아니다. 초조감 속에서 닛타는 생각했다. 지금까지 취조했던 모든 사람이 머릿속에 들어 있느냐고 묻는다면 확실하게 그렇다고 대답할 자신이 없었다.

엘리베이터로 22층에 올라가 복도로 향했다. 2210호실의 문은 닫혀 있었다. 손을 들어 노크했다.

대답 없이 문이 열렸다. 열어준 것은 젊은 벨보이였다. 그의 표정에는 곤혹스러운 기색이 역력했다.

실례합니다, 라고 말하고 닛타는 발을 들이밀었다. 구리하라는 양복 차림 그대로 등을 돌린 채 창가에 서 있었다.

닛타는 벨보이에게 속삭였다. "여기는 됐으니까 대기 장소로 돌아가요."

벨보이는 괜찮겠냐고 묻듯이 눈을 깜빡였다. 닛타가 슬쩍 고개를 끄덕여주자 아직 앳된 티가 가시지 않은 벨보이는 구리하라 쪽을 의식하는 몸짓을 보이며 꾸벅 머리를 숙이고 방을 나갔다.

닛타는 다시 구리하라 쪽으로 몸을 돌렸다.

"이 방에 뭔가 문제가 있습니까?"

구리하라는 말이 없었다. 머리가 큼직한 편인 데 비해 유난히 좁은 어깨가 살짝 오르락내리락하고 있었다.

저어, 라고 닛타가 다시 한 번 말을 건네려고 했을 때, 그제야 구리하라가 이쪽을 돌아보았다. 얼굴은 동안이지만 두 눈에는 중년 남자 특유의 교활함이 번뜩였다.

"자네, 이 호텔에서 일한 지 몇 년째야?"

느닷없는 질문에 닛타는 당황했다. 둘만 남았으니 그가 정체를 밝혀줄 것이라는 생각에 긴장하고 있었기 때문이다.

"5년……쯤 될까요." 우선 적당히 대답했다.

"5년이라. 그러면 그 전에는? 역시 호텔에서 근무했나?"

"아뇨, 그 전에는 이것저것……." 질문의 의도를 파악하지 못한 채 닛타는 대답했다.

구리하라는 흥 하고 코웃음을 쳤다.

"한 직장에 오래 붙어 있지 못하는 성격이군. 그러니 5년 만에 번듯한 호텔리어가 되기는 어렵지."

사실 진짜 호텔리어는 아니지만 닛타는 불끈 성질이 났다. 동시에, 아무래도 이 사람이 자신을 형사로 알고 있는 건 아닌 듯하다고 판단했다.

"뭔가 잘못된 일이 있습니까?"

구리하라는 입가를 삐뚜름하게 틀며 닛타를 올려다보았다.

"잘못된 일이 있느냐고? 나한테 이런 방을 주고서 그런 말이 나와?"

"그러니까 이 방에 무슨 문제가……." 닛타가 말을 끊은 것은 구리하라가 갑자기 손끝으로 창밖을 가리켰기 때문이다. "바깥에 무슨 문제라도?"

"예약할 때, 희망하는 방을 묻길래 야경이 아름다운 방으로 달라고 말했어. 이 호텔 야경이 특히 자랑거리라고 해서 그걸 볼 수 있는 방이면 좋겠다고 한 거야."

"그렇다면 전혀 문제없습니다. 저희 호텔은 전 객실에서 야경을 보실 수 있습니다."

"지금 장난하는 건가?" 구리하라는 레이스 커튼을 난폭하게 젖혔다. "여기 어디가 아름다운 야경이야? 나를 바보로 보는 거야?"

닛타는 창으로 다가가 바깥을 내다보았다. 눈 밑으로 고속도로가 펼쳐져 있었다. 수많은 헤드라이트 불빛이 강물처럼 흘러가는 모습이 아름다웠다.

"이 야경으로는 흡족하시지 않습니까?"

"당연하지. 몇 번이나 말하지만 나는 아름다운 야경이 보이는 방을 원했어. 이래서야 완전 사기잖아."

닛타는 한숨이 터지려는 것을 꾹 참았다. 손님은 룰북이다, 라는 야마기시 나오미의 말을 잊은 것은 아니지만 이건 너무도 어이없는 클레임이었다.

"손님, 아름답다는 것은 주관적인 판단입니다. 마음에 드시지 않은 건 유감이지만 저로서는 지금 보이는 야경도 충분히 아름답다고 생각합니다."

구리하라가 쓰윽 노려보는 시선을 던졌다.

"손님에게 말대꾸를 해? 내 눈이 잘못됐다는 거야?"

닛타는 서둘러 고개를 저었다.

"결코 그런 게 아닙니다. 다만 사기라고 말씀하시니까 제 생각을 말씀드린 것뿐이에요. 아무튼 지금 곧 다른 방을 준비해드리겠습니다. 잠시만 기다려주십시오."

그가 전화기로 다가가자 구리하라가 "어이, 잠깐"이라고 제지하더니 곁에 놓인 가방에서 노트북을 꺼냈다.

"왜 그러십니까?"

"됐으니까 거기서 잠깐 기다려."

구리하라는 노트북을 켜고 키보드를 누르기 시작했다. 가만 보니 인터넷에 접속하려는 모양이었다. 뭘 하려는 건가 싶어서 닛타가 잠자코 보고 있으려니 이윽고 구리하라가 노트북 화면을 닛타 쪽으로 돌려주었다. "이걸 좀 보라고."

화면에는 이 호텔의 홈페이지가 떠 있었다.

"이 사이트는 왜요?"

"왜는 무슨 왜야. 야경 사진이 올라와 있잖아. 당신도 알지?"

구리하라는 화면을 손끝으로 툭툭 쳤다. 아닌 게 아니라 홈페이지의 첫 화면은 도쿄의 야경으로 꾸며져 있었다. 한가운데 도쿄타워가 보였다.

"공식 사이트에 이런 사진을 올렸으니 손님들은 당연히 어떤 방에서나 이런 경치가 보이는 줄 알 거 아냐. 다른 방을 준비해주는 건 좋은데 그 점을 잊지 말라고."

닛타는 어처구니가 없어서 노트북과 구리하라의 얼굴을 번갈아 쳐다보았다.

"뭐야, 불만 있어?" 구리하라가 입술을 툭 내밀었다.

"아뇨, 그게 이 사이트의 사진은 단순히 홍보용 사진이고……."

거기까지 말하다가 닛타는 입을 다물었다. 이런 설명을 해봤자 소용없다는 것을 깨달았기 때문이다. 이 사람은 그런 걸 다 알면서도 괜한 가탈을 부리고 있는 것이다.

"그래서, 착각한 사람이 잘못이라는 건가?"

"아뇨, 정말 죄송합니다. 잠깐 실례해도 괜찮겠습니까? 아래층에 내려가 상의하고 오겠습니다."

"상의라니, 그건 또 뭐야? 분명히 말하겠는데 나는 당신한테 지시했어. 다른 사람들을 끌어들이지 말라고. 당신이 어떻게든 해결해. 알았어?"

"……네, 알겠습니다."

닛타는 꾸벅 고개 숙여 인사하고 방을 나왔다. 문을 닫을 때, 문짝이 떨어져나갈 정도로 힘껏 닫아버리고 싶은 것을 가까스로 참았다. 그 대신 옆의 벽을 걷어찼다.

1층 프런트에 돌아와 야마기시 나오미에게 사정을 설명했다. 그녀는 얼굴을 찌푸리며 단말기를 노려보았다.

"그런 클레임이었어요? 팸플릿과 실제가 다르다고 따지고 드는 분은 이따금 계시지만 홈페이지의 사진을 트집거리로 삼은 건 아마 처음일 거예요."

"어떻게 하죠? 불만이 있으면 떠나도 된다, 라고 말해버릴까요?"

야마기시 나오미가 눈을 부릅떴다. "그건 안 되죠."

"하지만 저 사람은 상습적인 불평객이에요. 나를 콕 찍은 것도 아마 내가 가장 미숙해 보였기 때문이겠죠. 정말 분하기 짝이 없는 얘기지만."

"그렇다고 그런 도발을 맞받아치는 것은 그쪽 작전에 말려드는 거예요. 똑똑하게 대응해서 되갚아주자고요." 그렇게 말하더니 그녀는 단말기를 두드리기 시작했다. "도쿄 타워가 보이는 곳이라면 서측이네요. 되도록 높은 층의 객실로 하죠."

그때 가와모토가 다가왔다. 손에 파일을 들고 있었다.

"다른 호텔에서 돌고 있는 불평객 리스트를 찾아봤는데 그 손님은 없어요. 신용카드를 사용했으니 가명도 아닐 거고요."

"그럼 이번이 데뷔전인가?" 닛타가 말했다. "나를 자기 생각대로 갖고 놀기에 딱 좋다고 생각한 거 아냐?"

"어떻든 닛타 씨의 정체를 알고 있던 건 아니지요?" 야마기시 나오미가 물었다.

"아마도." 닛타가 대답했다. "어디선가 본 듯한 느낌은 드는데 다른 사람을 내가 착각한 건지도 모르겠어요."

야마기시 나오미는 고개를 끄덕이고 메모지에 뭔가 적어 닛타 쪽으로 내밀었다.

"34층에 적합한 방이 있어요. 싱글뿐만 아니라 트윈과 디럭스 트윈도 일단 확보했어요. 이렇게까지 해주는데도 또다시 클레임을 걸면 그때는 연락해주세요."

메모지에는 몇 개의 객실 번호가 적혀 있었다.

"내가 이런 짓을 하자고 호텔리어 차림을 하고 나선 게 아닌데."

"손님 입장에서 보면 닛타 씨는 그저 호텔리어일 뿐이에요. 제발 꾹 참고 호텔리어답게 행동하세요." 야마기시 나오미가 마스터키를 내밀며 당부했다.

닛타는 말없이 키를 받아 들고 한숨을 내쉬었다.

2210호실로 돌아오자 구리하라의 낯빛이 한층 더 험악해져 있었다. 너무 늦게 왔다는 것이다.

"나도 스케줄이 있는 사람이야. 기껏 방 하나 정하는 데 이렇게 진을 빼야겠어? 업무에 지장이 생기면 당신 탓인 줄 알아."

"죄송합니다. 마음에 드실 만한 방을 찾아보느라 시간이 좀 걸렸습니다."

"그것 자체가 이상한 일 아니냐고. 왜 처음부터 그런 방을 준비하지 않았어?"

죄송합니다, 라고 닛타는 되풀이했다.

"정말 이번에는 괜찮은 방이지?"

"네, 마음에 드실 겁니다." 닛타는 문을 열고 앞장서서 복도로 나가려고 했다.

"아니, 이봐, 이건 나한테 들고 가라는 거야?" 구리하라는 가방을 손끝으로 가리켰다.

아, 실례했습니다, 라고 말하고 닛타는 가방을 들었다. 노트북이 들어 있어서 그런지 제법 묵직했다.

처음에 안내한 3415호실은 싱글룸이었다. 창문이 서쪽으로 나서 도쿄 타워가 한눈에 보였다. 홈페이지 첫 화면에 실린 사진과 비슷한 야경이 창밖에 펼쳐졌다.

"어떠십니까?" 닛타가 커튼을 열며 물었다.

하지만 구리하라는 가장 중요한 야경은 돌아보려고도 하지 않았다. 방 안을 돌며 살펴본 뒤, 무표정한 얼굴로 닛타를 쳐다보았다. "또 다른 방은?"

"이 방은 마음에 안 드십니까?"

"어차피 방 몇 개를 잡아뒀을 거 아냐. 그렇다면 전부 다 보자고. 그중에서 내가 선택할 테니까. 당신한테 결정을 맡기고 싶지 않아." 한껏 삐딱하게 선 자세로 구리하라는 말했다.

닛타는 어금니를 악물었다. 나이를 짐작할 수 없는 동안童顔에 한 방 날리고 싶었지만 애써 화를 억눌렀다.

"잘 알겠습니다. 그럼 안내해드리겠습니다." 분노와 짜증 때문에 목소리가 파르르 떨렸다.

야마기시 나오미가 건네준 메모지를 보면서 닛타는 트윈룸과 디럭스 트윈룸을 구리하라에게 보여주었다. 모두 손색이 없는 야경이었다. 하지만 구리하라가 그런 야경에 집착하는 게 아니라는 건 명백했다. 그는 바깥 경치를 쳐다보지도 않았다.

"또 다른 방은?" 몹시 귀찮다는 듯 구리하라가 물었다.

"오늘 밤에 준비해드릴 수 있는 방은 여기까지입니다."

"정말이야? 아는 사람에게 말해서 오늘 밤의 공실 상황을 확인해볼 수도 있어." 구리하라는 낮은 목소리로 으르대듯이 말했다.

박력은 전혀 없었지만 그 나름대로는 이쪽을 위협할 마음인 것이리라.

"잠시만 기다려주십시오."

닛타는 수화기를 들고 프런트에 전화를 걸었다. 야마기시 나오미가 받았다.

"닛타예요."

"어떻게 됐어요?"

"그게 좀……."

"받아주지 않았어요?"

"네, 뭐."

한 호흡 쉬고 그녀는 알겠다고 말했다.

"그럼 3430호실로 안내해보세요. 스위트룸이에요."

"그래도 돼요?"

"상황이 이러니 어쩔 수 없어요. 게다가 닛타 씨도 어서 원래 업무로 복귀해야 하잖아요."

"알았어요."

닛타는 전화를 끊고 구리하라 쪽을 보았다.

"손님, 새로운 방을 준비했으니 가서 보시겠습니까?"

"뭐야, 역시 방이 있었잖아?"

"손님 맞을 준비가 미처 끝나지 않은 상태였어요. 이제는 끝난 것 같으니까 안내해드리겠습니다." 닛타는 구리하라의 가방을 손에 들었다.

3430호실에 들어서자 구리하라는 한 손을 호주머니에 찌른 채 한 바퀴 돌아보더니 방 가운데서 걸음을 멈췄다. 역시 야경은 내다보지도 않았다.

"어떠십니까?" 닛타가 물었다.

구리하라는 그에게로 몸을 틀었다.

"당신, 내가 더 좋은 방을 차지하려고 억지를 쓴다고 생각하지?"

"아뇨, 그럴 리가."

"시치미 떼지 마. 얼굴에 다 써 있어." 구리하라는 부루퉁한 얼굴로 닛타 앞을 지나 문으로 향했다.

"어디 가시려고요?"

구리하라는 귀찮다는 듯이 돌아보았다.

"맨 처음 싱글룸이 좋아. 안내해."

"3415호실 말씀이십니까?"

"아냐. 맨 처음 방이라고 말했잖아. 22층 방 말이야. 2210호실."

"예?"

"시간 없어. 빨리 가자고." 구리하라는 거칠게 문을 열어젖혔다.

15

"진짜로 뭐가 어떻게 된 거야. 대체 왜 그런 짓을 하지? 맨 처음 방이 마음에 들었으면 괜한 트집을 잡지 말았어야 할 거 아니야.

홈페이지의 야경 사진과 다르다고? 이건 완전히 트집을 위한 트집이었잖아?"

닛타는 툴툴거리면서 노트북을 켜고 액정 화면에 시선을 집중했다. 화면에 보이는 것은 형사계에서 과거에 담당했던 사건에 관한 정보였다.

"정말 이상한 사람이네. 더 좋은 방을 노린 게 아니라고 주장할 거라면 트윈이나 디럭스 트윈쯤에서 대충 타협하면 되잖아. 근데 결국 원래의 방으로 돌아가다니, 그게 뭐야. 도대체 트집을 잡은 이유를 모르겠네." 모토미야도 옆에서 고개를 갸웃거리고 있었다.

닛타는 사무동 회의실에 와 있었다. 상황 보고를 위해 당연히 구리하라에 대한 이야기를 가장 먼저 했다. 계장 이나가키는 아직 나오지 않았다.

"역시 닛타 씨의 정체를 알고 있는 걸까요? 그래서 허점을 집어내려고 일부러 억지를 썼다든가?" 벨보이 차림의 세키네가 말했다.

"아니, 얘기를 들어보니까 완전히 닛타 씨를 콕 집어서 괴롭힌 것 같잖아요."

닛타는 앓는 소리를 내며 의자에 등을 기댔다. "안 되겠어. 기억이 나질 않아. 역시 내가 착각한 건가."

"우리 형사계가 담당한 사건의 관계자는 아닌 거지?"

모토미야가 다시 확인을 했지만 닛타는 자신 있게 고개를 끄덕일 수 없었다.

"그건 아닌 것 같은데 말이에요……."

모토미야는 떨떠름한 표정으로 혀를 찼다.

"이것 참, 그 점만이라도 확실히 알아야지."

"전과자 데이터베이스에는 해당되는 인물이 없는 모양이에요." 세키네가 말했다.

닛타는 손을 저었다.

"전과가 있다는 건 우리가 체포했었다는 얘기야. 그렇다면 내가 틀림없이 알지. 피해자나 가해자와 관계가 있었던 인물도 기억해 낼 자신이 있어. 문제는 잠시 잠깐 탐문 수사를 하면서 만났던 정도의 인물이냐 아니냐 하는 거야."

"하지만 그거라면 그쪽에서도 기억을 못할 거야. 기억한다고 해도 닛타에게 괜히 시비를 걸 이유가 없어." 모토미야의 의견은 지당한 것이었다.

닛타는 머리를 긁적이며 다시 노트북을 들여다보려고 했다. 하지만 그때 등 뒤에서 문이 열리는 소리가 들렸다. 그쪽으로 시선을 던진 모토미야와 세키네가 그 즉시 자세를 바로잡았다. 닛타가 돌아보니 관리관 오자키가 들어오는 참이었다. 그 뒤에는 이나가키가 따라오고 있었다.

닛타도 서둘러 자리에서 일어섰지만 오자키는 아니, 아니 하면서 그대로 앉아 있으라고 손짓을 했다.

"다들 허둥거릴 거 없어. 잠깐 상황을 보러 온 것뿐이니까." 오자키는 빈 의자에 자리를 잡고 이나가키에게 눈짓을 보냈다.

"그 뒤로 뭔가 진전이 있었나?" 이나가키가 닛타 일행에게 물어왔다. 안노 에리코 건에 대해서는 오늘 오전에 보고했다.

"파티와 연회 쪽에서는 딱히 문제가 없었습니다." 모토미야가 대답했다.

"객실 쪽은?" 이나가키가 닛타에게로 시선을 던졌다.

"이건 별일은 아닌지도 모르겠습니다만……." 닛타는 망설이면서도 구리하라 겐지의 일을 보고했다.

이나가키의 표정이 흐려졌다. 오자키도 그저 흘려들을 수 없는 일이라는 표정이었다.

"클레임을 걸어온 것은 방에 대한 것뿐인가? 그 밖에 또 다른 얘기는 없었어?"

"현재로서는 방 문제뿐입니다."

"그래." 이나가키가 고개를 끄덕였다. "그 구리하라라는 사람이 만일 닛타의 정체를 알고 있다면 이번 사건과 관계가 있건 없건 그대로 방치해둘 수 없어. 다른 손님이 있는 곳에서 갑자기 사실을 폭로하기라도 하면 큰일이야. 범인이 눈치를 챌 수도 있고, 호텔 측에도 피해를 끼치게 돼."

"저는 되도록 구리하라에게 접근하지 않도록 할까요?"

닛타가 제안했지만 이나가키는 아니, 라고 고개를 저었다.

"자극하는 건 물론 피해야겠지만 부자연스러운 행동도 금물이야. 만일 뭔가 딴 속셈이 있을 경우, 자네가 자신을 피한다고 느끼면 도리어 과격한 행동으로 나올 수 있어. 그보다는 언제라도 대응할 수 있도록 미리 준비하는 게 좋아."

"장난꾸러기는 무시를 당하면 도리어 기를 쓰고 덤빈다. 대충 상대해주는 편이 좋다, 라는 것이군요."

모토미야의 적절한 표현에 이나가키는 만족스러운 듯 피식 웃었다. "음, 그런 얘기지."

"알겠습니다. 아무튼 그 손님은 특히 조심하겠습니다." 닛타가 대답했다.

"그나저나 별별 손님이 다 있군." 지금까지 별다른 말 없이 대화를 듣고 있던 오자키가 말했다. "이나가키에게서 지금까지의 얘기를 들었어. 이상한 사람들을 상대로 한다는 점에서는 경찰하고 전혀 다를 게 없네."

"예, 그야 뭐."

그보다 더 심하죠, 라고 말하고 싶은 것을 닛타는 참았다.

"하지만 범인의 정체를 아직 파악하지 못했고 피해자가 누구인지도 예측하지 못하는 이상, 현재의 수사 방식을 계속 유지하는 수밖에 없어. 익숙하지 않은 일을 하느라 다들 고생하는 줄은 알지만 부디 열심히 뛰어주게." 오자키는 엄격한 눈빛으로 닛타와 세키네를 바라보았다. 아무래도 뭔가 구체적인 지시가 있는 게 아니라 기합을 넣기 위해 찾아온 모양이었다.

"다른 수사는 어떻게 되고 있습니까? 뭔가 진전이 있었습니까?" 닛타는 상사들의 얼굴을 번갈아 보며 물었다.

"물론 다른 현장에서도 다들 열심히 움직이고 있어." 이나가키가 오자키의 얼굴을 흘끔 보고 나서 말했다. "유감스럽게도 아직 이렇다 할 성과는 거두지 못했으나 이제 곧 결실을 보게 될 거야. 자네들로서는 이곳에 나타날 살인범에 대한 단서를 조금이라도 제공해줬으면 하는 심정이겠지만 잠시만 더 참아줘."

너무도 추상적인 말에 닛타는 조금 짜증스러웠다.

"다른 현장의 진척 상황을 알려주실 수 없을까요? 이를테면 센주신바시 사건에서는 피해자에게 거액의 보험금이 걸려 있었다고 했는데 그 건에 대해서는 그 뒤에 어떤 식으로……."

이나가키가 닛타의 말을 가로막듯이 손을 내밀었다. 그 얼굴에는 불쾌감이 떠올라 있었다.

"자네들은 이 호텔에서의 잠입 수사에만 집중하면 돼. 도움이 될 만한 정보라면 들어오는 족족 내가 알려줄 거야. 다른 현장 일에 대해서는 고민할 거 없어. 그쪽을 고민하는 건 우리가 할 일이야. 알겠나?"

하지만, 이라고 말하려다가 닛타는 입을 다물었다. 이나가키 옆에서 오자키가 입을 한일자로 꾹 다물고 허공을 노려보고 있었다.

알겠습니다, 라고 닛타는 대답했다.

회의실을 나와 세키네와 함께 담당 구역으로 돌아가기로 했다. 석연치 않은 마음이 여전히 가슴속에서 모락모락 연기를 피우고 있었다.

"얼굴 표정들을 보니 어지간히도 진전이 없는 모양이네요." 세키네가 목소리를 낮춰 말했다. "뭔가 알아냈으면 좀 알려줄 텐데 말이에요."

"아냐, 저건 그런 느낌이 아닌 거 같아."

"엇, 그런가요?"

"우리 같은 졸병들에게는 말할 수 없는 뭔가가 있어. 내 감으로는."

"아무튼 잔말 말고 뛰라는 거군요. 그거 꽤들 좋아하시네."

상사들이 부하에게 정보를 감춘 채 수사를 지휘하는 건 자주 있는 일이었다. 단순히 기밀 누출 방지를 위한 것이거나 출세를 의식한 것이거나, 그 이유는 다양했다. 하지만 이번 경우는 뭔가 양상이 다르다고 닛타는 감지했다.

사무동에서 밖으로 나왔을 때, 핸드폰이 울렸다. 야마기시 나오미에게서 온 것이었다.

"예, 닛타입니다."

"야마기시예요. 미안해요, 회의 중이시죠?"

"회의는 끝났어요. 지금 돌아가는 길인데 무슨 일이죠?"

"그럼 돌아온 뒤에 말씀드릴게요. 지금 프런트에 있어요."

"알았어요." 닛타는 전화를 끊고 고개를 갸웃거렸다.

"야마기시 씨예요?" 세키네가 물었다.

"응, 우리가 회의 중인 걸 알면서도 전화를 했어. 뭔가 일이 생긴 거 같아."

"그 손님 때문일까요?"

"제발 그건 아니기를 비는데, 어떨지 모르겠네." 닛타는 본관을 향해 걸음을 서둘렀다.

하지만 그의 기도는 통하지 않았다. 프런트에서 기다리고 있던 야마기시 나오미가 내민 메모에는 '2210'이라고 적혀 있었다. 구리하라 겐지의 방 번호였다.

"그 손님, 또 호출이에요?"

야마기시 나오미는 한숨을 내쉬며 고개를 끄덕였다.

"즉시 방으로 올라오라는군요. 또다시 닛타 씨를 지명했어요. 지금 자리에 없으니 내가 대신 가겠다고 말했는데 그건 안 된대요."

닛타는 얼굴을 찌푸리며 혀를 찼다.

"이번엔 또 뭐야? 화장실 변기가 불편하다고 트집을 잡으려나?"

"닛타 씨, 그런 표정은 여기서는 엔지예요." 야마기시 나오미가 작은 소리로 말하며 집게손가락을 옆으로 흔들었다. "구리하라 씨에 대해 뭔가 기억난 건 없어요?"

닛타는 고개를 가로저었다.

"모르겠어요. 옛날 사건들을 다 찾아봤는데 기억이 나질 않아요. 어쩌면 사건과 관계없는 자리에서 만났는지도 모르겠어요."

"그럼 구리하라 씨는 닛타 씨를 정말 이 호텔 직원으로 알고 있는 거네요?"

"뭐, 그런 모양이죠."

"그렇다면……." 야마기시 나오미는 가슴을 당당히 내밀며 닛타를 똑바로 바라보았다. "이야기는 간단해요. 닛타 씨는 코르테시아 도쿄 호텔 직원으로서 최상의 업무를 수행해주시면 돼요. 이것저것 머리 굴릴 필요도 없는 일이에요."

"하지만 그 사람이 뭔가 딴 속셈이 있는 건 틀림없잖아요."

"설령 그렇다고 해도 호텔리어로서 할 일은 한 가지예요."

"그자의 뜻을 거스르지 마라, 그 사람이 룰북이다?"

"그자, 가 아니라 손님이세요." 그렇게 말하고 야마기시 나오미는 머리를 숙였다. "어서 서둘러주세요. 구리하라 씨가 기다리고 계세요."

닛타는 그녀를 흘끔 쳐다보고는 발길을 돌려 엘리베이터 홀을 향해 걸어갔다.

2210호실 앞에서 잠시 심호흡을 한 뒤에 문을 노크했다. 대답이 들리지 않아서 다시 한 번 노크하려고 손을 들었을 때, 문이 벌컥 열렸다. 구리하라가 흐린 눈빛으로 올려다보고 있었다. 잔뜩 기분이 상한 듯 입가가 구겨져 있었다.

"왜 이렇게 늦어? 대체 뭘 하고 있었어?"

"죄송합니다. 잠깐 바쁜 일이 있어서요. 손이 빈 직원이라면 좀 더 일찍 올라올 수 있었을 텐데요."

"다른 직원은 와봐야 소용없어. 꼭 당신이어야 해. 이건 다른 누구도 아닌 당신 책임이니까." 구리하라는 특히 '당신' 이라는 부분을 강조하며 빠르게 주워섬겼다.

"이 방에 또 무슨 문제가 있습니까?" 닛타가 물었다. 자신이 책임져야 하는 것이라면 방에 관한 일뿐이라고 생각했기 때문이다.

하지만 구리하라는 답답하다는 듯 강하게 고개를 저었다.

"방 얘기가 아니야. 이쪽으로 와봐."

구리하라의 지시에 따라 닛타는 방 안으로 들어갔다. 탁자 위에 전에도 보여주었던 노트북이 놓여 있었다.

"이걸 잘 보라고." 구리하라가 전원 버튼을 눌렀다.

하지만 노트북은 아무 반응이 없었다. 소리도 나지 않았다. 액정 화면은 컴컴한 채로 변함이 없었다.

"저어……." 닛타는 곁눈으로 구리하라 쪽을 슬쩍 살폈다. "이 노트북이 왜……."

"왜냐고? 전혀 켜지지 않잖아. 이걸 대체 어쩔 거냐고!"

"예?" 닛타는 입을 떡 벌리고 구리하라를 정면으로 내려다보았다. "노트북이 고장 났다는 말씀입니까?"

"그렇다니까! 조금 전까지 아무 문제 없이 멀쩡하던 노트북이야. 당신도 봤지? 이 전원 버튼을 누르면 아무 문제 없이 켜졌다고." 구리하라는 신경질적으로 소리를 지르며 손끝으로 전원 버튼을 몇 번이고 눌러댔다. "근데 방금 노트북을 켜보니까 이 꼴이야. 이래서야 어떻게 일을 하겠어? 중요한 데이터도 잔뜩 들어 있는데, 대체 어쩔 거야?"

어쩔 거냐는 말을 구리하라가 입에 올린 게 두 번째였다. 그 말에 닛타는 그제야 구리하라가 생트집을 잡으려 한다는 것을 깨달았다.

"아, 잠깐만요. 방금 하신 말씀을 들어보니 마치 노트북이 고장 난 원인이 저희 쪽에 있다는 것처럼 들립니다만."

"당연하지. 저희 쪽이 아니라 바로 당신 탓이야. 당신이 고장 냈단 말이야." 구리하라는 얼굴이 벌겋게 달아올라 있었다.

“제가요? 무슨 말씀이십니까, 저는 이 노트북에는 손을 댄 적도 없어요.”

“말도 안 되는 소리! 당신이 손을 댔잖아.”

“제가 언제…….” 그렇게 말하던 차에 닛타는 퍼뜩 깨달았다. “혹시 가방을 들어드린 것을 말씀하시는 겁니까?”

“그래! 이젠 거짓말까지 하고 있어. 틀림없이 손을 댔으면서!”

“하지만 노트북을 직접 만진 적은 없습니다. 가방에서 꺼내지도 않았어요.”

“그건 관계없어. 잘 들어, 노트북이라는 건 매우 예민하고 정밀한 기계야. 가방 속에서라도 작은 충격에 고장 나는 경우가 있어. 대체 어쩔 거야? 이봐, 어쩔 거냐고! 대답해봐!”

엄청난 기세로 소리치는 바람에 닛타는 혼란스러웠다. 가방을 들어준 건 사실이었다. 난폭하게 다룬 기억은 없지만 그렇다고 신중하게 들고 갔는가 하면 그것도 자신이 없었다. 그때는 구리하라를 다른 방에 안내하는 일로 머릿속이 가득했던 것이다.

“왜 아무 말이 없어? 뭐라고 대답을 해야 할 거 아냐!”

“저기요, 무슨 말씀이신지는 알겠는데요, 이게 꼭 저 때문이라고 할 수는 없잖습니까?”

“계속 오리발 내밀 거야? 당신이 아니면 대체 누구 때문인데?”

“그건 저도 뭐라고 말씀드려야 할지……. 손님께서 작동하면서 실수하셨을 수도 있고…….”

“뭐라고?” 구리하라가 눈에 핏발을 세웠다. “나한테 덮어씌우려는 거야?"

"아뇨, 그럴 가능성도 있다는 말씀을 드린 것뿐이고……."

"당신이야! 순순히 인정하라고. 당신이 내 노트북을 고장 냈어!" 구리하라는 오른손을 내밀어 닛타의 코끝에 삿대질을 했다.

그 순간, 닛타는 그것을 손등으로 툭 쳐냈다. 완전히 무의식중에 일어난 반사적인 행동이었다. 곧바로, 아차 싶었다.

"이건 또 뭐야? 손님의 손을 쳤어?" 구리하라는 외까풀 눈을 허옇게 부라렸다.

"죄송합니다. 친 것이 아니고 깜빡 손이 닿았습니다."

"시끄러워. 그 자리에 꼼짝 말고 있어." 말하자마자 구리하라는 탁자 위의 전화기로 손을 뻗었다.

16

"우선 오늘 밤에는 다른 노트북을 빌려드리기로 했습니다. 고장 난 노트북에 대해서는 저희 쪽에서 수리업자를 불러오겠다고 말씀드렸지만, 손님이 믿고 맡기는 가게가 있어서 그쪽으로 가져가시겠다고 합니다." 야마기시 나오미가 부동자세로 보고했다.

"그럼 수리비가 나오는 대로 이쪽으로 청구하시게 해요." 대답한 것은 후지키였다. 총지배인 자리에 앉아 있었다.

"이미 말씀드렸습니다. 하지만 그럴 필요가 없다고 하셔서……."

후지키가 고개를 갸우뚱했다. “그건 무슨 말인가.”

“변상을 바라지는 않는다, 라고 말씀하셨어요. 그것 때문에 화가 난 게 아니다, 라고요.”

“그럼 무엇 때문에 화가 나신 거지?”

그건, 이라고 말하다가 야마기시 나오미는 입을 다물었다. 일순 그녀의 시선이 자신 쪽으로 향하는 것을 곁에 있던 닛타는 느꼈다.

“닛타 씨의 태도가 마음에 들지 않았다, 라는 얘기인가?” 후지키가 물었다.

“구리하라 씨는 그렇게 말씀하고 계세요.”

흠, 하면서 후지키는 온화한 시선을 닛타 쪽으로 옮겼다.

“그 손님, 닛타 씨가 아는 사람인 것 같다고 했는데 아직 기억이 나지 않습니까?”

“죄송합니다. 하지만 분명 어디선가 만났던 사람이에요. 그러지 않고서야 이런 짓을 할 리가 없습니다.”

“이런 짓을 할 리가 없다……. 그러니까 그 손님이 의도적으로 하는 짓이라고 생각하는군요.”

닛타는 깊숙이 고개를 끄덕였다.

“객실에 대한 클레임도 완전한 생트집이라고 할 수밖에 없습니다. 그건 저한테 노트북을 보여주고 그 가방을 옮기게 하기 위한 복선이었던 것으로 생각됩니다.”

“그러면 노트북이 고장 난 것은…….”

“분명 자기 손으로 망가뜨렸을 겁니다.” 닛타는 단언했다. “가방에 든 상태에서 딱히 어딘가에 부딪힌 기억도 없는데 그런 식으로 고장이 나는 건 이상하지요."

후지키는 시선을 야마기시 나오미에게로 되돌렸다. "자네는 어떻게 생각하지?"

그녀는 작게 헛기침을 한 차례 하고 나서 말했다.

"저는 노트북에 대해서는 잘 모르지만, 전원이 켜진 상태라면 아주 작은 충격에 하드디스크가 망가지기도 하겠지만 전원을 켜지 않았다면 웬만큼 부딪히는 건 괜찮다고 들은 적이 있어요. 하지만 딱히 증거가 있는 것도 아닌데 구리하라 씨가 자기 손으로 망가뜨렸다고 단정하는 건 너무 성급한 판단이라고 생각합니다."

"아니, 증거라면, 있습니다." 닛타가 말했다. "그 노트북을 조사해 보면 돼요. 우연한 충격으로 고장이 났는지 아니면 일부러 고장을 냈는지 즉시 밝혀질 겁니다."

"하지만 조사해보자고 제안할 구실이 없어요. 구리하라 씨가 수리에 대해서는 자신이 직접 알아보겠다고 말씀하시니까요."

닛타는 후 하고 한숨을 내뱉고 후지키를 보았다.

"모두 미리 계산하고 하는 짓이에요. 돈이 목적이 아니고 저에 대해 개인적인 공격을 하려는 겁니다. 무엇 때문에 그러는지는 모르겠지만요."

"만일 그렇다고 해도 그쪽의 시비에 휘말려든 건 좋지 않았어요. 어떤 이유에서건 손님에게 손을 대서는 안 됩니다."

"……네, 그건 분명 제 불찰입니다." 닛타는 고개를 숙인 채 어금

니를 악물었다.

이나가키 씨, 하고 후지키가 옆을 보며 말했다. 이나가키 수사 1과 계장은 객실부장 다쿠라와 함께 소파에 앉아 있었다.

"어떻게 할까요? 어쩌면 구리하라 씨는 닛타 씨의 정체를 어렴풋이 눈치챘는지도 모르겠어요. 그런 상태에서 어떻게든 위장 잠입을…… 아, 실례, 정체를 폭로하려고 일부러 이런 짓을 할 가능성도 있는데요."

이나가키는 잠시 생각에 잠겨 있다가 천천히 고개를 가로저었다.

"현재로서는 수사 방침을 변경할 계획이 없습니다. 지금대로 밀고 나가는 수밖에 없어요. 만일 그 구리하라라는 인물이 닛타의 정체를 폭로하려는 게 목적이라면 닛타가 여기서 갑자기 모습을 감추는 게 오히려 시빗거리가 될 수 있으니까요."

"예, 그건 그럴 수도 있겠네요." 후지키는 책상 위에서 두 손을 맞대고 깍지를 꼈다. 아주 잠깐 미간에 서린 고뇌는 그의 사려 깊은 성품을 보여주었다. 이윽고 그가 얼굴을 들었다. "알겠습니다. 그러면 좀 더 상황을 지켜보기로 하지요. 다만 닛타 씨, 언동에 충분히 주의해주십시오. 결코 빈틈을 보여서는 안 됩니다."

"네, 알겠습니다."

닛타가 대답했을 때, 뒤쪽에서 노크 소리가 들려왔다. 들어와요, 라고 후지키가 응했다.

문을 열고 들어온 것은 구가였다. 그는 당혹스러운 표정으로 실내를 둘러보며 말했다.

"구리하라 씨에게서 프런트로 전화가 왔습니다. 지금 당장 닛타 씨를 방으로 보내달라는군요."

일동에게서 한숨이 새어나왔다.

"또 시작이로군." 후지키가 말했다. "닛타 씨, 아시겠지요? 어떤 억지소리를 하더라도 꾹 참아야 합니다."

"네, 알겠습니다." 닛타는 머리를 숙이고 총지배인실을 나섰다.

2210호실에서는 구리하라가 불만 가득한 얼굴로 기다리고 있었다. 탁자 위에 호텔 측에서 빌려준 노트북이 놓여 있었다.

"노트북 상태는 어떻습니까?" 닛타가 물었다.

"쓰기 힘들어. 기종이 전혀 다르잖아." 구리하라가 퉁명스럽게 말했다. "이건 정말 끔찍한 봉변이야."

그의 머릿속에서는 닛타가 노트북을 고장 냈다는 게 이미 기정사실이 된 모양이었다. 아니, 그런 척하는 것뿐일까.

"어쩌면 제가 잘못 다루었는지도 모르겠습니다."

"그래, 당신 책임이라는 걸 인정하는 거지?"

"노트북이 고장 난 원인에 대해서는 분명하게 말씀드릴 수 없지만, 구리하라 씨의 업무에 지장이 생기지 않도록 최대한 도와드릴 생각입니다. 그 점은 제가 책임을 지겠습니다." 이 말은 야마기시 나오미에게서 배워온 것이었다.

"좋아. 그 말, 잊지 말라고."

구리하라는 옆에 있던 가방을 끌어당겨 안에서 한 권의 책을 꺼냈다. 뜻밖에도 그것은 영어 교재였다.

"이건 영문 해석 참고서야. 수많은 예문이 실려 있어." 구리하라는 참고서를 탁자 위에 내려놓았다. "이걸 전부 노트북에 입력해."

"전부 다요?"

"그래, 전부 다. 당신이 고장 낸 노트북에 이 참고서가 전부 입력되어 있었어. 그게 없으면 나는 정말 곤란해. 당장 내일 필요하단 말이야."

닛타는 참고서를 집어 들었다. 대충 넘겨보니 거의 모든 페이지마다 상당히 긴 영어 문장이 실려 있었다.

"이걸 오늘 밤 안으로 입력하라는 말씀이십니까?"

"그래, 오늘 밤 안으로. 싫다는 말은 못하겠지? 책임을 지겠다고 당신 입으로 말했잖아?" 구리하라는 침을 튀기며 말했다.

큰일 났구나, 닛타는 생각했다. 이걸 전부 입력하려면 장장 몇 시간이 걸릴 것이다. 하지만 거절할 수는 없었다. 게다가 가만 생각해보니 자신이 직접 입력하지 않아도 될 일이었다.

"알겠습니다. 어떻게든 해보겠습니다. 끝나는 대로 이쪽 방으로 가져오겠습니다."

"가져오다니, 지금 무슨 소리야? 이 방에서 하면 되지."

"하지만……."

"나는 당신한테 지시했어. 당신이 하지 않으면 아무 의미도 없어. 다른 사람을 시켜서 입력 작업을 했다가는 나도 절대 가만있지 않겠어!"

"하지만 이런 일은 여럿이 나눠서 하는 것이 더 효율적이고……."

"시끄러워!" 구리하라는 탁자를 내리치며 자리에서 벌떡 일어섰다. "당신 혼자서 하라고 말했지! 책임감을 느낀다면 내가 하라는 대로 해! 알겠어?"

완전히 개인적인 공격이었다. 호텔이 아니라 닛타 개인을 골탕 먹이는 것이 목적인 모양이었다. 왜 이런 짓을 하는가. 이 사람은 대체 누구인가.

"뭐야, 그 눈빛은?" 구리하라가 노려보았다. "불만 있어?"

"아, 아뇨." 닛타는 시선을 떨구었다. 저도 모르게 눈초리가 험악해졌던 모양이다.

구리하라는 손목시계를 보았다.

"지금 9시 반이야. 나는 밖에 좀 나가야 하니까 그동안 해놓도록 해. 몇 번이나 말하지만 당신 혼자서 해. 다른 사람에게 도움을 받아서는 안 돼."

"네에…… 알겠습니다."

"당신, 핸드폰 있지?"

"핸드폰요? 네, 있습니다만."

구리하라는 탁자 위에 있던 자신의 핸드폰을 집어 닛타 쪽에 내밀었다.

"이 전화로 당신 핸드폰에 걸어."

닛타는 어쩔 수 없이 그가 하라는 대로 했다. 안주머니에서 핸드폰의 진동음이 울렸다. 좋아, 라고 하더니 구리하라는 자신의 핸드폰을 다시 가져갔다.

"내 핸드폰 번호를 확인해둬. 밖에서 간간이 당신 핸드폰으로 연락할 테니까. 단 즉시 끊을 테니 내 전화는 받지 않아도 돼. 당신이 삼십 초 이내에 이 방 전화로 내 핸드폰에 다시 연락해. 똑똑히 기억해둬, 이 호텔 방 전화로 걸어야 해."

닛타는 눈을 깜빡였다. "그건 대체 무엇 때문입니까?"

"그거야 뻔하지, 당신을 감시하기 위해서야. 다른 방으로 가거나 이 일을 다른 사람에게 떠넘기지 못하게 하려는 거야. 내가 언제 전화할지 모르니까 당신은 이 방에서 벗어나지 못해."

"그렇군요……."

"괜히 나를 속이려고 해봤자 소용없어. 착실하게 입력이나 하라고." 줄줄이 떠들어대더니 구리하라는 카드키를 집어 들고 방을 나갔다.

쾅 하고 문이 닫히는 소리를 들은 뒤에도 닛타는 한참이나 멍하니 서 있었다. 하지만 그다음에는 맹렬하게 화가 솟구쳤다. 왜 내가 이런 꼴을 당해야 하는가. 나는 수사를 위해 잠입했을 뿐이다.

그때 핸드폰이 울렸다. 당장 구리하라가 전화질을 하는 모양이라고 생각했는데 야마기시 나오미에게서 온 것이었다. 시간이 지체되자 걱정스러웠던 것이리라.

어떻게 되었느냐고 그녀가 물었다.

"최악이에요." 닛타는 사정을 설명했다. 저도 모르게 말투가 거칠어지는 것을 막을 수 없었다. "그 작자, 일부러 나를 괴롭히고 있어요. 아예 내 쪽에서 먼저 형사라는 것을 밝혀버릴까, 생각 중이에요."

"그건 안 돼요. 성급하게 마음먹지 마세요. 그 손님이 넛타 씨의 정체를 알고 있다고 단정할 수만은 없잖아요. 만일 모르고 있다면 괜히 긁어 부스럼을 만드는 일이에요."

"그거야 뭐, 그렇긴 하지만……." 그녀가 하는 말이 물론 맞는 말이었다.

"잠깐만 기다리세요. 내가 그쪽으로 갈게요." 그렇게 말하더니 야마기시 나오미는 넛타의 대답을 기다리지 않고 전화를 끊었다.

오 분쯤 뒤에 그녀가 나타났다. 유니폼을 입은 채였다. 오늘 밤에도 그녀는 무사히 퇴근할 수 없을 것 같았다. 그걸 생각하니 역시나 딱했다.

"고등학교 영어책이네요?" 참고서를 보고 야마기시 나오미가 말했다. "학교 선생님이신지도 모르겠네. 아니면 학원 강사라든가."

"어느 쪽이건 마음에 짚이는 게 없어요. 나를 이렇게 골탕 먹일 만한 이유도 없고."

"하지만 방금 이야기를 들어보니 역시 구리하라 씨는 넛타 씨를 이전부터 알고 있는 것 같아요."

"나를 알 뿐만 아니라 원한까지 품고 있죠. 뭐, 형사라는 건 언제 어디서 원한을 사게 될지 모르는 직업이니까요."

넛타가 그렇게 말했을 때, 탁자에 놓여 있던 핸드폰이 진동했다. 이번에야말로 구리하라에게서 온 것이었다. 호출음은 세 번 만에 끊겼다.

탁자 위의 전화를 들고 구리하라의 핸드폰으로 걸었다. 연결이 되자마자, 나야, 라는 무뚝뚝한 목소리가 들려왔다.

"네, 닛타입니다."

"흥, 일단 방에 있는 모양이네. 입력은 시작했나?"

"네, 이제 막 시작했습니다."

"그래서야 오늘 밤 안에 끝낼 수 있겠어? 아무튼 내가 또 연락할 때니까 괜히 딴전 피우지 말고 똑바로 해."

뚝 하고 전화가 끊겼다. 닛타는 전화를 바라보며 고개를 내저었다. "어휴, 미치겠네."

야마기시 나오미가 상의를 벗고 팔소매를 둘둘 걷어 올리며 노트북 앞에 앉았다.

"당신이 입력하려고요?" 닛타가 놀라서 물었다.

"이래봬도 자판을 치는 데는 자신이 있거든요."

"이것 참, 정말 미안해서……."

"괜찮아요. 설령 이 방에서 나갈 수 없더라도 닛타 씨는 경찰관으로서 즉시 출동할 수 있도록 준비할 필요가 있어요. 이 일은 나한테 맡기세요." 나지막하고 침착한 목소리의 그녀의 말에서는 프로 호텔리어다운 자부심과 의지가 느껴졌다.

고마워요, 라고 닛타는 고개를 숙였다.

자신이 있다고 하더니만 역시 야마기시 나오미의 손놀림은 기막히게 빨랐다. 자판은 전혀 쳐다보지도 않고 쳤지만 거의 오타가 나는 일 없이 긴 영어 문장을 입력해나갔다.

"정말 대단하네요." 뒤에서 들여다보며 닛타가 말했다. "우리말 보고서를 쓸 때도 나는 자꾸 오자가 나는데."

"우리말 입력보다 영어가 훨씬 편해요. 한자를 변환할 필요가 없으니까요." 손을 멈추지 않고 그녀는 대답했다.

"그런가? 와아, 이건 정말 난해한 문장이군요." 책의 내용을 보며 닛타는 말했다. "철학책에서 발췌한 건가?"

야마기시 나오미가 손을 멈추고 돌아보았다.

"내용을 이해하는 거예요? 닛타 씨도 대단한 분이시네요."

"대충 아는 거예요."

"잘하시는 게 영어 회화뿐만이 아니었군요." 그녀가 그렇게 말한 건 닛타에게 호텔리어 교육을 할 때, 영어 회화 수준도 체크했기 때문일 것이다. 닛타는 중학교 때에 아버지의 직장을 따라 2년여 동안 로스앤젤레스에서 살았다.

"학교에서는 아직도 이런 케케묵은 영어를 가르치는 모양이죠? 일본에 돌아왔을 때, 교과서 보고 깜짝 놀랐던 기억이 나네요."

"학교에 따라 다르지 않나요? 그리고 선생님에 따라서도 다르겠죠."

"하긴 그런 점도 있겠죠."

"닛타 씨에게는 입시 영어를 열성적으로 가르치는 교사가 우스꽝스럽게 보이겠어요."

"아니, 우스꽝스러운 정도는 아니고……." 그렇게 말했을 때, 닛타의 머릿속에서 변화가 일어났다. 지금까지 전혀 관계없다고 생각한 퍼즐 조각이 돌연 예기치 않은 곳에 정확히 끼워 맞춰진 듯한 감각이었다. 흠칫 놀랐고 그다음 순간에는 자신의 멍청함에 실망했다.

왜 그러세요, 라고 야마기시 나오미가 물었다.

"생각났어요. 구리하라 씨. 내가 고등학생 때 만난 사람이에요."

17

"교생 선생님?" 야마기시 나오미는 고개를 갸우뚱하며 눈을 깜빡였다. 전혀 예상도 못한 말이었기 때문일 것이다. 닛타로서도 이런 이야기를 하게 될 줄은 꿈에도 생각하지 못했다. 하필이면 고등학교 때라니.

"영어 교생으로 우리 학교에 왔던 사람이에요. 구리하라 겐지…… 그런 이름이었던 것 같은데 확실하게 기억나지는 않아요. 기간은 분명 이 주쯤이었을 겁니다." 닛타는 팔짱을 끼고 빛바랜 기억을 더듬었다. 같은 반 친구들 이름이라면 대강 기억이 났다. 요즘도 연락을 주고받는 친구가 몇 명 있었다. 어떤 교실이었는지, 창문으로 어떤 풍경이 보였는지, 어느 정도는 상세하게 남들에게 설명할 수도 있었다.

하지만 교생 선생이라면 거의 기억나지 않았다. 기간도 짧고 어지간한 미녀가 아닌 한, 교생에게는 별 관심도 없었기 때문이다.

조숙한 고등학생의 시선으로 보자면 교사가 되려는 대학생 따위, 어른으로는 보이지 않는다.

그래도 조금쯤 인상에 남는 일이 있었다. 고등학교 2학년 때였다. 교실에 들어온 영어 담당 교생 선생은 체격에 비해 머리통이 큼직한 남자였다. 짧은 머리를 칠 대 삼 가르마로 빗어 넘겼고 안경다리가 관자놀이에 파고들었던 그 사람은 처음 등장한 순간부터 학생들에게 만만하게 보였다. 조금이라도 잘못을 지적당하면 그 즉시 눈 주위가 벌게지면서 불끈하는 점도 놀림거리가 되었다.

닛타가 다닌 고등학교는 진학률이 높은 편이고 폭력을 휘두르는 학생도 거의 없었다. 그래서 약간 괴상한 이 교생 선생을 놀려주자는 생각은 아무도 하지 않았다. 하지만 그가 교단 위에 서서 이따금 경멸하는 듯한 태도를 취하는 것을 불쾌하게 생각한 친구들이 있었던 것은 사실이다.

닛타와 친하게 지내던 반 친구 중에 니시와키라는 녀석이 있었다. 그 교생 선생을 달갑지 않게 생각하던 친구 중의 한 명이었다. 아이들 앞에서 영어책을 읽으라는 지시를 받은 니시와키는 발음을 몇 차례나 지적당한 것에 분통이 터졌는지 그 교생 선생에게 도발적인 말을 던졌다.

"이런 영어 문장을 낭독해봐야 무슨 도움이 됩니까. 이건 영문해석 문제예요. 그럼 그냥 눈으로만 읽어도 되잖아요?"

'늙은 애'라는 별명이 슬슬 정착되어가던 교생 선생은 그 즉시 얼굴이 벌게졌다.

"소리 내어 읽는 것도 중요해. 언어를 공부하는 거니까."

"언어라고 해도 이런 영어는 평소에 쓰지도 않는 단어들이잖아요? 영어 회화에 도움이 된다면 그나마 괜찮겠지만."

"도움이 돼. 발음 연습이야."

"발음? 지금 진심으로 말씀하시는 거예요?" 왜 그런지 니시와키가 닛타 쪽을 바라보며 씩 웃었다.

"뭐라고? 대체 뭐가 불만인데?"

교생 선생이 물었다.

"그럼 선생님이 한번 읽어보시든지요. 모범적인 발음을 좀 들려달라고요."

"내가?"

"그래요, 선생님은 전문가이시잖아요." 어서 읽어보라는 듯 니시와키는 손을 까불었다.

교생 선생은 미간을 찌푸리며 교과서로 시선을 떨구었다. 크게 숨을 들이쉬는가 싶더니 혀가 매끈하게 굴러가는 영어 발음이 흘러나왔다. 연습에 연습을 거듭해왔다는 게 느껴졌다. 유창한 낭독이었다. 하지만 외국인에게까지 통할 만한 발음은 아니었다.

"오케이, 오케이! 거기까지." 니시와키가 다시 닛타를 쳐다보았다. "야, 닛타. 어때, 방금 그 영어, 무슨 뜻인지 알아들었냐?"

그제야 닛타는 친구의 속셈을 알아차렸다. 참 시시한 짓거리를 하는구나 싶었다.

"무슨 소리야?" 교생 선생이 닛타와 니시와키를 번갈아 보았다.

"닛타가 미국에서 살다 왔거든요. 그래서 영어 발음이 끝내줍니다."

그때까지 벌게져 있던 교생 선생의 뺨이 갑자기 핼쑥해졌다. 동시에 눈꼬리가 바짝 올라갔다.

"닛타, 미국 사람이 지금 그 영어 발음을 들으면 무슨 말인지 알아먹겠냐?" 니시와키가 다시 물었다.

닛타는 뒤쪽을 흘끔 돌아보았다. 지도 교사인 영어 선생은 일단 지켜볼 생각인지 별말이 없었다.

한숨을 내쉬었다. 야, 이건 너무 심하잖아, 니시와키. 하지만 여기서 친구의 기대를 배신할 수는 없었다. 교생 선생은 몇 주 만에 떠나지만 닛타의 고등학교 생활은 아직 한참이나 남아 있었다.

"음, 지금 그걸로는 좀 어려울 거 같은데." 닛타는 말했다. "이런 오래된 단어는 회화에서는 거의 쓰이지도 않고."

"발음은?" 니시와키가 끈덕지게 물었다. 철저하게 붙어볼 작정인 모양이었다.

"내가 그 대답을 꼭 해야겠냐?"

닛타로서는 농담을 할 생각이 아니었지만 아이들은 그 대답에 와아 웃었다.

"닛타, 네가 한번 읽어봐." 니시와키가 말했다.

"내가? 왜!"

"글쎄 조금만 읽어봐. 차이를 좀 느껴보고 싶단 말이야."

주위 친구들도 어서 읽어보라고 박수를 치며 떠들어댔다. 여기서 고집스럽게 거절하면 재미없는 놈으로 찍힐 건 확실했다.

어쩔 수 없이 닛타는 자리에 앉은 채로 첫 두 줄 정도를 작은 소리로 읽어보았다.

니시와키가 휘파람을 날렸다. "역시 네이티브는 확 다르구나."

그 말에 덩달아 박수를 쳐대는 촐랑이까지 있었다.

닛타는 교생 선생을 쳐다보았다. '늙은 애'는 온몸으로 진땀을 흘리는 모습으로 연못의 잉어처럼 입만 뻐끔거리고 있었다.

닛타의 기억은 거기까지였다. 그 뒤로 일이 어떻게 흘러갔는지, 그 교생 선생이 어떻게 되었는지 전혀 기억나지 않았다. 지도 교사가 그쯤에서 아이들을 나무랐던 것 같은데 어쩌면 기억이 잘못된 것인지도 모른다. 니시와키와는 요즘도 간간이 연락을 주고받지만 그 이야기를 한 적은 없었다. 고등학교 시절을 돌아보기 위한 추억이라면 그 밖에도 얼마든지 즐거운 이야깃거리가 많았다.

닛타는 그 이야기를 야마기시 나오미에게 들려주었다. 그녀는 흥미로운 듯이 귀를 기울이고 있었다.

"그때 교생 선생이 구리하라 겐지였어요."

야마기시 나오미는 참으로 어이없다는 표정으로 닛타를 마주 보았다.

"닛타 씨에게도 그런 시절이 있었군요. 그런 어린애 같은 장난을 치던 시절이."

"내가 앞장서서 했던 게 아니에요. 옆에서 부추기는 바람에 나도 물러설 수가 없었죠. 당신도 알잖아요? 혼자서만 착한 척할 수는 없는 거라고요."

"하지만 그런 봉변을 당했으니 교생 선생님은 큰 충격을 받았겠죠. 어쩌면 그런 일 때문에 좌절해서 다시 일어서지 못하는 사람도 있을 거예요. 그 학생들을 평생 잊지 못하고 미워하는 일도 있을 거고요."

그녀가 말하려는 것이 무엇인지 알아듣고 닛타는 짐짓 몸을 뒤로 젖혀보였다.

"아, 잠깐만요. 구리하라 겐지가 나를 못살게 구는 게 그때 일에 대한 앙갚음이라는 겁니까? 에이, 설마. 그건 니시와키라는 친구가 시작한 일이고 나는 어쩔 수 없이 묻어갔던 것뿐이에요."

"그야 그렇지만 구리하라 씨 본인이 그걸 어떻게 받아들였는지 아직 모르잖아요. 닛타 씨가 친구와 둘이 짜고서 한 짓이라고 생각했을 수도 있어요."

말도 안 돼, 라고 닛타는 다시 한 번 중얼거렸다. 어느새 다리를 달달 떨고 있었다. 친구의 농담에 잠시 합세해준 것 때문에 완전히 나쁜 놈으로 찍혀버렸다는 건가. 하지만 이제는 그런 일 따위, 이래저래 고민할 필요도 없었다.

"어쨌든 내가 경찰이라는 걸 들킨 건 아니니까 일단 마음이 놓이는군요. 이제 그 사람 마음대로 휘젓게 놔두지는 않을 겁니다."

"어쩌시려고요?"

"어쩌고저쩌고 할 것도 없어요. 당장 그만두라고 말해야지."

그때, 다시 닛타의 핸드폰이 울렸다. 구리하라에게서 온 것이었다. 조금 전과 마찬가지로 세 번 울린 뒤에 뚝 끊겼다.

"마침 잘됐네." 닛타는 탁자 위에 있는 전화의 수화기를 들었다. 버튼을 누르려는 참에 야마기시 나오미의 손이 닛타의 손등을 덮쳤다.

"왜 그래요?"

"구리하라 씨가 교생 선생님이라는 게 생각났다는 말을 하려고요?"

"물론이죠. 앙갚음을 하려거든 정정당당하게 하라고 말해줄 겁니다. 이런 쩨쩨한 짓거리는 하지 말라고 해야죠."

야마기시 나오미는 강한 눈빛으로 쏘아보며 고개를 가로저었다. "그건 안 돼요."

"대체 왜요?"

"닛타 씨는 호텔리어이기 때문이에요. 호텔리어는 잘 아는 손님을 만났을 경우에라도 그쪽에서 먼저 아는 척하지 않는 한, 그런 말을 해서는 안 돼요. 손님마다 나름대로 사정이 있는 거예요."

"아, 잠깐만요, 그러면 항의도 못하잖아요."

"그래요. 항의를 해서는 안 돼요." 야마기시 나오미가 정면으로 쏘아보며 말했다.

닛타는 말없이 그녀의 손을 치우고 버튼을 누르기 시작했다. 이미 삼십 초는 지나가버렸다.

전화가 연결되자 "왜 이렇게 늦어?"라고 구리하라가 내뱉듯이 말했다.

"죄송합니다. 화장실에 가 있던 참이라서. 다음부터는 일 분 이

내로 해주시면 고맙겠습니다만."

"잔소리하지 마. 그보다 작업은 어때? 얼마나 했지?"

"20퍼센트를 막 넘어선 정도일까요?"

"빨리빨리 해. 시간 내에 못하면 절대 안 봐줄 테니까." 그러고는 전화를 툭 끊었다.

닛타는 머리를 저으며 수화기를 내려놓고 야마기시 나오미를 돌아보았다.

"정말 잘 참으셨어요." 그녀는 머리를 숙였다.

"어떤 경우에라도 손님이 하라는 대로 해야 합니까? 그 사람은 명백히 나에게 적개심을 품고 있어요. 거기에 대항하는 것도 필요하죠. 야마기시 씨까지 지금 피해를 입고 있잖아요."

"대항이 아니라 대응하는 거예요. 감정적이 되어서는 안 됩니다. 저라면 걱정하지 마세요. 자판을 치는 것쯤은 아무것도 아니니까요."

능력 있는 여성 호텔리어는 어디까지나 냉정했다. 닛타는 머리를 쥐어뜯으며 방 안을 오락가락하다가 다시 의자에 앉았다.

"이런 경험이 있어요? 예전에 알던 사람이 손님으로 찾아왔는데 그 사람이 나한테 원한까지 품고 있었던 일이?"

야마기시 나오미는 자판을 치면서 고개를 갸우뚱했다.

"아는 사람이 찾아온 적은 있지만 나한테 원한을 품은 일은 없었던 것 같아요. 적어도 나를 골탕 먹이려는 사람은 없었어요. 하지만 세상에는 별별 사람이 다 있는 거니까 그런 일도 있을 수 있죠. 조금 전에 닛타 씨는 형사란 언제 어디서 원한을 살지 모르는 직업이라고 하셨지만 호텔리어도 마찬가지예요. 저희 쪽에서는 서비스를 해드릴 마음으로 했던 일이 거꾸로 고객의 기분을 상하게 하는 경우도 전혀 없는 건 아니에요."

불특정 다수의 사람들을 상대로 하는 일인 것이다. 그런 경우도 충분히 있을 터였다.

"그럼 호텔 직원이 타깃이 되는 일도 있겠네요?"

"타깃?"

"연쇄살인 사건 얘기예요. 아무래도 구리하라는 관계가 없는 것 같지만, 이번 범인이 노리는 게 반드시 손님인 것만은 아니겠죠. 이 호텔의 직원을 노릴 가능성도 있어요."

야마기시 나오미는 손을 멈추고 돌아보았다. "어째서 굳이 호텔 직원을?"

"그건 모르죠. 가능성이 있다는 얘기일 뿐이에요."

야마기시 나오미는 잠시 생각하는 표정이더니 조용히 입을 열었다.

"그렇다면 범행 장소는 객실이 아니겠네요."

"어째서요?"

"직원이 객실에서 살해된다면 범인은 그 방의 투숙객이라고 바로 판정이 날 테니까요. 전혀 관계도 없는 다른 방에서 범인과 직원 둘만 있을 수는 없으니까요. 하지만 그런 점은 범인도 미리 감안하지 않겠어요?"

"그렇군." 닛타는 그제야 알아들었다. 듣고 보니 맞는 말이었다.

"이를테면 이번에 닛타 씨는 몇 번이나 구리하라 씨와 둘이서만 이 방에 있었어요. 만일 그중 어느 때인가 닛타 씨가 살해되었다면 당연히 구리하라 씨가 용의선상에 오를 거예요."

"그건 그렇죠." 닛타는 입술을 삐죽이며 노트북 화면을 빤히 바라보았다. "차마 죽일 수는 없어서 골탕을 먹이는 정도로 끝낸 건가."

"그렇게 생각하면 일이 이 정도로 끝나서 천만다행이에요." 야마기시 나오미는 미소를 지으며 다시 입력 작업에 들어갔다.

그녀의 뒷모습을 보고 있는 사이에 닛타는 맹렬하게 화가 났다. 구리하라가 옛날 일에 앙심을 품는 건 물론 그 사람의 자유다. 하지만 이런 식으로 다른 사람에게까지 피해를 입히는 건 도저히 용서할 수 없다. 불만이 있다면 정정당당하게 싸움을 걸어오면 될 일 아닌가.

침대 옆에 구리하라의 가방이 놓여 있었다. 닛타는 그것을 끌어당겼다.

"뭐하려고요?" 기척을 알아챘는지 야마기시 나오미의 날카로운 목소리가 날아왔다.

"그 사람에 대해 조사해봐야겠어요. 뭔가 약점을 잡을 수 있을지도 모르니까."

"안 돼요!" 그녀는 의자에서 뛰어내려와 슬라이딩이라도 하듯이 닛타와 가방 사이에 두 손을 끼워 넣었다. "그것만은 절대로 안 돼요!"

"가방 속을 잠깐 살펴보려는 것뿐이에요. 훔치는 게 아니라고요."

"안 됩니다. 고객의 짐을 열어보는 건 결단코 허용되지 않아요. 나는 경찰 일에 대해서는 잘 모르지만, 설령 수사를 위한 경우라도 이런 일은 허용되지 않는 걸로 알고 있어요. 반드시 본인의 허가를 받아야 하잖아요. 만일 강제로 조사한다고 해도 영장이라는 것이 필요하니까요." 야마기시 나오미는 필사적인 말투로 줄줄이 이어갔다.

닛타는 한숨을 내쉬며 손의 힘을 풀었다. 그녀는 가방을 제자리로 돌려놓았다.

"야마기시 씨는 정말 호텔리어의 귀감이군요. 비꼬는 소리가 아니라 진심으로 그런 생각이 드네요."

"귀감이라니, 천만의 말씀이에요. 이건 그야말로 기본이에요." 그녀는 의자로 돌아갔다. 참고서가 바닥에 떨어져 있었다. 그녀가 책을 집어 들었다. 그 순간, 닛타의 눈에 들어온 것이 있었다.

"잠깐 그것 좀 보여줘요." 그는 참고서 속표지를 넘겼다. 거기에는 '이마이 학원, 이케부쿠로'라고 인쇄된 테이프가 붙어 있었다.

"역시 학원 강사였군요." 옆에서 야마기시 나오미가 말했다.

닛타는 핸드폰을 움켜쥐었다. 모토미야에게 걸었다. 그는 아직 사무동에 있을 터였다.

웬일이냐고 모토미야가 물었다.

"구리하라의 직장을 알아냈습니다. 그 사람, 학원 강사예요."

닛타는 구리하라에게서 영어 교재를 입력하라는 지시를 받았다는 이야기를 했다. 단 그가 고등학교 때 교생 선생으로 왔던 사람이라는 얘기는 덮어두었다.

"자네는 그 사람이 누군지 기억났어?" 모토미야가 물었다.

"죄송합니다. 전혀 생각나질 않아서……."

"알았어. 계장님하고 상의해서 최대한 빨리 구리하라에 대해 조사해볼게." 닛타가 기대했던 대답을 건네주고 모토미야는 전화를 끊었다.

"왜 생각났다는 말을 하지 않았어요?" 야마기시 나오미가 이상하다는 듯이 올려다보았다.

닛타는 호주머니에 손을 찌르고 어깨를 움츠렸다.

"그 말을 해버리면 상사들은 구리하라에 대해 흥미를 잃을 겁니다. 굳이 조사해볼 생각도 안 할 거라고요."

야마기시 나오미의 눈이 둥그레졌다. "동료까지 속이는 건가요? 무서운 세계네."

"거짓말도 하나의 방편이죠. 게다가 구리하라가 위험인물이 아니라고 아직 결론이 난 건 아니에요."

여성 프런트 직원은 반론할 마음도 나지 않는지 다시 자판을 두드리기 시작했다.

그 뒤로도 삼십 분 간격으로 구리하라에게서 연락이 왔다. 닛타는 그때마다 꼬박꼬박 전화를 걸었다. 모두 짤막한 통화로 끝났지만 구리하라가 얼근하게 술에 취해 있다는 건 분명했다.

"어째서 이런 번거로운 짓을 할까." 닛타는 고개를 갸웃거리며 투덜거렸다. "내가 이 방에 있는지 없는지 확인하고 싶으면 자기가 직접 이 방으로 전화하면 될 텐데."

야마기시 나오미는 "글쎄요"라고 건성으로 대답했다. 입력 작업에 몰두하고 있는 모양이었다.

이제 곧 자정이구나, 하는 참에 마침내 야마기시 나오미가 모든 영어 문장의 입력을 마쳤다. 둘이서 틀림없다는 것을 확인한 뒤에 그녀는 천천히 고개와 팔을 빙글빙글 돌렸다.

"수고하셨어요." 닛타는 자리에서 일어나 정중하게 고개를 숙였다. "내가 했다면 아마 반절도 못했을 거예요. 진심으로 감사드립니다."

야마기시 나오미는 벗어둔 상의에 팔을 꿰며 미소를 지었다.

"이걸로 구리하라 씨의 기분이 풀린다면 좋겠네요."

대답할 말이 없어서 닛타가 콧잔등에 주름을 잡았을 때, 핸드폰이 울렸다. 구리하라에게서 온 것이었다. 시계를 보니 밤 12시 정각이었다.

"어떻게 됐어?" 구리하라가 물었다.

"네, 방금 끝낸 참입니다."

"좋아, 내가 지금 들어갈 테니까 거기서 기다리고 있어." 혀가 약간 꼬부라진 말투로 지시한 뒤에 난폭하게 전화를 끊었다.

"호텔로 들어오신다네요. 야마기시 씨는 프런트로 돌아가 있어요. 입력한 사람이 내가 아니라는 걸 눈치채면 분명 또 화를 낼 테니까." 닛타는 야마기시 나오미를 바라보며 말했다. "물론 그길로 퇴근하셔도 괜찮아요."

"닛타 씨, 약속하실 거죠? 어떤 소리를 하건 당신 쪽에서 먼저……."

"네, 알아요." 닛타는 오른손을 내밀어 그녀의 말을 제지했다. "나는 아무 말도 안 할 겁니다. 호텔리어의 룰을 준수하지요."

야마기시 나오미는 아무래도 미심쩍다는 눈빛이었다. 그때 다시금 핸드폰이 진동했다. 이번에는 모토미야에게서 온 것이었다.

"구리하라에 대해 알아봤어. 자네 말대로 학원 강사였어. 지난주까지는."

"지난주까지는? 무슨 말이에요?"

"해고됐더라고. 올 4월에 채용한 모양인데 학생들 사이에 평판이 좋지 않아서 짤린 모양이야. 지금까지 꽤 여기저기 입시 학원을 전전했던 것 같아."

닛타는 구리하라가 자신을 향해 '한 직장에 오래 붙어 있지 못하는 성격'이라고 경멸하듯이 나무랐던 것이 생각났다. 그건 자신의 얘기이기도 했던가.

"딱히 수상쩍은 점은 없어. 자네와의 연결 고리도 눈에 띄지 않고. 어딘가에서 만난 적이 있다는 건 역시 자네의 착각 아닌가?"

아무래도 구리하라가 교생 실습을 하던 시절까지는 조사하지 않은 모양이었다.

"학원 강사를 하기 전에 학교 교사도 했었어요?" 일단 물어보았다.

"전에는 회사원이었대. 교사 경험은 없어. 교사를 지망했는데 좌절했다는 이야기야. 교사 자격증을 따지 못했다나 어쨌다나. 교생 실습이라는 게 있잖아. 그걸 대학 때 이수하지 못한 것 같아."

가슴이 철렁했다. "왜 교생 실습을 안 했을까요?"

"글쎄 그건 모르겠네. 탐문에 나선 형사도 거기까지는 물어보지 않은 모양이야. 아무튼 구리하라에 대해서는 딱히 별문제가 없어. 유독 자네를 지목해서 괴롭히는 건 마음에 걸리지만, 일단 계속 지켜보자는 것으로 결론이 났어."

"알겠습니다."

전화를 끊은 뒤, 닛타는 야마기시 나오미에게 통화 내용을 대강 설명해주었다. 그 즉시 그녀는 미간을 찌푸렸다.

"그럼 닛타 씨네 학교에서 했다는 그 교생 실습은 어떻게 된 거죠?"

"교생 실습을 이수하지 않은 걸 보면 그 사람이 우리 학교에서 사라진 건 실습 기간이 끝나서가 아니라 무단으로 결근했다, 즉 중도에 포기해버렸다는 얘기겠죠."

"그럼 그 원인은……."

"역시 우리 때문인가." 닛타는 의자에 앉았다. "교사의 꿈이 좌절된 게 그때 그 못된 녀석들 때문이라고 생각하는 모양이네."

야마기시 나오미는 멀뚱히 서 있었다. 무슨 말을 해야 할지 알 수 없었기 때문이리라.

"아무튼 야마기시 씨는 프런트로 돌아가요. 이제 슬슬 구리하라가 돌아올 거예요."

그녀는 고개를 끄덕인 뒤, 언제든 필요하면 자신을 호출하라고 말하고 방을 나갔다.

닛타는 앞머리에 손가락을 찔러 넣고 마구 비볐다. 납덩이를 삼킨 기분이었다. 그딴 거, 내 알 바 아니라는 생각도 들었다. 그만한 일에 교생 실습을 포기해버리는 사람이 이상한 것이다. 어떤 직업이든 어려움은 있는 법이다. 학생들에게 놀림을 좀 당했다고 도망쳐버려서야 어차피 교사가 될 자격이 없다.

하지만 사죄하고픈 마음이 있는 것도 사실이었다. 일의 흐름상 그렇게 되기는 했으나 역시 남의 꿈을 뭉개버린 단초가 되었다는 건 분명한 일이었다.

입구에서 소리가 났다. 몇 초 뒤에 문이 열리고 구리하라가 들어왔다.

"잘 다녀오셨습니까?" 닛타는 자리에서 일어나 인사를 건넸다.

구리하라는 빤히 쳐다보는 시선을 던져왔다. "영문 입력은?"

"여기 있습니다. 확인해보십시오." 닛타는 양손으로 노트북을 가리켰다.

비틀거리는 걸음으로 구리하라는 탁자에 다가갔다. 하지만 중간에 균형이 무너지면서 자칫 넘어질 뻔했다. 상당히 취한 것 같았다. 방 안 공기에 술 냄새가 섞여 들었다.

구리하라는 엉덩이를 떨구듯이 의자에 털썩 주저앉아 노트북을 두드렸다. 이따금 큰 소리를 내며 딸꾹질을 하고 있었다.

"어이." 갑작스럽게 얼굴을 닛타 쪽으로 돌리며 물었다. "이거, 정말 당신 혼자서 입력했어? 다른 사람이 거들어준 거 아니지?" 혀가 꼬여 있었다.

"손님께서 지시한 대로 했습니다."

흥, 하고 구리하라는 노트북 화면에 시선을 돌렸다. 다시 한 차례 큼직한 딸꾹질.

"괜찮으시다면 저는 이만 실례할까 합니다만."

대답이 없었다. 닛타는 "그럼 이만" 하고 머리를 숙인 뒤에 문 쪽으로 걸음을 옮겼다.

"잠깐." 구리하라가 신음하듯이 말했다. "이거 좀 읽어봐."

"예?"

구리하라는 노트북 화면을 턱으로 가리켰다.

"이 영어 문장을 읽어보란 말이야. 소리 내서 읽어. 당신들, 영어 잘하지? 그럼 어디 읽어봐."

불끈 화가 났지만 다음 순간에는 또 다른 감정이 가슴에 번졌다. 역시 이 사람은 그때 일이 마음에 상처로 남아 있는 걸까.

닛타는 탁자로 다가가 노트북을 집어 들었다. "처음부터 읽으라는 말씀입니까?"

"어디든 상관없어. 당신이 원하는 부분을 읽어." 구리하라가 퉁명스럽게 내뱉었다.

닛타는 호흡을 가다듬은 뒤, 화면에 표시된 영어 문장을 읽기 시작했다. 일상 회화에서는 거의 쓰지도 않는 난해한 단어들이 곳곳에서 튀어나왔지만 발음을 유추해가며 읽었다.

"……그만 됐어." 구리하라가 불쑥 말했다.

"됐습니까?"

"됐다잖아. 빨리 나가라고."

닛타는 노트북을 탁자에 내려놓고 인사한 뒤에 발길을 돌렸다. 방을 나올 때, 한 차례 돌아보았다. 구리하라는 의자 위에서 무릎을 껴안고 그 사이에 얼굴을 묻고 있었다.

18

항상 그렇듯이 닛타는 휴게실에서 잠시 눈을 붙였다. 야마기시 나오미는 최대한 일찍 출근하겠다는 말을 남기고 집에 돌아갔다. 역시 구리하라 겐지의 일이 마음에 걸린 모양이었다.

딱딱한 침대에 누워 구리하라에 대해 생각했다. 형사로서의 업무로 인해 누군가에게 원한을 산 것이라면 마음이 이토록 무겁지는 않았을 것이다. 오히려 원한을 살 만큼 비정하게 나가는 것이 꼭 필요한 직업이라는 자부심도 있었다. 하지만 그 실마리가 된 것이 고등학교 시절의 치기 어린 행동이라면 어떻게도 변명할 도리가 없었다. 죄의식이 전혀 없었던 자기 자신이 실망스럽기도 했다.

그나저나 세상 참, 그렇게 집념 강한 사람이 다 있다니. 야마기시 나오미가 말한 것처럼 이 정도의 봉변으로 끝난 것이 천만다행인지도 모른다. 호텔리어도 그렇게 안전한 직업은 아니라고 새삼 실감했다.

피곤했던 탓도 있어서 어느새 잠이 들어버렸다. 잠을 깨운 것은 역시 핸드폰이었다. 알람이 아니라 전화벨이다. 번호를 확인해보니 호텔 프런트에서 걸려온 것 같았다.

시각은 오전 6시 반. 원래 예정했던 것보다 훨씬 더 많이 자버렸다.

"네, 닛타입니다." 목소리가 쉬어 있었다. 헛기침을 했다.

"아침 일찍 미안합니다. 프런트의 스즈키예요. 또 그 손님에게서 연락이 와서요. 지금 바로 체크아웃 하고 싶으시다고……."

"그래요? 거, 다행이네." 순간 마음이 턱 놓였다. 이제 드디어 해방된다.

"아뇨, 그런데 닛타 씨를 불러달라고 하시는 통에……."

"나를?"

"어떻게 할까요? 닛타 씨는 근무시간이 아니라고 설명을 해드렸는데 도무지 받아주시질 않네요."

"알았어요. 지금 곧 갈게요."

침대에서 일어나 아무렇게나 던져둔 유니폼을 주워 입었다. 가벼운 두통이 느껴졌다. 수면 부족 때문만은 아니었다.

세면실에서 대충 세수며 양치질을 하고 사무동을 나왔다. 잰걸음으로 프런트로 향했다. 젊은 프런트 직원 스즈키가 난처한 표정으로 서 있었다. 닛타를 보더니 흘끔 로비 쪽으로 시선을 던졌다. 그 시선 끝에는 소파에 앉은 구리하라의 모습이 있었다. 테이블 위에는 호텔에서 빌려간 노트북이 놓여 있었다.

닛타는 작게 헛기침을 한 뒤에 그쪽으로 다가갔다. 기척을 느꼈는지 구리하라가 얼굴을 들었다.

"안녕히 주무셨습니까? 지금 출발하시려고요?"

구리하라는 우울하게 가라앉은 표정이었다. 그가 턱 끝으로 테이블을 가리켰다.

"지금 그게 문제가 아냐. 이봐, 이거 대체 어떻게 된 거야?"

"예? 무슨 말씀이신지……."

"시치미 떼지 마!" 구리하라는 노트북 자판을 두드렸다. 화면에 영어 문장이 나타났다. "아까 내가 확인해봤더니 군데군데 빠진 데가 많아. 눈치채지 못할 줄 알고 사람을 속여?"

"엇, 설마요."

"사실이야. 흥, 안 들킬 줄 알았지?" 구리하라는 갖고 있던 참고서를 펼쳐 화면과 비교하며 말했다. "여기 봐, 이 페이지를 몽땅 빼먹었잖아."

"그럴 리 없습니다. 틀림없이 입력했어요."

실제로 입력한 건 야마기시 나오미지만 마지막에 둘이서 확인했다. 틀림없었다.

즉 구리하라가 자기 손으로 삭제해버렸다는 얘기다. 무엇 때문인지는 생각해볼 필요도 없었다. 닛타는 어처구니없는 심정으로 구리하라를 내려다보았다.

"뭐야, 그 눈빛은? 또 치고 덤비려고?"

"아뇨, 결코 그런 건 아니고……." 시선을 피했다.

"어쩔 거야, 오늘 학원에서 당장 이걸 써야 해. 하지만 이래서는 도무지 쓸 수가 없잖아?"

"학원에서요?" 저도 모르게 미간이 찡그려졌다.

"그래, 내가 학원 강사야. 왜, 나는 학원에 나가면 안 되나?"

아뇨, 하고 다시 고개를 숙였다. 당신은 해고됐잖아, 라는 말은 할 수 없었다.

"대체 어쩔 거냐고!" 구리하라가 자리에서 일어났다. "뭐라고 말을 해봐." 손끝으로 쿡쿡 가슴을 찔러왔다.

닛타는 뺨이 굳어지는 것을 느꼈다.

"저는 틀림없이 입력했습니다. 그건 단언할 수 있어요. 만일 없어진 내용이 있다면 그건 키를 잘못 눌렀기 때문이 아닌가 싶은데요."

"내가 잘못했다고? 또 남의 탓을 할 심산이구먼? 자기가 일을 날림으로 한 주제에."

"날림으로?"

"날림이 아니면 뭐야? 양이 많아서 내가 모를 줄 알았겠지!"

그 말에는 불끈 화가 났다. 야마기시 나오미는 구리하라가 일부러 골탕을 먹이려 한다는 것을 다 알면서도 아무 불평 없이 그 많은 영어 문장을 입력해주었다. 그 뒷모습을 닛타는 내내 응시하고 있었다. 그녀가 한 일에 잔소리를 붙이는 것만은 가만히 들어줄 수 없었다.

"대충……." 대충 좀 하라고 쏘아붙이려다가 닛타는 그 말을 꿀꺽 삼켰다. 멀리 시야 끝에 모토미야가 있는 것을 알아차렸기 때문이다. 그는 걱정스러운 듯 이쪽을 보고 있었다.

모토미야만이 아니었다. 이 로비에는 수많은 수사관들이 있다. 그리고 무엇보다 호텔 손님들이 있었다. 그들의 시선이 자신을 지켜본다는 것을 닛타는 깨달았다.

"왜, 불만 있어?" 구리하라가 충혈된 눈으로 노려보았다.

닛타는 숨을 가다듬었다. 분노가 진정되기를 기다렸다. 자신은 지금 누구보다 호텔리어답게 행동하지 않으면 안 된다고 생각했다. 형사라는 신분을 들키는 건 말이 안 된다. 그뿐만이 아니다. 잘못 배운 호텔리어라는 인상을 주어서도 안 된다. 호텔의 신용을 떨어뜨리는 일이 되기 때문이다.

"대충…… 일할 생각은 없습니다. 저는 틀림없이 지시하신 대로 입력했습니다. 그러니까 저희 쪽에서 노트북을 한번 조사해보겠습니다. 컴퓨터 전문가도 있으니까 데이터를 복원할 수 있을 겁니다."

이번 대응은 효과가 있었던 것 같다. 일순 구리하라가 허를 찔린 듯 어리벙벙한 표정이 되었다. 그러고는 서둘러 고개를 저었다.

"그런 짓 할 시간 없어. 나도 바쁜 사람이란 말이야."

"하지만 손님……."

"사과해!" 구리하라가 닛타의 발밑을 손끝으로 가리켰다. "사과하면 용서해주겠어. 사과해. 무릎을 꿇어. 그래, 그게 좋겠군. 여기서 바닥에 손을 짚고 사과해!"

완전히 떼쓰는 아이였다. 닛타는 그 둥글넓적한 코를 실컷 쥐어 패고 싶었다. 하지만 참았다. 자신은 우수한 호텔리어를 연기하지 않으면 안 된다. 우수하다고 하면…… 역시 야마기시 나오미다. 그녀라면 이런 때 어떻게 했을까. 무릎을 꿇었을까. 아니, 그녀에게 그건 어울리지 않는다.

"손님." 닛타는 똑바로 그를 응시했다.

구리하라가 흠칫 놀란 듯 뒷걸음질을 쳤다. 자칫하면 한 대 맞겠다고 생각했는지도 모른다.

"무릎을 꿇는 것으로는 문제가 해결되지 않습니다. 저희로서는 어떻게든 고객분께 도움이 되기를 바랄 뿐입니다. 우선 데이터 복원부터 할 수 있게 해주시겠습니까?"

구리하라는 짤막한 손을 좌우로 흔들었다. "그럴 시간이 없어."

"그러니까 우선 전문가에게 보여주도록 하시지요. 금방 복원할 수 있습니다."

"그건 됐다고 내가 말했잖아! 당신이 사과하면 끝나. 어서 무릎을 꿇으라고!"

"무릎을 꿇는 건, 만일 복원이 되지 않았을 경우에 몇 번이라도 꿇겠습니다. 그러니까 일단 전문가를……."

"닥쳐! 지금 당장 무릎 꿇어. 당신이 머리를 숙이란 말이야!" 돌연 구리하라가 닛타에게 덤벼들었다.

순간적으로 몸을 피하려다가 닛타는 가까스로 동작을 멈추고 그대로 꼿꼿이 선 자세를 유지했다.

구리하라는 닛타의 멱살을 움켜쥐고 앞뒤로 흔들어댔다. "제기랄, 대체 뭐야! 왜 그러느냔 말이야!"

"손님, 이러지 마십시오. 진정하세요." 닛타는 구리하라의 손을 조용히 잡았다. 하지만 상대의 얼굴을 본 순간, 손에 힘이 들어가지 않았다. 구리하라가 울고 있었기 때문이다.

"왜냐고, 왜 화를 내지 않는 거야. 왜 치고 덤비지 않느냔 말이야……." 목소리가 작아져갔다.

다른 직원과 경비원들도 달려왔다. 그 속에 세키네의 모습도 있었다. 닛타는 그에게 손짓을 했다. "고객분이 속이 불편하신 모양이야. 응접실로 안내해드려."

구리하라를 세키네에게 맡긴 뒤, 닛타는 테이블에 남겨진 노트북과 구리하라의 가방을 양손에 들었다. 그제야 주위의 시선이 집중된 것을 깨달았다.

"여러분, 소란스럽게 해서 죄송합니다. 별로 큰 문제는 아니니까 부디 그대로 환담을 나누어주십시오." 조용히 인사를 건네고 그 자리를 떠났다.

응접실로 향하는 도중, 야마기시 나오미가 눈에 들어왔다. 그녀도 상황을 지켜보고 있었던 모양이다. 닛타 쪽을 보며 작게 브이 사인을 날려주었다.

"혹시 내가 누군지 기억해?" 응접실 소파에서 등을 웅크리고 앉은 채 구리하라는 힘없이 물었다.

"기억합니다. 구리하라 선생님이시죠."

구리하라는 뜻밖이라는 듯 얼굴을 들었다. "처음부터?"

"아뇨. 어젯밤이었어요. 영어 문장을 보고 있는 사이에 생각났어요."

"그렇군. 나는 프런트에서 처음 봤을 때부터 알았어. 너를 절대로 잊을 수 없었으니까."

"어지간히 인상이 나빴다는 말씀입니까?"

"나빴다기보다…… 두려웠던 거지."

"두려워요? 그렇군요. 하지만 선생님이 두려워하실 만한 일은 하지 않았던 것 같은데요."

"그게 아니야." 구리하라는 손으로 얼굴을 쓱쓱 비볐다. "너 같은 학생이 있는 것 자체가 싫었어. 발음 문제로 또다시 바보 취급을 당하지 않을까, 실력 없는 선생, 영어를 잘 모르는 선생이라고 생각하지 않을까, 그런 두려움이 머릿속에서 떠나지 않았어. 그러니 교생 실습을 나가는 게 너무 두려웠지. 그래서 결국 중간에 포기해버렸어."

"……그런 거였습니까."

그런 사소한 일로, 라고 닛타는 생각했지만 입 밖에 낼 수 없었다. 어떤 일로 인간이 상처를 입는지, 타인으로서는 알 수 없는 것이다.

구리하라는 깊숙이 고개를 떨군 채 양손을 마주 끼고 있었다.

"그 바람에 교사가 되지 못했어. 어쩔 수 없이 기업에 취직했는데 나한테는 맞지 않는 것 같아서 1년여 만에 사직했지. 그 뒤에도 몇 군데 일자리를 바꿔봤지만 어디서도 오래가질 못했어. 그래서 시작한 게 학원 강사 아르바이트고, 이거라면 나한테 맞는다고 생각했지. 학생들도 얌전하고 착실했어. 그런데 나는 맞는다고 생각해도 그쪽에서는 맞지 않는다고 하더라고."

"그쪽, 이라는 건?"

"학원 측 말이야. 유감스럽지만 당신이 가르치는 방식은 우리의 방침과 맞지 않는다. 그런 식으로 얘기하더라고. 항상 1년여 만에 계약이 끊겼어. 빠를 때는 3개월 만에."

학원 측으로서는 완곡하게 돌려서 말하려는 마음이었을 것이다. 당신은 학생들에게 인기가 없다, 사실은 그렇게 말하고 싶었을 터였다.

"실은 아버지 집으로 돌아갈 생각이야. 야마가타에. 그래서 마지막 호사나 누려볼 생각으로 이 호텔에서 하룻밤 자고 가기로 했던 거야."

"그랬는데 거기에 제가…… 그때의 학생이 있었던 것이군요."

"놀랍기도 했지만 동시에 엄청나게 화가 나더군. 나는 백수건달 신세인데 왜 이 녀석은 고급 호텔 유니폼을 입고 태연한 얼굴로 서 있는가 하고 말이지. 영어를 잘하기 때문일 거라고 생각하니까 더더욱 화가 났어. 어떻게든 이 녀석을 괴롭혀주자, 태연한 저 얼굴의 가면을 벗겨주자고 생각했어. 어제 내 손을 밀쳐냈을 때는 내심 잘됐다고 득의의 미소를 지었지. 잘하면 폭력으로 걸고 넘어가 해고시킬 수도 있을 것 같아서." 구리하라는 두 손으로 머리를 부여잡더니 머리칼을 흐트러뜨렸다. "하지만 너는 끝까지 냉정했어. 그다음부터는 내가 아무리 시비를 걸어도 말려들지 않더라고. 조금 전에도 실로 침착하게 대응했지. 참 대단해. 그걸 보고 이런 생각이 들더라. 프로라는 건 이런 것이구나. 학생들에게 놀림을 당한 것 정도로 교생 실습을 포기해버리는 인간은 어차피 프로가 될 수 없어." 그는 머리칼을 흐트러뜨린 채 닛타 쪽을 바라보았다. 눈물은 말라 있었지만 충혈된 눈은 그대로였다. "미안하다. 사과하마. 이미 알고 있겠지만 노트북은 내가 일부러 고장 냈어."

머리를 숙이는 구리하라를 보고 닛타는 복잡한 심경에 휩싸였다. 프로? 내가? 우습기도 하고 적잖이 부끄럽기도 하고 한편으로는 자랑스럽기도 했다.

"아뇨, 그만 고개를 드세요, 구리하라 선생님. 저야말로 사과하지 않으면 안 됩니다. 그때는 정말로 실례되는 짓을 했어요. 부디 용서해주십시오."

구리하라는 몸을 숙인 채 흔들흔들 고개를 저었다.

"너는 별로 잘못한 거 없어. 스스로도 그렇게 생각하지? 내 잘못이야. 나는 무슨 일이든 제대로 해내지 못하는 인간이야."

전형적인 패배자의 말에 닛타는 속이 타서 고함을 지르고 싶은 심정이었다. 하지만 그런 마음을 꿀꺽 삼키고 입을 열었다.

"꿈을 포기하실 건 없잖습니까. 이제부터라도 늦지 않았다고 생각합니다. 다시 한 번 공부해서 교생 실습도 하고 교사의 꿈을 향해 달려가시면 되잖아요? 아르바이트가 아닌 프로 교사가 되셔야죠." 말이 저절로 튀어나왔다.

"그건…… 무리야. 아무리 그래도 이제 너무 늦었어."

"그렇지 않습니다. 프로 야구 은퇴 후에 고등학교 야구부를 육

성하겠다는 마음 하나로 교사가 된 사람도 있어요. 음악계에서 인기를 끈 뒤에 대학교수가 된 사람도 있습니다. 이 세상에 너무 늦었다는 일 따위는 없어요."

구리하라는 몸을 숙인 채 움직이지 않았다. 닛타는 소파 끝에 앉아 두 손을 무릎에 얹은 자세로 그가 다시 입을 열기를 참을성 있게 기다렸다. 그런 동안 자신이 등을 꼿꼿이 세우고 있는 것을 깨닫고 내심 놀랍기도 했다.

마침내 구리하라가 고개를 들었다. 얼굴에 겸연쩍은 웃음이 떠올라 있었다.

"네가 그렇게 말해주니 한번 열심히 해볼까."

반드시, 라고 하며 닛타는 고개를 끄덕였다. 그때 문을 노크하는 소리가 들렸다. 들어오세요, 라고 응하자 야마기시 나오미가 나타났다. 뒤에는 세키네도 대기하고 있었다.

"구리하라 손님, 요금 명세서를 가져왔습니다. 계산은 이쪽에서 하시겠습니까, 아니면 프런트 쪽에서 하실까요?" 그녀가 물었다.

명세서를 받아든 구리하라는 내용을 훑어본 뒤에 닛타에게 웃음을 보였다.

"영어 문장 입력, 나와 약속한 대로 그 방에서 했군."

무슨 말인지 얼핏 이해할 수 없어 닛타가 고개를 갸우뚱하자 "이거 봐"라면서 구리하라가 명세서를 내보였다.

"방 전화 이용 시각이 찍혀 있잖아. 자네가 계속 그 방에 있었다는 증거야."

"이 증거를 남기기 위해 그런 번거로운 일을?"

"그렇지. 내 쪽에서 방으로 전화를 걸면 기록이 남지 않으니까 정말 그 방 전화에 연결되었는지 알 수 없거든. 실제로는 다른 곳에 있으면서 교환수에게 미리 말해 그쪽으로 연결해달라고 할 수 있으니까. 그런 알리바이 공작을 막기 위한 것이었어."

"아하, 그렇군요." 닛타는 고개를 끄덕였다. 그런 건 미처 생각도 못했다.

"계산은 프런트에서 하지요. 더 이상 직원들에게 폐를 끼치고 싶지 않군요." 구리하라는 가방을 들고 자리에서 일어섰다. 닛타도 따라서 일어났다.

"알겠습니다." 야마기시 나오미가 말하고 세키네 쪽을 돌아보았다. "프런트까지 안내해드리세요."

세키네가 고개를 끄덕이고 문을 열었다. 구리하라는 새삼 닛타를 바라보았다.

"이래저래 고맙네."

닛타는 머리를 숙였다. "저희 호텔을 다시 찾아주시기를 기다리겠습니다."

구리하라는 눈을 깜작거리며 방을 나갔다. 문이 닫히는 것을 지켜본 뒤에 닛타는 소파에 털썩 주저앉았다. 피곤이 한꺼번에 몰려오는 것 같았다. 하지만 불쾌하지는 않았다.

"수고하셨어요. 일처리를 그야말로 프로답게 하시던데요?" 야마기시 나오미가 슬그머니 놀리는 투로 말했다. 구리하라와 나눈 대화를 복도에서 들은 모양이었다.

"범인을 취조할 때보다 더 긴장했어요. 후아, 힘들어."

"구리하라 씨의 꿈이 이루어졌으면 좋겠어요."

"잘될 겁니다. 구리하라 씨는 머리가 좋은 사람이에요. 지금까지는 약간 요령이 부족했던 것뿐이죠. 방 전화를 그런 식으로 이용하다니, 보통 사람은 생각해낼 수 없는 일이에요."

"그렇죠? 설마 알리바이 조작을 막기 위한 것일 줄은 생각도 못 했어요."

야마기시 나오미의 말에 닛타는 고개를 끄덕였다. 하지만 다음 순간, 머릿속에서 뭔가가 번쩍했다. 그는 펄쩍 뛰듯이 자리에서 일어섰다.

19

저녁때가 되어 레스토랑을 찾아오는 손님이 많아지기 시작했을 무렵, 노세가 로비에 나타났다. 현관 정문으로 들어온 게 아니라 지하에서부터 에스컬레이터를 타고 올라왔다. 호텔 지하층은 지하철역과 직접 연결되어 있었다.

노세가 프런트에 있는 닛타를 알아본 모양이었다. 머리를 슬쩍 끄덕이더니 가까운 소파에 자리를 잡고 앉았다.

야마기시 나오미의 모습이 보이지 않아 닛타는 곁에 있던 직원에게 양해를 구하고 프런트를 나섰다. 노세 쪽은 쳐다보지 않도록 주의하면서 2층으로 올라가는 에스컬레이터로 향했다. 에스컬레이터에 오르기 직전 딱 한 번 돌아보았다. 노세는 핸드폰을 귀에 대고 천천히 뒤따라오고 있었다. 통화하는 척하는 것일 터였다.

2층에는 연회장이 줄줄이 이어졌다. 앞쪽의 예식 코너는 전에 야마기시 나오미와 밀담을 나누는 공간으로 이용한 적이 있었다. 직원들은 보이지 않고 테이블은 모두 비어 있었다.

노세가 에스컬레이터를 타고 올라오자 닛타는 예식 코너 안에서 손짓을 했다.

"아, 늦어서 미안해. 계장님이 이것저것 물어보시는 바람에." 테이블에 자리를 잡자 노세는 손수건으로 이마의 땀을 닦았다. 손수건은 깨끗이 다림질한 것이었다. 양복이 후줄근한 것과는 대조적이었다. 아마 어제 집에 들어갔거나 아니면 갈아입을 옷을 가져오게 했을 것이다. 어쨌든 살림 잘하는 아내가 있는 모양이다.

할 말이 있으니 호텔로 와달라고 닛타가 연락한 게 오늘 오전이었다. 노세에게 조사를 부탁할 일이 생겼기 때문이다. 하지만 다 늦은 저녁에야 나타난 것을 나무랄 처지는 아니었다. 노세는 직속 상사에게도 비밀로 한 채 닛타와 함께 뛰어주고 있는 것이다.

"이노우에 히로요를 조사한다고 뭔가 잔소리를 하시던가요?"

닛타가 묻자 아니, 아냐, 라며 노세는 손을 저었다.

"그 일은 얘기도 안 했어. 피해자의 여자관계 중에서 지금까지 밝혀진 것들을 물어보았지. 전에도 말했지만 피해자가 상당한 플레이보이여서 정말 다양한 여자들을 사귀었더라고. 근데 너무 오래 사귀면 결혼하자고 조를 수 있으니까 그러기 전에 얼른 헤어지자는 주의를 가졌던 것 같아. 복잡한 여자관계를 설명하는 것만으로도 꽤 시간이 걸렸다니까."

"그쪽 계장님은 범인이 여자라고 생각하는 건가요?"

"그렇게 감을 잡은 거 같아. 하긴 그토록 여자들을 갈아치웠으니 죽이고 싶을 만큼 미워한 여자도 개중에는 있었겠지."

"이노우에 히로요는 어떻습니까? 그 여자는 결혼을 했지만 지난번에 노세 씨는 피해자가 유부녀를 사귄 것 같다고 하셨지요? 그게 이노우에였다고 볼 수는 없을까요?"

노세는 무슨 말인지 알겠다는 듯 고개를 끄덕였다.

"그건 나도 생각했었어. 그래서 어젯밤에 피해자와 유부녀인 듯한 여자가 들렀다는 주점에 가서 이걸 직원에게 보여줬지."

노세가 호주머니에서 꺼낸 것은 디지털 카메라였다. 뭔가를 꾹꾹 누르더니, 이거야, 라면서 닛타에게 보여준 액정 화면에는 여자의 무표정한 얼굴이 떠 있었다. 외까풀을 커버하려는 진한 화장과 얇은 입술은 본 기억이 있었다. 이노우에 히로요였다.

"주점에 가기 전에 이노우에 히로요에게 전화해서 꼭 확인할 일이 있다고 집 근처 커피숍으로 불러냈어. 어때, 잘 찍혔지? 내가 몰래 사진 찍는 데는 자신이 있거든. 이래봬도 고등학교 때, 사진부였어."

그때는 대체 어떤 사진을 찍었느냐고 물어보고 싶은 것을 꾹 참고 "그래서 주점 종업원은 이 사진을 보고 뭐라던가요?"라고 닛타는 물었다.

노세는 떨떠름한 표정으로 고개를 가로저었다.

"그때 온 여자하고 비슷한 것 같긴 한데 아무래도 자신이 없다고 하더라고. 거의 기억이 안 난대. 여자 얼굴을 찬찬히 뜯어보는 건 실례라서 그렇다나 어쨌다나. 하긴 맞는 말이지."

닛타는 양 팔꿈치로 테이블을 짚고 포갠 손등에 턱을 실었다.

"만일 이노우에 히로요가 불륜에 빠져 있었고, 그 상대가 이번 사건의 피해자라면 그게 살해 동기가 될 수 있나……."

"전혀 가능성이 없는 건 아니지." 노세는 곧바로 대답했다. "애정과 증오는 종이 한 장 차이야. 배신과 질투와 복수, 남녀 사이에는 어떤 일이든 일어날 수 있어. 다만 이노우에 히로요가 범행을 저질렀다고 하기에는 무리가 있어. 완벽한 알리바이가 있잖아. 범행 시각에 이노우에는 혼다 치즈루 씨의 방에 있었어. 곁에서 혼다 씨가 데시마 마사키에게 전화하는 것을 듣고 있었으니까."

"근데 그 전화가 미심쩍은 거잖아요."

"응, 맞아. 방금 사진을 몰래 찍으려고 이노우에 히로요를 불러냈다고 했지만 실은 혼다 씨가 데시마에게 전화했을 때의 일을 좀 더 자세히 듣고 싶어서였어. 내 질문에 대한 이노우에의 반응은 명백히 부자연스러웠어. 기억이 안 난다는 말만 자꾸 되풀이하면서 그 얘기를 얼른 끝내고 싶어하는 눈치였거든."

그 전화에 대해 만일 이노우에 히로요가 뭔가 숨기는 게 있었다면 형사가 두 번씩이나 찾아온 것에 크게 당황했을 것이다.

"혼다 씨 본인의 얘기는 들어보셨습니까?" 닛타가 물었다.

"응, 오늘 아침에 회사로 찾아갔어." 노세는 의미심장한 웃음을 헤실헤실 흘리며 카메라를 주머니에 챙겨 넣고 수첩을 꺼냈다. 약을 올리듯이 느릿느릿 수첩을 펼쳤다. "어쩌다 보니 그런 얘기가 나왔다고, 혼다 씨는 그렇게 말하더라고."

"어쩌다 보니?"

"말하자면 이런 얘기야. 이노우에 히로요와 옛날 얘기를 하다 보니 전에 사귀던 남자 얘기가 나왔다. 그랬더니 이노우에가 이런 말을 했다는 거야. 그나저나 그 옛 남자 친구에게 연락은 해봤니, 라고." 노세가 기분 나쁘게 몸을 비비 꼬며 흉내를 냈다.

"그 옛 남자 친구라면?"

"물론 데시마 얘기지. 혼다 씨가 데시마에 대한 얘기를 진즉부터 이노우에에게 해왔던 거야. 그래서, 여기서부터는 얘기가 좀 복잡해." 주위에 아무도 없었지만 노세는 한층 목소리를 낮췄다. "혼다 씨는 아직도 데시마에게 미련이 있는 거 같더라고. 새 남자 친구하고는 잘 풀리지 않는 모양이야. 가능하면 데시마와 옛정을 되살리고 싶다, 그런 식으로 생각했던 것 같아."

그럴싸하게 이야기하는 형사의 둥글둥글한 얼굴을 닛타는 마주 보았다.

"그런 얘기를 혼다 씨에게서 직접 들은 거예요?"

"아니, 분명하게 그런 말을 한 건 아니야. 잡담을 섞어 이런저런 이야기를 하는 사이에 아하, 그런 거였구나 하고 감을 잡은 거야. 그러니까 어쩌면 내 착각인지도 모르지."

겸손을 떨고 있지만 노세의 말투로 보면 아무래도 자신이 있는 것 같았다. 인간의 속마음을 이끌어내는 방법을 터득한 건가. 실은 우수한 형사다, 라는 모토미야의 말을 닛타는 새삼 떠올렸다.

"그래서 그다음에 어떻게 됐어요? 옛 남자 친구에게 연락을 해봤느냐고 이노우에가 물어서 혼다 씨는 뭐라고 대답했죠?"

"연락한 적이 없다고 대답했대. 그랬더니 이노우에가 혼다 씨에게 이렇게 말한 거야. 그렇게 마음에 걸리면 그 옛 남자 친구에게 지금 당장 전화해봐."

닛타는 눈을 둥그렇게 뜨고 오른손으로 테이블을 탁 쳤다.

"역시 그랬군요. 이노우에가 전화를 하라고 부추겼군요."

"응, 자네가 딱 맞혔어. 이노우에는 혼다 씨가 데시마에게 미련이 있다는 걸 진즉부터 알고 있었고 슬쩍 한마디만 건네면 응할 거라고 예상한 거야. 혼다 씨가 분명하게 말한 건 아니지만, 오래전부터 데시마에게 전화하고 싶었는데 마땅한 구실이 없어 망설이고 있었던 것 같아."

"이노우에와 데시마는 그런 혼다 씨의 심리를 이용했군요. 그럼 두 사람은 공범이네요." 닛타는 단언했다.

"아, 하지만 문제가 좀 있어." 노세는 가로막듯이 두 손을 내밀었다. "의도적으로 전화하라고 부추겼다고 해도 알리바이가 성립되는 건 사실이잖아."

이번에는 닛타가 느물느물 웃음을 지을 차례였다. 그가 한쪽 입가를 치키는 것을 보고 노세는 의외라는 듯 눈을 깜작였다.

"이노우에가 곁에서 부추겼어도 혼다 씨가 데시마에게 전화를 한 건 사실이죠. 하지만 반드시 데시마의 집으로 전화를 했다고는 할 수 없어요."

닛타의 말에 노세의 눈이 휘둥그레졌다. "엇, 그건 무슨 소리야?"

"데시마의 집 전화번호는 혼다 씨의 핸드폰에 등록되어 있었어요. 그러니까 전화를 걸려면 그냥 그걸 선택해서 발신 버튼만 누르면 됩니다. 설령 그 번호에 뭔가 변화가 생겼다 해도 혼다 씨는 알 수가 없어요."

노세는 입을 반쯤 벌리고 등을 젖혔다가 다시 엉거주춤 앞으로 숙였다.

"혼다 씨의 핸드폰에 등록된 데시마의 전화번호를 누군가 바꿨다는 말이야?"

"같은 방에 있던 이노우에 히로요라면 얼마든지 가능하지 않겠어요? 혼다 씨가 잠시 자리를 비운 사이에 얼른 번호를 바꿔버리면 되겠죠. 방에서는 핸드폰을 아무 데나 놓아두는 사람이 많으니까요."

"그건 그렇군. 하지만 그래도 문제가 남아 있어."

"통화 기록과 내역 말씀이시죠? 그것에 대해서도 생각해봤어요." 닛타는 집게손가락을 세우며 설명을 시작했다. "우선 순서 1입니다. 혼다 씨의 방에 있던 이노우에 히로요가 빈틈을 노려 핸드폰에 등록된 데시마의 번호를 다른 전화번호로 바꿔버린다. 한편 데시마는 그 바뀐 번호의 전화가 있는 장소에서 대기하고 있었겠죠. 이건 분명 첫 번째 범행 현장인 시나가와 근처일 겁니다."

"아하, 그렇군. 그다음에 이노우에 히로요는 혼다 씨를 부추겨 데시마에게 전화하게 한다……." 노세가 뒤를 이어 말했다. "혼다 씨는 아무 의심 없이 자신의 핸드폰에 등록된 데시마의 번호로 전화를 건다. 집이 아닌 다른 장소에 있던 데시마가 그 전화를 받는다."

"그다음 순서입니다. 혼다 씨와 데시마의 통화가 끝나자, 이노우에 히로요는 다시 빈틈을 노려 조금 전에 변경했던 데시마의 번호를 원래대로 돌려놓습니다. 그러고는 그 상태에서 데시마에게 잠깐 전화를 하는 거예요."

호, 감탄하듯이 노세가 입을 움츠렸다. "그건 또 뭣 때문이지?"

"그 시간에 혼다 치즈루 씨가 핸드폰으로 데시마의 집에 틀림없이 전화를 걸었다는 통화 기록을 남기기 위해서지요. 아마 데시마는 집 전화기의 부재중 버튼을 미리 눌러놓고 나갔겠죠. 그리고 마지막 순서입니다. 혼다 씨가 직접 데시마와 통화한 발신 기록은 핸드폰에서 지워버린다. 이걸로 끝입니다."

"흠, 과연." 노세는 팔짱을 끼고 신음했다. "그런 방법이 있었군."

"핸드폰에 일단 등록해둔 전화번호는 웬만해선 다시 확인하지 않거든요. 다른 사람이 쓱싹 바꿔버려도 전혀 눈치채지 못하는 거예요. 그러니 혼다 씨 본인은 다른 장소에 있는 데시마와 통화했다는 건 꿈에도 생각하지 못했겠지요."

구리하라 겐지 덕분에 깨닫게 된 것이었다. 호텔 전화 교환원이 의도적으로 다른 곳으로 연결해버려도 외부에서 전화를 건 사람은 그것을 알 수 없다. 그런 트릭이 첫 번째 사건에서 활용된 게 아닐까 하고 추리해본 것이다.

"분명 그렇군. 나 역시 남의 전화번호는 벌써 몇 년째 외워본 적이 없으니까 말이야."

"데시마는 혼다 씨와 통화한 시간이 오 분 정도였다고 말했어요. 그런데 통화 기록에 의하면 혼다 씨의 핸드폰으로 데시마의 집에 전화한 건 겨우 이 분이었습니다. 왜 이 분인가. 아마 그게 부재중 전화로 기록할 수 있는 최대 시간이기 때문일 겁니다. 그러고 보면 거짓말을 무마하기 위해 데시마라는 놈이 그 내용을 조금 길게 말했어요. 내가 좀 더 일찍 알아차렸어야 했는데."

"와아, 그나저나 대단하네. 그런 건 아무도 생각을 못했어. 닛타 씨는 정말 굉장해." 노세가 고개를 저으며 새삼스럽게 닛타를 빤히 쳐다보았다.

"아니, 우연히 알게 된 거예요. 그보다 노세 씨가 꼭 좀 확인해 주실 일이 있어요."

노세가 오른손을 내밀어 닛타의 말을 제지했다.

"굳이 말할 필요 없네. 나도 알겠어. 닛타 씨의 추리가 옳다면 혼다 씨가 실제로 데시마와 통화한 기록이 남아 있을 거라는 얘기지? 자기 집이 아니라 다른 장소에 있던 데시마하고 말이야. 좋아,

즉시 확인해볼게."

"그리고 또 한 가지가 더 있어요."

"이노우에 히로요와 데시마의 관계?" 노세는 이를 내보이며 씩 웃었다. "데시마는 피해자와 같은 회사 사람이었으니까 만일 이노우에와 피해자가 불륜 관계였다면 어느 겨를엔가 서로 알게 되었을 가능성이 크지. 내가 그런 쪽으로도 조사해볼게."

"잘 부탁합니다. 그리고 이노우에 히로요와 노구치 후미코, 혹은 하타나카 가즈유키의 관계도 조사해볼 가치가 있어요."

노세가 진지한 얼굴로 돌아와 외까풀의 가느다란 눈으로 닛타를 보았다.

"그 두 사람은 두 번째, 세 번째 사건의 피해자였지?"

"그렇습니다. 예전에 데시마가 진범이라고 짐작했을 때, 실은 데시마와 그들의 연결 고리를 찾다가 일이 영 풀리지 않았어요. 하지만 이노우에 히로요가 공범이라면 이야기가 달라집니다."

"그렇군. 잘 알겠네. 충분히 이해했어. 그쪽도 조사해봐야지."

두 사람만의 수사 회의를 마치고 예식 코너를 나왔다. 노세는 슬쩍 손을 들어 인사하고 에스컬레이터로 향했다. 나란히 내려가면 모토미야가 무슨 일이냐고 물어볼 것 같아 닛타는 잠시 그곳에 더 앉아 있기로 했다.

노세의 둥글둥글한 등이 멀어져가는 것을 지켜보며 닛타는 어쩌면 이번 사건에서 정말 우수한 파트너를 만난 것인지도 모른다고 생각했다. 딱히 대담한 발상을 하는 건 아니다. 하지만 노세에게는 다른 사람의 의견을 순수하게 받아주는 겸허함이 있었다. 발로 뛰어다니는 표 안 나는 일을 묵묵히 해나가는 것이 최대 무기여서 요령 피우는 지름길 따위는 생각하지도 않는다. 다른 형사라면 아무리 상대가 경시청 수사관이라고 해도 나이 어린 동료의 지시를 받는 건 그리 달가워하지 않을 것이다. 하물며 다른 사람에게는 비밀로 하고 뛰는 일이다. 아마 보통 형사였다면 그런 건 못 하겠다고 거절했을 것이다.

2층 로비는 중앙이 뚫려 있어서 1층 로비를 내려다볼 수 있었다. 닛타는 난간으로 다가가 1층 로비를 한눈에 내려다보았다. 커피 라운지는 조명이 은은해서 커피보다는 칵테일이 적합할 만한 분위기였다.

저녁 약속이라도 잡은 것일까. 로비에 있는 소파의 70퍼센트 정도가 차 있었다. 선 채로 주위를 두리번거리는 사람도 있었다. 그리고 그 손님들 사이로 눈에 띄지 않게, 하지만 손님이 필요할 때 언제든지 부를 수 있는 편안한 분위기를 만들어가며 호텔 직원들이 움직이고 있었다. 그들의 얼굴에서는 웃음이 떠나는 일이 없었다.

문득 노세라면 우수한 호텔리어가 될 수 있지 않을까, 하고 생각했다. 자신이 눈에 띄는 건 전혀 생각하지 않고 어떻게 하면 남에게 도움이 될지 냉정하게 생각하고 실제로 행동에 옮길 수 있는 인물이다.

그렇게 생각한 직후에 닛타는 고개를 갸웃거렸다. 별 이상한 상상을 다 하네. 노세의 성품이 어찌됐건 그 몸매에 도저히 호텔리어 복장은 어울리지 않는다.

프런트에 줄줄이 투숙객이 찾아오는 게 보였다. 나도 얼른 내려가봐야지, 닛타는 생각했다.

20

총지배인 후지키는 책상 위에 올린 두 손을 깍지 끼고 온화한 웃음을 짓고 있었다. 그의 부드러운 시선은 차분한 어투로 보고하고 있는 나오미의 얼굴을 바라보고 있었다. 옆에서 객실부장 다쿠라가 약간 몸을 숙인 채 서 있었다. 두 상사는 그녀가 이야기를 마칠 때까지 거의 자세를 바꾸지 않았다.

"여기까지가 구리하라 씨와 닛타 씨의 대화입니다. 그 뒤 구리하라 씨는 정상적으로 체크아웃 수속을 마치고 택시로 호텔을 떠나셨어요. 행선지는 아마 도쿄 역일 거예요. 고향인 야마가타로 돌아가신다고 했으니까요." 나오미는 한숨 돌리며 상사들을 번갈아 보았다. "제가 올리는 보고는 이상입니다."

지난밤부터 오늘 아침까지 구리하라 겐지를 둘러싸고 일어났던 소동에 대한 보고였다. 오늘 낮에 후지키가 외출하는 바람에 이 시간까지 보고하지 못했던 것이다.

"이래저래 일이 많았던 모양이군. 하지만 심각한 사태로 발전하지 않아서 정말 다행이야." 후지키가 말을 마치고 다쿠라와 마주

보며 고개를 끄덕였다.

"그 형사도 제법이구먼." 다쿠라가 약간 비아냥거리는 어조로 말했다.

나오미는 어쩐지 반발하는 마음이 들었다.

"닛타 씨의 대응은 정말 훌륭했다고 생각합니다. 호텔리어로 일해본 경험이 전혀 없는 분이 그만큼 해냈다는 건 놀랄 만한 일이에요. 아마 새내기 시절의 저라면 도저히 그럴 수 없었을 거예요."

후지키가 의외라는 듯 양쪽 눈썹이 올라갔다. 이마에 주름이 잡혔다.

"별일이군. 자네가 그 사람을 감싸주다니?"

나오미는 약간 허둥댔다.

"좋은 점은 그만큼 평가해주는 게 당연합니다. 객관적으로 말씀드렸을 뿐이에요." 왠지 변명을 늘어놓는 듯한 기분이었다.

"응, 당연하지. 어떻든 아무 일 없어서 다행이야. 그나저나 고등학교 시절에 교생 실습을 나온 분이었다니, 참 괴이한 우연도 다 있군. 게다가 여태까지 원망을 하고 있었다니."

"그 일로 닛타 씨가 조금 마음에 걸리는 얘기를 했어요." 나오미가 말했다. "이번 연쇄살인범이 노리는 것이 반드시 호텔을 찾는 고객의 목숨만이 아니다, 타깃이 우리 직원일 가능성도 있다, 라는 거예요. 그 말을 듣고 저도 정말 그렇다고 생각했습니다. 날마다 수많은 고객을 접하다 보면 본의 아니게 원망을 사는 일도 있겠지요. 그것뿐만이 아니라 이번 닛타 씨의 경우처럼 일과 전혀 관계없는 곳에서 원망을 사는 경우도 있을 거고요."

후지키는 다시 다쿠라와 마주 보았다. 사건에 대한 이야기가 나왔기 때문인지 온화한 눈빛은 사라지고 없었다.

"그럴 가능성도 충분히 있지." 후지키가 낮은 목소리로 말했다. "얼마 전에도 그런 일이 있었지? 무전취식을 나무랐더니 창피를 줬다고 웨이터에게 폭력을 휘두른 사건 말이야."

"네, 지난달에 그런 일이 있었죠." 다쿠라가 틈을 두지 않고 덧붙였다.

"지금까지 저는 그런 쪽으로는 거의 생각해본 적도 없었어요. 하지만 이런 태평한 생각은 어쩌면 몹시 위험한 것인지도 모르겠어요. 특히 지금 같은 상황에서는."

후지키가 의아하다는 듯 눈썹을 찡그렸다. 그녀의 진의가 궁금하다는 눈빛이었다.

"무슨 말을 하려는 건가?"

"현재 직원들은 이 호텔에 수많은 형사들이 잠입해 있다는 사실을 알고 있습니다. 그 이유는 어떤 사건의 범인이 이곳에 나타날 우려가 있기 때문이라고 해석하고 있죠. 하지만 대부분의 직원들이 위험한 건 단지 고객이라고 생각하고 있어요. 직원들 역시 안전하지 않다는 것을 모든 직원들에게 알리는 건 어떨까요?"

후지키는 허를 찔린 듯한 표정을 지었지만 곧바로 알아들었다는 듯 고개를 끄덕이고는 "어떻게 생각하나?"라고 다쿠라에게 물었다.

"고려해볼 여지는 있겠지요." 객실부장은 말했다. "하지만 너무 지나친 경계도 문제가 있습니다. 혹시 고객이 자신을 공격하는 건 아닌가 하는 의심을 품는다면 아무래도 서비스의 질이 떨어지게 될 테니까요."

"나도 동감이야. 의심하는 마음은 반드시 태도에 드러나게 돼. 그런 일로 이번 사건과 아무 관계도 없는 고객을 불쾌하게 하는 것은 결코 허용할 수 없어." 후지키는 눈을 슬쩍 치켜뜨고 나오미를 바라보았다. "그런 점에 대해서는 어떻게 생각하나?"

나오미는 등을 꼿꼿이 세웠다. 상사들의 의견은 그녀가 예상한 것이어서 거기에 대한 답은 미리 준비해 왔다.

"고객을 의심할 필요는 없다고 생각합니다. 지금까지 해왔던 대로 코르테시아도쿄 호텔 직원으로서 부끄럽지 않은 서비스를 열심히 하면 됩니다."

"무슨 얘기지?" 후지키가 고개를 갸웃했다.

"고객과 둘만 있을 가능성이 가장 높은 직원은 벨보이인데 복도나 엘리베이터에는 감시 카메라가 있습니다. 범인이 자신이 묵는 방에서 범행을 저지른다는 건 생각할 수 없겠지요. 그 밖에 둘만 있을 가능성이 높은 곳이라면 마사지실이나 스포츠센터겠지만 그런 곳에는 사람들이 빈번하게 드나들기 때문에 범행 장소로 선택하기는 어려울 거예요. 결국 직원이 고객에게 직접 서비스하는 자리에서는 별로 조심할 필요가 없다는 얘기입니다."

"그럼 반드시 조심해야 하는 곳이라면?"

총지배인의 질문에 나오미는 즉시 대답했다. "백야드입니다."

"백야드…… 아, 그렇군."

본래 백야드는 뒷마당이라는 뜻이지만 호텔에서는 직원 전용 구역을 가리킨다. "복도나 비상계단, 창고, 배선실, 사용하지 않는 주방 등, 인적이 드문 곳이 여기저기 아주 많습니다. 그중에는 외부인이 침입하기 쉬운 곳도 있어요. 범인이 그런 곳에 숨어서 범행 기회를 노릴 가능성은 생각해볼 필요가 있지 않을까요?"

후지키는 고개를 끄덕이고 손끝으로 책상을 가볍게 쳤다.

"범인이 직원용 통로를 이용하는 것에 대해 경찰에서도 생각은 하고 있는 것 같아. 그래서 호텔에 드나드는 업자들을 제한하고 통행증이 없는 사람은 직원용 출입구를 이용할 수 없게 했어. 하지만 그건 범인이 통로를 이동 수단으로 사용할 경우를 상정한 것일 뿐, 백야드 자체를 범행 장소로 상정한 건 아니야……. 자네가 말한 대로 만일 범인이 노리는 게 우리 직원이라면 그쪽을 특히 조심할 필요가 있겠어."

"그렇다면 주의해야 할 사람들은 객실 부문이 아니라 오히려 음료 부문과 연회 부문 직원들이군요." 다쿠라가 말했다. "이를테면 사용하지 않는 연회장 등을 통해 직원 전용 구역에 몰래 들어오는 건 아주 간단합니다."

"알겠어. 그 두 부문의 책임자를 불러서 한번 협의해봐야겠군. 경시청 이나가키 계장에게는 내가 이야기하지." 굳은 표정으로 말한 뒤, 후지키는 나오미에게 미소를 건넸다. "귀중한 의견, 고맙네.

큰 도움이 되었어. 고객 지키는 것만 생각하느라 미처 직원에게까지는 신경을 쓰지 못했네."

"주제넘은 소리를 해서 죄송합니다."

"아니, 앞으로도 생각나는 게 있으면 언제든 말해주게."

총지배인의 말에 나오미는 가슴을 쭉 펴고 대답했다. "네, 알겠습니다."

프런트에 돌아오자 직원 셋이 체크인 업무를 하고 있었다. 놀랍게도 그중 한 명은 닛타였다. 다른 누구의 도움도 받지 않고 손님에게 척척 카드키를 건네고 있었다. 그 동작은 유연하고 낭비가 없는 데다 말투는 정중했다. 거동도 무척 부드러워진 것 같았다.

닛타는 "그럼 편히 쉬십시오"라고 머리를 숙이며 한 여자 손님을 배웅하더니 곧바로 뒤를 돌아보았다. "내 태도에 무슨 불만이라도?"

아무래도 조금 전부터 나오미가 쳐다보는 것을 눈치챈 모양이었다. 그녀는 고개를 저었다.

"감탄하면서 지켜보던 참이에요. 다만 가능하면 평소에도 좀 더 부드러운 말투를 쓰시는 게 좋겠어요. 자기도 모르게 평소 말투가 튀어나오는 일이 있으니까요."

닛타는 얼굴을 찡그리며 코밑을 문질렀다.

"오히려 부드러운 말투가 버릇이 되면 큰일이죠. 경찰에 돌아갔을 때, 다들 속이 메슥거린다고 놀릴 텐데."

"그럴 일은 없을 거 같은데요?"

"내 캐릭터는 소중히 간직해야죠. 그나저나 지금까지 어디에 있었어요?"

"총지배인실에 다녀왔어요. 외출했다가 방금 돌아오셨거든요. 이런저런 보고를 올렸어요. 구리하라 씨의 일이라든가."

"그랬군요." 닛타는 은근히 겸연쩍은 표정이었다.

"그러고 보니 구리하라 손님이 떠나신 다음에 닛타 씨는 뭔가 중요한 걸 깨달은 것 같던데요? 그 뒤에 진전이 있었어요?"

"아, 그거요." 닛타는 재빨리 주위를 둘러본 다음에 나오미 쪽으로 얼굴을 바짝 댔다. "내가 사건 해결의 실마리를 찾아낸 것 같아요. 지금 극비 수사를 진행하고 있어요. 잠시만 더 기다려봐요." 귀에 대고 속닥거리듯이 말했다.

나오미는 닛타의 거무스레하게 잘생긴 얼굴을 마주 보았다.

"정말요? 뭘 찾아냈는데요?"

"찾아낸 게 아니라 찾아낸 것 같다고 했죠. 확실히 밝혀질 때까지는 야마기시 씨에게도 현재로서는 이거예요." 닛타는 집게손가락을 세워 입에 댔다.

21

그날 밤 닛타는 자정 직전까지 프런트에 서 있었다. 웬일인지 밤늦게 체크인 하는 손님이 많았기 때문이기도 하지만 사무동 대책 본부에서 아무 연락도 없었던 것이 가장 큰 이유였다. 평소에는 저녁 식사를 마쳤을 때쯤 호출이 떨어져 그날 하루 일을 보고하도록 해왔다. 그래서 자정 넘은 시각에야 본부에서 전화가 걸려와 회의실로 모이라는 말을 들었을 때는 "앗, 무슨 일이죠?"라고 되물었다. "너무 진전이 없어서 오늘 밤에는 수사 회의도 안 하는 줄 알았는데."

그러자 모토미야는 굵직한 목소리로 "아니, 그 반대야"라고 말했다.

"진전이 없기는커녕 지휘부까지 크게 바뀔 것 같아. 그 일로 윗선에서 이런저런 협의를 하느라 늦어졌어."

"진전이 있었어요? 어느 과의 누가 수훈을 세웠습니까?" 그것이 우선 마음에 걸렸다.

"그건 이쪽에 와보면 알아. 지금 바로 오라고. 파트너도 기다리고 있으니까."

"파트너요?" 닛타가 물었을 때는 이미 전화가 끊긴 뒤였다.

의아해하면서 사무동으로 향했다. 길에서 올려다보니 2층 창문의 블라인드 안쪽이 평소보다 환하게 느껴졌다. 주변을 신경 쓰느라 이 시간대에는 불필요한 불은 켜지 않도록 해왔다.

건물로 들어가 계단을 올랐다. 회의실 앞에 문 앞을 지키는 경찰관이 서 있었다. 이런 일도 지금까지는 없었다. 닛타가 다가가자 제복 차림의 젊은 경관이 말없이 고개를 숙였다.

회의실에서 말소리는 거의 들려오지 않았다. 기껏해야 몇 명 남아 있는 모양이라고 생각했다. 하지만 회의실 문을 열자마자 닛타에게로 향해진 시선은 예상을 훌쩍 뛰어넘는 숫자였다. 십여 명분의 의자가 모조리 채워져서 서 있는 수사관이 있을 정도였다.

"어, 수고가 많군." 그렇게 인사를 건넨 것은 이나가키였다. 그의 오른편에는 관리관 오자키의 모습이 보였다. 그리고 왼편에는, 무슨 영문인지 노세가 등을 둥그렇게 말고 앉아 있었다. 닛타와 시선이 마주치자 거북스러운 듯 슬쩍 머리를 숙였다.

"무슨 일이에요?" 닛타가 물었다.

"누구, 자리 좀 비워줘."

이나가키의 말에 그의 맞은편에 앉아 있던 젊은 수사관이 자리에서 일어났다. 닛타는 그곳에 자리를 잡고 주위를 둘러보았다. 모두들 하나같이 얼굴에 긴장감이 감돌고 있는 것을 확인한 뒤, 새삼 상사들을 바라보았다. "대체 무슨 일입니까?"

"시나가와에서 일어난 오카베 데쓰하루 살해 사건과 관련해서 회사 동료 데시마 마사키와 음식점 사장의 아내 이노우에 히로요를 중요 참고인으로 마크하기로 했어. 아직 체포는 하지 않겠지만 언제라도 체포할 수 있도록 준비할 거야. 그리고 이 일은 언론에는 일절 비밀이야. 호텔 직원들에게도 새나가지 않게 할 것. 알겠지?"

일방적으로 하는 말에 닛타는 당황했다. 대답을 못하고 있는데 "못 들었나?"라고 답답해하는 목소리로 이나가키가 재우쳐 물었다.

"저기요, 대체 어떻게 된 겁니까? 데시마와 이노우에를 마크하다니……."

"그 말대로야. 데시마는 오카베 데쓰하루를 살해한 혐의가 있고, 이노우에 히로요는 데시마의 알리바이 공작에 협력한 것으로 보고 있어. 알리바이의 증인이었던 혼다 치즈루 씨의 핸드폰에 관한 기록을 자세히 조사해봤는데 데시마의 집으로 전화하기 몇 분 전에 히가시 시나가와 쪽의 휴업 중인 라면집에 전화했던 게 밝혀졌어. 하지만 혼다 씨는 그런 곳에는 전화한 기억이 없다고 말하고 있어. 그 라면집은 이노우에 히로요의 남편이 두 달 전까지 경영하던 곳이야. 그 라면집에서 오카베 데쓰하루가 살해된 현장까지는 걸어서 이십여 분밖에 걸리지 않아. 라면집 전화기에서 데시마의 지문이 검출되지는 않았지만 주변에서 모발이며 피지 등을 채취해 이미 DNA 감정을 의뢰했어." 이나가키는 막힘없이 빠른 말투로 줄줄 이어갔다. 마치 닛타에게 질문할 틈을 주지 않으려는 것 같았다.

"잠깐, 잠깐만요." 닛타는 오른손을 크게 치켜들었다. "혼다 씨의 핸드폰에 이노우에 히로요가 공작을 했던 게 아니냐는 얘기는 아까 저녁때 내가 노세 씨에게 말했어요. 혹시 그걸 바탕으로 수사가 이루어진 겁니까?"

"이봐, 닛타, 자화자찬은 적당히 해둬." 관리관 오자키가 끼어들었다. "그 정도는 우리도 다 생각하고 있었어. 그러니 이만큼 입증 수사도 해뒀지. 자네도 그런 생각을 했는지 모르지만 우리보다 약간 늦었어."

닛타는 눈을 깜빡였다. 자신의 눈동자가 허우적거리는 게 느껴졌다. 선뜻 말이 나오지 않았다.

"현재 데시마와 이노우에의 관계를 조사하는 중이야." 이나가키가 말을 이었다. "이노우에가 한때 파견 사원으로 데시마와 오카베의 회사에 다녔다는 걸 알아냈어. 거기서 두 사람 사이의 관련을 찾아낼 수 있을 거야."

이야기를 들으면서, 일이 그렇게 됐구나 하고 닛타는 온몸의 힘이 빠지는 느낌이었다. 어떤 계기 때문이었는지는 모르지만 이나가키 일행은 닛타와 노세의 단독 수사를 눈치챈 것이다. 하지만 개별적인 스탠드 플레이는 허용할 수 없다는 듯이 자신들이 앞장서서 지휘봉을 잡고 대대적으로 입증 수사를 한 것이다.

"여기까지, 뭔가 질문 있나?" 이나가키가 물었다. 그의 시선은 닛타 한 사람에게만 향하고 있었다. 즉 이 회의는 닛타 때문에 열린 셈이었다. 수훈을 가로챈 것에 대해 나중에 불만이 나오지 않게 하기 위한 것이라고 생각했다.

"계장님은 데시마와 이노우에가 진범이라고 보십니까?" 닛타가 겨우 한마디 던졌다.

"거의 진범에 가깝다, 라는 게 공통된 의견이야." 이나가키가 대답했다.

"그럼 다른 사건들도 모두 해결됩니까? 두 번째, 세 번째 사건의 범인도 그 두 사람이고, 그자들을 마크하기만 하면 더 이상 이 호텔에서 잠입 수사를 할 필요도 없다는 얘기네요."

하지만 이나가키 계장은 고개를 끄덕이지 않았다. 관리관과 잠깐 마주 본 뒤, 천천히 닛타 쪽으로 시선을 돌렸다.

“이봐, 닛타, 내가 자네의 수훈을 가로채려고 이런 요란한 짓을 하는 줄 아나? 일부러 관리관님까지 나오시라고 해서?”

이나가키의 끈적끈적한 말투에 닛타는 턱을 당기고 몸을 긴장시켰다. 슬쩍 눈을 치뜨며 상사를 노려보았다.

“그럼 뭡니까?”

이나가키는 한 호흡 쉬었다가 입을 열었다.

“이야기가 그것보다 한참 더 복잡하다니까. 아니지, 단순하다고 해야 하나? 어쨌거나 데시마와 이노우에를 체포하는 것만으로는 이번 사건은 끝나지 않아. 오히려 이제부터 시작이야.”

“시작이라고요?” 닛타는 상사의 얼굴을 똑바로 쳐다보았다. “무슨 말씀이세요? 데시마와 이노우에가 진범이라면서요. 그렇다면 그 두 사람을 체포하면 사건은 끝나는 거 아닙니까?”

“그런데 그렇지를 않아. 어이, 그거 줘봐.” 이나가키는 젊은 부하에게 눈짓을 보냈다.

닛타 앞에 파일 한 권이 놓였다.

“이게 뭡니까?”

“아무튼 읽어봐.”

닛타는 불만스러운 표정을 감추지 않은 채 파일을 열었다. 글씨가 인쇄된 A4 용지 몇 장이 들어 있었다. 아무래도 개인끼리 주고받은 이메일 같았다. 메일을 잠깐 훑어보자마자 닛타는 온몸의 피가 들끓고 체온이 급상승했다.

“이, 이건…….”

"놀랐지? 나도 처음 봤을 때 깜짝 놀랐어."

"누가 어디서 찾아낸 겁니까?"

"찾아낸 건 센주신바시 사건을 추적하던 친구들이야. 노구치가 경영하는 철공소의 컴퓨터를 임의로 조사해봤는데 그게 나왔다는 거야. 메일함에서는 삭제되어 있었대. 노구치란 놈, 하드디스크에서 복원할 수 있다는 걸 몰랐던 모양이야."

"노구치라면……."

"노구치 야스히코. 두말할 것도 없이 두 번째 사건으로 살해된 노구치 요코의 남편이야."

닛타는 저도 모르게 등을 바짝 세웠다. 다시 한 번 손에 든 종이에 시선을 떨구었다.

받은 날짜 : 10월 4일

도착 시각 : 22:10:45

보낸 사람 : x1

받는 사람 : x2, x3, x4

제　　목 : 플랜1 완료

내　　용 : 방금 전에 플랜1의 m을 마쳤다. 성공적이었다고 생각한다.

x2에게. 이제는 돌이킬 수 없다.

반드시 약속한 지점에서 실행하도록.

보낸 날짜 : 10월 5일

보낸 시각 : 18:12:23

보낸 사람 : x2

받는 사람 : x1, x3, x4

제　　목 : 플랜2에 관한 연락

내　　용 : x1의 m, 신문과 뉴스로 확인했다. 훌륭하다. 물론 이쪽 장소는 변경 없음. 지난번에 말한 위도와 경도가 만나는 지점에서 m을 실행할 것이다.

x3은 최종 확인 바람. 그쪽의 m 실행 지점에 변경 사항이 있는가? 변경될 경우 신속하게 연락해주기 바란다. 이상.

보낸 날짜 : 10월 11일

보낸 시각 : 02:28:43

보낸 사람 : x2

받는 사람 : x1, x3, x4

제　　목 : 플랜2 완료

내　　용 : 플랜2의 m을 완료했다. 메시지도 남겼다. x3은 무슨 일이 있어도 약속한 지점에서 실행해야 한다. 내일 이후, P가 올 것으로 보인다. 내 쪽으로는 메일을 보낼 필요 없음. 이상.

글자를 따라잡는 동안, 닛타는 숨을 멈추고 있었다. 고개를 들고 참았던 숨을 토해냈다.

"x1이라는 인물에게서 메일이 도착한 게 10월 4일, 즉 첫 번째 사건이 일어난 날이군요."

"맞아. 그리고 x2가 '플랜2 완료'라는 제목의 메일을 보낸 게 10월 11일. 이날은 노구치 후미코의 사체가 발견된 날이야."

닛타는 고개를 저었다. 도저히 우연이라고는 볼 수 없었다.

"이 사건의 범인은 여러 명이고, 이 메일은 그자들이 이번 범행을 상의하면서 주고받은 것이라는 얘기인가요?"

"그렇게 보는 게 맞겠지?"

닛타는 이나가키의 심각한 얼굴을 마주 본 뒤에 주위 사람들에게로 시선을 옮겼다. 당연히 이곳에 있는 수사관 전원은 이미 알고 있는 내용일 터였다. 풀어진 표정을 하고 있는 형사는 단 한 명도 없었다.

닛타는 다시 메일 문장으로 시선을 떨구었다.

"노구치의 컴퓨터에서 발견된 것이니까 메일을 보낸 x2가 노구치라는 얘기군요."

"당연히 그렇겠지."

"그렇다면 노구치를 잡아오면 되잖습니까. 메일에 위도와 경도 얘기도 있고, 실토하게 할 수 있을 것 같은데요."

"자네가 말하지 않아도 이미 잡아들였어. 진즉에." 오자키가 옆에서 말했다. "아직 체포는 하지 않았지만 임의동행 형식으로 취조가 진행되고 있어."

"노구치는 범행을 인정했습니까?"

"대략 인정했어." 관리관이 시원스럽게 말했다.

닛타는 이나가키를 보았다. "정말이에요?"

"응, 사실이야." 이나가키가 고개를 끄덕했다. "노구치의 진술에 의하면 아내 후미코를 액살한 것은 10월 10일 밤 7시경이고 장소는 자택 거실이었어. 그 후 사체를 그대로 두고 친구와 술을 마시러 나갔어. 그건 두말할 것도 없이 알리바이를 만들기 위한 거였지. 밤 1시경 집에 돌아와 사체를 비닐에 싸서 센주신바시 부근의 빌딩 건설 현장에 유기했다는 거야. 메일을 보낸 건 그 직후인 모양이야. 보낸 메일 기록과도 일치해."

"동기는요?"

"우리가 짐작했던 대로였어. 부인 앞으로 들어둔 보험금을 노린 범행이야."

닛타는 앞머리를 쓸어 올리며 콧구멍을 벌름거렸다.

"그게 뭡니까, 그렇게 단순한 사건이었어요?"

"그러니 내가 조금 전에 말했잖아. 복잡하기보다 오히려 단순하다고. 그 숫자 메시지 때문에 어쩌면 우리가 그동안 너무 복잡하게 생각해온 건지도 몰라. 그자들의 책략에 보기 좋게 넘어갔던 거지."

"그자들이라뇨?"

이나가키가 메일 문장을 가리켰다.

"노구치가 보낸 마지막 메일에 '내일 이후, P가 올 것으로 보인다'라는 문장이 있잖아. P라는 건 아마 경찰일 거야. 놈은 부인의 사체가 발견될 경우, 자신을 가장 먼저 의심하리라는 걸 오래전부터 자각하고 있었어. 그래서 어떻게든 의심을 피해보려고 컴퓨터를 이용해 어느 사이트에 접속했어. 위험한 일, 비합법적인 일을 알선해주는 이른바 '불법 사이트'야. m이라는 건 거기 게시판에서 사용되는 은어인데 살인을 의미해. 아마도 murder의 약자겠지."

"불법 사이트……." 닛타는 입안에 씁쓸함이 퍼지는 것을 느꼈다. "그럼 이 메일의 수신자인 x1, x3, x4는 그 불법 사이트에서 알게 된 사람들이라는 겁니까?"

"그런 거 같아. 그런 사람들이 노구치를 포함해 네 명이야. 그들은 서로 얼굴을 본 적도 없어. 이름조차 모른다고 하더라고. 네 명의 공통점은 각자 죽이고 싶은 인간이 있었다는 것뿐이야."

닛타도 희미하게나마 사건의 구도가 잡히는 듯했다. 다만 아직은 반신반의였다. 그런 어이없는 짓을 생각해낼 사람이 과연 있을까. 하지만 예전에 불법 사이트에서 알게 된 사람들끼리 이른바 '묻지 마 살인'을 저지른 사건이 떠올랐다.

"원래 노구치는 불법 사이트를 통해 살인자를 고용하려고 했어." 이나가키가 말했다. "근데 그 일이 마음먹은 대로 쉽게 진행되지 않았지. 그러고 나서 얼마 뒤에 노구치에게 메일이 날아온 거야. 최종적으로 x4라고 이름을 댄 인물이 보낸 거였어. 그 x4가 보낸 메일이 어떤 내용이었는가 하면, 자신이 살인을 대신 해줄 수는 없지만 당신이 누군가를 살해하더라도 잡혀가지 않게 협조할 수는 있다, 라는 것이었어. 보수는 필요 없다, 다만 당신도 협조해 줘야 할 일이 있다, 관심이 있으면 연락을 달라, 그런 내용이었어.”

“그래서 노구치가 연락을 했군요.”

“그렇지. 연락을 하자마자 곧바로 답신이 도착했다는군. 거기에는 용의자로 몰리는 것을 방지하기 위한 구체적인 방법이 적혀 있었어. 그 방법은 닛타 자네라면 벌써 짐작이 가겠지?” 이나가키가 닛타에게 곧바로 질문을 던졌다.

“여러 명이 저지른 살인 사건을 동일인 혹은 동일 그룹에 의한 연쇄살인처럼 위장한다는 것이겠죠.”

이나가키의 입가는 웃고 있었지만 눈매는 한층 더 매서워졌다.

“모든 범행 현장에 공통의 메시지를 남긴다. 그것만으로 경찰은 동일범의 소행이라고 생각할 것이다. 하지만 쉽게 흉내 낼 수 있는 메시지는 모방범일 가능성이 남는다. 메시지는 반드시 다른 사건과의 관련을 드러내는 것이어야 한다. 그래서 다음에 사건이 일어날 장소를 위도와 경도로 알려주는 메시지로 한다. 물론 그 장소가 금세 파악되면 경찰이 미리 나가서 잠복할 수 있으니까 어느 정도 가공을 한다. 그렇게 범행 날짜와 조합해서 나온 게 그 숫자 메시지야. 모든 살인이 완료되었을 때, 특수 수사본부 앞으로 메시지의 의미를 적어 넣은 편지를 보낸다. 그러면 경찰은 완벽하게 동일범에 의한 연쇄살인 사건이라고 단정하지 않을 수 없다. 하나하나의 사건에서는 혐의점이 드러나더라도 다른 사건과의 관련을 밝혀내지 못하는 한, 경찰은 그 사람을 용의자로 간주할 수 없다.

결국 사건은 미궁에 빠진다." 미리 수없이 연습이라도 한 것처럼 막힘없이 설명한 뒤, 이나가키는 후 숨을 내쉬고 다시 말을 이어나갔다. "x4라는 인물이 노구치에게 가르쳐준 방법이 그런 거였어. 그리고 x4는 이미 동조자 한 명을 찾아냈지만 한 명을 더 투입해 모두 네 명이서 범행을 실행할 예정이라고 노구치에게 메일로 연락했어."

"그 동조자 두 명이 x1과 x3이로군요."

"그렇지."

"노구치의 컴퓨터에 데이터가 남아 있다면 다른 자들의 아이피 주소를 추적해볼 수 있잖습니까?"

이나가키는 흥 하고 콧소리를 냈다.

"그걸 우리가 아직도 안 해봤을 거 같아?"

"추적해봤는데 아직 범인을 찾아내지 못했어요? 아, 그렇다면 피시방을 이용했군요."

"만일 누군가 잡히더라도 자신에게까지 수사의 손길이 미치지 않도록 미리 조심한 거야. 피시방 위치는 알아냈지만 모두 도쿄 교외의 신분증 없이 이용할 수 있는 곳이었어. 게다가 감시 카메라도 제대로 설치되지 않은 어설픈 가게들이야. 물론 그런 피시방이라는 것을 미리 확인하고 이용했겠지. 태평하게 자기 집 컴퓨터를 사용한 건 노구치뿐이었어."

"그렇군요." 닛타는 의자에 몸을 기대고 천장을 올려다보았다.

그런 음모를 꾸몄던가. 그러니 각 살인 사건의 관련자들 사이에서 아무런 공통점도 찾아내지 못한 건 당연한 일이었다. 애초부터 범인들 사이에 아무 연관도 없는 사건인 것이다.

"5년 전 노구치가 이 호텔에서 열린 파티에 참석했었죠? 그럼 그건……."

"그건 그저 우연의 일치였어." 이나가키가 말했다. "생각해보면 이상한 일도 아니야. 이만큼 규모가 큰 호텔이니 기업이 주최하는 파티는 1년에 수십 차례나 열려. 그중 한 파티에 사건 관련자 가운데 한 사람이 우연히 참석할 수도 있지."

어휴, 하고 닛타는 고개를 저었다.

"그런데 그건 언제부터 알고 계셨어요? 노구치가 진술을 시작한 게 언제부터였죠?"

닛타의 물음에 이나가키는 곧장 대답하지 않고 의견을 청하듯이 오자키를 바라보았다. 오자키가 슬쩍 고개를 끄덕였다. 뭔가를 허가해주는 것처럼 보였다.

"감식과에서 노구치의 컴퓨터를 조사해본 건 바로 며칠 전이야." 이나가키가 말했다. "센주신바시의 특수 수사본부가 노구치에게 임의동행을 요구한 건 사흘 전쯤이었나?"

"사흘 전이라고요?" 닛타는 저도 모르게 엉거주춤 몸을 일으켰다. "아, 그러고 보니……." 여전히 등을 둥글게 말고 앉아 있는 노세에게로 시선을 던졌다. "그때쯤 시나가와 경찰서 수사본부에서 다른 사건과의 관련은 고려하지 않아도 된다는 지시가 있었죠? 그게 노구치의 진술을 감안한 지시였군요?"

이나가키는 손끝으로 코 옆을 긁적였다. "뭐, 그런 얘기지."

"그럼 왜 미리 알려주지 않았습니까? 그때 제가 계장님께 여쭤봤었죠? 시나가와의 수사본부에서 그런 지시가 내려온 것 같은데 어떻게 된 거냐고요. 계장님은 그건 단순한 착각이라고 하셨잖아요." 닛타가 빠른 말투로 따지고 들었다.

"그래, 내가 그렇게 말했어." 이나가키가 귀찮다는 듯 툭 내뱉었다.

"왜죠? 왜 그때 사실대로 알려주지 않았어요? 이건 좀 이상하잖아요." 닛타의 입에서 침방울이 튀었다.

이나가키는 책상에 양 팔꿈치를 얹었다.

"모든 사건의 범인이 따로따로 존재하고 서로 간에 공통점은 없다, 그래서 각 수사본부는 개별적으로 수사를 진행하기로 했다. 자네가 만일 그런 말을 들었다면 어떻게 했을까?"

"그, 그건……."

"첫 번째 사건의 특별 수사본부, 즉 시나가와 경찰서로 돌아가 직접 수사하겠다고 나섰겠지. 게다가 그렇잖아도 내내 그쪽 사건 생각이 머릿속에서 떠나지 않았던 것 같던데?" 그렇게 말하고 이나가키는 흘끔 노세 쪽을 쳐다보았다.

"그게 잘못입니까? 저는 형사예요. 이미 일어난 사건의 범인을 쫓는 게 제가 할 일이에요."

"앞으로 일어날 살인을 막는 것도 형사가 할 일이야. 그렇게 생각하지 않아?"

"그건 물론 압니다만……."

"자네가 이 호텔에서 활동하는 모습에 대해 이나가키나 모토미야에게서 자주 듣고 있었어." 옆에서 오자키 관리관이 말했다. "정말 잘해주고 있다고 하던데. 여기 온 지 얼마 되지도 않았는데 요즘은 누가 어디서 보건 완전한 호텔리어가 되었다면서? 그건 자네가 아니면 할 수 없는 일이야. 자네를 대신해줄 사람이 없어. 그러니 최대한 이쪽 일에 집중해주기를 바라는 마음에서 일부러 노구치의 진술 내용을 알려주지 않기로 했던 거야. 모두 내가 지시한 일이야."

닛타는 몸을 숙이고 무릎 위의 주먹을 움켜쥐었다. 바지 주름이 칼처럼 빳빳한 것이 눈에 들어왔다. 형사가 하루 종일 돌아다니다 보면 바지 따위는 금세 후줄근해진다. 아닌 게 아니라 이 프런트 직원 복장이 어울리는 사람은 수사 1과에 자신뿐일지도 모른다. 하지만 역시 이번 일은 받아들일 수 없었다.

"하지만……." 닛타는 고개를 들어 오자키를 똑바로 바라보았다. "저를 시나가와의 특별 수사본부로 돌려보냈다면 훨씬 더 일이 빠르지 않았을까요?"

"무슨 말이지?"

"만일 제가 그쪽 수사에 전념했더라면 좀 더 일찍 데시마와 그 일당의 트릭을 알아냈을 겁니다."

오자키는 그게 아니라는 듯 엷은 미소를 지으며 고개를 저었다.

"자네는 아까 이나가키가 한 말을 못 들었나? 데시마와 이노우에를 구속하는 것만으로는 이번 사건은 끝나지 않아. 오히려 이제부터 시작이라고 이나가키 계장도 조금 전에 말했지? 중요한 건 지금부터야."

"무슨 뜻입니까?"

오자키는 오른쪽 눈썹만 멋지게 치켜 올렸다.

"거듭 말하지만 이번 사건의 범인은 각각 별도로 존재해. 그 숫자는 네 명. x2는 노구치, x1은 아마 데시마일 거야. 세 번째 사건을 일으킨 x3의 정체를 파악하기 위해 현재 수사 중이니까 머지않아 성과가 나올 거라고 믿고 있어. 하지만 절대로 잊어서는 안 되는 것이 무엇인가 하면, 지금까지 일어난 사건의 수사가 어떤 성과를 거두건 처음 계획을 고안한 x4와는 연결되지 않는다는 사실이야. x4에 관한 단서는 현재 거의 아무것도 없어. 남자인지 여자인지, 노인인지 젊은이인지, 부자인지 가난한 사람인지, 아직 밝혀진 게 하나도 없단 말이야. 유일하게 알아낸 것이라고는 가까운 시일 내에 이 호텔에서 누군가를 살해하려고 한다는 것뿐이야. 처음에 이 호텔에 잠복 중인 수사관들에게 지금까지 사건에 관련된 자의 사진을 나눠줬지만 이제는 그것도 다시 거둬들였어. 그런 사진은 아무 도움도 되지 않기 때문이야. 이렇게까지 말하면 아무리 고집 센 자네라도 상황이 절박하다는 것쯤은 이해하겠지?"

관리관의 나지막한 목소리가 실내에 울려 퍼졌다. 동시에 닛타의 가슴도 뒤흔들었다. 분명 이건 심상치 않은 상황인지도 모른다. 지금까지는 세 개의 살인 사건 중 하나의 사건에 관한 중요 단서를 얻기만 하면 고구마 줄기처럼 줄줄이 풀려나갈 것이라고 생각했다. 하지만 이제 그건 전혀 기대할 수 없게 된 것이다.

"자네는 시나가와 쪽 사건을 근거로 범인을 남자라고 추리했었지?" 이나가키가 말했다. "분명 남자였어. 하지만 x4는 여자일 수도 있어. 그리고 자네는 범행의 내용을 생각해보면 범인이 스토커는 아닐 거라고도 말했었지. 하지만 x4는 스토커일 수도 있어. 지금은 그 어떤 단정도 내릴 수 없는 상황이야."

일이 그렇게 된 건가, 하고 닛타는 그제야 이해가 되었다. 안노 에리코와 구리하라 겐지의 일을 보고했을 때, 자신은 이번 사건과 관계가 없을 거라고 생각했지만 상사들은 과민하게 반응했었다. 그 시점에 이미 그들은 어느 누가 범인으로 지목되건 전혀 이상하지 않다고 생각하고 있었던 것이다.

오자키가 천천히 자리에서 일어나 전체를 둘러보았다.

"세 번째 사건에 대해서는 계속 수사할 것이다. 첫 번째, 두 번째 사건과 관련한 입증 수사가 필요하다. 하지만 앞으로 우리가 가장 우선시해야 할 일은 어떻게든 네 번째 범행만은 저지해야 한다는 것이다. 앞으로 손이 비는 사람은 전원 이 호텔에서 잠복근무를 하도록 하겠다. 다들 그런 마음으로 임해주기 바란다."

네엣, 하고 우렁찬 대답이 회의실을 울렸다.

그리고 이나가키가 몇 가지 세세한 지시를 내린 뒤에 회의는 끝이 났다. 하지만 닛타가 자리에서 일어서려고 하자 이나가키가 "아, 잠깐" 하면서 불러 세웠다.

"방금 한 이야기는 호텔 사람들에게는 비밀이야. 절대로 발설하면 안 돼."

"물론 쓸데없이 입을 놀릴 생각은 없어요. 하지만 다른 사건과 관련이 없다는 건 전달해주는 게 좋지 않겠습니까? 경비 쪽은 호텔 협조도 필요하잖아요."

하지만 이나가키는 험상궂은 표정으로 고개를 저었다.

"아니, 호텔 측에 절대로 알려서는 안 돼. 경비는 우리 쪽에서 만전을 기할 거야."

"그래도 호텔에 대해 가장 잘 아는 건 호텔 직원들이에요."

"그 호텔 직원들 중에 x4가 있을지도 모른다는 생각은 안 해봤어?"

이나가키의 말에 닛타는 저도 모르게 등이 꼿꼿해졌다.

"내부 범행이라는?"

"그럴 가능성이 적지 않아. 노구치와 데시마도 그렇지만, 이번 사건의 범인들은 범행이 발각된 뒤에 가장 먼저 용의자로 지목될 것을 예상하고 이런 복잡한 계획을 세운 거야. 즉 x4도 누구보다 용의자로 의심받기 쉬운 사람일 공산이 커. 이를테면 한밤중에 투숙객이 살해된다면 어떻게 될까? 당연히 마스터키를 자유롭게 쓸 수 있는 사람들이 가장 먼저 용의 선상에 오르잖아."

이 의견에는 닛타도 이의를 제기할 수 없었다. 그 비슷한 생각이 들어서 야마기시 나오미에게 협조를 부탁한 적이 있었다. 그녀를 크게 화나게 했을 뿐이었지만.

"계장님이 하시는 말씀은 잘 알겠습니다. 하지만 이미 많은 직원들이 이 호텔에서 경찰이 수사 중이라는 걸 알고 있어요. 혹시 직원들 중에 x4가 있다면 이미 범행을 포기하지 않았을까요?"

"그건 아직 모르지. 숫자 메시지의 수수께끼는 풀렸더라도 각 사건마다 범인이 별도의 인물이라는 건 아직 들키지 않았다고 생각할 수도 있어. 방심은 금물이야."

"그러면 하다못해 잠입 수사를 도와주는 사람들에게만 알려주는 건 어떻겠습니까? 이를테면 총지배인이라든가 야마기시 씨에게는……."

이나가키는 닛타 쪽으로 얼굴을 바짝 들이댔다.

"이봐, 닛타, 어째서 데시마와 이노우에뿐만 아니라 노구치에게도 구속영장을 청구하지 않은 줄 알아? 그자가 직접 진술까지 했으니 원래는 충분히 구속할 수 있는 케이스야. 스물네 시간 감시를 붙여두느니 유치장에 처넣는 게 빠르단 말이야. 그래도 아직 구속하지 않고 있어. 왜 그러는지 알아?"

왜 그런지 알 수 없어서 닛타는 입을 다물었다. 이나가키는 목소리를 더욱 낮춰 말을 이었다.

"구속하면 언론에 발표를 해야 하잖아. 그러면 어떻게 되겠어? 데시마와 세 번째 사건의 범인은 어찌되건 상관없어. 그자들은 이미 살인을 저지른 뒤니까 말이야. 문제는 x4야. 노구치가 체포되었다는 것을 알면 계획이 파탄 난 걸 눈치채고 이 호텔에서의 범행을 포기할 거란 말이야."

닛타는 눈을 깜빡거리며 상사를 쳐다보았다.

"그럼 x4를 이 호텔에 끌어들이기 위해 다른 범인들을 체포하지 않는단 말입니까?"

"바로 그거야. 오자키 관리관이 말한 대로 x4에 관한 단서는 아무것도 없어. 당연하지. 아직 아무 짓도 안 했으니까. x4가 이대로 계획을 포기해버리면 우리는 영원히 x4를 찾아낼 수 없어. 아니, 설령 x4가 제 이름을 대고 나선다고 해도 과연 기소할 수 있을지 없을지 애매하다고. 노구치를 비롯한 다른 세 사람과 주고받은 메일은 단순히 장난삼아 한 짓이라고 주장해버리면 우리로서는 어떻게 해볼 수가 없어. 하지만 그래서는 안 되지. 이번 사건의 주모자는 바로 x4야. 그자가 이상한 선동만 하지 않았다면 노구치나 데시마는 살인까지는 저지르지 않았을 거야. 피해자가 나오지 않았을 거란 말이야. 우리는 어떻게든 x4를 체포해서 교도소에 처넣어야 해. 그러기 위해서는 단순한 장난이 아니라 x4에게도 명백히 살인할 의사가 있었다는 것을 증명해야 한다고."

x4를 살인미수 혹은 살인 예비죄로 체포하여 기소한다.

상사들은 그런 식으로 머릿속에 그리고 있는 모양이었다.

그렇군요, 하고 닛타는 중얼거렸다.

"호텔 측이 진상을 알게 되면 즉시 언론에 알릴 우려가 있다는 거군요."

"내가 호텔 책임자라면 두말할 것도 없이 언론에 발표해버릴 거야." 이나가키가 말했다. "그렇게 되면 네 번째 범인이 이 호텔에서의 살인을 포기해줄 테니까 말이야. 그자가 잡히건 말건 호텔 쪽에서는 전혀 신경 쓰지 않겠지. 호텔과는 관계없는 일이니까. 상식적으로 누구든 그렇게 생각할 거야."

"그러니까 호텔 측을 속이자는……."

"속이는 게 아니야. 내가 몇 번이나 말하잖아. 쓸데없는 말은 하지 않겠다는 것뿐이야."

"정말 괜찮겠어요? 혹시라도 일이 터지면 큰 문제가 될 텐데."

"나중에 항의가 들어오는 것쯤은 각오하고 있어. 하지만 문제될 거 없어. x4의 살인은 우리가 사전에 틀림없이 막을 테니까." 이나가키가 닛타의 어깨에 손을 얹었다. "그럴 거지?"

"물론 틀림없이 그래야 한다고 생각하지만……."

"그렇다면 됐잖아? 자네, 그 호텔리어하고 의기투합한 모양인데 그녀를 위해서도 이 일은 입을 다물어야 해. 쓸데없는 걸 알게 되면 책임감 때문에 정말 힘들어할 거라고."

짓궂은 미소를 날리고 자리에서 일어서는 이나가키 계장을 지켜보며, 그런 거였구나 하고 닛타는 새삼 깨달았다. 상사들이 수사 상황을 사실대로 말하지 않은 것은, 그가 시나가와 경찰서의 수사팀으로 돌아가기를 원한다고 생각했기 때문만이 아니었다. 그가 야마기시 나오미에게 이런 말을 흘릴지 모른다고 의심하기도 했던 것이다.

한숨을 내쉬며 고개를 돌렸더니 모토미야와 눈이 마주쳤다. 그는 쓴웃음을 지으며 코밑을 문지르고 있었다. 닛타가 슬쩍 눈을 흘기며 그에게 다가갔다.

"선배도 알고 있었죠? 네 사건의 범인이 각각 다르다는 거."

"나도 최근에야 알았어. 자네한테서 시나가와 경찰서에서 내려온 지시 얘기를 듣고 계장님에게 물어봤던 그날이야."

"그 얘기는 저한테는 비밀로 하라시던가요?"

"너무 기분 나쁘게 생각하지 마. 시나가와 경찰서 수사팀으로 돌아가고 싶은 건 나 역시 마찬가지야. 온종일 호텔 손님인 척하면서 올지 안 올지 모르는 놈을 기다리고 있는 심정을 자네가 알아? 근데 나는 그래도 받아들이기로 했어. 윗선에서는 닛타 자네가 나처럼 세상 풍파에 닳아빠진 형사는 아니라고 생각하신 거야." 모토미야는 닛타의 가슴팍을 손끝으로 가리키더니 "그럼 나 먼저 간다" 하고 회의실을 나섰다.

어느새 오자키의 모습도 사라지고 없었다. 노세는 남아 있었다. 맥 빠진 기색으로 앉아 있었다.

"밖으로 나갈까요?" 닛타가 작은 소리로 말했다.

노세는 말없이 고개를 끄덕이고 자리에서 일어섰다. 회의실을 뒤로하고 호텔 본관으로 향했다. 노세는 조금 뒤처져서 따라왔다. 출입구에서 본관으로 들어선 참에 닛타는 발을 멈추고 뒤를 돌아보았다.

"노세 씨도 알고 있었군요? 사건마다 범인이 다르다는 거."

노세는 미안하다는 듯 몸을 움츠렸다.

"과장님한테서 다른 사건과는 별도로 수사하라는 지시가 있었다고 닛타 씨에게 말했었지? 그 뒤에 곧바로 과장님의 호출이 떨어졌어. 조금 전의 x1이니 x2니 하는 이야기는 그때 들었어. 근데 당분간 극비니까 다른 수사관에게도 절대 말하지 말라고 못을 박으시더라고."

"그래서 나한테도 얘기를 안 했어요? 지금까지 함께 움직였던 나한테까지?"

노세는 머리칼이 듬성듬성한 머리를 숙였다.

"그 말을 못하고 감추고 있자니 나도 참 괴로웠어. 하지만 닛타 씨를 이쪽 일에만 집중하게 해야 한다는 말에는 동의하지 않을 수 없더라고. 오자키 관리관이 말한 그대로야. 지금 닛타 씨가 하는 일은 닛타 씨가 아니면 아무도 할 수 없어."

"노세 씨가 그런 말씀을 해주셔도 전혀 기쁘지 않네요."

"그야 그렇겠지만……."

"그래서요, 나한테 감추고 있던 게 그것뿐입니까? 아니죠. 지금까지 나하고 나눴던 대화도 모두 다 상사들에게 보고하신 거 아니에요? 그 전화 트릭에 대해서도?"

노세는 몸을 숙인 채 말이 없었다. 그 모습을 보고 닛타는 고개를 홱 돌려버렸다. "역시 그렇군요. 이게 뭔 일이야, 대체."

"하지만 결과적으로 닛타 씨가 시나가와 사건을 해결했으니 다행이잖아. 아까 오자키 관리관이 말은 그런 식으로 했지만 분명 마음속으로는 닛타 씨의 수훈이라고 인정했을 거야."

"지금 그런 얘기를 하는 게 아니잖아요. 아니, 됐어요. 이제 그만하죠." 닛타는 한 손을 들어 노세의 말을 가로막고 프런트를 향해 성큼성큼 걸음을 옮겼다.

22

닛타가 몸을 뒤틀며 몰래 하품하는 것을 보고, 대체 무슨 일일까 나오미는 걱정스러웠다. 오늘은 오전 내내 그런 식이었다. 지금까지 제대로 잠을 못 잔 상태에서도 아침 일찍부터 온몸에 활력이 넘치는 듯 부지런히 돌아다니는 모습을 보고 역시 경시청의 우수한 수사관은 다르다고 내심 감탄했었다. 그런데 오늘만은 전혀 패기가 느껴지지 않았다. 새 직장에 적응을 못해 우울해하는 신입사원 같았다.

나오미와 다른 직원들은 평소와 다름없이 프런트에 서 있었다. 오후 2시를 넘어선 참이었다. 간간이 조기 체크인 하는 손님들이 찾아왔지만 그리 바쁜 시간대는 아니었다.

"가와모토, 여기 좀 부탁해요."

젊은 프런트 직원에게 말을 건넨 뒤에 나오미는 닛타에게로 다가갔다.

"지금 잠깐, 괜찮아요?"

무슨 일이냐고 묻지도 않고 닛타는 나오미에게로 얼굴을 돌렸다. 눈빛이 흐릿했다. 간밤에 너무 늦게까지 일을 한 모양이었다. 게다가 약간 알코올이 들어간 것이리라. 술 냄새까지 풍기지는 않았지만 얼굴이 조금 부석부석했다.

"물어볼 게 있어요. 안으로 가죠." 나오미는 안쪽 문을 가리켰다. 그리 내키지 않는 표정으로 닛타가 뒤를 따라왔다.

사무실에 들어가자 그녀는 닛타를 빤히 바라보았다. "커피라도 한 잔 드릴까요, 진한 블랙으로?"

닛타는 뭔가 불만스러운 듯 입꼬리가 축 처졌다. "커피? 왜요?"

"아니, 아직 잠이 덜 깬 것 같아서. 아니면 피곤한 거예요?"

닛타는 자신의 뺨을 찰싹찰싹 두 차례 때렸다.

"호텔리어로서 적합하지 않은 멍한 얼굴이었나요? 이것 참, 죄송하게 됐네요. 이제부터 기합을 단단히 넣죠."

나오미는 팔짱을 끼고 물었다. "무슨 일 있었죠?"

뜻밖의 질문이었는지 닛타의 눈이 일순 큼직해졌다. 하지만 곧바로 시큰둥한 얼굴로 "아뇨, 일은 무슨"이라고 중얼거렸다. 고등학교 때 친구 중에 거짓말을 하면 금세 얼굴에 드러나는 남자애가 있었다. 그 녀석과 비슷하다고 나오미는 생각했다. 그러고 보니 그 애도 정의감이 투철했다.

"어젯밤에 닛타 씨가 말했죠? 사건 해결의 실마리를 찾아냈는지도 모른다고. 그건 그 뒤에 어떻게 됐어요? 아직 내게 알려줄 단계는 아닌가요?"

닛타는 험한 표정으로 크게 숨을 들이쉬었다. 굵직한 눈썹 사이에 주름이 깊이 파인 채 나오미를 쏘아보았다.

"수사 내용은 일반인에게 알려줄 수 없습니다. 상식적으로 당연한 일 아니에요?" 목소리가 뾰족했다.

"하지만 어제는 조금만 기다려달라고……."

닛타는 답답한 듯 고개를 저었다.

"사건이 해결되고 언론에 발표할 단계가 되면 야마기시 씨에게도 말할게요. 조금만 더 기다려달라고 한 건 그런 뜻이었어요."

"그럼 수사에 진전이 있는지, 그것만이라도 알려주세요. 닛타 씨는 그 숫자 메시지에 대해 나한테 알려주셨잖아요. 나를 믿고 얘기해준 거라고 나 혼자 좋아했었는데요."

"에이 참, 잔소리도 많네."

닛타가 흘린 뜻밖의 말에 나오미는 흠칫했다. 난폭한 말투보다 그런 말을 입에 올린 그 자신이 더 큰 상처를 받은 것처럼 보여서 놀랐던 것이다.

"아, 미안해요." 닛타는 중얼거리듯이 말하고 슬쩍 고개를 숙였다. 그러더니 시선을 아래로 떨군 채 웅얼웅얼 말을 이었다. "우리 수사관은 그저 장기말일 뿐이에요. 전체적인 동향 따위는 파악도 못해요. 수사가 어떻게 진전되는지, 일개 장기말이 알 도리가 없죠."

"닛타 씨……."

"내 구역으로 돌아가야겠어요. 덕분에 졸음이 싹 달아났네요." 닛타는 문을 열고 사무실을 나갔다.

연회부 예식팀의 니시나 리에는 나오미와 입사 동기였다. 배속된 부서는 다르지만 가장 친하게 지내는 동기 중의 한 사람이었다.

니시나 리에에게서 전화가 걸려온 것은 오후 4시를 지났을 무렵이었다. 내선 전화가 아니라 나오미의 핸드폰으로 걸려왔다. 개인적인 볼일이 있는 모양이라고 짐작하며 전화를 받았다.

"나오미, 미안해. 지금, 통화 괜찮아?" 리에가 잔뜩 목소리를 낮추며 물었다.

"응, 괜찮아." 나오미는 프런트 안쪽으로 몸을 옮겼다.

"실은 잠깐 상의할 게 있어. 네가 지금 이쪽으로 좀 와주면 좋겠는데."

"이쪽이라니, 예식팀 사무실?"

"응. 한창 바쁜 시간에 미안한데 과장님하고 얘기해본 결과, 너하고 상의하는 게 가장 좋겠다고 하셨어."

과장님이란 물론 예식팀의 과장님일 터였다.

"왜 나를?"

"그건 이쪽에 오면 말할게. 전화로 이야기할 만한 내용이 아니야. 부탁할게."

무슨 영문인지 알 수 없었다. 나오미는 연회부에서 근무한 적이 없기 때문에 그쪽 업무에 관해 자신과 상의한다는 건 생각할 수 없었다. 하지만 리에의 말투를 들어보니 그쪽에 뭔가 절박한 사정이 있는 건 분명한 것 같았다.

"알았어. 지금 바로 갈게."

"고마워. 기다릴게."

전화를 끊은 뒤에 나오미는 닛타에게 예식 코너에 다녀오겠다고 알렸다. 그는 여전히 힘이 없었다. 무슨 일이냐고 물어보는 일도 없이 조용히 고개만 끄덕였다.

에스컬레이터를 타고 2층에 올라가 예식 코너를 살펴보았다. 바로 앞 접수대에서 자그마한 몸집의 니시나 리에가 기다리고 있었다. 애교 있는 동그스름한 얼굴이 매력적이었지만 오늘은 표정이 환하지 않았다. 나오미를 보자 미안하다는 듯 고개를 숙이고 다가왔다.

"미안해, 무리한 부탁을 해서."

"아이, 괜찮아. 근데 무슨 일이야?"

"잠깐 이쪽으로 와봐."

접객용 테이블은 모두 비어 있었다. 그중 하나를 사이에 두고 두 사람은 마주 앉았다.

"우선 물어볼 게 있어. 그 사건은 어떻게 됐어?" 리에가 물었다.

"그 사건이라면……."

"우리 호텔에서 가까운 시일 내에 뭔가 범죄가 일어날 거라는 그 얘기 말이야. 우리 쪽에는 자세한 얘기를 해주지 않았지만 객실부에서는 알고 있지? 항상 너하고 함께 있는 남자, 형사라고 하던데."

"아, 응……." 나오미는 일단 몸을 숙인 다음에 다시 리에의 얼굴을 바라보았다. "그 얘기구나. 하지만 나는 그 형사를 도와주라는 지시만 받았기 때문에 자세한 건 몰라."

"하지만 전혀 모르는 건 아니잖니. 형사가 프런트 직원으로 위장하는 것을 도와줄 정도니까 약간의 정보는 알려줬겠지."

"그야 약간은. 하지만 함부로 입 밖에 내면 안 되는데……." 친구에게 속내를 감추는 건 괴로운 일이다. 말끝을 얼버무릴 수밖에 없었다.

"오해하지 마. 정보를 알려달라는 게 아니야. 그런 얘기는 하지 않아도 돼. 그 대신 네가 판단을 내려줬으면 좋겠어."

"판단이라니?" 나오미는 눈을 깜빡였다. 리에가 무슨 말을 하려는지 얼른 짐작이 가지 않았다.

"실은 지금 안쪽 사무실에 손님이 와 계셔. 이번 토요일에 우리 호텔에서 결혼식과 피로연을 하기로 한 손님이야." 리에가 목소리를 낮춰 말했다.

"근데 그 손님이 왜?" 나오미도 목소리를 낮췄다.

리에가 진지한 표정으로 몸을 조금 앞으로 내밀었다.

"일주일쯤 전에 우리한테 이상한 전화가 걸려왔어. 남자 목소리인데, 자기가 다카야마 게이코의 오빠다, 결혼식 스케줄 좀 확인해 달라, 그러는 거야."

"다카야마 게이코? 그게 누군데?"

"신부 이름이야. 지금 저 안에 와 있는 손님."

"근데 왜 신부 오빠가 여기로 전화를 했어?"

"그 사람이 하는 말로는 깜짝 이벤트를 준비하고 싶다는 거야."

"깜짝 이벤트?"

"여동생에게 비밀로 하고 엄청난 게스트를 초대했는데 그 게스트가 등장할 타이밍을 정하려면 자세한 스케줄이 필요하다, 그런 얘기야."

"어쩐지 수상한 얘기네."

“나도 그런 생각이 들더라니까. 결혼식 스케줄이라면 신부에게 직접 물어보면 되잖아. 이유는 대충 둘러대면 될 거고.”

“그래서 어떻게 했어?”

“지금 담당자가 자리에 없으니 돌아오는 대로 연락드리겠다면서 전화번호를 물어봤어. 그걸 알면 정말로 신부 오빠인지 아닌지 확인할 수 있잖아. 근데 그 남자가 하는 말이, 업무 중에 전화가 걸려오면 곤란하니까 자기 쪽에서 다시 걸겠다, 그러면서 전화를 끊어버리는 거야. 어때, 이상하지?”

“그 뒤에 또 전화가 왔어?”

리에는 고개를 저었다. “아냐, 그걸로 끝이었어.”

나오미는 고개를 끄덕이며 한숨을 내쉬었다. 예식팀에서는 이런 일이 자주 있는 모양이었다.

원래 결혼식은 행복을 상징하는 의식이지만 신랑 신부에게나 행복한 것일 뿐, 세상 모두가 진심으로 축복해주는 것만은 아니다. 평생의 반려자로 단 한 명의 이성을 선택한 이상, 당연히 다른 누군가는 그 선택에서 제외된다. 그중에 왜 내가 아닌가, 라는 불만을 품는 사람이 있다고 해도 그리 이상한 일은 아닐 것이다. 불만을 품는 정도에서 그친다면 괜찮지만 그것이 무서운 증오로 바뀔 경우에는 이야기가 복잡해진다. 어떻게든 결혼식을 망쳐보려고 온갖 못된 꾀를 내는 것이다. 그래서 예식팀에서는 상대의 신원이 확인되지 않는 한, 결혼식이나 피로연에 관한 문의에는 일절 대답하지 않는 것이 규칙이었다.

"그래서 나한테 상의할 일이라는 건 뭐야?" 나오미가 물었다. "그 정도 일이라면 너도 익숙해졌잖니?"

"그건 그렇지. 하지만 중요한 이야기는 이제부터야." 리에는 안쪽을 의식하는 듯하더니 심각한 눈빛으로 미간을 찡그렸다. "오늘 다카야마 씨가 신랑 없이 혼자 나왔길래 마침 잘됐다 싶어서 그 전화 이야기를 했어. 신랑 귀에 들어가면 아무래도 안 좋을 수가 있거든."

"그건 그렇겠다."

혹시라도 신부가 전 남자 친구와의 관계를 말끔히 정리하지 못한 것이 원인일 경우에는 자칫 혼담이 틀어질 수도 있다. 리에의 판단이 정확한 것이다.

"그랬더니 다카야마 씨는 오빠가 없다는 거야. 역시 신부 오빠를 사칭한 가짜였어."

"저런, 속아 넘어가지 않아서 정말 다행이다."

하지만 리에는 여전히 심각한 표정으로 고개를 저었다.

"근데 마음을 놓을 상황이 아니야. 다카야마 씨가 아예 바들바들 떨더라니까. 눈에 보일 정도였어. 내가 얼마나 놀랐는지."

"무슨 일이 있었대?"

"왜 그러느냐고 물었더니 역시 보통 일이 아니었어. 누군가 자꾸 자기 주위를 맴돈다는 거야. 너무 흥분한 상태여서 처음에는 무슨 말인지 알아들을 수도 없었어. 겨우겨우 달래서 이것저것 물어보는 사이에 사정을 알게 됐어. 그 끝에 이건 우리 선에서 해결할 수 없는 일이라는 얘기가 나온 거야."

"대체 무슨 일인데?"

리에는 혀끝으로 입술을 축이고 나오미의 눈을 빤히 쳐다보며 말했다.

"어떤 스토커가 신부 다카야마 씨를 노리고 있어."

나오미는 저도 모르게 헉 소리를 내며 숨을 삼켰다. "정말?"

리에는 고개를 위아래로 끄덕였다.

"다카야마 씨는 시내에서 혼자 살고 있어. 근데 요즘 우편물이 제대로 도착하지 않고 때로는 누군가 열어본 흔적이 남아 있기도 해서 어쩐지 꺼림칙했다는 거야. 하지만 증거도 없고 경찰에 신고해도 별로 대수롭지 않게 넘겨버리는 바람에 어떻게 하나 고민했었대."

나오미는 저도 모르게 등을 꼿꼿이 세웠다. 아무래도 사태가 심각한 것 같았다. 이야기를 들어본 바로는 분명 스토커 짓으로 생각할 수밖에 없었다.

"그럼 이번에 전화한 사람도 그 스토커?"

나오미의 물음에 리에는 고개를 끄덕였다.

"그렇게밖에 생각할 수 없잖아."

"신부 본인은 짐작 가는 게 없대? 스토커 짓을 할 만한 사람 말이야."

"물어보긴 했는데 짐작 가는 데가 없나봐. 하지만 예전에 어떤 책에서 봤는데 그런 일이 드물지 않다더라. 이름도 모르고 얘기해본 기억도 없는 남자가 자기 마음대로 누군가를 좋아해서 스토커 짓을 하는 일이 꽤 많대."

그런 이야기라면 나오미도 들은 적이 있었다.

"그 스토커가 다카야마 씨가 결혼한다는 걸 알고 어떻게든 방해하려고 한다는 이야기구나?"

"응. 하지만 평소 같으면 내가 그 정도 일로 당황하지는 않아. 결혼식을 취소한다는 가짜 전화가 걸려오고 결혼식 당일에 조전弔電이 날아오는 일도 있었으니까. 신랑에게 차인 여자가 상복 차림으로 식장에 나타난 적도 있었어."

아무 일도 아닌 것처럼 말하는 리에의 얼굴을 보며 예식팀 사무실도 정말 엄청난 전쟁터구나, 하고 나오미는 새삼 생각했다. 겉으로 보기에는 화려하지만 그와는 대조적으로 안에서는 온갖 일들이 터지는 것이다.

"근데 과장님과 상의해보니까 이번 일은 여느 때와는 상황이 다르다는 결론이 나왔어. 첫째로 상대의 정체를 알지 못한다는 것이 문제야. 이름이나 얼굴이라도 알면 사전에 우리 쪽에서 조심할 수 있잖아. 하지만 그걸 모르니 어떻게 손쓸 도리가 없어. 초대 손님인 척하면 누구라도 결혼식장과 피로연장에 접근할 수 있으니까. 경우에 따라서는 신부 대기실에도 들어갈 수 있어. 번듯하게 차려입고 오면 주위 사람들 역시 이상하게 생각하지 않을 거고."

"정말 그렇겠다."

"그리고 또 한 가지 마음에 걸리는 건 지금 우리 호텔이 처한 상황이야. 과장님은 경찰이 경계하고 있는 사건과 뭔가 관계가 있는 게 아니냐고 걱정하셨어. 최종적으로는 연회부장님이나 총지배인님과 상의해보겠지만 그 전에 네 의견을 좀 들어보려고 이렇게 부른 거야."

"그랬구나."

나오미는 그제야 용건을 이해했다. 이렇게 예민한 내용이니 리에의 말투가 신중해지는 것도 당연한 일이었다.

"어때, 관계가 있는 거 같아?" 다시금 확인하듯이 리에가 물었다.

십 초쯤 생각해본 뒤에 나오미는 입을 열었다.

"관계가 있는지 없는지는 나도 잘 모르겠어. 하지만 개인적인 의견으로는, 지금 바로 총지배인님과 연회부장님께 연락하는 게 좋겠다. 나는 나대로 형사에게 보고할게. 그럴 필요가 있을 거 같아."

리에의 눈에 긴장된 빛이 떠올랐다. "관계있을 가능성이 높다는 거구나."

"그건 나도 잘 모르겠다니까. 하지만 만일 관계가 있다면 정말 큰일이잖니." 나오미는 숨을 가다듬으며 친구의 눈을 지그시 바라보았다. "너니까 말해주는 건데 지금 형사들이 수사하고 있는 건 연쇄살인 사건이야. 이미 세 명이 살해됐어. 그리고 머지않아 네 번째 피해자가 이 호텔에서 나올지도 모른다고 형사들은 생각하고 있어."

23

벽에 나붙은 종이에 136명의 이름이 두 줄로 길게 이어졌다. 오른편 맨 위쪽에는 와타나베 가家, 왼편의 맨 위쪽에는 다카야마 가家라고 적혀 있었다. 각각 첫머리에는 와타나베 노리유키와 다카야마 게이코, 신랑과 신부 이름이 있었다.

이나가키가 메모지를 손에 들고 자리에서 일어섰다.

"양가의 결혼식은 토요일 오후 4시에 시작될 예정이다. 이 호텔 4층 결혼식장에서 거행되는데 좌석은 약 70석이다. 참석자가 그 이상일 경우에는 선 채로 결혼식을 지켜보게 된다. 현재로서는 약 80여 명이 참석 의사를 알려왔는데 실제로 얼마나 더 올지는 결혼식 당일이 되어야 알 수 있다. 결혼식에 참석하는 양가 친척에게는 오후 3시 30분까지, 그리고 친구와 지인들에게는 3시 50분까지 결혼식장으로 오라는 청첩장이 발송되었다. 결혼식은 약 이십 분 동안 진행될 것이다. 그 뒤에 신랑 신부는 사진 촬영에 들어간다. 피로연장은 5층 '호접실胡蝶室'이다. 2백 명까지 들어갈 수 있는 연회장이다. 약도를 받아 왔으니까 누구, 확대 복사해서 벽에 붙여 놓도록. 피로연은 오후 5시에 시작된다. 접수를 마친 참석자는 피로연장 옆 대기실에서 기다리게 될 것이다." 단숨에 말을 마친 뒤, 이나가키는 관리관 오자키와 십여 명의 수사관이 앉아 있는 회의실 안을 둘러보았다. "이상이 문제의 결혼식과 피로연의 개요다."

모토미야가 손을 들었다.

"이건 확인 사항인데요, 우리가 하는 수사에 대해서는 양가에 비밀로 해야겠지요?"

"물론 그렇다." 이나가키가 곧바로 대답했다. "이번 스토커가 우리가 쫓는 x4라는 증거는 아무것도 없다. 잘못 짚었을 경우에는 계속해서 이 호텔에서 잠입 수사를 해야 한다. 수사에 대한 이야기가 관계자 외의 사람들에게 새어나가서는 절대로 안 된다. 따라서 이번 특별 경비에 대해서도 양가 및 양가 친지들에게는 극비에 부칠 것이다. 신부에게는 호텔 측이 나서서, 경찰 관계자와 상의해 경비에 만전을 기하겠으니 안심하라는 정도만 전달하도록 했다."

"하지만 그렇게 되면 다카야마 게이코에게서 스토커에 관한 정보를 입수하기가 어렵지 않겠습니까? 우편물을 도난당하고 무단 개봉되기도 했다고 들었는데, 구체적으로 어떤 우편물을 노렸는지 조사해봐야 할 텐데요."

"그 점에 대해서는 미리 손을 써뒀어. 우선 호텔 직원을 통해 다카야마 씨에게 즉시 관할 경찰서에 신고하라고 했어. 신고가 들어온 시점에 수사관 둘을 보내 다시 한 번 다카야마 씨 본인에게서 상세한 진술을 들을 계획이야. 맨션에 감시 카메라가 설치되어 있다면 경비 회사에 연락해서 그 영상도 입수할 거야. 다카야마 씨와 직접 접촉하는 건 그 수사관들로만 한정했어. 그러니까 다카야마 씨가 호텔에 나타나도 다른 수사관들은 절대로 접근하지 않도록 한다."

다른 젊은 형사가 손을 들었다.

"신부가 경찰에 신고한다면 우리의 경비에 대해 양가 관계자에게 비밀로 할 필요는 없는 것 아닙니까?"

이나가키가 쓴웃음을 지으며 오자키 쪽을 돌아보았다. 그 눈짓을 보고 관리관 오자키가 천천히 입을 열었다.

"물론 경찰이 나선다는 말을 양가 사람들이 들으면 무척 고마워하겠지. 정말로 찾아올지, 혹은 애초에 존재하는지 어떤지도 확실치 않은 스토커를 막아주겠다고 경찰이 특별 경비를 서준다니 말이야. 그래서 무사히 결혼식과 피로연이 끝나면 아마 여기저기 떠들어댈 거야. 그리고 그 얘기를 들은 사람들은 이렇게 생각하겠지. 이다음에 내 주위에서 그 비슷한 일이 생기면 곧바로 경찰에 신고해서 경비를 서달라고 하자. 하지만 우리는 실제로 그런 신고에 일일이 대응할 수가 없어. 이번은 특별한 케이스야. 잘 기억해둬. 사람들이란 한번 맛있는 음식을 내놓으면 언제든지 또 내줄 거라고 믿어버려. 그러다가 그 기대가 어긋나면 불만을 털어놓는 거라고."

옆에서 듣고 있던 닛타는 참으로 적절한 비유라고 생각했다. 질문한 젊은 형사는 고개를 움츠렸다.

시곗바늘은 아직 오후 7시 전이었다. 평소 같으면 대부분의 형사는 각자의 담당 구역에 나가 있을 시간이었다. 이렇게 급히 소집한 것은 두말할 것도 없이 이번 스토커 소동이 아무래도 수상하다고 생각했기 때문이다.

닛타는 야마기시 나오미에게서 자세한 얘기를 들었지만 이나가키에게는 총지배인 후지키에게서 연락이 온 모양이었다. 이나가키가 오자키와 상의하여 긴급 회의가 열리게 된 것이다.

확대 복사한 결혼식장과 연회장 및 그 주변의 약도가 벽에 나붙었다. 이나가키가 그 앞에 섰다.

"그럼 당일의 경비에 대해 설명하겠다. 미리 말해두지만 그 스토커가 x4라는 것을 전제로 우리는 준비를 진행한다. 거꾸로 말하면 그자가 x4가 아니었을 경우, 우리는 행동에 나서지 않는다. 잘 들어라, 착각해서는 안 된다. 우리의 목적은 스토커의 결혼식 방해를 막으려는 것이 아니다. 그자가 만일 x4가 아니라면 설령 결혼식장에 연막탄을 던지건 피로연장에 발가벗고 뛰어들건 일절 나서지 않는다. 그럴 경우에는 호텔 경비에게 맡기면 된다. 이건 이미 호텔 측에도 전달한 내용이다."

이나가키의 말은 냉담하게 들렸지만 생각해보면 당연한 일이었다. x4를 체포할 때까지 잠입 수사 중이라는 사실은 절대 언론에 발설할 수 없는 것이다.

"여기서 문제는……." 오자키가 앉은 채로 발언에 나섰다. "과연 어떻게 그 스토커가 x4라는 것을 알아내는가 하는 점이다. 그래서 우선 그자가 x4였을 경우, 어떤 식으로 범행에 나설지 예측해볼 것이다. 그것이 가능하면 수사망을 펼쳐놓을 장소도 저절로 정해진다." 오자키는 거기서 말을 끊더니 그다음 이야기는 맡기겠다는 듯 이나가키를 올려다보았다.

"그 스토커가 x4일 경우, 지금까지의 흐름으로 보면 당연히 누군가를 살해하려고 할 것이다. 타깃은 신부 다카야마 게이코일 가능성이 높지만 신랑을 노리는 경우도 생각해야 한다. 그래서 신랑 신부가 둘이서만, 혹은 각자 혼자서만 있게 되는 때가 언제인지 정확하게 알아둘 필요가 있다. 이미 예식팀에서 자료를 받아 왔다. 신랑 신부가 혼자 있을 가능성이 있는 때는 우선 각자 옷을 갈아입을 때다. 대개는 곁에 호텔 담당자가 붙어 있지만 그래도 세심하게 주의할 필요가 있다. 그다음은 결혼식 직전의 신랑 신부 대기실이다. 개인실로 되어 있어서 빈틈을 노려 침입해 잽싸게 살해한 뒤에 빠져나가는 것도 전혀 불가능한 건 아니다. 결혼식 후 피로연 때까지 신랑 신부는 둘이서만 대기실에 있게 된다. 대강 말하면 이상과 같지만, 신랑 신부가 혼례복을 벗고 다른 옷으로 갈아입기 위해 잠시 자리를 떠났을 때, 화장실에 갔을 때 등의 아주 짧은 동안에도 범행 가능성이 있다. 아무튼 다양한 가능성을 상정하면서 그에 따른 경비 방법을 강구해나가고자 한다."

기합이 담긴 이나가키의 설명이 끝나자 각 수사관의 역할을 분담했다. 기본적으로는 호텔 직원이나 초대 손님 속에 위장한 수사관을 투입하는 것이지만 그 수는 아무래도 제한적일 수밖에 없었다. 아무 일도 하지 않고 빈둥거리는 호텔리어가 너무 많은 것도 부자연스러운 일이고, 그건 호텔 평판에도 영향을 끼칠 수 있다. 그렇다고 초대 손님으로 위장한 수사관 수를 늘리면 진짜 초대 손님들이 눈치채고 떠들어댈 우려가 있었다.

"식장이나 피로연장 주변은 소수 정예로 가는 수밖에 없어." 수사관들의 대화를 들은 뒤에 오자키가 결론을 내리듯이 말했다.

"그다음은, 결혼식 당일까지 얼마나 많은 단서를 확보하느냐에 달렸어. 스토커의 정체가 일찌감치 판명되면 그게 가장 이상적일 텐데 말이야."

물론입니다, 라고 이나가키도 동의했다.

여기서 닛타가 손을 들었다. "한 가지, 질문해도 되겠습니까?"

무슨 질문이냐는 얼굴로 오자키와 이나가키가 동시에 닛타를 보았다.

"결혼식 당일 저는 어디에 있으면 됩니까?"

닛타의 질문에 이나가키는 의견을 청하듯이 오자키를 보았다.

"자네는 계속 프런트에 있어야지." 오자키가 시원스레 말했다. "당연하잖아, 자네는 프런트 직원이야."

닛타는 고개를 내저으며 피식 웃었다. 물론 정말로 우스웠던 게 아니다. 자신을 놀린다고 생각한 것이다.

"잠깐만요. 어차피 몇몇은 직원으로 위장할 거잖아요. 누가 봐도 번듯한 호텔리어로 보여야 한다고요. 그렇다면 호텔리어로 이미 익숙해진 제가 그 임무를 맡는 게 낫지 않겠습니까?"

이나가키가 쓴웃음을 흘렸다. 닛타가 이런 말을 꺼내리라는 걸 미리 짐작했는지도 모른다.

하지만 오자키는 무표정한 얼굴로 말했다.

"자네는 프런트 직원이야. 객실부 사람이란 말이야. 결혼식이나 피로연은 연회부가 할 일이지. 그곳에 다른 부서 사람이 와 있으면 이상하잖아."

"그걸 외부인이 알 리가 없죠."

"아니, 그렇지 않아. 이번 스토커가 x4일 경우, 당연히 몇 번에 걸쳐 사전 조사를 했을 거야. 프런트 앞을 지나면서 자네 얼굴을 봤을지도 모른단 말이야. 그런데 프런트 직원이 갑작스럽게 연회부 일을 하고 있으면 수상하게 생각하지."

"설마 그렇게까지 눈치가 빠를 리는……."

"실제로 그렇게 눈치가 빠르면 어쩔 거야?" 오자키가 쏘아보며 말했다. "자네 때문에 x4가 범행을 포기할 경우, 우리는 영원히 그 자를 체포하지 못할 수 있어. 자네, 그걸 어떻게 책임지겠나?"

닛타는 입을 다물었다. 반론할 말이 떠오르지 않았다.

게다가, 라고 오자키는 문득 온화한 표정이 되어 말을 이었다. "이번 스토커가 반드시 x4라고 결론이 난 게 아니야. 잘못 짚었을 경우에는 지금까지 해왔던 대로 잠입 수사를 계속할 필요가 있어. 아니, 그게 문제가 아니지. 이 결혼식이 진행되는 동안 진짜 x4가 프런트에 찾아올지도 몰라. 닛타 자네에게는 자네의 일, 자네가 아니면 할 수 없는 역할이 있어. 부디 그쪽에 집중하도록 해." 명백하게 위로하는 어조였다.

"알겠나, 닛타?" 이나가키가 재차 다짐을 했다.

닛타는 작은 소리로 네, 라고 대답했다.

잠시 뒤 닛타는 회의에서 해방되었지만 결혼식 당일의 경비에 관한 회의는 계속 이어졌다. 그 임무에 직접 나서지 않는 자들은 각자의 구역으로 돌아가야 했기 때문이다.

가슴속에서는 불만이 점점 커져갔다. 이번 잠입 수사에 누구보다 자신의 공로가 크다는 자부심이 있었다. 단기간의 교육으로 익숙지 않은 호텔 업무를 수행할 수 있었던 것은 최전선에서 살인사건과 대치한다는 보람 때문이었다. 그런데 그런 기개가 완전히 무시되고 있었다. 사건의 실상에 대해 꽤 오랫동안 자신에게만 비밀로 했던 것도 섭섭한 일인데, 이번에는 학수고대하던 용의자가 드디어 나타날지도 모르는 상황에 가장 중요한 경비 역할에서 배제되다니, 이게 무슨 말도 안 되는 일인가. 자신은 대체 뭐란 말인가. 단순한 장기말이라는 것을 받아들인다고 해도 장기말 역시 나름대로 프라이드라는 게 있는 법이다.

답답한 마음을 안은 채 프런트로 돌아왔다. 두 명의 프런트 직원이 있을 뿐 야마기시 나오미의 모습은 보이지 않았다. 그만 퇴근했는가 싶어 물어보니 사무동에 갔다고 한다.

"뭔가 조사해본 뒤에 퇴근하신다고 하던데요?" 젊은 프런트 직원이 알려주었다.

닛타는 고개를 끄덕하고 발길을 돌렸다. 야마기시 나오미가 무엇을 조사한다는 걸까. 아무래도 마음에 걸려 다시 사무동에 가보기로 했다.

사무동에 들어가 계단 대신 엘리베이터로 3층까지 갔다. 계단으로 가면 아직 회의 중인 동료들과 마주칠 우려가 있었기 때문이다.

객실부 사무실에 가보니 아니나 다를까 컴퓨터를 마주한 야마기시 나오미의 뒷모습이 보였다. 인기척을 느꼈는지 그녀가 돌아보았다. 닛타를 보더니 웃으며 인사를 건넸다.

"뭘 조사하고 있어요?"

"별거 아니에요. 아마추어가 할 수 있는 일이라야 뻔하죠. 그래도 아무것도 안 하는 것보다 낫겠다 싶어서요. 닛타 씨는 회의한다고 가버렸고 해서."

"그건 내 질문에 대한 대답이 아닌데요?" 닛타는 컴퓨터 화면을 들여다보았다. 그곳에 떠 있는 것을 보고 미간을 찌푸렸다. 전혀 예상도 못한 것이었기 때문이다. "도쿄 지하철 노선도를 조사해서 뭐하려고요?"

야마기시 나오미는 미소를 지은 채 서류를 내밀었다. "이건 피로연 때 쓸 사회자 원고예요. 사실은 보여드리면 안 되지만, 경찰은 여기가 아니라도 얼마든지 입수할 수 있죠?"

닛타는 서류를 받아 급히 훑어보았다. 거기에 적혀 있는 것은 신부 다카야마 게이코의 약력이었다. 학력 및 소속된 동아리, 직장, 나아가 전직했던 이력까지 상세히 기록되어 있었다.

"이것과 도쿄 지하철 노선도가 무슨 관련이 있어요?" 닛타가 물었다.

"스토커의 행동반경을 추리해보려고요."

"행동반경을? 어떻게?"

야마기시 나오미는 약력의 일부를 손끝으로 짚으며 말했다.

"다카야마 씨는 후쿠시마 현 출신인데 대학 졸업 후 취직을 하려고 도쿄에 왔어요. 그 뒤로 고엔지에 소재한 맨션에서 자취하면서 지금까지 두 군데의 회사에 다녔어요. 만일 그 스토커가 다카야마 씨가 알지 못하는 사람이라면 과연 두 사람의 접점이 어디에 있을지 생각해봤어요. 물론 두 사람이 마주칠 가능성이 있는 장소는 무수히 많지만 그 남자가 스토커가 된 걸 보면 상당히 빈번하게 마주칠 만한 곳이었을 거예요. 수없이 마주쳤는데도 여자 쪽에서는 그걸 눈치채지 못했죠. 그렇다면 대략 어떤 장소일 거라고 생각해요?"

그녀가 하려는 말이 뭔지 닛타도 이해가 되었다. 그렇구나, 하고 내심 감탄했다.

"출퇴근하는 코스 중 어딘가…… 이를테면 날마다 타고 다니는 지하철이라든가?"

야마기시 나오미는 바로 그거라는 듯 턱을 크게 끄덕했다.

"다카야마 씨가 현재 근무하는 회사는 이케부쿠로에 있고, 전에 다니던 회사는 요쓰야였어요. 본인에게 확인하지 않고서는 정확히 말할 수 없지만 아마 내내 주오선 지하철을 이용했을 거예요. 예전에는 직통으로 요쓰야까지 다녔고, 요즘은 신주쿠에서 야마노테선으로 갈아타고 이케부쿠로까지 출퇴근을 했겠지요."

"그렇다면 주오선 승객 중에 스토커가 있다는 건가요?"

"아뇨, 그런 거라면 꽤 오래전부터 괴롭힘을 당했겠죠. 다카야마 씨가 현재의 회사로 옮긴 게 1년쯤 전이에요. 그 바람에 출퇴근 코스가 약간 달라지면서 스토커를 만나게 된 게 아닌가 싶은데요."

"그럼 결국……." 닛타는 노선도를 바라보며 말했다. "신주쿠에서 야마노테선으로 갈아타고 이케부쿠로로 향하는 도중이라는 얘기군요."

"어디까지나 아마추어의 추리일 뿐이에요. 하지만 가능성이 높지 않을까요. 다른 사건 현장과 균형이 맞기도 하고."

"균형?" 닛타는 야마기시 나오미의 얼굴을 바라보았다. "뭡니까, 균형이라는 게?"

그러자 그녀는 약간 머뭇거리며 자판을 두드렸다. 이내 화면에 나타난 것은 도쿄 도의 지도였다.

"첫 번째 사건이 일어난 곳이 시나가와였죠? 그리고 두 번째 사건은 센주신바시, 세 번째 사건은 가사이 인터체인지 부근에서 일어났어요. 나는 이 배치에 뭔가 의미가 있을 거라고 생각했어요. 그래서 이래저래 시도해보다가 굉장한 것을 발견했어요."

"뭔데요?"

야마기시 나오미는 책상 위에서 30센티미터 자를 꺼내 화면상의 지도에 댔다.

"이것 좀 보세요. 센주신바시와 시나가와를 선으로 이어보면 그 선의 정확히 중간 지점에 우리 호텔이 있어요."

닛타는 눈이 커지더니 화면에 얼굴을 바짝 댔다. 그런 건 지금까지 아무도 생각하지 못했다. 어쩌면 그녀의 말대로 굉장한 발견인지도 모른다.

하지만 잠시 뒤에 닛타는 실망할 수밖에 없었다. 재는 방법이 정확하지 않다는 것을 깨달았기 때문이다. 잠깐 실례, 라고 말하고 그는 자신이 직접 자를 대보기로 했다.

"사건 현장의 지도는 구멍이 뚫릴 만큼 들여다봐서 나도 꽤 정확하게 기억하고 있어요. 엄밀하게 재면 이렇게 됩니다. 양 지점의 중간점은 도쿄 역 근처예요."

"도쿄 역이라면 이 호텔 바로 옆이라고 볼 수 있잖아요." 야마기시 나오미는 약간 불끈한 것 같았다.

"알았어요. 일단 당신의 의견을 들어보죠."

그녀는 고개를 끄덕하고 다시 직접 자를 화면에 댔다.

"세 번째 사건이 일어난 가사이 인터체인지 부근과 이 호텔을 선으로 연결해요. 그리고 그대로 똑같은 거리를 연장하면 바로 신주쿠 서쪽 출구 부근이에요."

닛타는 저도 모르게 입이 떡 벌어졌다.

"그렇다면 스토커가 다카야마 게이코 씨를 만난 곳이 신주쿠 근처라는 얘기인가요? 그렇군요. 아닌 게 아니라 장소의 균형은 딱 맞네요."

"만난 장소와 사건 현장이 거의 십자 모양으로 연결돼요. 어때요, 굉장한 발견이죠?" 야마기시 나오미가 눈을 반짝이며 물었다.

닛타는 바지 호주머니에 손을 꽂고 어깨를 으쓱했다. "아뇨, 미안하지만 그렇게 보기는 어려운데요."

"왜요? 이게 단순한 우연이라는 건가요?"

예에, 라고 대답하며 닛타는 고개를 끄덕였다. "단순한 우연일 뿐이에요."

야마기시 나오미는 받아들일 수 없다는 얼굴로 화면을 빤히 바라보았다. "그런가?"

"예를 들어 그 스토커가 다카야마 게이코 씨의 목숨을 노리고 있었다고 합시다. 범행 장소로 이 호텔을 선택한 것은 다카야마 씨가 이곳에서 결혼식을 올릴 예정이기 때문이겠지요. 하지만 이 호텔에서 결혼식을 하기로 결정한 사람은 다카야마 씨와 신랑 와타나베 씨예요. 스토커가 이 장소를 선택한 게 아니죠."

"그래도……."

"이제 그만하죠." 닛타는 그녀의 말을 가로막으며 손을 내저었다. "대체 왜 이러고 있어요? 왜 당신이 이번 수사에 자꾸 머리를 들이밀죠? 당신은 나를 도와주기만 하면 되잖아요. 호텔을 위해 하는 일이라는 건 알지만, 수사는 우리 프로들에게 맡기세요."

갑작스러운 말에 멍해진 채 야마기시 나오미의 시선이 허공에서 허우적거렸다. 하지만 이내 눈을 깜빡거리더니 호흡을 가다듬으며 닛타를 바라보았다.

"호텔을 위해 하는 일이라는 건 틀림없어요. 하지만 조금이라도 닛타 씨에게 도움이 될까 하고……."

허를 찌르는 말이었다. 닛타는 당황스러웠다. "어째서……."

"오늘 아침부터 내내 기분이 좋지 않으신 것 같아서 아마 수사가 잘 풀리지 않는 모양이라고 걱정했어요. 그래서 다카야마 게이코 씨 이야기를 동료에게서 들었을 때도 가장 먼저 닛타 씨에게 말했던 거예요. 그 밖에도 내가 할 수 있는 일이 없을까 궁리하다 보니 방금 그 생각이 나서……."

"나 같은 형사한테만 맡겨두면 일이 해결되지 않으니까 자신이 직접 나서서 단서를 가르쳐주겠다는 겁니까?"

"아뇨, 그런 게 아니라……."

"아무튼 당신이 이런 잔업까지 할 필요는 없어요. 어서 퇴근하시죠. 부탁합니다." 머리를 숙인 뒤, 닛타는 야마기시 나오미에게 등을 보였다. 성큼성큼 걸음을 옮기면서 다들 나를 바보로 아는구나, 하고 속으로 투덜거렸다. 하지만 마음 한편으로는 그런 자신에게 화가 나기도 했다.

24

노세의 둥글둥글한 얼굴이 로비에 나타난 것은 오전 11시를 막 넘어선 무렵이었다. 체크아웃 시각이 지나면서 프런트에 찾아오는 손님이 줄어들고 있었다.

노세는 닛타를 향해 끄덕 인사를 건네고 창가 소파까지 이동해 양복 안에서 핸드폰을 꺼냈다. 버튼을 꾹꾹 누르더니 귀에 댔다. 잠시 뒤에 닛타의 상의 안쪽에서 핸드폰이 울렸다.

노세의 번호를 확인하고 전화를 받았다. "네."

"나야, 노세." 그러고는 전화기를 들지 않은 다른 쪽 손을 흔들었다. 얼굴에는 살살거리는 미소가 떠 있었다.

"알아요. 다 보입니다." 일부러 냉랭한 말투로 대꾸했다.

"잠깐 얘기 좀 할 수 있을까? 이래저래 자네하고 상의할 게 있어서 말이야."

"변명이라면 지난번에 들었어요. 이제 됐다고 얘기했을 텐데요."

"그런 게 아니야. 상의할 게 있다니까. 십오 분, 아니, 십 분이면 돼."

닛타는 전화로도 들릴 만큼 크게 한숨을 내쉬었다.

"나하고 상의해서 어떻게 하시려고요? 그걸 다시 윗선에 보고하려고요?"

"에이, 아냐. 그런 짓은 안 하지."

"괜찮아요, 보고하셔도. 그게 부하의 도리겠죠. 문제는, 보고하지 않겠다는 둥의 거짓말을 하는 거예요."

"그 일에 대해서는 나도 정말 미안하고 마음이 괴로워. 사과가 부족했다면 내가 무릎을 꿇든 뭐든 다 할게. 지금 여기서 할까?" 노세는 닛타 쪽을 똑바로 바라본 채 소파에서 엉덩이를 쳐들려고 했다. 그대로 두면 정말로 바닥에 엎드려 무릎을 꿇을 기세였다.

"왜 이러세요, 내가 지금 그런 얘기를 하는 게 아니잖아요."

"그렇다면 나를 믿어줘. 앞으로 거짓말은 절대 안 해. 내가 그럴 각오로 말하는 거야. 꼭 상의할 게 있어. 상사들에게는 비밀로 하는 얘기야." 노세의 말투에는 기타간토 지역의 사투리가 약간 섞여 있고 게다가 혀도 매끄럽지 않아 발음이 어눌했다. 그런 그가 살살

타이르듯이 느릿하게 말을 건네오니 왠지 무척 성실하게 들렸다.

부탁할게, 라고 노세가 말했다. 소파에 앉은 채 머리를 숙이고 있었다.

닛타는 다시금 한숨을 내쉬었다.

"알았어요. 2층 예식 코너로 오세요. 전에 전화 트릭에 대해 이야기했던 곳이에요."

"알았어. 고마워." 전화를 끊은 뒤, 노세는 흐뭇한 표정이 되어 다시금 머리를 숙였다.

핸드폰을 안주머니에 넣으려는데 옆에서 시선이 느껴졌다. 돌아보니 야마기시 나오미가 뭔가 미심쩍은 얼굴로 바라보고 있었다.

"저분하고 무슨 일이?" 그렇게 말하며 그녀가 멀리 던진 시선 끝에서 노세가 마침 자리를 뜨고 있었다. "닛타 씨, 꽤 강경하게 말씀하시는 것 같던데."

"미안해요. 일에 방해가 됐어요?"

"그런 건 아니지만…… 저분은 같이 일하는 형사분이시죠?"

"그래요. 잠깐 회의 좀 하고 올게요. 여기, 부탁해요."

"아, 네."

야마기시 나오미의 시선을 느끼면서 닛타는 프런트를 떠났다. 간밤에 주고받은 대화가 생각나 영 거북스럽고 창피하기도 했다. 그녀는 닛타를 진심으로 걱정해서 뭔가 할 수 있는 일을 찾아보려고 열심히 머리를 굴렸을 터였다. 지금까지 일어난 세 가지 살인사건의 현장과 이 호텔의 위치 관계에 착안한 그녀의 의견은 빗나간 것이기는 하지만, 억지로 끼워 맞춘 것이라도 네 사건을 한데 연결해보려고 한 그 추리력이 훌륭하다고 할 수 있었다.

하지만 그런 그녀에게 감사나 위로의 말을 해주기는커녕 오히려 차갑게 대해버렸다. 그것 때문에 계속 뒷맛이 씁쓸해서 휴게실에서도 잠이 잘 오지 않았다.

오늘 아침에는 얼굴을 마주하기가 껄끄러웠지만 야마기시 나오미 쪽에서 먼저 웃는 얼굴로 인사해주었다. 전혀 아무것도 마음에 걸리지 않는 것처럼 보였다. 물론 그녀도 속이 편할 리 없을 터였다.

기회가 닿는 대로 어젯밤 일은 사과해야겠다고 에스컬레이터로 2층에 올라가면서 닛타는 생각했다.

예식 코너 앞쪽 자리에 노세가 다소곳이 앉아 있었다. 다른 사람은 없었다. 사무실 문을 바라보며 니시나 리에는 안에 있을까, 하고 생각했다. 문제의 결혼식을 담당하고 있는 그 여직원 이름은 야마기시 나오미가 알려주었다.

닛타가 맞은편에 앉자 노세는 목을 움츠려 보였다. "바쁠 텐데 미안해."

"별로 바쁠 것도 없네요. 아, 원래 내 직업 쪽 말이에요. 그보다 할 이야기라는 건 뭡니까?"

"아니, 그 전에 우선……." 노세는 테이블에 양손을 짚고 머리숱 적은 정수리를 내보이며 고개를 숙였다. "정말로 미안했어. 다시 한 번 사과할게."

닛타는 그만 지겨워졌다. 대체 몇 번이나 머리를 숙여야 속이 시

원하다는 건가.

"이제 됐다니까요. 진짜 끈질기시네."

노세는 손을 짚은 채 얼굴만 들고 닛타를 올려다보며 처량한 표정을 지었다.

"아니, 정말로 미안해서 그래. 내가 상사의 명령을 거스를 수도 없고 해서……."

"예, 알아요. 그러니까 이제 됐다고 내가 몇 번이나 말했잖아요."

노세가 그제야 몸을 일으켰다.

"하지만 이대로는 나도 마음이 개운하질 않아. 어떻게든 닛타 씨에게 힘이 될 수 없을까 하고 어제부터 내내 생각하던 참이야."

"내게 힘이 되다니, 그게 무슨 말입니까?"

"그 말 그대로 받아들이면 돼. 닛타 씨, 뭔가 조사할 게 있으면 나한테 다 말해. 어떤 일이든 내가 도와줄게. 데시마의 알리바이를 딱 맞춘 것처럼 x4인가 하는 놈의 정체도 둘이서 알아내자고."

닛타는 노세의 둥글둥글한 얼굴을 노려보았다.

"그거, 진심으로 하시는 말씀입니까?"

"물론 진심이야. 이런 말은 자꾸 되풀이할 것도 없지만, 이번은 정말이지 상사에게도 절대 말 안 해. 그건 약속할게."

닛타는 한쪽 입가를 구기며 슬쩍 고개를 저었다. "상의하자는 게 그거예요?"

"그래, 난 어떻게든 닛타 씨가 수훈을 세웠으면 좋겠어."

"그렇다면 그만 돌아가세요. 나는 담당 구역으로 가겠습니다."

닛타는 자리에서 일어섰다.

노세도 엉거주춤 몸을 일으켰다. "닛타 씨……."

"잘 모르시겠지만 이곳 현지 대책 본부에서는 x4에 대한 중대한 단서를 잡고 현재 수사관들이 대거 준비 중이에요."

노세의 가느다란 눈이 살짝 커졌다. "정말이야? 어디서 그런 단서가……."

"여기요." 닛타는 아래쪽을 손끝으로 가리켰다. "여기 예식 코너에서요."

무슨 말인지 얼핏 알아듣지 못했는지 노세는 바닥을 바라보며 눈만 깜작였다.

닛타는 피식 웃음을 흘렸다.

"근데요, 다른 수사관들은 지금 의욕이 넘쳐서 펄펄 날고 있는데 나는 완전히 찬밥 신세예요. 지금까지 해온 대로 프런트에 서서 호텔 손님이나 상대하라는군요. 머지않아 x4는 잡힐지도 모르지만 수훈을 세우는 건 나 아닌 다른 누군가가 될 겁니다."

"하지만 그 단서가 맞을지 틀릴지는 아직 모르잖아? 그게 반드시 x4라는 확증이라도 있어?"

"그런 건 없지만……."

"그렇다면 우리는 다른 방향에서 공략해보자고. 반드시 어딘가에 돌파구가 있을 거야."

"이제 됐어요. 관두죠." 닛타는 손을 내젓고 출구를 향해 걸음을 뗐다.

"아, 잠깐." 예식 코너를 막 빠져나가는데 노세가 뒤쫓아와 닛타 앞에 섰다. "시나가와 사건에 대해 알려줄 게 있어. 이 건은 닛타 씨 담당이기도 하니까 무시는 못할 거야."

닛타는 넌더리가 난다는 듯 고개를 돌려버렸다. "대체 뭔데요?"

"x1이 이용한 피시방을 데시마도 몇 번 이용했다는 증언을 얻어냈어. 사이타마에 있는 피시방이야. 직원이 얼굴을 기억하고 있더라고."

"그거 참 다행이군요. 한 걸음 전진했네요."

별로 관심이 가지 않는 이야기였다. 시나가와 사건 따위, 닛타에게는 이미 끝나버린 일이었다. 아마 오자키나 이나가키도 마찬가지일 터였다.

닛타는 다시 걸음을 옮기려고 했지만 노세가 앞을 가로막았다.

"잘 알겠지만 x1뿐만 아니라 x3과 x4도 피시방을 이용했어. 자기 집 컴퓨터를 쓴 사람은 x2, 즉 노구치 야스히코뿐이야."

"그게 어떻다는 거예요?"

"이 모든 계획을 짠 건 처음에 이 일을 제안한 그 x4라는 자야. 근데 x4는 자신은 일부러 피시방을 이용하면서도 왜 x2에게는 그렇게 하라고 지시하지 않았을까? 자기 편 중에서 한 명이라도 메일 기록을 남겨놓는 사람이 있으면 이 계획은 깨지는데 말이야."

"일부러 지시할 것도 없는 일이라고 생각했겠죠."

"그럴까? x4는 머리가 상당히 뛰어난 인물이야. 게다가 신중하기도 하지. 굳이 지시할 것도 없는 일이라고 해도 일단 확인은 하지 않았을까?"

닛타는 대답이 궁해졌다. 노세가 하는 말은 설득력이 있었다.

"x4는 x2가 자기 집 컴퓨터를 사용한다는 것을 알면서도 일부러 그걸 말리지 않았다는 건가요?"

노세는 웬일로 험상궂은 표정이 되어 고개를 끄덕였다.

"음, 나는 그랬을 거라고 생각해."

"무엇 때문에요? 왜 일부러 그런 위험한 짓을 하죠?"

"바로 그거야. 왜 그런 위험한 짓을 했는가. 나도 이유는 모르겠지만, 그렇게 하는 게 x4에게 뭔가 더 유리했던 거 아니겠어?"

닛타는 미간을 찡그리고 바닥에 시선을 떨구었다. 어딘가 엉뚱한 얘기라고 생각했다. 하지만 이런 역발상이 퍼즐을 푸는 열쇠가 된다는 건 분명했다.

"어때?" 노세가 닛타의 얼굴을 들여다보며 물었다. "닛타 씨의 뇌세포, 지금 엄청나게 자극 받았지?"

닛타는 흥 하고 코웃음을 쳤다. "이상한 소리 하지 마세요."

"그래도 벌써 촉각을 곤두세우고 추리를 시작하고 있는데? 얼굴에 다 쓰여 있어."

"천만의 말씀이에요. 재미있는 얘기라고는 생각했지만요."

노세는 눈이 실처럼 가늘어지더니 빙긋이 웃었다.

"그렇다면 다행이야. 어때, 닛타 씨. 이 문제, 우리 둘이 한번 뛰어볼까? 특수 수사본부의 어느 누구도 이런 생각은 못해. 그러니까 우리끼리 자유롭게 달려들 수 있다고."

"달려들어본댔자 뭘 어떻게 해야 할지……."

"생각하는 거야. 닛타 씨의 그 훌륭한 두뇌로. 닛타 씨라면 틀림없이 답을 찾아낼 수 있어."

별 시답잖은 공치사를, 이라고 닛타는 내뱉으려고 했다. 하지만 노세의 얼굴을 보고 그 말을 꿀꺽 삼켰다. 그의 입가는 웃고 있지만 가느다란 눈에는 진지한 빛이 깃들어 있었다.

"그럼 난 이만 가볼게." 닛타의 침묵에 자신의 목적이 이루어졌다고 생각했는지 노세는 은근한 인사를 건네고 에스컬레이터로 향했다.

그 뒷모습을 지켜보며 닛타는 혼자 중얼거렸다. "다 쓸데없네요." 재미있는 착상이기는 하지만 그런 세세한 일을 붙들고 있어봤자 범인을 체포하는 데까지는 도저히 가닿을 수 없다. 설령 뭔가를 알아낸다고 해도 그때쯤이면 오자키가 지휘권을 잡고 인해전술을 구사하는 수사팀 쪽에서 이미 성과를 거둔 다음일 것이다.

가만히 고개를 내저으며 닛타는 걸음을 옮겼다. 이때 에스컬레이터를 타고 한 여자가 올라왔다. 호텔 유니폼을 입고 있었다. 그녀는 닛타를 보더니 표정이 굳은 채 멈춰 섰다. 닛타는 그녀의 가슴팍을 보고 멈칫했다. 이름표에 '니시나'라고 적혀 있었다.

"당신이 니시나 리에 씨예요?"

그녀는 고개를 끄덕였다. "야마기시에게서 얘기 들으셨어요?"

아무래도 닛타가 경찰이라는 것을 알고 있는 모양이었다.

"들었습니다. 현재 대책을 강구하는 중이에요."

"다행이네요. 잘 부탁드립니다. 잠시 뒤에 다카야마 씨에게 저희 호텔에서도 최선을 다해 경계하겠다고 말씀드리려구요."

"잠시 뒤에? 오늘 다카야마 씨가 이쪽으로 나오기로 했어요?"

"네, 결혼식 문제로 최종 확인 작업이 있거든요."

"몇 시쯤이죠?"

닛타가 덤비듯이 묻는 바람에 니시나 리에는 당혹스러운 얼굴로 흠칫 뒷걸음질을 쳤다. "약속한 시간은 2시인데……."

"2시란 말이죠. 알겠습니다."

닛타는 고개를 끄덕이며 현재 시각을 확인하고, 다시 에스컬레이터를 향해 걸음을 옮겼다.

25

에스컬레이터를 타고 1층으로 내려온 통통한 중년 남자는 곧장 로비를 가로질러 지하로 가는 계단으로 향했다. 닛타의 모습은 보이지 않았다. 나오미는 급히 프런트를 나와 중년 남자의 뒤를 잰걸음으로 따라갔다.

남자는 느긋하게 계단을 내려가고 있었다. 그 등에 대고 말을 건넸다. "저어, 손님."

남자의 발이 멈췄다. 나오미 쪽을 돌아보고는 어라, 하는 얼굴이 되었다. 당신은, 이라고 말하더니 남자는 목소리를 낮춰 "닛타 씨하고 함께 일하는 분?" 하고 물었다. 나오미는 고개를 끄덕이고 명함을 꺼내 내밀었다. "야마기시라고 합니다."

남자는 당황한 기색으로 품속을 뒤졌지만 이내 떨떠름한 얼굴을 보였다. "아차차, 명함이 떨어졌네."

"괜찮습니다. 닛타 씨에게서 어떤 분이신지 들었어요."

"그랬군요. 흠, 야마기시 씨라고 하셨지요?" 명함을 쳐다보며 말한 뒤, 그는 노세라고 이름을 댔다. 시나가와 경찰서 형사과 소속이었다. "그런데 나한테 무슨 볼일이신지?"

"실은 닛타 씨 일로 여쭤볼 게 있어요. 지금 잠깐, 괜찮으실까요?"

"아……." 노세는 당혹스러운 기색이었지만 곧바로 사람 좋은 웃음을 지었다. "예, 괜찮아요. 다만 내가 답을 드릴 수 있을지 어떨지는 모르겠군요."

"그래도 좋습니다. 고맙습니다." 계단 중간에서 멈춰선 채 나오미는 머리를 숙였다.

지하 메인 바는 아직 개점 전이었지만 나오미는 개의치 않고 노세를 안으로 안내했다. 입구 바로 앞에 대기실이 있었기 때문이다.

"호텔 바에 들어와보는 건 처음이네." 노세가 신기하다는 듯 벽 인테리어 장식 등을 구경하며 말했다.

"바는 좀 더 안쪽이에요."

"아, 그런가? 와아, 여기 비싸겠군요." 노세는 컴컴한 안쪽을 살펴보며 연신 감탄했다.

"저어, 노세 씨……."

"아, 예." 노세는 등을 바짝 세우고 손을 무릎 위에 단정히 올렸다. "무슨 일인가요?"

나오미는 숨을 가다듬은 뒤 말을 꺼냈다.

"제가 참견할 일은 아닌지도 모르지만, 혹시 닛타 씨에게 무슨 일 있었나요?"

"예?" 노세는 허를 찔린 듯 동요하는 빛을 보였다. "왜요?"

"요즘 어쩐지 컨디션이 좋지 않아 보여요. 구체적으로는 어제 아침부터예요. 전혀 일에 집중하지 못하고 계속 답답해하는 기색이에요. 그저께 밤에 무슨 일이 있었습니까?"

아하, 라고 노세는 입을 동그랗게 벌렸다. "그렇습니까. 아하, 거참, 그랬군요."

"역시 무슨 일이 있었던 모양이군요. 수사가 잘 안 풀리는 거예요?"

노세는 얼굴을 찌푸리며 짤막한 팔짱을 끼더니 끄응, 하는 소리를 냈다.

"딱히 나쁜 일이 있었던 건 아니고요. 수사 자체는 진전이 있었어요. 다만 말이죠, 닛타 씨가 원하는 형태로는 되지 않았다고 할까, 닛타 씨가 알지 못하는 사이에 일이 흘러가버렸다고 할까……."

혀가 점점 더 꼬이고 있었다.

"무슨 말씀이신지……. 수사가 잘되고 있다면 좋은 일 아닌가요?"

"뭐, 보통 생각하면 그렇긴 한데요. 닛타 씨의 경우에는 특별히 호텔리어로 위장해서 잠입 수사까지 하고 있으니 뭔가 좀 남보다 수훈을 세우고 싶은 마음이 들기도 하겠지요. 그 심정은 충분히 이해가 돼요."

"그러니까 이런 말씀인가요? 수사는 진전되었지만 그건 닛타 씨가 호텔리어로 위장한 것과는 관계가 없었다, 이대로 가면 사건이 해결된다 해도 닛타 씨의 수훈은 아니다, 그리고 그게 마음에 안 들어서 닛타 씨는 토라졌다……."

"아니, 아니, 아니, 토라진 건 아니고 기대에 어긋났다고 할까, 자기 일에 의문을 품고 있다고 할까……."

"그게 뭐예요? 어이가 없네요. 닛타 씨, 바보 아니에요?" 저도 모르게 거친 말이 튀어나왔다.

나오미가 이런 말을 할 줄은 생각도 못했는지 노세는 어리둥절한 듯 가느다란 눈을 둥그렇게 떴다. 그 얼굴을 보며 그녀는 말을 이었다.

"그런 시시한 이유 때문이었어요? 내내 걱정해준 게 아깝군요. 고맙습니다. 잘 알겠습니다." 단숨에 내뱉고 자리에서 일어섰다.

"아, 아니, 잠깐만요." 그녀가 일어서는 것을 만류하듯이 노세가 급히 두 손을 내밀었다. "내 얘기를 좀 더 들어봐요."

나오미는 다시 자리에 앉았다. "뭡니까?"

노세는 숱 적은 머리를 슬슬 쓰다듬으며 온화한 웃음을 지었다.

"닛타 씨는 우수한 형사예요. 젊은 나이에 경시청 수사 1과 형사가 되고 게다가 중책까지 떠맡은 걸 보면 지금까지 상당히 눈에 띄는 성과를 거뒀다는 얘기지요. 조금쯤 프라이드가 높아지는 것도 당연한 일이에요."

"그야 그럴 수도 있겠지만……."

"아, 내 이야기를 좀 더 들어보세요. 다만 그 프라이드가 닛타 씨의 결점인 것도 사실이지요. 그 뛰어난 능력을 그런 것 때문에 제대로 살리지 못하고 있어요. 그런 경우에는 주위 사람의 뒷받침이 필요해요. 상사나 동료들의 뒷받침 말이죠. 그런데 지금 그 사람들은 각자 자기 업무가 벅차서 그런 생각을 할 여유가 없어요."

"그건 그렇겠죠. 한창 심각한 상황인데 웬 어리광을 부리고 있나, 하는 느낌이겠지요."

그러니까 말이죠, 라면서 노세는 나오미를 바라보았다.

"야마기시 씨가 그 역할을 맡아주셨으면 합니다."

"제가요?" 나오미는 저도 모르게 미간을 찌푸렸다. "제가 왜요?"

"야마기시 씨는 지금 닛타 씨의 동료이자 상사 같은 존재잖아요. 부하나 동료의 마음을 헤아려주는 것도 호텔리어 업무 중의 하나 아닙니까?"

나오미는 쓴웃음을 지으며 고개를 저었다.

"저는 저희 쪽 상사의 지시에 따라 경찰을 도와주고 있을 뿐이에요. 닛타 씨 개인에게 신경 써줄 생각은 없어요."

"그런가요? 그렇다면 왜 닛타 씨 일을 걱정했지요?"

"그건……." 얼른 대답할 말이 떠오르지 않아 나오미는 입을 열지 못했다. 분명 그렇긴 했다. 왜 자신은 그에 대해 이렇게 걱정하고 있었을까.

야마기시 씨, 라고 노세가 조용히 불렀다.

"당신 역시 누구보다 뛰어난 사람이라고 생각해요. 그러니 짧은 기간 동안 함께 일했을 뿐인데도 닛타 씨의 심경 변화를 민감하게 알아봤겠지요. 그저 알아본 것뿐만 아니라 어떻게든 도와줘야겠다고 생각하기도 했어요. 아무쪼록 그 의무감에 따라 행동해주세요." 노세는 머리를 숙였다.

나오미는 변변찮은 풍채의 중년 남자를 가만히 바라보았다. "노세 씨는 정말 좋은 분이군요."

그는 고개를 들고 급히 손을 내저었다. "아이 무슨, 그렇지도 않아요."

"하지만 다들 그렇게까지 남을 걱정해주지는 않잖아요. 노세 씨는 닛타 씨와 만난 지 그리 오래된 것도 아니라면서요?"

"예, 이번 사건으로 처음 만났지요."

"근데 왜 그렇게……."

노세는 하하하, 하고 뭔가 쑥스러운 듯 웃어넘겼다.

"원래 오지랖이 넓은 성격인가 봐요. 쑥쑥 커나가야 할 사람이 시시한 일로 오도 가도 못하고 있는 걸 보면 그냥 놔두지 못하는 성격이에요. 게다가 그 사람은 어떻게든 손을 내밀어주고 싶은 신비한 매력이 있어요. 그렇잖습니까?"

동감이었다. 나오미는 미소를 지으며 고개를 끄덕였다.

"하지만 제 도움을 닛타 씨가 그리 달가워하지 않을 것 같네요. 호텔 업무에 대한 것만 도와주면 된다고 어젯밤에도 그러던데요."

그럴 만도 하다는 듯이 노세는 고개를 크게 위아래로 끄덕였다.

"예, 바로 그런 점을 고쳐주고 싶은 거예요. 사람과 사람 사이에 오고가는 정을 알면 닛타 씨는 좀 더 훌륭한 형사가 될 겁니다. 당신에게는 큰 폐가 되는 얘기일지 모르지만 이것도 인연이라고 생각하시고 부디 따뜻한 시선으로 지켜봐주세요."

"제가 따뜻한 시선으로 지켜보면 닛타 씨가 바뀔까요?"

"바뀌지요. 아니, 이미 바뀌고 있어요." 노세는 단호하게 말했다. "프라이드가 높은 탓에 깜빡 놓쳐버리는 것도 많지만, 닛타 씨에게는 사물의 이면을 간파하는 능력이 있어요. 그를 걱정해주는 당신의 마음을 머지않아 깨달을 겁니다. 프라이드는 상당히 높지만 그만큼 머리도 좋으니까요."

그것 또한 동감이었다. 그럴지도 모르겠네요, 라고 나오미는 대답했다.

26

한 젊은 여자가 에스컬레이터를 타고 2층으로 올라가는 것을 보고 닛타는 시간을 확인했다. 이제 곧 오후 2시였다. 평일 이 시간대에 2층에 볼일이 있는 사람은 한정되어 있다. 분명 다카야마 게이코일 것이다.

닛타는 프런트를 나서려고 했다. 하지만 그때 뒤쪽에서 누군가 말을 건넸다. "어디 가려고요?" 야마기시 나오미의 목소리였다.

“아무것도 아니에요. 그냥 개인적인 볼일.” 그녀의 얼굴을 돌아보지 않은 채 말하고 프런트를 나왔다.

에스컬레이터를 이용할 수는 없었다. 로비에는 여전히 동료 수사관들이 잠입 근무 중이었다. 그들도 다카야마 게이코의 모습을 봤을 터였다. 그녀의 뒤를 쫓듯이 닛타가 에스컬레이터에 타는 것을 보면 반드시 이나가키 쪽 지휘부에 보고할 것이다.

닛타는 직원용 계단을 이용해 2층으로 올라갔다. 빈 연회장을 지나 복도로 나섰다. 이 시간대에 연회장 주위는 거의 인기척이 없었다.

큰 걸음으로 성큼성큼 예식 코너로 다가갔다. 밖에서 살펴보니 접객용 테이블은 모두 비어 있었다. 아무래도 다카야마 게이코는 안쪽 별실로 안내를 받아 들어간 모양이었다. 하긴 스토커가 따라붙을 우려가 있으니 그것도 당연한 일이다.

닛타는 예식 코너로 들어섰다. 망설임 없이 안으로 들어갔다. 별실은 두 칸이고 한쪽은 문이 열린 채 아무도 없었다. 또 한 칸의 별실에서 말소리가 들려왔다.

심호흡을 한 뒤에 문을 노크하려고 손을 들었다. 하지만 그 순간, 강한 힘이 닛타의 뒷덜미를 잡아챘다. 너무 뜻밖이라서 하마터면 넘어질 뻔했다. 흐트러진 몸을 바로하고 돌아보니 모토미야가 험악한 얼굴로 노려보고 있었다. 게다가 닛타의 넥타이를 붙잡아 잡아끌면서 걸음을 옮겼다. 소리를 낼 여유도 없었다. 예식 코너를 나와 복도 모퉁이를 돌아선 참에야 겨우 풀려났다.

조였던 넥타이를 느슨하게 풀고 헛기침을 거듭하며 닛타는 선배 형사를 바라보았다.

"선배가 왜 여기 와 있어요?"

"그거야 뻔하지. 스토커가 노리는 여자가 호텔에 나타났어. 항상 누군가 감시하는 게 당연하잖아. 기둥 뒤에서 지켜보는데 자네가 들어가는 통에 깜짝 놀랐어. 대체 무슨 짓이야?"

닛타는 넥타이를 고쳐 매면서 모토미야를 똑바로 쳐다보았다.

"다카야마 씨에게서 얘기 좀 들어보려고 했어요. 안 됩니까?"

모토미야의 미간에 주름이 깊어졌다.

"어제 계장님 얘기 못 들었어? 신고가 들어와서 오늘 아침에 벌써 수사관이 다카야마 씨의 진술을 듣고 왔어. 그 수사관 이외에는 아무도 다카야마 씨에게 접근하지 말라는 말 들었을 텐데."

"그 얘기는 나도 들었어요. 하지만 그건 다른 형사가 나오면 다카야마 씨 쪽에서 수상하게 생각할까봐 그런 거잖아요. 그래서 내가 형사라는 말은 안 할 거예요. 그냥 호텔리어로서 질문하면 아무 문제도 없다고요."

모토미야는 답답하다는 표정으로 고개를 가로저었다.

"몇 번이나 주의를 줘야 알아듣겠어? 자네는 프런트를 지키면서 객실부에서 뭔가 미심쩍은 일이 일어나는지 지켜보면 된단 말이야. 그게 자네 일이야."

"네, 그쪽 일도 분명하게 잘하고 있어요. 게다가 다카야마 씨를 노리는 스토커가 이 호텔에 와서 묵을 수도 있잖아요. 그걸 생각하면 나도 충분한 정보를 확보해둘 필요가 있다고요."

"그런 건 자네가 말하지 않아도 이미 다 알아. 담당 수사관이 그런 정보도 빠뜨리지 않고 건져올 거란 말이야."

"아뇨, 나는 한 다리 건너서 듣는 정보가 아니라 직접 듣고 싶다니까요."

"정말 이럴 거야. 자네가 이 세상에서 가장 뛰어난 형사인 줄 알아? 아직 한 사람 몫도 못하는 주제에."

그 말에 불끈 화가 끓어올랐다. "제가 어디가 그렇게 모자랍니까?"

"자네가 모자란 사람이 아니라면 지금 당장 자기 구역으로 돌아가. 원래 주어진 일을 하지 않고 있는 건 사실이잖아." 모토미야가 에스컬레이터를 가리켰다.

닛타는 선배 형사와 잠시 서로 노려보다가 결국 먼저 눈을 돌렸다. 한숨과 함께 꾸벅 고개를 숙이고 에스컬레이터를 향해 걸음을 옮겼다.

이번 사건에서는 도무지 운이 따라주지 않는다는 생각이 들었다. 처음 호텔리어로 위장 잠입하라는 지시를 받았을 때부터 불운은 이미 정해진 것이었는지도 모른다. 이런 호텔리어 놀음이나 하고 있어서는 본래의 수사에서 뒤처지는 건 당연한 일이다.

가장 불리한 카드를 뽑고 말았다는 불만을 품은 채 프런트로 돌아왔다. 곧바로 야마기시 나오미가 다가왔다. "개인적인 볼일, 끝났어요?"

"예, 뭐." 앞만 쳐다본 채 코 옆을 긁적였다.

"그럼 잠시만 시간 좀 내줄래요? 닛타 씨에게 할 말이 있어요."

닛타는 야마기시 나오미의 얼굴을 그제야 보았다. "뭔데요?"

그녀는 입술에 웃음을 띤 채 말했다. "안으로 잠깐 가죠."

사무실에 들어가자 그녀는 철해놓은 서류 몇 개를 내밀었다. 이름과 회사명, 그리고 각자의 주소가 빽빽하게 인쇄된 것이었다.

"이게 뭐예요?" 닛타가 물었다.

"5년 전 우리 호텔에서 열린 파티에 대해 전에 물어본 적이 있죠? 자동차 부품 회사가 주최한 파티 말이에요. 연회부 친구에게 뭐가 됐든 좋으니 그 당시의 기록 같은 게 있으면 좀 찾아봐달라고 했더니 방금 이걸 가져왔어요. 파티 초대장 리스트예요."

닛타는 답답해서 고개를 들고 그녀를 바라보았다. 하지만 그보다 먼저 그녀가 손을 내밀었다.

"쓸데없는 짓이라는 말은 하지 마세요. 파티에 관한 건 닛타 씨 쪽에서 문의한 거니까요."

기선을 빼앗기는 바람에 닛타는 한숨을 내쉬며 리스트로 시선을 돌렸다.

"게다가 이 리스트는 수사에 꽤 도움이 될 것 같아요." 그녀가 말했다.

"어째서요?"

"이거 보세요, 여기." 그녀는 두 번째 페이지 중간쯤에 있는 이름을 손끝으로 가리켰다. "노구치 야스히코 씨라고 나와 있죠? 이 사람이 두 번째로 살해된 여자의 남편일 거예요. 신문에 노구치 야스히코 씨의 아내 후미코 씨라고 적혀 있었고, 이 주소도 사건 현장하고 가깝잖아요."

흥분한 기색으로 말하는 것을 듣고 닛타는 허탈해지는 것을 느꼈다.

"어때요?" 야마기시 나오미가 슬쩍 눈을 치켜뜨며 물었다. "이건 엄청난 발견인 거 같은데."

닛타는 흔들흔들 고개를 저으며 리스트를 책상에 내려놓았다.

"필요 없어요?" 그녀의 목소리에는 놀람과 실망이 담겨 있었다. "나는 꽤 귀중한 자료라고 생각했는데. 아니, 이 사람이 틀림없이 두 번째 피해자의 남편……."

"그거, 이미 다 알려진 사항이에요." 닛타는 내뱉듯이 말했다. "노구치가 이 파티에 참석했다는 것도 진즉에 파악했어요. 그래서 내가 이 파티에 대해 물어본 거죠. 이런 리스트도 미리 입수했다니까요. 경찰을 만만하게 보지 말라고요."

"만만하게 본 건 아닌데……. 그랬군요. 그럼 이건 필요 없겠네요. 나중에 문서 세단기에 넣어야겠어요." 야마기시 나오미는 서류를 손에 들었다. "그럼 이 파티 날짜에 객실부에서 어떤 일이 있었는지, 어떻게든 알아볼게요. 전에 닛타 씨가 물어봤을 때는 딱히 기억나는 일이 없다고 대답했지만 따로 알아볼 방법이 전혀 없는 건 아니니까요. 이를테면 그날 일지 같은 것이……."

"글쎄 됐다니까요." 닛타의 말투가 거칠어졌다. "그 파티에 대한 건 이제 됐어요. 그냥 잊어버리세요. 파티는 아무 관계도 없어요.

거기에 우연히 노구치가 참석했던 것뿐이에요. 노구치도 이런 파티쯤에는 참석하겠죠. 그 장소가 우연히 이 호텔이었다, 그냥 그것뿐이에요. 단순한 우연이라니까요. 노구치에 대해서는 더 알아볼 것도 없어요."

"피해자 유족의 이름을 노구치, 노구치, 하고 마구 불러대는 건 좀……."

"당연히 괜찮죠. 범인이니까." 고개를 홱 돌리며 닛타는 말했다. 하지만 말이 입 밖에 나온 순간, 돌이킬 수 없는 짓을 했다는 것을 깨달았다. 소름이 돋으면서 식은땀이 났다.

머뭇머뭇 야마기시 나오미를 돌아보았다. 눈을 둥그렇게 뜬 표정이 팽팽하게 긴장되어 있었다.

"범인? 그런 거였어요? 그 노구치라는 사람이 범인이에요?"

"아니, 그게 아니에요. 깜빡 말이 잘못 튀어나왔어요."

"얼버무리지 마세요. 범인을 알고 있군요. 그렇다면 왜 아직도 수사를 계속하는 거예요? 왜 닛타 씨는 아직도 이 호텔에 있는 거죠?"

연거푸 쏟아지는 질문에 닛타는 당황스러웠다. 이 자리를 수습할 말이 한마디도 떠오르지 않았다.

어서 말해달라고 야마기시 나오미가 다그치고 들었다.

닛타는 천장을 올려다보며 한숨을 내쉬었다.

27

코르테시아도쿄 호텔의 연회장에는 각각 전용 주방이 있다. 그 중 한 곳에 닛타는 와 있었다. 조리대를 끼고 야마기시 나오미와 마주하고 있었다. 조리대 위에는 식기 대신 네 장의 메모지가 놓여 있었다. 거기에는 'x1: 데시마 마사키. 피해자: 오카베 데쓰하루', 'x2: 노구치 야스히코. 피해자: 노구치 후미코', 'x3: 밝혀지지 않음. 피해자: 하타나카 가즈유키', 'x4: 밝혀지지 않음. 피해자: 밝혀지지 않음'이라고 적혀 있었다. 방금 닛타가 볼펜으로 적은 것이었다. 메모를 하면서 이번 사건의 구조에 대해 전부 다 야마기시 나오미에게 설명해주었다. 물론 이건 중대한 명령 위반이었다. 오자키와 이나가키에게서 외부인은 물론이고 호텔 관계자에게도 절대로 흘려서는 안 된다는 명령이 떨어진 사안이다. 하지만 노구치가 범인이라는 말이 깜빡 튀어나와버린 이상, 야마기시를 계속 속이는 건 무리였다.

그의 설명을 야마기시 나오미는 중간에 끼어드는 일 없이 조용히 듣고 있었다. 처음에는 의아한 표정이었지만 점점 놀라는 표정으로 변해갔다. 말참견을 하지 않은 게 아니라 선뜻 말이 나오지 않았다고 하는 게 옳을 것이다.

닛타는 깊숙이 들이쉰 숨을 토해내며 새삼스럽게 그녀를 바라보았다.

"이제 알겠어요? 이게 이번 사건의…… 정체예요."

내내 시선을 숙이고 있던 야마기시 나오미가 얼굴을 들었다. 뺨은 창백해졌지만 눈은 약간 불그레하게 충혈되어 있었다.

"무슨 말을 해야 좋을지 모르겠네요. 믿을 수가 없고 믿고 싶지도 않다는 게 솔직한 심정이에요. 살인자들이 인터넷으로 연락을 주고받으며 별개의 사건을 연쇄살인 사건처럼 꾸몄다니." 힘없이 머리를 내저었다. "이게 모두 사실이에요? 닛타 씨가 나를 속이려고 대충 거짓말을 둘러대는 건 아니죠?"

"유감스럽지만, 아니에요. 그런 거라면 나도 정말 마음이 편할 겁니다."

그녀는 고개를 끄덕이며 한숨을 내쉬었다.

"이제야 알겠네요. 살인 현장과 이 호텔, 그리고 다카야마 씨가 스토커와 마주쳤을 것으로 예상되는 장소에 대해 내 나름대로의 추리를 말했을 때, 닛타 씨는 전혀 상대도 해주지 않았죠. 그 이유가 이것이군요. 네 가지 사건은 서로 직접적인 관련이 없다. 그러니 서로 연결 지어 생각해봐야 아무 소용 없다……. 그런 말을 하고 싶었던 거군요."

닛타는 얼굴을 찡그리며 머리를 긁적였다.

"그때는 미안해요. 분명 그런 속사정이 있긴 했지만 수사에 협조하려는 사람에게 그런 식으로 말할 일은 아니었죠. 실은 사과하려고 마음먹고 있었어요. 미안합니다." 하고 머리를 숙였다.

야마기시 나오미는 그런 건 이제 괜찮다는 듯 엷은 웃음을 지으며 뒤편 조리대에 몸을 기댔다.

"그래서 다른 사건의 범인들은 모두 체포할 수 있을까요? 방금 얘기로는 x2라는 이름을 쓰던 노구치는 체포한 것 같은데요."

"노구치는 언제라도 영장을 청구할 수 있는 상태예요. x1 데시마에 대한 영장 청구도 시간문제겠죠. 데시마에게는 여자 공범도 있는데 그쪽의 입증 수사도 순조롭게 진행되고 있을 겁니다. x3만은 아직 구체적인 이름이 나오지 않았지만, 다른 사건과의 연관성을 따지지 않아도 된다면 용의 선상에 오른 사람이 몇 명 있어요. 이것 역시 시간문제라고 해도 좋아요."

야마기시 나오미는 가만히 고개를 끄덕이며 조리대로 다가가 'x4: 밝혀지지 않음. 피해자: 밝혀지지 않음'이라고 적힌 메모지를 집어 들었다.

"이 x4라는 인물은 아직 살인을 저지르지는 않은 거죠? 그러니 피해자도 없는 거고요."

"예, 그렇죠." 대답하면서 닛타는 뭔가 안 좋은 예감이 들었다.

"그렇다면……." 야마기시 나오미가 메모지를 닛타 쪽으로 내보이며 말했다. "x4를 체포할 필요는 없는 거 아니에요? 이제는 네 번째 살인을 막기만 하면 되잖아요."

닛타는 팔짱을 끼고 턱을 쭉 당겼다. "어떻게 막는다는 겁니까?"

"간단해요. 이번 사건의 개요를 언론에 발표해버리면 돼요. 이런 계획을 경찰에서 모조리 알아냈다는 것이 발표되면 x4라는 사람도 범행을 단념하겠지요. 살인 사건이 일어나지 않으면 경찰에서는 더 이상 수사할 필요도 없어지죠. 피해자도 범인도 없는 거니까요."

야마기시 나오미의 대답은 닛타가 예상한 대로였다. 역시 이 여자는 머리가 좋다고 새삼 생각했다. 사건의 구조를 알고 큰 충격을 받았을 텐데도 호텔리어로서 어떻게 처신해야 하는지 신속하고 냉정하게 분석하고 있었다.

"유감스럽지만 그럴 수는 없어요." 닛타는 말했다.

"어째서요?"

"설령 이 호텔에서의 범행을 단념하더라도 x4가 무죄인 건 아니기 때문이에요. x1, x2, x3를 사주해서 세 건의 살인을 유발한 행위는 아주 무거운 죄예요."

"그렇다면 x4를 체포하면 해결될 일이에요. 하지만 그건 네 번째 살인을 단념하게 한 뒤에 해도 늦지 않잖아요?"

닛타는 입안에 씁쓸한 맛이 퍼지는 것을 느꼈다. "그게 안 된다니까요."

"왜요?"

"단서가 없기 때문이에요. x4는 다른 세 사람과 메일만 주고받았을 뿐, 아직 아무 짓도 하지 않았어요. 그래서 흔적도 없어요. x4와 관계될 만한 것이 아무것도 없다니까요. 게다가 또 한 가지, 지금 이 상태로는 설령 x4의 정체를 알아낸다고 해도 과연 죄를 물을 수 있을지 애매해요. 메일을 주고받은 건 그냥 장난삼아 한 짓이라고 주장하면 끝이잖아요."

야마기시 나오미의 미간에 깊은 주름이 잡혔다. 눈꼬리가 조금 치켜 올라간 것처럼 보였다.

"잠깐만요. 혹시 당신들……." 그녀는 마음을 가라앉히려는 듯 한 차례 숨을 들이쉬고 다시 말을 이어나갔다. "x4를 체포하기 위해 일부러 우리 호텔에서…… 살인을 저지르게 하겠다는 건가요?"

닛타는 고개를 저었다. "저지르게 하지 않아요. 범행은 반드시 막을 겁니다."

"하지만 미연에 방지하는 건 아니죠?"

"아니, 미연에 방지할 거예요."

야마기시 나오미는 깊게 숨을 들이쉬었다. 그녀의 가슴이 크게 오르내렸다.

"닛타 씨, 미연이라는 말의 의미를 알고 있어요? 아직 어떤 일이 일어나지 않았다는 뜻이에요. 근데 아무 일도 일어나지 않으면 x4를 체포할 수 없다면서요? 체포하기 위해서는 뭔가 저지르게 하지 않으면 안 되는 거예요. 그렇죠?"

닛타는 그녀에게서 시선을 돌렸다. "예, 그래요. 맞는 말입니다."

"거봐요."

"하지만 피해자가 생기게 하지는 않아요." 얼굴을 들고 다시 한 번 똑바로 그녀를 쳐다보았다. "범행은 미수에 그치도록 할 겁니다."

"살인미수라는 거요?"

"살인 예비죄라는 것도 있어요. 흉기를 소지했다면 그것만으로도 체포할 수 있어요."

야마기시 나오미는 작게 입을 벌리고 올려다보았다. 잠시 그 자세를 유지하다가 한숨을 내쉬며 이번에는 깊숙이 고개를 떨구었다.

"살인미수나 예비만으로 끝난다는 보장은 어디에도 없잖아요. 피해자가 위험에 처하는 건 사실이죠?"

"그러니까 피해자는 우리 경찰이 전력을 다해 지킬 거라고요."

"피해자가 어디 사는 누구인지도 모르면서요?" 그녀의 표정이 한층 더 험악해졌다. "대답해보세요. 대체 누구를 지키는 거죠? 만일 지금 당장 호텔 로비에 권총을 든 인물이 나타난다면 당신들은 누구를 지킬 거예요?"

"설령 권총을 들고 있다고 해도 x4는 사람들 앞에서 함부로 총질은 하지 않아요."

"그걸 당신이 어떻게 알아요!"

거친 말투에 닛타는 일순 움찔했다. 야마기시 나오미가 이렇게 크게, 게다가 날카로운 말투로 소리치는 건 처음 들었다.

감정이 격해졌다는 것을 깨달았는지 그녀는 손으로 이마를 짚고 힘겨운 표정으로 고개를 저었다. 미안해요, 라고 작은 소리로 중얼거렸다.

"아니, 나야말로 미안해요. 그 심정은 충분히 이해합니다. 범행을 미연에 방지할 결정적인 방법이 있는데도 그것을 쓰지 않는다는 건 도저히 받아들일 수 없는 일이겠죠. 하지만 받아들여야 해요. 이건 이미 결정된 수사 방침이에요."

"그거야 얼마든지 변경할 수 있는 거 아닌가요?"

"x4를 체포하려면 이 방법밖에 없어요."

"그런 건 우리 호텔과는 아무 상관이 없어요." 야마기시 나오미는 의연하게 내뱉고 출구를 향해 성큼성큼 걸음을 옮겼다.

"아, 잠깐만요." 닛타는 급히 그녀를 쫓아가 앞을 가로막았다. "어디 가는 겁니까?"

그녀는 눈을 피하지 않고 말했다. "대답할 것도 없는 일이죠. 총지배인실에 갈 거예요."

"방금 들은 얘기를 하려고요?"

"물론이에요. 길 좀 비켜주실래요?"

"그럴 수는 없어요. 잘 들어요, 야마기시 씨였기 때문에 내가 말해준 거예요. 수사상 기밀을 입 밖에 낼 사람이 아니라고 생각했기 때문에 모두 털어놓은 거라고요."

"나를 너무 과대평가했다고 실망하셨대도 어쩔 수 없네요. 평소 같으면 나 역시 수사상의 기밀을 가볍게 입 밖에 흘리지는 않아요. 하지만 그 비밀이 호텔 고객이나 직원을 위험에 빠뜨리는 것이라면 이야기는 달라져요."

닛타는 입술을 깨물며 옆에 놓여 있던 카트를 주먹으로 내리쳤다. 야마기시 나오미는 미간을 찌푸렸다. "난폭한 짓은 하지 말아주세요."

"정말 안 되겠습니까?"

"네, 이 일만은 안 돼요." 야마기시 나오미는 닛타 옆을 빠져나가려고 했다. 그가 가로막자 안타까움이 감도는 눈빛을 던져왔다. "비켜주세요. 아니면 큰 소리로 사람을 부를까요? 일이 그렇게 되면 곤란해지는 건 닛타 씨 쪽이에요."

아무래도 그녀의 결심은 확고한 것 같았다. 닛타는 포기하고 길을 비켜주었다. 고마워요, 인사를 하고 그녀는 걸음을 옮겼다. 그 뒤에 대고 "당신들만 괜찮으면 됩니까?" 하고 닛타는 말했다. 그녀의 발이 멈췄다.

"이 호텔에서만 사건이 터지지 않으면 어디서 무슨 일이 벌어지건 상관없어요? 이런 잔혹한 범죄를 계획한 주범이 잡히지 않아도 좋다는 거예요?"

"그건 별개의 문제예요." 그녀는 여전히 등을 돌린 채 대답했다. "다른 수사 방법을 고민해보세요."

닛타는 다시 그녀에게로 다가갔다.

"자꾸 똑같은 말을 하는 것 같지만, 이것밖에는 방법이 없어요. 지금 여기서 이번 사건의 실상을 언론에 발표해버리면 x4는 영원히 체포할 수 없다니까요. 지금까지의 수사가 모조리 헛일이 돼요. 그래서 이 일을 호텔 관계자에게도 절대로 말해서는 안 된다고 윗선에서 못을 박은 거라고요."

야마기시 나오미가 얼굴을 옆으로 돌렸다.

"호텔이 사건의 개요를 언론에 발표하면 누가 그런 말을 흘렸는지 당장 문제가 되겠죠. 머지않아 닛타 씨라는 게 밝혀질 것이고 중한 처분을 받게 될지도 모르겠네요. 그 점에 관해서는 죄송하게 생각해요."

"지금 이 판국에 내가 어떻게 되건 아무 상관없어요."

"그래요? 하지만 수훈을 세우고 싶어하셨잖아요?"

"그거야 물론이죠. 하지만 그보다 더 중요한 게 있어요. 남의 발목을 잡고 싶지는 않아요. 다들 x4를 체포하려고 필사적으로 뛰고 있어요. 그걸 쓸데없는 일로 만들고 싶지는 않다고요."

"그 심정은 이해해요. 하지만 나도 쓸데없는 일로 만들고 싶지 않아요. 이 호텔이 오랜 세월에 걸쳐 쌓아온 신뢰의 역사를." 실례합니다, 라고 말하고 그녀는 걸음을 떼려고 했다.

"이번 토요일!" 닛타는 외쳤다. "그때까지만 기다려주면 안 되겠어요? 최소한 이번 토요일까지만."

"토요일이라면……."

"그 결혼식, 다카야마 게이코 씨의 결혼식이 있는 날이에요. 그날, 스토커로 추정되는 인물이 결혼식장에 나타날 가능성이 있다는 건 야마기시 씨도 알죠? 수사본부에서는 그자가 x4일 거라고 예상하고 있어요. 이미 그에 대한 특별 경비 계획이 나왔고 그 준비가 착착 진행되고 있다고요."

"그래서요, 그게 어떻다는 거예요? 닛타 씨가 수훈을 세울 기회를 한 번 더 갖고 싶다는 건가요?" 냉담하다고도 할 수 있는 말투로 그녀는 물었다.

닛타는 고개를 저었다.

"설령 그자가 x4여서 무사히 체포된다고 해도 그게 내 공적이 될 일은 없어요. 나는 그 경비 계획에는 참여하지 못하니까. 하지만 그렇다고 그 계획이 실패하면 좋겠다고는 생각하지 않습니다. 내 손으로 범인을 잡고 싶은 게 솔직한 심정이지만, 그게 되지 않는다면 어떻든 다른 누구라도 꼭 잡아주기를 바라고 있어요."

야마기시 나오미는 몇 초 동안 침묵한 뒤, 돌아보았다.

"닛타 씨는 숨은 공로자로 만족할 만한 성격은 아닌 것 같은데요?"

"그건 싫죠, 본심을 말하자면. 하지만 악한 자를 놓치는 건 훨씬 더 싫습니다."

"그건 닛타 씨가 형사이기 때문인가요?"

"아뇨, 나는 원래부터 그런 사람이에요. 그런 사람이라서 형사가 되었죠." 닛타는 머리를 숙였다. "부탁합니다. 토요일까지 기다려줘요. 다카야마 씨의 스토커가 x4가 아니었을 경우에는 당신이 원하는 대로 해요. 하지만 그때까지는 기밀을 지켜주세요. 부탁합니다."

닛타는 깊숙이 머리를 숙인 상태로 가만히 서 있었다. 야마기시 나오미가 부디 뜻을 굽혀주기를 기도했다. 하지만 그의 귀에 들려온 것은 "미안해요"라는 말이었다.

닛타는 천천히 고개를 들었다. 주방을 나가는 그녀의 뒷모습이 보였다.

온몸에서 힘이 쭉 빠지는 것 같았다. 그는 조리대로 다가가 수도꼭지를 틀었다. 힘차게 쏟아지는 물로 얼굴을 씻었다. 호주머니에서 손수건을 꺼내 물기를 훔쳤다. 그래도 기운이 되살아나는 기척조차 없었다.

무거운 걸음으로 주방을 나섰다. 연회장을 들여다보고 아무도 없는 것을 확인한 뒤에 불을 켰다. 둥근 테이블이 여기저기 불규

칙하게 놓여 있었다. 그는 한가운데까지 들어가 옆에 있던 의자에 앉았다.

야마기시 나오미에게서 이번 사건의 진상을 듣는다면 총지배인이 경찰에 항의할지도 모르겠다고 닛타는 생각했다. 범인 체포보다 새로운 희생자가 나오지 않도록 하는 것이 우선 아니냐고 할 것이다. 그것도 물론 옳은 얘기다. 그러나 경찰 쪽도 나름대로 사정이 있는 것이다. 그건 결코 이쪽의 편의만 앞세우려는 것이 아니었다.

하지만 총지배인이 그런 사정을 받아들여줄 것 같지 않았다. 야마기시 나오미와 마찬가지로 모든 것을 발표하자고 주장할 것이다. 그 주장을 가로막는 건 경찰로서도 불가능한 일이다. 그리고 언론에 발표되어버리면 아마도 x4는 범행을 단념할 것이다. 지금이라면 그자 쪽에서 x4라고 이름을 밝히고 나선다 해도 합당한 죄목을 들이댈 수 있는 가능성이 지극히 낮은 것이다.

목이 날아가겠구나, 하고 닛타는 각오했다. 물론 경찰 옷을 벗는 정도까지는 아니겠지만 경시청의 이 자리에 붙어 있기는 힘들다. 한직으로 내몰리거나 관할서로 쫓겨나거나, 둘 중 하나다. 동료들의 노력을 물거품으로 만들고 영원히 x4를 체포할 수 없게 만들어버렸으니 그 정도의 벌을 받는 것도 당연하다.

손목시계를 들여다보았다. 야마기시 나오미가 나간 뒤로 몇 분이나 지났을까. 그녀는 벌써 모든 사실을 총지배인에게 말해버렸을까. 총지배인이 항의할지 어떨지는 아직 모르겠지만 그보다 먼저 이 일을 이나가키에게 전해두는 것이 좋겠다고 생각했다.

닛타가 자리에서 일어서려고 했을 때였다. 갑자기 주위가 어두워졌다. 천장 조명이 반이 넘게 꺼진 것이었다. 스위치가 늘어선 벽으로 시선을 던졌다. 야마기시 나오미가 서 있었다.

"이 넓은 연회장을 독차지하는 것도 큰 호사인데 조명까지 모두 밝혀두다니, 이건 전기 낭비예요, 닛타 씨."

"벌써 다녀왔어요, 총지배인실에?"

그녀는 한숨을 내쉬며 말없이 고개를 가로저었다.

"왜요?"

닛타의 질문에 그녀는 피식 웃었다.

"기다려달라고 한 건 닛타 씨 아니었어요? 그래서 기다리기로 했어요. 이번 토요일까지."

닛타는 자리에서 일어섰다. 왜 마음이 바뀌었는지 알고 싶었다. 하지만 그런 건 묻지 않는 것이 좋다. 왠지 그런 생각이 들었다. 그래서 딱 한마디, 고마워요, 라고만 말했다.

"하지만 이건 잊지 마세요. 만일 그때까지 뭔가 일이 터진다면 나는 호텔에 사표를 낼 거예요. 이 호텔뿐만 아니라 호텔리어로 일하는 것 자체를 그만둬야죠. 그럴 각오로 결정한 일이에요."

"나도…… 형사를, 경찰을, 사직하겠습니다."

야마기시 나오미는 조용히 고개를 끄덕인 뒤, 눈을 깜빡였다. 가슴을 내밀고 턱을 당기며 닛타를 지그시 바라보더니 그녀가 또렷한 어조로 말했다.

"그럼 닛타 씨, 우리 일터로 돌아가야죠?"

28

니트 모자에 선글라스를 쓴 남자가 호텔로 들어오는 것을 보고 나오미는 수상한 기척을 감지했다. 벙벙한 점퍼 차림에 큼직한 가방을 들고 있었다. 벨보이가 짐을 받아주려고 하자 남자는 손을 홰홰 내저어 거절하고 로비를 건너갔다. 이윽고 프런트에서 멀리 떨어진 소파에 자리를 잡고 앉았다.

아무래도 수상하다는 느낌이 왔다. 최소한 일반적인 손님은 아니다. 닛타와 상의하려고 했지만 하필 이런 때 그는 자리에 없었다.

잠시 동안 남자는 그리 눈에 띄는 움직임을 보이지 않았다. 정면 현관만 뚫어져라 응시하고 있었다.

희미한 움직임을 보인 것은 십 분쯤 지났을 무렵이었다. 모자를 한층 더 깊숙이 눌러쓰고 팔짱을 끼는 척하면서 한손으로 입가를 가렸던 것이다. 명백히 얼굴을 감추려는 몸짓이었다.

잠시 뒤에 정면 현관으로 한 여자가 들어왔다. 이십 대 중반쯤일까. 호리호리한 몸매에 동양적인 미인이라고 할 얼굴이었다. 여자는 곧장 프런트로 다가왔다.

"모리카와라고 하는데요, 예약했어요." 여자가 나오미에게 말했다.

"네, 모리카와 손님, 잠시만 기다려주십시오."

단말기로 확인했다. 모리카와 히로코의 이름으로 예약이 들어와 있었다. 더블룸, 금연실, 조식朝食 포함 패키지였다.

숙박부를 내밀며 기입을 부탁했다. 그동안에도 나오미의 눈은 니트 모자를 쓴 남자를 시야에서 놓치지 않았다. 남자의 얼굴은 이쪽을 향하고 있었다. 선글라스 때문에 눈이 보이지 않지만 모리카와 히로코를 쳐다보는 것 같았다.

기입을 마친 숙박부를 받아 들자 나오미는 카드키를 내밀었다.

"모리카와 손님, 오래 기다리셨습니다. 방은 2025호실입니다. 그곳까지 안내해드리겠습니다." 벨보이에게 손짓을 했다.

"아뇨, 괜찮아요. 짐도 없으니까." 모리카와 히로코가 손을 내저었다.

"네, 그러십니까……." 나오미는 급히 그녀의 뒤쪽을 확인했다. 니트 모자를 쓴 남자가 자리에서 일어서는 것이 눈에 들어왔다.

저기요, 라고 모리카와 히로코가 말했다. "키, 주셔야죠."

"아…… 실례했습니다." 나오미는 얼른 카드키를 건네고 머리를 숙였다. "그럼 편히 쉬십시오."

모리카와 히로코가 의아한 얼굴로 떠나는 것을 지켜본 뒤에 다시 니트 모자의 남자를 살펴보니 그는 어느새 엘리베이터 홀 근처까지 이동해 있었다. 벽 쪽을 향하고 있어서 이쪽에서는 얼굴이 보이지 않았다.

모리카와 히로코가 남자 옆을 지나 엘리베이터 홀로 향했다. 남자는 별다른 움직임은 보이지 않았지만 명백하게 그녀를 의식하고 있었다. 나오미는 확신했다. 모리카와 히로코가 탄 엘리베이터에 재빨리 뛰어들 생각인 것이다. 그 안에서 대체 무슨 짓을 하려는 건가. 불길한 상상이 한없이 커져갔다.

"잠깐 자리 좀 비울게요." 후배 직원에게 말하고 나오미는 프런트를 나왔다. 잰걸음으로 엘리베이터 홀로 향했다.

니트 모자의 남자는 아직도 서 있었다. 나오미는 눈치채이지 않게 남자의 등 뒤에 다가섰다. 엘리베이터가 도착한 것은 그 직후였다. 문이 열리고 모리카와 히로코가 올라탔다. 그 밖에 다른 손님은 없었다.

다음 순간, 남자가 움직였다. 엘리베이터를 향해 뛰어든 것이다. 예상했던 일이었기 때문에 나오미는 잽싸게 반응할 수 있었다. 남자의 팔을 양손으로 움켜잡았다.

움찔하며 남자가 돌아보았다. 그 겨를에 선글라스가 콧등 위로 미끄러졌다. 드러난 눈은 둥글고 의외로 귀여웠다.

"모리카와 손님, 빨리 올라가세요!" 나오미는 엘리베이터를 향해 외쳤다. 문은 아직 열린 채였다.

"지금 뭐하는 거야? 이거 놔!" 남자가 팔을 뿌리치려고 했다.

하지만 나오미는 혼신의 힘을 다해 붙잡고 늘어졌다. "이러시면 안 됩니다. 경찰을 부를 거예요."

"왜 이래? 내가 뭘 어쨌다고!"

"아까부터 모리카와 씨를 덮치려고 했잖아요."

"덮쳐? 대체 뭔 소리야?"

"시치미 떼지 마세요. 제가 계속 지켜봤어요." 하지만 나오미는 엘리베이터 홀을 쳐다보고는 숨을 헉 삼켰다. 모리카와 히로코가 아직도 서 있었기 때문이다. 엘리베이터에서 내린 것 같았다. "모리카와 씨, 어서 객실로……."

나오미가 말을 멈춘 것은 모리카와 히로코가 천천히 고개를 저었기 때문이다.

"됐어요. 그 손, 놔줘요. 저 사람, 나하고 함께 온 사람이에요."

"예?" 나오미는 남자와 모리카와 히로코의 얼굴을 번갈아 바라보았다. 머릿속이 하얘졌다.

"이거 놓지 못해?" 남자가 힘껏 팔을 뿌리쳤다. 나오미도 움켜쥔 손을 풀었다.

남자는 짜증스러운 기색으로 선글라스를 고쳐 썼다. 그제야 나오미는 깨달았다. 낯익은 얼굴이다. 텔레비전에 자주 나오는 정치 평론가였다. 분명 가정이 있는 사람일 터였다.

"그러니까 이상한 짓을 하면 도리어 눈에 띈다고 내가 말했잖아요. 자, 어서 가요." 모리카와 히로코가 남자의 손을 잡고 엘리베이터를 향해 발을 옮겼다. 하지만 이내 멈춰 서더니 뒤를 돌아보며 말했다. "이 일, 나중에 책임을 물을 테니까 그런 줄 알아요."

나오미는 흠칫하며 뒤를 보았다. 어느새 사람들이 몰려와 있었다. 그 속에 닛타의 모습도 있었다.

"죄송합니다……."

나오미는 두 남녀에게 깊숙이 머리를 숙였다.

"흠, 텔레비전을 통해 얼굴이 잘 알려진 정치 평론가가 젊은 여자와 호텔에서 밀회를 즐기려고 했다. 그런데 사람들이 알아볼까 봐 변장 비슷한 것을 하고 여자와 따로 행동했다. 여자가 엘리베이터에 타면 얼른 뒤따라 타려고 한 것도 둘이서만 있는 장면을 사람들에게 들키지 않으려고 한 것이었다…… 그런 얘기인가?" 머릿속을 정리하듯이 후지키가 느긋한 어조로 물었다.

나오미는 몸이 오그라드는 심정으로 고개를 끄덕였다.

"네, 그런 상황이었어요. 자세한 말씀은 해주시지 않았지만요."

그 뒤에 모리카와 히로코의 방을 찾아가 다시 한 번 사죄하고 돌아온 길이었다. 숙박비를 받지 않는 것으로 겨우 양해를 얻어냈다. 하지만 그 정치 평론가는 끝내 얼굴을 내보이지 않았다.

"거참, 별 이상한 짓을 하는 사람이로군. 둘이 함께 있는 장면을 들키고 싶지 않다면 나중에 자기 혼자 객실로 올라가면 될 텐데 말이야. 그렇지?" 후지키가 동의를 구한 상대는 곁에 서 있는 객실부장 다쿠라였다.

"함께 있는 걸 들키고 싶지는 않지만 호텔 방에는 나란히 들어가고 싶어하는 분도 가끔 있는 모양입니다."

다쿠라의 대답에 후지키는 아, 그런 거였나, 하고 그제야 알아들은 눈치였다. 다쿠라가 말을 이었다.

"하지만 자네답지 않은 경솔한 행동이었어. 분명 오해할 만한 상황이기는 했지만 그 밖에도 좀 더 적절한 해결 방법이 있었을 텐데 말이야."

"맞는 말씀이십니다. 깊이 반성하고 있습니다." 나오미는 머리를 숙였다. 그 말에 거짓은 없었다. 참으로 어리석은 짓을 했다는 생각에 스스로에게 화가 났다.

"자네 마음도 충분히 이해해. 요즘 우리 호텔 상황이 상황인 만큼 다소 신경과민이 되는 것도 무리는 아니지." 후지키가 자리를 수습하듯이 말했다. "하지만 호텔리어로서 업무에 지장이 생겨서는 본말이 전도된 일이야. 이번 사건에 대한 고민은 경찰에 맡기도록 해. 그러려고 잠입 수사를 받아들인 거니까."

"네, 알겠습니다. 앞으로 조심하겠습니다."

"응, 잘해주게."

나오미는 다시 한 번 머리 숙여 인사하고 총지배인실을 나왔다. 이미 그녀의 근무시간은 지난 뒤였다. 프런트에 돌아가지 않고 그대로 사무동으로 향했다.

하지만 3층 객실부 사무실에 도착해서도 곧장 옷을 갈아입을 마음이 나지 않았다. 상의만 벗고는 가까이에 있던 의자에 앉았다.

실수의 원인은 스스로도 잘 알고 있었다. 후지키가 지적한 대로 이번 사건을 지나치게 의식한 탓에 일어난 일이었다. 하지만 왜 그녀가 그토록 이번 사건에 집착하게 되었는지, 후지키는 모르고 있었다.

토요일까지 기다리겠다고 닛타와 약속은 했지만 역시 가슴속에서 불안이 소용돌이치고 있었다. 그것은 달리 말하면 죄책감이라고 해야 할 것이다. x4라는 인물에 의한 범행을 미연에 막을 수 있는 방법을 뻔히 알면서도 그것을 상사에게 알리지 않은 것은 호텔리어로서 이미 실격이라는 생각이 머릿속에서 떠나지 않았다. 만에 하나라도 x4가 어떤 식으로든 범행을 저지른다면 분명 자신은 앞으로 다시는 호텔리어로서 일하지 못할 거라고 각오하고 있었다. 그런 절박한 심리가 사소한 일에도 과민하게 반응하면서 판단을 그르치게 한 것이다.

조금 전 총지배인실에서 닛타와의 약속 따위는 휴지 조각처럼 내던지고 당장 모든 것을 털어놓자는 생각이 머릿속을 스쳤다. 하지만 결국 입 밖에 낼 수 없었다. 숨은 공로자도 싫지만 악한 자를 놓치는 건 더 싫다던 닛타의 말이 되살아났기 때문이다. 그의 그런 강한 의지를 무시하고 싶지 않았다.

하지만 정말 이래도 괜찮은 걸까. 나는 인간으로서 올바른 일을 하고 있는 걸까. 쉽게 답이 나오지 않을 것 같아서 나오미는 가만히 고개를 내저었다.

"힘들죠?" 갑자기 뒤에서 말소리가 들렸다. 흠칫해서 돌아보니 닛타가 서 있었다.

"깜짝 놀랐잖아요."

아, 죄송, 하고 말하며 닛타가 다가와 의자에 앉았다.

"얘기 들었어요. 꼭 필요한 때 자리에 없어서 미안해요."

나오미는 그의 얼굴을 빤히 쳐다보았다. "닛타 씨라면 어떻게 대처했을까요?"

닛타는 고개를 갸우뚱했다.

"나라면…… 글쎄요, 우선 니트 모자 쓴 남자에게 말을 건네봤겠지요. 무슨 난처한 일이라도 있으십니까, 라는 식으로. 그럴 틈이 없었다면 아예 함께 엘리베이터에 탔을 거예요."

나오미는 고개를 끄덕였다. "그러면 됐겠네요. 나도 그렇게 했어야 하는데."

"그러지 못한 건 평소의 당신이 아니었기 때문에…… 그렇죠?"

"네, 그런 거 같아요. 호텔리어는 변명을 해서는 안 되지만."

닛타는 겸연쩍은 얼굴로 머리를 긁적이며 다시 한 번 미안하다고 중얼거렸다. 일정 부분은 자신에게도 책임이 있다고 생각하는 모양이었다.

"새삼 실감하는 건데 호텔이라는 곳은 정말 다양한 사람들이 드나드는 곳이에요. 이제는 다들 뭔가 딴 속셈들이 있는 것처럼 느껴질 정도예요."

그의 말에 나오미는 얼굴이 빙긋이 풀어졌다.

"예전에 선배에게서 들은 말이 있어요. 호텔에 찾아오는 사람들은 손님이라는 가면을 쓰고 있다, 그걸 절대로 잊어서는 안 된다, 라고요."

"가면……."

"호텔리어는 손님의 맨얼굴이 훤히 보여도 그 가면을 존중해드려야 해요. 결코 그걸 벗기려고 해서는 안 되죠. 어떤 의미에서 손님들은 가면무도회를 즐기기 위해 호텔을 찾으시는 거니까요."

"가면무도회라. 그것 참 복잡하네요. 그 정치 평론가도 호텔리어에게 자신의 맨얼굴을 순순히 보여줬다면 묘한 소동으로 발전하지 않았을 텐데."

"그분은 그저 단순한 케이스예요. 이름난 분들이 사랑의 불장난을 할 때는 좀 더 복잡한 방법이 동원되거든요."

닛타의 눈에 호기심의 빛이 서렸다. "이를테면 어떤 방법이?"

"글쎄요, 지금 얼른 생각나는 것은 남자들만의 여행으로 위장하는 거예요."

"그렇지. 남자들끼리 온 것처럼 하면서 실은 여자가 섞여 오는군요."

나오미는 쓴웃음을 지었다.

"그렇게 단순하지는 않아요. 실제로 남자들끼리만 체크인을 해요. 유명한 분과 그 일행이라는 식으로. 그리고 그들과는 완전히 별도로 여자 혼자 체크인을 하죠. 겉으로 보면 그 여자는 남자들과 아무 관계도 없는 것처럼 행동해요. 하지만 실제로는……."

"밤이 되면 그 여자는 유명 인사의 방으로 가는군요."

"네, 그거예요." 나오미는 턱을 끄덕였다. "자주 쓰이는 방법이죠."

"그렇군. 옆에서 거들어주는 측근이 있으면 얼마든지 써먹을 만한 방법이네."

"일행 중 한 사람만 또 다른 손님과 커플일 거라고는 대개 생각하지 못하니까요."

"그렇겠네요." 닛타는 두 손으로 뒷머리를 감싸고 몸을 의자 등받이에 맡겼다. 하지만 곧바로 용수철이 튀듯이 벌떡 등을 세웠다. "일행 중 한 사람이 또 다른 누군가와 커플?"

닛타의 눈이 형사 특유의 눈빛으로 번뜩였다. 그 강한 눈빛에 당황한 나오미는 "그게 왜요?"라고 물었다.

그는 미처 대답도 하지 못한 채 깊은 생각에 빠진 듯 미간을 찡그렸다. 이윽고 힘차게 자리에서 일어났다.

"그래, 그거야. 그럴 가능성이 있어. 만일 맞다면 이건 엄청난 일이지만, 충분히 가능한 얘기야."

"닛타 씨, 대체 무슨 말이에요?"

그제야 닛타의 시선이 나오미에게로 향했다.

"고마워요. 당신 덕분에 큰 수수께끼가 풀릴 것 같아요. 그렇게 되면 당신이 오늘 저녁에 한 실수는 쓸데없는 일이 아니었다는 얘기가 됩니다." 그렇게 말하고 닛타는 발길을 돌려 계단을 향해 뛰기 시작했다.

29

이제 곧 자정, 날짜가 바뀌는 그 시간에 노세가 바에 들어왔다. 신기하다는 듯 가게 안을 둘레둘레 둘러본 뒤, 닛타를 알아봤는지 만면에 웃음을 지으며 이쪽으로 걸어왔다. 닛타는 자리에서 일어나 공손히 인사했다. 그는 아직 호텔 유니폼 차림이었다. 손님에게 건방진 태도를 보이는 호텔리어로 비쳐서는 안 될 터였다.

지하 1층에 있는 바였다. 폐점 시각인 새벽 1시까지 아직 조금 시간이 있었다. 가게 안에는 십여 명의 손님이 남아 있었다.

"오래 기다렸지?" 노세는 닛타 앞까지 오더니 끄덕 머리를 숙였다.

"아닙니다. 어서 앉으십시오." 애써 친절하게 의자를 권했는데 노세는 오히려 당황한 기색이었다. 닛타가 계속 서 있었기 때문일 것이다. 이런 때는 눈치가 젬병이라니까, 하고 속이 탔다. 어서요, 라고 눈짓을 하며 다시 권하자 그제야 눈치를 채고 "아…… 응, 응" 하면서 자리에 앉았다.

닛타도 자리에 앉자 웨이터가 주문을 받으러 왔다. 물론 웨이터는 닛타와 노세의 정체를 알고 있지만 다른 손님들의 시선을 무시할 수 없었을 것이다. 노세는 생오렌지주스를 주문했다.

"갑자기 오시라고 해서 죄송해요." 닛타가 작은 목소리로 사과했다. "오늘 밤 안에 꼭 말씀드릴 게 있어서요."

아이, 아니야, 라고 노세는 손을 저었다.

"신경 쓸 거 없어. 전에 닛타 씨가 호출했을 때는 데시마의 전화 트릭을 알아냈던 거였잖아. 이번에도 큰 선물이 떨어지려나 보다 하고 급히 달려왔어. 내 생각에는 그 수수께끼가 풀린 거 같은데, 어때? 오늘 아침에 내가 말했던 그 문제 말이야. x4는 노구치에게 왜 집안 컴퓨터를 쓰지 말라고 미리 못을 박지 않았는가 하는 거. 그렇지?"

탐색하는 듯한 노세의 눈빛에 닛타는 미소를 지었다.

"그 수수께끼 자체에 대한 건 아니지만, 관계가 있기는 하죠. 아직 추론일 뿐이지만 나는 충분히 가능성이 있는 가설이라고 생각하고 있어요."

노세는 등을 쭉 펴더니 가느다란 눈을 한껏 둥그렇게 떴다.

"이거 봐, 역시 내 말이 맞지. 닛타 씨라면 틀림없이 할 수 있다고 생각했어."

"아뇨, 아직 확증은 아무것도 없어요. 그래서 노세 씨의 도움이 필요합니다."

"물론이지, 얼마든지 도와주고말고. 뭐든 사양 말고 지시해줘. 하지만 우선 그 추론이라는 걸 들어봐야겠지?"

닛타는 고개를 끄덕이고 말을 꺼내려다 문득 입을 다물었다. 웨이터가 오렌지주스를 들고 오는 게 보였기 때문이다. 그것을 알아봤는지 노세는 자리에서 일어나 쟁반에서 오렌지주스와 계산서를 직접 들고 돌아왔다. 하지만 계산서를 흘끔 보자마자 눈을 연거푸 깜작거렸다.

"어이쿠, 주스 한 잔이 이렇게 비싸?"

"생오렌지주스거든요. 실제로 오렌지를 짜서 만든 거예요."

"역시나 일류 호텔 바는 다르네." 노세는 빨대로 마셔보더니 깜짝 놀란 얼굴이 되었다. "종이 팩 주스하고는 완전히 맛이 달라." 손수건으로 입가를 닦으며 몸을 앞으로 기울였다. "자, 어서 말해봐."

닛타는 유리잔에 든 물로 입을 축였다.

"x4의 계획에서 딱 한 가지, 도저히 납득할 수 없는 게 있었어요. 뭐냐 하면, 어째서 범행 수단을 통일하지 않았는가 하는 거예요."

"아하…… 범행 수단."

"첫 번째 사건은 교살이었고, 두 번째 사건은 액살이었어요. 이 두 가지는 그나마 비슷하지만, 세 번째 사건의 피해자는 후두부를 둔기로 얻어맞아 사망했어요. 모든 사건을 동일범에 의한 연쇄살인으로 위장하려고 했다면 살해 방법도 통일하려고 하는 게 맞지 않습니까?"

노세는 다시 주스를 한 모금 마시고 팔짱을 꼈다. "살인마 잭 더 리퍼처럼 말이지?"

"실제로 연쇄살인범이라고 항상 똑같은 방법을 쓰지는 않아요. 동일범이라는 것을 은폐하기 위해 매번 다른 방법을 선택하는 자도 적지 않죠. 다만 이번 케이스는 그 반대예요. 범인들은 동일범이 저지른 짓으로 위장하려고 했으니까요."

"음, 그러고 보니 역시 이상하네. 그래서 닛타 씨의 생각은?"

"범인들이, 아니, x4가 노린 것은 뭔가 다른 점이 아닐까요? 경찰이 동일범에 의한 연쇄살인 사건이라고 생각하지 않아도 좋다, 아니, 그러기는커녕 완전히 별도의 네 사람에 의한 범행이라는 것을 알아낸다고 해도 상관없다. 아무튼 중요한 건 경찰이 네 건의 살인 사건을 한 세트로 생각하도록 유도하는 것이다. 노구치에게 자기 집 컴퓨터를 쓰지 말라고 미리 다짐을 받지 않은 것도, 그렇게 생각해보면 해명이 되죠. x4에게는 사건의 개요가 밝혀지는 것 따위, 전혀 상관없었던 거예요."

하지만 노세는 얼핏 무슨 말인지 알아듣지 못한 듯 고개를 갸웃거렸다.

"뭔지 잘 모르겠네. 사건의 개요를 경찰에서 알아버리면 x4에게는 아무 메리트도 없는 거 같은데."

"보통은 그렇죠. 하지만 어떤 조건을 채우기만 하면 큰 메리트가 생겨나요."

노세는 턱을 당기고 아랫입술을 툭 내밀었다. "어떤 조건이지?"

"x4가 또 다른 살해 계획을 갖고 있다, 라는 겁니다."

"또 다른 살해 계획?" 역시나 노세는 숨을 헉 삼키며 놀라는 기색이었다. "그건 또 무슨 말이야?"

닛타는 주위에 사람이 없는 것을 확인한 뒤에 좀 더 얼굴을 가까이 대고 말했다.

"예를 들어 x4가 살해하고 싶은 사람이 두 명이었다고 치자고요. 근데 단순히 그 두 사람을 죽일 수는 없었다. 왜냐하면 만에 하나 경찰이 그 두 사건을 연결해서 수사할 경우, 용의자로 x4의 이름이 부각될 가능성이 높기 때문이다. 그래서 x4는 경찰이 두 사건을 연결하지 않도록 하려면 어떻게 해야 하는지 연구했다. 그렇게 해서 나온 것이 하나의 살인을 전혀 다른 세 개의 살인 사건과 연결해버린다는 아이디어예요. 구체적인 방법은 이미 알고 계시는 그대로예요. 불법 사이트를 통해 공범자를 모집해서 위도와 경도와 날짜를 조합한 기묘한 숫자 메시지를 현장에 남기는 방법이죠. 경찰은 네 가지 사건을 한 세트로 생각하고 있지만, 사실 마지막 x4의 범행만은 전혀 다른 곳에서 일어난 또 다른 살인 사건과 한 쌍이었다……. 어때요?"

노세의 입이 반쯤 벌어져 있었다. 닛타의 얼굴을 빤히 바라보는 가느다란 눈은 감정을 잃어버린 것처럼 보였다. 이윽고 그는 호흡

하고 숨을 들이쉬었다.

"그건 닛타 씨만의 추론, 즉 가설이지?"

"네, 아직은 가설에 지나지 않아요. 뒷받침할 만한 증거도 없고 그저 얼핏 떠오른 생각이라고 한다면 그것도 맞는 말입니다."

닛타의 말 중간에 노세가 크게 손을 저었다.

"아니, 아니, 아니야. 그런 식의 생각을 해낸다는 게 닛타 씨의 대단한 점이야. 뭔가 단서가 있어서 거기서부터 추리해나가는 것이라면 그런 형사는 내 주위에도 몇 명이나 있어. 하지만 닛타 씨는 달라. 아무 재료도 없이 스스로 범인이 되었다고 치고 무한한 상상력을 발휘해서 어느 누구도 생각해내지 못한 가설을 만들어내거든. 게다가 그 가설이 실로 설득력이 있어. 난 정말 깜짝 놀랐어. 이건 x4에게서 직접 얘기를 듣고 왔는가 싶을 만큼 훌륭해."

과장스러운 칭찬에 닛타는 저도 모르게 쓴웃음을 지었다. "에이, 그런 공치사는 됐고요."

"공치사가 아니야. 솔직한 느낌이야. 닛타 씨에게 이런 이야기를 들은 이상, 그 기대에 응하지 않을 수 없지. 당장 내일부터, 아니, 오늘 밤부터 뛰어보겠네. 그 가설이 맞다면 x4는 별도의 살해 계획을 갖고 있다는 거지?"

"그렇습니다. 그 범행이 이미 실행되었을 가능성도 높아요."

"즉 현 시점에서 이미 x4에게 살해된 피해자가 있다는 말인가?"

"예, 최근에 도쿄와 그 근교에서 일어난 살인 사건 중에 용의자가 아직 좁혀지지 않은 사건을 알아볼 필요가 있어요."

노세는 두 팔을 힘차게 테이블 위에 얹었다.

"좋아, 해보자고. 근데 문제는 최근 일어난 살인 사건들이 x4에 의한 범행인지 아닌지를 어떻게 알아보느냐는 거야. 뭔가 괜찮은 방법이 없을까?"

"저도 그게 가장 어려운 문제라고 생각해요. 하지만 한 가지 힌트가 있습니다. x4가 이 호텔을 범행 장소로 선택했다는 거예요. 그 선택에 아무 의미도 없다고는 생각되지 않거든요. 반드시 뭔가 있을 겁니다. x4 자신이든 피해자든 혹은 그 양쪽이든 분명 이 호텔과 어떤 관련이 있을 거예요. 그렇다면 또 한 명의 피해자 역시 어딘가에서 이 호텔과 연관되었을 가능성이 높아요."

노세는 찬찬히 닛타의 얼굴을 바라보더니 입가에 미소를 지으면서 천천히 고개를 좌우로 흔들었다.

"역시 대단해. 좋아, 그런 방향으로 가보자고. 당장 서에 돌아가 최근에 일어난 살인 사건에 대한 정보를 수집해볼게."

냉큼 일어서려는 노세를 닛타가 "잠깐만요" 하며 붙잡아 앉혔다.
"관할 밖에서 일어난 사건에 대해 조사하는 건 간단한 일이 아니잖아요? 노세 씨 혼자서 하시기 버겁다면 그쪽 과장님께 방금 그 이야기를 하고 우리 쪽 오자키 관리관에게 전해달라고 해주세요. 그러면 본청에서 움직여줄 겁니다. 데시마의 전화 트릭을 다 말해버렸을 때처럼 말이에요."

노세는 의아한 표정을 지었다. 그 얼굴을 보고 닛타가 고개를 저었다.

"아, 오해하지 마세요. 지난번 일에 대해 또 원망하자는 게 아니니까요. 이제 더 이상 제 수훈이니 뭐니 따질 때가 아니라고 생각해요. 한시라도 빨리 x4를 체포하고 싶다, 그냥 그것뿐이에요. 하지만 제 입으로 오자키 관리관에게 이런 제안을 하면 또다시 원래 주어진 임무에 집중하지 않는다는 식으로 생각할 겁니다. 그러니까 그쪽 관할서 과장님에게 이야기하더라도 제 이름은 대지 마시고요. 부탁드립니다."

"닛타 씨……." 노세는 미간에 주름을 잡고 고개를 끄덕였다. "알았어. 여차할 때는 그렇게 할게."

"여차할 때?"

노세는 자신의 가슴을 툭툭 쳤다.

"우선 나한테 맡겨봐. 나도 생각이 있어. 그러다가 힘에 부치면 우리 과장에게 울면서 매달릴 거야. 어때, 그래도 되겠어?"

"아니, 그러다가는……."

"괜찮아. 선수를 빼앗기는 바보짓은 안 해. 닛타 씨가 어렵사리 나한테 가장 먼저 얘기해줬잖아. 나도 콧김이 날 정도로 뛰어다니는 모습을 보여주겠어." 노세는 자리에서 일어섰다. "기다려봐. 내일 밤까지는 꼭 뭔가 찾아올 테니까." 그러더니 머리를 끄덕 숙이고 계산서를 든 채 출구로 향했다. 그가 너무 비싸다고 깜짝 놀랐던 오렌지주스가 유리잔에 반 이상 남아 있었다.

30

야마기시 나오미는 오전 9시를 조금 지나서 나타났다. 프런트 오피스 매니저 구가에게 늦어서 죄송하다고 사과하고 있었다. 분명 그녀답지 않게 지각을 하기는 했지만, 요즘 출근 시각 따위는 정해져 있지 않았다. 닛타를 지도해주는 역할을 맡으면서부터 때로는 한밤중까지 근무하는 처지였기 때문이다. 구가도 사과할 필요 없다고 웃으면서 말했다.

"아뇨, 인수인계가 9시니까 그때까지는 출근해야 주위에 폐가 되지 않는데…… 죄송해요." 야마기시 나오미는 다시 한 번 구가에게 머리를 숙인 뒤, 닛타 곁으로 다가왔다. 얼굴빛이 창백하고 눈도 조금 충혈되어 있었다. "좋은 아침이네요." 목소리에도 기운이 없었다.

"괜찮아요?" 닛타가 작은 소리로 물었다.

"뭐가요?"

"좀 피곤해 보이는데."

야마기시 나오미는 자신의 뺨을 두어 번 탁탁 두드리고 정신을 맑게 하려는 듯 머리를 흔들었다. "아무렇지도 않아요."

"혹시 잠을 제대로 못 잔 거 아니에요?"

대답이 없었다. 딱 맞힌 모양이다.

그러면 안 되죠, 라고 닛타가 말했다.

"프런트는 괜찮으니까 어디 가서 잠시 눈 좀 붙이고 와요. 내가 온 뒤로 야마기시 씨는 근무시간이 폭증했잖아요. 잠시 쉰다고 아무도 나무라지 않아요."

그녀는 흘끔 닛타를 올려다보며 고개를 저었다. "안 돼요."

"왜요? 나 때문이라면 걱정할 거 없어요. 체크아웃 업무는 이제 거의 완벽하게 할 수 있으니까."

"그런 게 아니에요."

"그럼 뭔데요?"

하지만 야마기시 나오미는 대답하지 않은 채 갑작스레 "안녕하십니까?"라고 상냥하게 말했다. 물론 닛타에게 던진 말이 아니라 프런트로 찾아온 남자 투숙객을 향한 인사였다. 그대로 그녀는 체크아웃 업무에 들어갔다.

이윽고 투숙객들이 차례차례 요금 정산을 위해 내려왔다. 진짜 프런트 직원들 사이에 섞여 닛타도 체크아웃 업무를 척척 해내고 있었다.

오늘 그가 처음으로 응대한 사람은 오만한 태도를 보이는 중년 남자였다.

"내가 지금 좀 급해. 빨리빨리 해주쇼. 영수증은 손으로 직접 써 줘. 인쇄한 건 안 되니까. 아, 그리고 날짜는 적지 말고." 거친 말투였다.

알겠습니다, 라고 대답하고 카드키를 받아 든 뒤 단말기를 두드렸다. 전에는 어떤 일에나 허둥거렸지만 이제는 자연스럽게 손이 움직였다.

"손님, 냉장고는 이용하셨습니까?" 말도 술술 나온다.

"응? 아, 맥주. 그리고 우롱차. 그 정도야. 이봐요, 빨리 좀 해달라니까."

손님의 혀 차는 소리는 한 귀로 흘려들었다. 명세서를 인쇄해 서명을 받으면 영수증 작성에 들어간다. 손님 이름 앞으로 되었는지 확인한 뒤에 기입하고 수입 인지를 붙이면 끝이다. 자신이 봐도 참으로 유연한 동작이었다. 말하는 방식이며 거동도 정말 호텔리어다워졌다고 스스로 실감한 적도 있었다. 게다가 그게 결코 싫지 않았다. 오히려 조금쯤 자랑스럽게 생각되었다.

"오래 기다리셨습니다. 이렇게 해드리면 되겠습니까?"

"응, 됐어요." 남자는 가로채듯이 영수증을 받아 들더니 부루퉁한 표정 그대로 빙글 돌아섰다.

"감사합니다. 또 찾아주시기를 기다리겠습니다." 그 등에 대고 인사를 하면서 내가 많이 변했구나, 라고 닛타는 생각했다.

그렇게 체크아웃 업무가 일단락되었을 즈음이었다. "닛타 씨, 잠깐만요." 구가가 말을 건네왔다. "야마기시도 잠깐"이라고 덧붙였다.

두 사람이 나란히 프런트를 나서자 "총지배인실에 가봐요. 나도 뒤따라갈 테니까"라고 구가는 말했다.

"무슨 일 있었습니까?" 닛타가 물었다.

"자세한 건 그쪽에 가서 얘기합시다." 구가가 목소리를 낮춰 말했다. 표정도 딱딱하게 긴장되어 있었다. 뭔가 일이 터졌다고 닛타는 느꼈다.

셋이서 총지배인실로 향했다. 구가가 노크를 하고 문을 열었다.

안에 발을 들이민 순간, 닛타는 적잖이 놀랐다. 이나가키의 모습이 보였기 때문이다. 모토미야도 와 있었다. 두 사람은 후지키와 소파에 마주 앉아 있었다. 후지키 옆에 있는 건 객실부장 다쿠라였다.

"바쁘실 텐데 미안하군요." 후지키가 말했다. "급한 일이 생겼어요. 그래서 이나가키 계장님도 이쪽으로 오시라고 했습니다."

"무슨 일이지요?" 닛타는 후지키에게서 원래의 상사에게로 시선을 옮겼다.

"자네도 알겠지만 내일이 토요일, 그 결혼식이 있는 날이야." 이나가키가 말했다.

물론 잘 알고 있는 일이었기 때문에 닛타는 말없이 고개를 끄덕였다.

"그래서 결혼식장 및 피로연장 주변 경비를 철저히 하려고 착착 준비하고 있었는데 갑작스럽게 또 다른 문제가 발생했어."

"어떤 문제인데요?"

이번에는 다쿠라가 닛타를 보며 말했다.

"와타나베 씨란 분이 내일 결혼식의 신랑인데, 방금 그 와타나베 씨에게서 연락이 왔어요. 오늘 밤에 이 호텔에서 묵으시겠다는 겁니다."

"엇, 그렇게 갑자기…… 왜 그런답니까?"

"아니, 이건 갑자기 나온 이야기가 아니에요. 원래 와타나베 씨와 다카야마 씨는 오늘 밤에 객실을 예약했었어요. 스위트룸으로."

닛타는 숨을 들이쉬고 이나가키를 보며 고개를 가로저었다. "그런 얘기, 저는 못 들었는데요."

"그렇겠지." 이나가키가 대답했다. "우리도 조금 전에야 알았어. 하지만 이야기를 들어보니 딱히 정보 전달에 실수가 있었던 건 아니야."

"그건 무슨 말씀이신지?"

"저희 호텔에서 결혼식과 피로연을 하시는 고객에게는 스위트룸 일일 숙박권을 선물로 드리고 있어요." 다쿠라가 말했다. "이용은 언제라도 하실 수 있는데, 그 두 분은 결혼식 당일로 예약하셨죠."

"당일이라면 내일이지요?"

"그렇습니다. 그런데 여기서 한 가지, 난처한 일이 생겼어요. 신부 다카야마 씨는 머리단장과 신부 화장을 친하게 지내는 스타일리스트에게 부탁하시기로 했어요. 그럴 경우에는 저희 호텔의 미용실을 이용하실 수 없습니다. 호텔 방을 잡아 거기서 화장을 하도록 하고 있지요."

"그럼 마침 잘됐군요. 스위트룸을 이미 확보했으니까요."

하지만 다쿠라는 고개를 저었다.

"닛타 씨도 아시다시피 저희 호텔의 체크인은 빨라야 오후 2시예요. 화장뿐이라면 그럭저럭 시간을 맞출 수 있겠지만 웨딩드레스 준비는 할 수가 없어요."

"웨딩드레스 준비라니요?"

"결혼식 스케줄을 생각하면 늦어도 오전 중에는 신부 화장을 위해 잡아둔 방에 드레스며 액세서리 들이 들어와야 한다는 얘기예요. 그래서 저희 호텔에서는 외부에서 스타일리스트를 데려올 경우에는 그 전날부터 방을 잡도록 하고 있어요."

그제야 다쿠라가 하는 말이 이해가 되었다.

"그러니까 스위트룸을 결혼식 전날과 내일, 이틀 동안 예약했다는 건가요?"

"그렇지요. 하지만 이런저런 사정이 있어서 당초에는 신랑 신부가 내일 하루만 와서 자기로 했었어요."

"근데 갑자기 오늘 밤에도 오겠다고 했군요?"

"그렇죠. 모처럼 좋은 방을 예약했으니 이틀 내내 이용하는 게 좋지 않겠느냐고 신랑이 말한 모양이에요. 물론 우리로서는 거절할 이유가 없습니다. 당연한 권리니까요."

닛타는 어깨를 으쓱했다.

"신부가 스토커에게 어떤 일을 당할지도 모르는데, 참 태평하네요."

"그건 어쩔 수 없어." 이나가키가 말했다. "신랑은 스토커의 존재도 알지 못하니까 말이야. 신부로서도 신랑이 오늘 밤에도 호텔에 묵겠다는데 거부할 수 없었을 거고."

닛타는 한숨을 내쉬며 고개를 끄덕였다. "그래서 저는 어떻게 할까요?"

"신랑 신부가 오늘 오후 5시쯤에 체크인을 할 모양이야. 그 이후에는 저녁 식사로 잠깐 밖에 나가는 일도 있겠지만 기본적으로는 계속 이 호텔 안에 있을 거야. 로비와 라운지라면 모토미야 일행이 감시 중이니까 괜찮은데, 두 사람이 방 안에 있을 때는 우리가 어떻게도 손을 쓸 수가 없어. 그러니까 자네는 되도록 프런트를 지키다가 객실에서 전화가 걸려올 경우 즉시 올라갈 수 있게 해야 돼. 만일 전화가 걸려오지 않으면 자네 쪽에서 간간이 전화를 해보라고. 전화하는 이유는 호텔 측에서 적당히 준비해주기로 했어."

"드레스의 반입 시각이라든가 신부 화장에 쓸 거울을 어떻게 할 것인가 등등, 이유는 여러 가지를 댈 수 있어요." 다쿠라가 설명을 덧붙였다.

"정기적으로 두 사람의 안부를 확인하라는 것이군요."

"그렇지. 감시 카메라로 방 입구를 지켜보고 있으니까 수상한 인물이 접근하면 그 즉시 알겠지만, 그래도 혹시나 해서 하는 말이야."

"알겠습니다."

"내 지시는 이상이야. 질문 있나?"

딱히 생각나는 게 없어서 닛타는 고개를 저었다. "없습니다."

"좋아. 그럼 담당 구역으로 돌아가게. 새삼 말할 것도 없는 일이지만, 다카야마 씨를 노리는 스토커가 반드시 우리가 쫓고 있는 범인이라고 판명된 건 아니야. 지금까지 해왔던 대로 긴장을 늦추지 말고 맡은 임무에 충실해주게."

"알겠습니다. 그럼 저는 이만 실례하겠습니다." 인사를 건네고 닛타는 문으로 향했다. 야마기시 나오미도 따라 나왔다.

사무실을 나와 잠시 걸어가는데 야마기시 나오미가 낮은 소리로 물었다. “그 일은 벌써 윗분들에게 얘기하셨어요?”

“그 일이라니, 무슨?”

“어젯밤 그거 말이에요. 사랑의 불장난 위장법을 이야기했을 때, 닛타 씨가 뭔가 생각해내신 것 같았는데.”

“아, 그거요? 그 일은 내 입으로는 말하지 않았어요.” 닛타는 걸음을 옮기며 대답했다.

“왜요? 아주 중요한 힌트를 떠올린 것 같은 느낌이었는데.”

“나도 나름대로 이런저런 생각이 있어요. 그보다…….” 닛타는 발을 멈추고 그녀 쪽으로 몸을 돌렸다. “당신에게는 정말 미안해요.”

“갑자기 왜 그런 말을?”

“당신이 어제 왜 편히 못 잤는지 생각해봤거든요. 답이 금방 나오더라고요. 어제, 당신답지 않은 실수를 했던 것과 똑같은 원인일 겁니다. 나하고 했던 약속이 마음에 걸려서 그렇죠?”

야마기시 나오미는 시선을 떨구었다. 긍정의 뜻으로 받아들여도 좋을 것 같았다.

“네 번째 범행을, 아니, 최소한 이 호텔에서 일어날 범행을 미연에 방지할 수 있는 방법을 뻔히 알면서도 그 말을 못하는 건 무척 힘들 거예요. 혹시 누군가 피해를 입기라도 하면……. 그 생각을 하면 잠이 안 오는 것도 당연하죠. 당신의 지친 표정을 보고 있으면 나는 정말 더 괴로워요. 그래서 한 가지 제안하려고요. 야마기시 씨, 잠시 일을 쉬는 건 어때요?”

멈칫하며 그녀가 얼굴을 들었다. 그 눈을 조용히 바라보며 닛타는 말을 이었다. "내일 결혼식 피로연이 끝날 때까지만 좀 쉬세요. 그게 끝나면 나하고 한 약속은 지킨 셈이잖아요? 그때 총지배인에게 모든 걸 얘기하면 돼요. 그러면 당신도 마음의 부담을 덜 수 있을 겁니다."

야마기시 나오미는 크게 숨을 들이쉬고 가슴을 쭉 폈다. 슬쩍 턱을 치켜들더니 닛타를 똑바로 응시했다.

"중요한 비밀을 떠안은 채 집에 틀어박혀 있으라고요? 그게 더 마음 편할 거라고 생각하세요?"

"야마기시 씨를 위해 그게 좋다고 생각했는데."

"나는 그렇게 나약한 사람이 아니에요." 단호하게 내뱉었다. "닛타 씨 말이 맞아요. 범행을 미연에 방지할 수 있는 방법을 뻔히 알면서도 침묵하고 있으려니까 정말 큰 죄책감이 들어요. 하지만 그렇기 때문에 더더욱 어딘가로 도망칠 수는 없어요. 다른 누구보다 내가 나서서 범행을 막기 위해 최선의 노력을 해야죠. 이런 때 일을 쉬다니, 그건 정말…… 말도 안 되는 행동이에요." 마지막 말에서는 절박함이 느껴졌다.

대단한 여자다, 라고 닛타는 새삼 감탄했다. 슬며시 웃으며 한숨을 내쉬었다.

"예, 알았어요. 그 일은 더 이상 말하지 않기로 하죠. 나도 단단히 각오할게요."

야마기시 나오미는 입을 한일자로 꾹 다물어 보인 뒤에 대답했다. "꼭 그렇게 해주세요."

프런트에 돌아와 닛타는 다른 직원들과 함께 통상적인 업무를 해나갔다. 금요일인 만큼 예약만으로도 거의 만실이었다. 저녁에는 체크인 하는 투숙객 응대에 쫓길 것 같았다.

벨 캡틴 스기시타가 프런트에 온 것은 막 오후 4시가 되려 할 때였다. 다른 프런트 직원과 잠시 이야기를 나눈 뒤에 그가 닛타에게로 다가왔다.

"이번 신랑 신부의 객실 문제 건은 닛타 씨와 상의하면 되지요?"

"네, 그렇습니다만 무슨 일이라도?"

"방이 정해졌습니까? 정해졌다면 짐을 갖다 두려고 하는데요."

"짐?" 야마기시 나오미가 옆에서 말했다. "웨딩드레스라면 내일 아침에 들어오기로 되어 있을 텐데요?"

"아뇨, 드레스가 아니고 택배예요. 내용물이 와인이라고 적혀 있는 걸 보면 아마 신랑 신부에게 온 선물인 모양이에요."

"선물?" 닛타가 물었다. "그 물건은 지금 어디 있죠?"

"벨 데스크에 있어요."

"그럼 안쪽 사무실로 갖다주세요." 닛타는 야마기시 나오미와 눈이 마주쳤다.

스기시타가 가져온 것은 와인 한 병을 포장한 듯 보이는 물건이었다. 주소는 이 호텔로 되어 있고 받는 사람에는 와타나베 노리유키와 다카야마 게이코의 이름이 적혀 있었다. 보내는 사람은 기타가와 아쓰미, 도쿄 기치조지의 주소가 쓰여 있었다. 단 전화번호는 없었다.

"이건 뭔가 이상하네." 닛타는 물건을 보자마자 말했다. "이 포장지는 백화점 것이죠. 보통 백화점에서 물건을 구입하면 직접 우송해주잖아요. 근데 이 택배 전표는 백화점 것이 아니에요. 일단 백화점에서 들고 나와 다른 장소에서 발송했다는 얘기예요."

"상자 안에 메시지를 적은 카드를 넣으려고 일단 집에 가져갔다거나?" 야마기시 나오미가 말했다.

"그런 거라면 먼저 카드를 준비해서 포장하기 전에 백화점 직원에게 상자 안에 넣어달라고 하겠지요."

"카드 넣는 건 와인을 구입한 뒤에야 생각났을 수도 있어요."

닛타는 그녀의 얼굴을 쳐다보았다.

"그렇다고 칩시다. 하지만 그런 때 당신이라면 어떻게 할까요? 구입한 와인을 집에 가져가는 것도 좋아요. 하지만 굳이 백화점에서 해준 포장을 뜯어내고 카드를 넣은 다음에 새로 포장할까요? 나라면 그렇게는 안 할 거 같은데. 따로 종이 박스를 준비해서 거기에 포장된 와인과 카드를 함께 넣을 겁니다."

스기시타도 동감이라는 듯이 고개를 끄덕였다. 야마기시 나오미도 작게 고개를 위아래로 끄덕였다.

"분명…… 그렇긴 하네요."

"예식팀의 니시나 씨에게 연락 좀 해봐요."

닛타가 말했을 때, 야마기시 나오미는 이미 핸드폰을 꺼내 들고 있었다.

"기타가와 씨라는 이름이 여기 있어요." 피로연 좌석표를 펼쳐놓고 니시나 리에는 말했다. 그녀가 손끝으로 가리킨 곳에는 분명 '기타가와 아쓰미'라고 적혀 있었다. 이름 위에는 '신부 친구'라고 되어 있었다.

"어떤 친구인지 알아요?"

"거기까지는……."

"이 친구분에게도 초대장 보냈지? 주소는 알고 있니?" 야마기시 나오미가 물었다.

"물론이지. 초대장은 전부 우리가 보냈으니까. 이게 명부예요." 니시나 리에는 닛타 앞에 파일 하나를 펼쳤다. 이름과 주소가 주르륵 적혀 있었다.

기타가와 아쓰미의 이름도 있었다. 주소는 택배 전표에 기입된 것과 일치했다.

"여기까지는 수상한 점은 없군요."

"하지만 전표에 전화번호를 적지 않은 건 이상하죠."

야마기시 나오미의 의견에 닛타도 동감이었다.

"다카야마 씨에게 전화 좀 해주실 수 있어요?" 니시나 리에에게 말했다. "사정을 말하고 기타가와 씨의 연락처를 알려달라고 해봅시다."

예식팀 담당자 니시나 리에는 미간을 찌푸렸다.

"사정을 꼭 말해야 할까요? 뭔가 다른 핑계를 대면서 알아내는 게 좋을 것 같은데……."

닛타는 조용히 손을 저었다.

"다카야마 씨가 두려워할까봐 걱정하는 건 알겠는데 이런저런 핑계를 대면 나중에 도리어 귀찮아져요. 기타가와 씨 본인이 분명히 택배를 보냈다고 확인되면 다카야마 씨도 안심하겠죠. 거꾸로 그렇지 않다고 하면 수수께끼의 인물에게서 수상한 물건이 도착한 것이니까 본인들에게 알려주지 않을 도리가 없어요."

닛타의 말을 이해했는지 니시나 리에는 심각한 표정을 하면서도 고개를 끄덕였다. 자신의 핸드폰을 꺼내더니 어떻게 설명해야 할지 잠시 생각한 뒤에 버튼을 누르기 시작했다.

전화는 곧바로 연결되어서 니시나 리에는 통화를 시작했다. 신중한 말투로 용건을 꺼냈다. 일단 확인을 위해, 만에 하나의 경우를 고려해서, 라는 말을 거듭 사용하고 있었다. 다카야마 게이코가 상당히 놀라는 모양이었다.

"알겠습니다. 그럼 기다리겠습니다." 그렇게 마무리하고 니시나 리에가 전화를 끊었다. 기타가와 아쓰미의 전화번호를 물어보는 기척은 없었다. "자신이 직접 기타가와 씨에게 확인하신다는군요. 확인하는 대로 저한테 전화를 주시겠다고요." 닛타와 야마기시를 보며 말했다.

"그래요. 그렇다면 됐어요."

"다카야마 씨는 기분이 어떤 거 같아?" 야마기시 나오미가 물었다. "역시 불안해하지?"

"응, 기타가와 씨는 대학 때부터 알던 친구인데 호텔로 와인 선물을 보내느니 아마 직접 집으로 그릇 같은 걸 보냈을 사람이래."

그녀들의 대화를 듣고 닛타도 분명 그럴 거라고 생각했다.

답답하고 무거운 침묵의 시간이 흘러갔다. 와인 선물은 책상 위에 놓인 채였다. 그것을 바라보며 닛타는 다양한 추측을 해보았다. 최악의 경우도 고려해야 할 터였다. 상황에 따라서는 즉시 이나가키에게 알릴 필요가 있을 것이다. 물론 웃어넘길 일로 끝나준다면 무엇보다 다행이지만.

니시나 리에의 핸드폰이 울렸다. 가라앉아 있던 공기가 그 순간 팽팽해졌다.

"네, 니시나예요……. 아, 그렇습니까……. 네…… 네……."

목소리 톤이 떨어지면서 얼굴이 창백해져갔다. 그것만으로도 닛타는 사태를 짐작할 수 있었다. 야마기시 나오미와 서로 얼굴을 마주 보았다. 그녀의 표정도 창백해져 있었다.

니시나 리에가 전화기를 손으로 막고 닛타 쪽을 보았다.

"기타가와 씨에게 직접 확인해봤는데 그런 물건은 보낸 적이 없다고 하셨대요." 예상했던 대답이었다.

"다카야마 씨에게 이쪽에서 나중에 연락하겠다고 하고 일단 전화를 끊어주세요." 닛타는 책상 위로 시선을 던졌다. 야마기시 나오미가 소포에 손을 내밀고 있었다. "앗, 손대면 안 돼요!" 저도 모르게 목소리가 거칠어졌다. 그녀는 움찔해서 손을 움츠렸다.

닛타는 침을 꿀꺽 삼키고 숨을 가다듬은 뒤에 다시 입을 열었다. "이 물건에는 아무도 손대지 말아요. 감식과에 연락해서 사람을 부를 겁니다."

"감식……." 야마기시 나오미가 눈을 깜빡였다.

"게다가 여기서는 포장을 뜯을 수 없어요. 그 전에 엑스선으로 내용물을 확인할 필요가 있으니까."

"내용물이 와인이 아니라는 건가요?"

"겉으로 보기에는 와인일 수도 있죠. 하지만 상자를 연 순간, 폭발하지 않는다는 보장이 없어요."

야마기시 나오미의 몸이 굳어지는 것을 유니폼 너머로도 알 수 있었다.

31

오후 5시를 넘어섰을 무렵이었다. 로비의 분위기가 변했다는 것을 나오미는 느꼈다. 남자 투숙객의 체크인 수속이 한창이었지만 그녀는 저도 모르게 고개를 들고 주위를 급히 살펴보았다.

로비에 수사관이 잠입 중이라는 건 이미 알고 있다. 이미 몇몇 형사는 얼굴까지 알고 있었다. 그런데 그들의 기척이 뭔가 달라졌다. 모두들 긴장된 표정으로 정면 현관 쪽을 보고 있었다.

나오미도 그쪽으로 시선을 던졌다. 예상한 대로였다. 다카야마 게이코가 남자와 팔짱을 끼고 들어오는 참이었다. 남자는 내일의 신랑, 즉 와타나베 노리유키일 터였다. 키가 크고 호리호리한 인상이었다.

“왜 그래요?” 갑작스러운 말에 나오미는 흠칫했다. 남자 투숙객이 의아한 얼굴로 쳐다보고 있었다.

“아, 아무것도 아닙니다. 실례했습니다.” 서둘러 수속을 마치고 벨보이에게 손짓을 했다. 카드키를 건네고 손님을 객실로 안내하도록 지시했다.

편히 쉬십시오, 하고 머리를 숙이고 나서 다시 현관 쪽을 살펴보았다. 와타나베 노리유키와 다카야마 게이코는 결혼식 포스터를 구경하고 있었다. 내일의 결혼식을 상상하고 있는지도 모른다. 이 모델이 입은 드레스보다 이번에 당신이 입을 드레스가 더 멋있어, 라는 식으로. 신부와 달리 신랑 쪽은 머릿속에 온통 행복만 가득할 것이다.

한참 동안 포스터를 구경한 뒤에 두 사람은 프런트로 다가왔다. 곁에 있던 닛타가 눈으로 신호를 보내왔다. 이 두 사람은 나오미가 응대하기로 사전에 정해두었다.

“어서 오십시오. 체크인이시지요?”

“네, 와타나베예요.” 와타나베 노리유키가 말했다. 다카야마 게이코와 팔짱을 낀 채였다.

“와타나베 노리유키 손님, 오래 기다리셨습니다. 결혼식, 진심으로 축하드립니다.”

머리를 숙이고 숙박부를 내밀었다. “여기에 기입해주시겠습니까? 와타나베 손님 것만 적어주셔도 됩니다.”

보통 때와는 달리 이미 카드키 등은 준비되어 있었다. 와타나베 노리유키가 숙박부에 기입하는 동안, 나오미는 다카야마 게이코의 상태를 살펴보았다. 그녀는 명백히 불안해하는 모습이었다. 희미하게 미소를 지으면서도 어딘지 두려움에 떠는 기색이 스며 나오는 것 같았다. 장차 남편 될 사람이 그 표정에서 아무것도 읽어내지 못하는 걸까. 와타나베 노리유키가 무심하기 짝이 없는 사람으로 보였다. 물론 그런 마음은 전혀 내색할 수 없었다.

숙박부 기입이 끝나자 카드키와 서비스 티켓 등을 접수대에 올려놓았다. 부대 서비스에 대해 설명한 뒤에 벨보이를 불렀다. 세키네라는 수사관이 달려왔지만 그도 닛타와 마찬가지로 호텔 유니폼이 이제는 제법 잘 어울렸다. 아무도 미심쩍게 생각하는 일은 없을 것이다.

내일 결혼할 신랑 신부가 엘리베이터 홀로 사라질 때까지 배웅한 뒤에 나오미는 닛타를 돌아보았다. 저도 모르게 한숨이 새나왔다.

"주사위는 던져졌군요." 닛타가 말했다.

"다카야마 씨가 어떻게든 예정을 변경하실 줄 알았는데."

"어쩌지도 못하는 거겠죠. 결혼식이 당장 내일인데 이제야 스토커가 목숨을 노리고 있을지도 모른다는 얘기를 신랑에게 털어놓는 건 상당한 용기가 필요한 일이에요."

"그건 저도 알지만……."

그 와인, 아니, 정확히 말하면 내용물이 와인으로 표시된 그 물품은 경시청 감식과에서 회수해 갔다. 폭발의 위험성 등을 고려하여 경우에 따라서는 어딘가 안전한 장소에서 개봉할 예정이라고 했다. 내용물이 무엇인지에 대해서는 아직까지 연락이 없었다.

다카야마 게이코에게는 니시나 리에를 통해 그런 이야기를 전하기로 했다. 그러면서 오늘 밤 숙박을 어떻게 할 것인가도 함께 확인하도록 했다. 호텔 측으로서는 오늘 밤에는 오지 않았으면 하고 바랐지만 이제 와 새삼스럽게 예정을 바꿀 수 없다는 것이 다카야마 게이코의 대답이었다. 내일 있을 결혼식을 위한 모든 준비를 오늘 밤 호텔에 묵는 것을 전제로 추진해버렸기 때문이라고 했다. 물론 스토커 일은 어떻게든 신랑에게 들키지 않으려는 마음도 강했을 것이다.

두 사람이 묵게 될 스위트룸은 호텔 직원이 객실 점검을 마친 뒤에 경찰 감식과에서 수상한 물건이나 도청기의 유무 등을 조사했다. 경찰에서 호텔 직원 중에 범인이 있을 가능성도 고려하고 있다는 건 명백했다. 내일 아침에는 웨딩드레스며 부케, 신랑 예복 등이 스위트룸에 도착할 것이고 그 전에 다른 방에 대기 중인 감식과 여성 직원이 그 물건들을 일일이 체크하기로 되어 있었다.

"만일 와인을 보낸 사람이 범인이라면 다음에는 또 무슨 짓을 할까요?" 나오미는 닛타에게 물었다.

닛타는 생각에 잠긴 얼굴로 팔짱을 꼈다.

"아직 와인의 실체를 모르니까 섣불리 말할 수는 없지만, 만일 독극물 따위를 넣었다면 범인은 우선 그 일이 잘되었는지 확인하려고 할 거예요."

"확인이라면……."

"범인이 의도한 대로 두 사람이 와인을 마시고 사망했다고 합시다. 쓰러진 두 사람을 발견한 호텔 측에서는 즉시 병원과 경찰에 연락하겠죠. 곧바로 구급차와 경찰차가 달려오고……."

닛타가 무슨 말을 하려는지 알 수 있었다. 나오미는 고개를 끄덕였다.

"호텔 근처에서 지켜볼 거라는 얘기군요?"

"내가 범인이라면 그럴 겁니다. 문제는 언제까지 지켜보느냐는 거예요. 구급차나 경찰차가 오지 않았다고 계획이 반드시 실패했다고는 할 수 없어요. 두 사람이 언제 와인을 마실지는 알 수 없으니까요. 일반적으로는 저녁 식사 후, 방에 돌아간 다음이겠죠. 그런 경우라면 설령 두 사람이 사망한다고 해도 아침까지 발견되지 않을 가능성이 높아요. 단 아침에는 틀림없이 발견됩니다. 웨딩드레스 등이 그 방에 도착하기로 되어 있으니까요. 늦더라도 내일 오전 11시쯤까지 이변이 일어나지 않는다면 범인은 계획이 실패했다고 판단하겠죠."

닛타의 설명을 듣고 나오미는 이해가 갔다. 자신이 범인이라도 그렇게 생각할 터였다.

"계획이 실패했다는 것을 알면 범인은 어떻게 할까요?"

"글쎄요, 그건 좀." 닛타는 고개를 갸우뚱했다. "만일 와인을 보낸 사람이 x4라면 그리 쉽게 포기하지는 않을 거예요. 이렇게까지 교묘한 수단을 쓰는 걸 보면."

"결혼식이나 피로연이 한창일 때 뭔가 일을 벌일 수도 있겠네요?"

"그럴 가능성이 아주 많죠. 또 그런 행사가 무사히 끝났다고 해도 방심은 금물이에요. 신랑 신부는 내일도 이 호텔에서 묵기로 했으니까."

그렇다. 이 긴장감은 두 사람이 체크아웃을 하고 떠나는 모레 아침까지 계속되는 것이다.

체크인을 하려는 투숙객이 다시 띄엄띄엄 찾아왔다. 나오미는 물론이고 닛타도 체크인 업무에 전념했다. 이제 닛타는 프런트 직원으로서 충분히 한 사람 몫을 하고 있었다.

로비의 분위기가 다시 바뀌었다고 감지한 것은 곧 저녁 7시가 될 무렵이었다. 손님으로 위장한 수사관 한 명이 빠른 걸음으로 엘리베이터 홀로 향했던 것이다.

나오미는 닛타를 쳐다보았다. 평소에 그는 무전기를 갖고 있지 않지만 지금은 귀에 이어폰이 꽂혀 있었다.

"다카야마 씨 일행이 저녁 식사를 하려고 방에서 나왔다는군요. 맨 위층 철판구이 식당, 7시 예약이래요."

"그래서 형사분이 올라갔군요."

닛타가 피식 웃었다.

"그 형사, 완전 땡 잡았네. 호텔 레스토랑의 철판구이 요리를 공짜로 먹다니. 술까지는 못 마시겠지만." 닛타는 상의 안주머니에 손을 넣어 핸드폰을 꺼냈다. 나지막한 목소리로 두세 마디 이야기한 뒤에 전화를 끊었다. 얼굴 표정이 심각해져 있었다.

무슨 일이냐고 나오미가 물었다. 닛타는 주위에 듣는 사람이 없는 것을 확인하고 나오미의 귓가에 얼굴을 바짝 댔다.

"감식과에서 중간보고가 들어왔답니다. 그 와인, 폭발물은 아니었어요." 낮지만 정확한 목소리로 속삭였다. "근데 병뚜껑에 씌워진 커버에 바늘로 찌른 듯한 구멍이 있었대요. 안의 코르크 마개를 조사해보니 역시 바늘로 관통한 자국이 있었고, 두 개의 구멍의 위치가 완전히 일치해서 누군가 주삿바늘을 꽂았을 가능성이 높다는군요."

"주삿바늘이라면……."

닛타는 날카로운 눈매로 천천히 고개를 끄덕였다.

"그냥 한번 찔러본 건 아닐 것이고 뭔가 약을 넣었다고 봐야죠."

"약이라니…… 독극물요?"

아마도, 라고 닛타는 대답했다. "어떤 것이 섞였는지는 아직 밝혀지지 않았어요. 자세히 분석하려면 시간이 좀 걸릴 거예요."

나오미는 갑자기 입안이 바짝 마르는 느낌이었다. 오싹 한기가 들면서 온몸에 소름이 돋았다.

살인 사건의 수사에 참여하고 있다는 자각은 지금까지도 갖고 있었다. 닛타에게서 수사상의 극비 사항까지 들었고 자신에게 엄청난 책임이 있다는 것도 인식하고 있었다. 그래도 머리 한 귀퉁이에서는 미처 현실로 받아들이지 못한 부분이 있었다. 그런 큰 사건은 자주 일어나는 게 아니다, 한참 떠들썩하다가 결국 무사히 넘어갈 것이다. 이런 낙관적인 생각이 아직도 어딘가에 남아 있었다.

하지만 마침내 절감했다. 이건 현실이다. 어딘가에 살인을 획책하는 사람이 있고 이미 행동에 나선 것이다.

나오미는 가만히 있을 수가 없었다. 프런트에서 밖으로 나가려다가 닛타에게 어깨를 잡혔다. "어디 가려고요?"

"레스토랑에 가서 신랑 신부를 좀 보고 오려고……."

닛타는 쓴웃음을 지으며 고개를 저었다.

"레스토랑에는 아까 그 형사 외에도 경비팀이 있어요. 당신이 가봐야 별수 없어요. 내가 한 얘기, 잘 생각해봐요. 와인에 독극물을 넣었다면 범인은 오늘 밤에는 움직이지 않을 거라니까요."

"아 참, 그랬지요."

"본격적인 싸움은 내일이에요. x4가 노리는 사람이 다카야마 씨라면 그렇다는 얘기지만." 닛타는 신중한 말투였다.

32

밤 10시 정각. 닛타는 오자키, 이나가키 등과 함께 사무동 회의실에 와 있었다. 그 밖에 십여 명의 수사관이 한자리에 모였다.

화이트보드에는 결혼식장이 있는 층과 피로연장이 있는 층의 약도가 붙어 있었다. 경비 수사관이 어떤 식으로 배치되는지 사인

펜으로 상세히 표시되어 있었다.

“택배를 취급한 회사를 알아냈어. 고엔지 역 근처 편의점이야.” 이나가키가 서류를 들여다보며 목소리를 높였다. “어제 오후 2시경에 물건을 맡겼어. 하지만 편의점 직원의 말을 그대로 빌리면 ‘젊은 남자였던 것 같다’라는 거야. 말투로도 알겠지만 그 직원의 기억이 몹시 애매해서 손님의 얼굴은 물론이고 옷차림도 변변히 기억하지 못했어. 따라서 젊은 남자라는 이미지에 얽매이지 않도록 주의할 것. 그리고 와인을 구입한 백화점 말인데, 이쪽은 손님에 대해 기억하는 직원이 아예 없었어. 애초에 언제 사 갔는지도 확실하지 않아. 어제가 아니라는 건 전표를 통해 이미 밝혀졌지? 다음으로 감식과에서 추가 정보가 들어왔어. 와인 병에서 지문은 전혀 발견되지 않았다. 천으로 닦은 흔적도 없다고 하니까 아마 범인은 장갑을 사용한 것으로 보인다. 포장지와 상자에서 지문 몇 점이 발견되었지만, 구입 때와 택배로 보낼 때만 조심하지 않았을 리는 없으니까 그 지문들 중에 범인의 것이 있기를 기대하기는 어려워.”

닛타는 조용히 한숨을 내쉬었다. 한마디로, 현재로서는 그 와인에서 아무 단서도 얻어내지 못했다는 것이다.

한 수사관이 와인 발송자로 이름이 도용된 기타가와 아쓰미를 찾아가 듣고 온 내용을 보고했다. 그에 의하면, 내일 결혼식에 대해 이야기한 건 함께 참석하기로 한 대학 시절의 친구들 정도라고 했다. 축의금을 얼마로 할지, 전화로 상의한 모양이었다. 자신의 이름을 도용당한 것에 대해서는 전혀 짐작 가는 바가 없다고 했다.

"그 여자 이름을 사용한 건 아마 우연일 겁니다." 이나가키가 옆자리의 오자키에게 말했다. "누군가 다카야마 씨의 우편물을 자주 훔쳐봤다고 했어요. 결혼식 참석 확인 엽서를 봤다면 내일 식장에 나오는 사람의 주소쯤은 쉽게 알아낼 수 있죠."

동감이라는 듯 오자키는 말없이 고개를 끄덕였다. 표정이 밝지 않은 것은 수사가 진전된다는 느낌이 없기 때문일 것이다.

"범인이 오늘 밤 신랑 신부가 이 호텔에 숙박하는 것을 미리 알고 있었던 점에 대해서는 어떤가? 뭔가 알아냈나?" 이나가키의 시선 끝에는 모토미야가 있었다. 모토미야는 수첩을 들여다보며 자리에서 일어섰다.

"이것도 우편물을 몰래 훔쳐보고 알아냈을 가능성이 높습니다. 몇 주 전에 결혼식과 피로연의 대략적인 견적서가 다카야마 씨에게로 우송되었습니다. 그 명세서에 '스위트룸 이박'이라는 내용도 적혀 있었다고 합니다. 단 일박분은 호텔 서비스 사항이어서 무료라고 되어 있었습니다. 그 서류를 봤다면 결혼식 전날과 당일에 이 호텔에서 묵는다는 건 쉽게 상상할 수 있었을 것으로 보입니다. 오히려 범인은 원래 두 사람이 오늘 밤에는 숙박하지 않을 예정이었다는 것을 알지 못했던 거 아닐까요?"

이나가키가 얼굴을 찌푸리며 머리를 긁적였다. "우편물을 신부의 주소로 보낸 것이 애초에 잘못이었군."

모토미야의 말을 듣고 문득 의문이 생겼다. 닛타는 손을 들었다. 무슨 질문이냐는 말 대신 이나가키가 손끝으로 직접 닛타를 가리켰다.

"우송한 것이 견적서뿐이었습니까? 거기에 결혼식이나 파티 진행표 같은 것은 첨부되지 않았어요?"

어떠냐고 이나가키가 모토미야에게 물었다. 모토미야는 글쎄요, 라면서 고개를 갸우뚱했다.

"그 외에 무엇을 우송했는지는 확인을 못했습니다. 왜, 진행표에 뭔가 문제가 있어?" 뒤에 붙인 질문은 닛타에게 던진 것이었다.

"누군가 다카야마 씨를 노린다는 것을 알게 된 건 예식팀에 수상한 전화가 걸려왔기 때문이었어요. 다카야마 씨의 오빠라면서 결혼식과 피로연의 자세한 스케줄을 알아내려고 했죠. 하지만 우편물에 행사 진행표가 들어 있었다면 범인은 굳이 그런 전화를 할 필요가 없었을 텐데요."

"그럼 우편물에 행사 진행표 같은 건 넣지 않았던 모양이지." 이나가키가 시원스레 말했다.

"일단 확인해보겠습니다." 모토미야는 핸드폰을 손에 들고 회의실을 나갔다.

만일 진행표가 우송되지 않아서 범인이 그걸 알아낼 기회가 없었다고 해도 그 전화는 뭔가 이상하다, 라고 닛타는 생각했다. 와인으로 독살할 계획이었다면 결혼식이나 피로연 스케줄 따위, 별 상관이 없을 터였다. 게다가 그런 전화를 걸지 않았다면 범인은 아마 독살에 성공했을지도 모른다.

이윽고 모토미야가 돌아왔다. 뭔가 당혹스러운 표정으로 닛타를 쳐다본 뒤, 시선을 상사들에게로 향했다.

"어땠어?" 이나가키가 물었다.

"진행표도 함께 우송했다는데요? 지금 곧 복사본을 만들어달라고 했습니다."

이나가키는 허를 찔린 듯한 표정으로 오자키와 서로 얼굴을 쳐다보았다.

닛타가 사무동을 나올 때쯤에는 시곗바늘이 밤 11시를 넘어서고 있었다. 범인은 진행표를 봤을 텐데도 어째서 예식 코너에 일부러 전화를 했는가. 그 의문은 결국 마지막까지 풀리지 않았다. 진행표에는 대략적인 식순만 적혀 있을 뿐, 자세한 시간까지는 적혀 있지 않았다. 그래서 범인이 좀 더 정확한 것을 알고 싶었던 게 아니냐, 라는 것이 이나가키의 의견이었지만 닛타는 여전히 고개를 갸웃거리지 않을 수 없었다. 설령 자세한 일정을 알아낸다고 해도 결혼식과 피로연이 꼭 그 시간표대로 진행된다고는 할 수 없기 때문이다.

석연치 않다는 마음을 품은 채 호텔 로비로 돌아왔다. 프런트에 야마기시 나오미의 모습은 없었다. 오늘 밤, 그녀는 오랜만에 일찌감치 퇴근했다. 그렇게 하라고 닛타가 강력히 권했던 것이다.

"내일은 본격적인 싸움을 벌이는 하루가 될 거예요. 오늘 밤에는 체력을 비축해두는 게 좋아요." 그 말에 고집 센 그녀도 고개를 끄덕였다.

프런트를 향해 걸어가는데 핸드폰이 울렸다. 노세에게서 온 것이었다.

"네, 닛타입니다."

"응, 수고가 많지? 노세야. 잠깐 위층으로 올라올 수 있어?"

"위층이요?" 닛타는 핸드폰을 귀에 댄 채 위쪽을 올려다보았다. 2층 난간 너머로 노세가 아래를 굽어보고 있었다. 그 둥글둥글한 얼굴을 보며 "언제 왔어요?"라고 물었다.

"방금 왔지. 급히 얘기해줄 게 있어서 말이야. 회의 중이라고 해서 여기서 기다리고 있었어."

노세의 목소리에는 어딘가 자신만만함이 담겨 있었다. 아무래도 수확이 있었던 모양이다. 닛타는 일부러 별말 없이 전화를 끊고 옆의 에스컬레이터에 올랐다.

둘이서 예식 코너로 들어갔다. 당연한 일이지만 인기척은 없고 게다가 어둠침침했다. 조명 일부를 켜놓고 테이블 너머로 마주 앉았다.

"실은 수사 1과 자료팀에 내 동기가 있어. 그래서 현재 경시청에서 취급하는 살인 사건에 대한 정보를 슬쩍 얻어 왔지." 노세는 수첩을 펼치며 말했다. "내가 사는 곳인데 이런 말을 하는 것도 좀 그렇지만, 우리 도쿄, 살인 사건이 정말로 많더라고. 올해 들어 일어난 살인 사건이 인지된 것만 해도 130건이 넘고 그중 30여 건은 미제 사건이야. 그 속에 이번에 x4가 작당한 살인 사건 세 건도 포함되어 있더라고."

한 달에 열 명 이상이 살해되었고 그중 4분의 1은 범인을 검거하지 못했다는 얘기다. 아닌 게 아니라 험악한 도시라고 닛타는 새삼 생각했다.

"미제 사건 30여 건을 전부 조사하는 건 역시 어렵겠다 싶어서 최근 3개월 동안 일어난 사건으로 범위를 좁혀서 조사해봤어. 해당되는 사건은 여섯 건이야. 그중 한 건은 뺑소니 사고, 그리고 두 건은 폭력 조직 간의 세력 다툼에 얽힌 살인이었어. 이건 닛타 씨가 말한 사건과는 전혀 성격이 다르니까 일단 제외해도 된다고 판단했어."

"그렇죠. 그건 제외해도 됩니다."

"나머지 세 건 중 한 건은 이른바 무차별 살인이라는 것이었어. 스미다 공원 옆에서 노숙자가 사망한 채로 발견된 사건이야. 여러 명의 범행으로 보이는 폭행 흔적이 있었어."

그 사건이라면 닛타도 알고 있었다. 불량소년들에 의한 범행으로 추정되고 있을 터였다. 진짜 세상 참 고약해졌다.

"그건 빼도 될 것 같네요."

"그렇지. 다음은 강도 살인이야. 살해된 사람은 나카노 구에서 혼자 살던 부호 할머니인데 현금 등을 도난당했어. 얼핏 보기에는 금전을 목적으로 한 범행이긴 한데……" 의견을 청하듯이 노세가 슬쩍 눈을 치켜떴다.

"섣불리 단정하는 건 위험하죠. 강도 사건으로 위장한 살인일 가능성도 있어요."

노세는 만족스러운 듯 웃음을 흘렸다.

"응, 나도 같은 생각이야. 이 사건은 나카노 경찰서에 수사본부가 설치되었어. 예전에 함께 일했던 형사가 수사에 참여하고 있길래 그 사람을 통해 혹시 피해자가 코르테시아도쿄 호텔과 관계가 있는지 유족에게 확인 좀 해달라고 했지."

"그런 묘한 부탁을 하는데도 그 형사가 이상하게 생각하지 않았어요?"

노세는 크흐흐 하고 몸을 흔들며 웃었다.

"상관없어. 내가 평소에 괴짜 같은 짓만 하잖아. 그나저나 그 결과 말인데, 우리 할머니는 그런 고급 호텔과는 관련이 있을 리 없다, 라는 게 유족들의 대답이었대. 좀 더 샅샅이 조사하면 뭔가 나올지도 모르지만 우선 이 사건은 제외해도 되겠지?"

"네, 맞습니다."

"그렇다면 남는 건 한 건인데, 이게 또 아주 복잡하더라고." 손끝에 침을 묻혀 수첩을 넘겼다. "실은 아직 정식 살인 사건으로 수사본부가 설치되지 않은 사건이야."

"어째서죠?"

노세는 수첩에서 얼굴을 들고 말했다. "사망 원인이 확실치 않다는 거야."

그에 의하면, 사망한 사람은 마쓰오카 다카시라는 스물네 살의 남성 모델이고, 한 달쯤 전에 시모타카이도의 자택에 쓰러져 있는 것을 동거녀가 발견했다. 곧바로 구급차를 불렀지만 구급대원이 도착했을 때는 이미 심장이 멈춘 상태였다.

"특별한 외상은 없고, 집 안 테이블 위에 맥주며 레몬소주 병이 뒹굴고 있었대. 원래 영양실조가 의심될 만큼 비쩍 마른 사람이라서 대낮부터 술을 마시다가 심장 발작을 일으켜 사망했을 거라고 당초에는 그렇게 생각했던 모양이야. 명색만 모델이지 일거리가 거의 없어서 실제로는 여자가 대주는 돈으로 먹고살았으니까 아마 살인 사건은 아닐 거라고들 생각했던 거 같아."

"근데 살인 사건일 가능성이 드러난 거예요?"

"응, 동거하던 여자가 피해자에 대해 대낮부터 술을 마실 사람이 아니다, 라고 강력히 주장했어. 혹시 술을 마셨더라도 소량이었을 거라고 말이야. 그래서 우선 혈액검사를 해봤어. 그랬더니 분명 혈중 알코올 농도가 그리 높지 않은 거야. 그제야 부랴부랴 부검이 실시되었지. 하지만 그랬는데도 결국 사망 원인을 밝혀내지 못했어. 독극물이 사용된 흔적도 없었고. 다만 딱 한 가지, 발견된 것이 있었어." 노세는 집게손가락을 세웠다. "오른쪽 발목에 주삿바늘 흔적이 있었다는 것."

"주삿바늘? 하지만 독극물이 사용된 흔적은 없다고……."

노세는 씩 웃더니 다시 수첩을 들여다보며 말했다.

"사용한 흔적이 사라져버리는 독극물이 몇 가지 있다고 하더라고. 근육 이완제 같은 거. 그렇긴 한데 주삿바늘 흔적만으로는 살인이라고 단정할 만한 근거가 너무 미약해. 그래서 내내 살인 사건으로 다루지 못했던 거야. 물론 수사는 하고 있는데 현재로서는 이렇다 할 단서가 없는 상황이야."

닛타는 고개를 끄덕이고 손끝으로 테이블을 툭툭 치며 머릿속을 정리했다.

"그게 살인 사건이라면 제가 세운 추리가 성립할 만한 조건은 모두 갖춘 셈이군요."

"응, 나도 그런 생각이 들어서 당장 친구에게 연락을 취했어."

"친구라뇨?"

"다카이도 경찰서 경무과에 함께 마작을 하는 친구가 있거든. 그 친구한테 부탁해서 피해자와 동거하던 여자를 좀 만나게 해달라고 부탁했어."

닛타는 눈을 깜빡거리며 노세의 얼굴을 찬찬히 바라보았다.

경시청 수사 1과의 자료팀에는 동기가 있고, 나카노 경찰서에도 다카이도 경찰서에도 인맥이 있다. 얼핏 보기에는 시원찮은 풍채의 이 중년 아저씨가 실은 엄청난 배경을 갖고 있다는 것에 닛타는 새삼 감탄했다. 어젯밤 '콧김이 날 정도로 뛰어다니는 모습을 보여주겠다'고 자신만만하게 말했던 것도 그만한 근거가 있었던 것이다.

"왜 그래?" 노세가 물었다.

"아뇨, 아무것도 아니에요." 닛타는 고개를 저었다. "그래서 그 여자를 만나셨어요?"

"음, 만나고 왔어."

노세에 의하면 여자의 이름은 다카토리 세이카, 도쿄의 설계사무소에 다니는 디자이너라고 했다. 사망한 마쓰오카 다카시보다 네 살 연상이고 작년 말 어느 뮤지컬을 보러 갔을 때, 마침 옆자리에 앉았던 인연으로 서로 사귀게 되었다. 그 뒤로 데이트를 거듭하다가 올해 들어 동거를 시작한 것인데, 마쓰오카가 그녀의 집에 몸만 들어와 살았다는 것이었다.

"마쓰오카 다카시는 작년 11월에 고향 나고야에서 도쿄로 올라왔어. 처음에는 대학 친구 집에 얹혀살았다고 하더라고. 도쿄에 올라온 목적은 어느 유명 극단의 오디션을 보기 위해서였는데 안타깝게도 오디션에 떨어져버리고 어쩔 줄 모르고 있던 참에 다카토리 씨를 만났다, 라는 얘기야. 동거 후에 마쓰오카 씨는 모델 사무실에 등록하고 배우가 되기 위해 준비하던 중이었고 다카토리 씨는 그것을 뒷바라지해주고 있었다는데……."

닛타는 피식 쓴웃음을 흘렸다.

"완전히 여자 덕에 먹고살던 사람이군요. 그런 사내일수록 막상 연기자로 성공하면 여자를 헌신짝처럼 내팽개치죠."

"맞아, 흔해빠진 얘기지. 내가 다카토리 씨의 부모라면 그런 녀석은 일찌감치 죽어주는 게 속이 시원했을 거야. 물론 다카토리 씨 앞에서 차마 그런 말은 할 수 없었지만 말이야."

"그럼 다카토리 씨의 부모가 의심을 받고 있어요?"

"아니, 그건 아닌 것 같아. 다카토리 씨의 부모는 딸이 동거한다는 것 자체를 알지 못했으니까. 그리고 그 이외에도 용의자로 보이는 인물이 전혀 떠오르지 않고 있어. 마쓰오카 씨나 다카토리 씨를 둘러싼 트러블 같은 것도 확인되지 않았어. 애초에 마쓰오카 씨는 도쿄에 아는 사람도 거의 없었어. 그러니 이건 역시 살인이 아니라 자연사가 아니냐는 설이 나온 것 같아."

"그랬군요. 그나저나 가장 중요한 그 얘기는……."

"마쓰오카 씨와 코르테시아도쿄 호텔의 관계 말이지? 물론 다카토리 씨에게 확인해봤지. 그것 때문에 일부러 만나러 갔으니까."

"그래서, 결과는요?"

"유감스럽지만 다카토리 씨는 전혀 짐작 가는 게 없다고 했어."

닛타는 내내 담아두었던 숨을 토해냈다. 실망을 하면서도, 하지만 이 정도의 내용을 보고하겠다고 노세가 일부러 여기까지 나왔을 리는 없다고 내심 기대했다.

"다카토리 씨는 전혀 짐작 가는 게 없었다……. 그럼 노세 씨는 다른 사람한테도 알아봤다는 말씀인가요?"

그러자 노세는 뭔가 꿍꿍이가 있는 듯한 표정을 내보이며 엄지 손가락에 듬뿍 침을 발라 수첩을 척 넘겼다.

"다카토리 씨와 동거하기 전에 마쓰오카 씨가 친구 집에 얹혀 살았다고 아까 말했지? 실은 방금 전에 그 친구라는 사람도 만나고 왔어."

이제부터 슬슬 본론이 나오는구나, 하고 닛타는 몸을 앞으로 쓰윽 내밀었다. "그래서요?"

"마쓰오카 씨와 나고야에서 대학을 함께 다닌 친구인데 딱히 사이가 좋았던 건 아니야. 그냥 며칠 동안만 신세를 지겠다고 하더니 한 달이 넘게 뭉그적거리고 있는 바람에 마음고생이 이만저만이 아니었대. 마쓰오카 씨와는 그 후로 한 번도 만나지 않은 모양이야. 사망했다는 건 알고 있었고 형사가 조사하러 오기도 했지만 그 사건에 대해 뭔가 생각나는 건 없다고 하더라고. 아무래도 지금도 마쓰오카 씨를 그리 좋게 생각하지 않는 눈치였어. 처음에는 돈이 궁해서 식객 노릇을 하는 거라고 생각했는데 그 집을 나오기 직전 마쓰오카 씨의 은행계좌에 꽤 큰돈이 있는 걸 알았다는 거야. 너무 화가 나서 보름치 방세를 내라고 했대. 근데 문제는, 저금이 있다는 것을 그 친구가 어떻게 알았느냐는 거야." 노세는 혀로 입술을 스윽 핥았다. "영수증을 발견한 모양이야."

"영수증?"

"고급 호텔의." 노세가 의뭉스럽게 빙긋이 웃었다.

닛타는 두 손으로 테이블을 치며 등을 꼿꼿이 세웠다. "호텔 이름은요? 기억하고 있었어요?"

"그래. 코르테시아도쿄 호텔이라고 똑똑히 말했어."

닛타는 체온이 상승하는 것을 느꼈다. 두 주먹을 부르쥐었다.

"날짜로 보면, 마쓰오카 씨가 도쿄에 올라온 그날이었던 것 같아. 호텔 영수증을 보고 그 친구가 마쓰오카 씨에게 캐물은 거야. 어떻게 이런 고급 호텔에 드나들었느냐, 돈은 어디서 났느냐, 라고 말이지. 처음에는 대충 얼버무리다가 결국 실토했대. 실은 나고야에서 부모님이 돈을 부쳐주고 있다, 도쿄에 올라온 기념으로 딱 하루만 고급 호텔에서 자고 싶었다. 그렇게 변명을 했다는 거야."

"도쿄에 올라온 기념이라." 닛타는 팔짱을 끼고 의자에 등을 기댔다. "작년 11월이라고 하셨죠? 이따가 호텔 기록을 조사해볼게요. 가명을 쓰지 않았다면 정확한 날짜까지 알 수 있을 겁니다. 이번 사건과 관련이 있다면 그날 틀림없이 무슨 일이 있었다는 얘기예요."

"음, 일이 재미있어질 것 같아. 난 내일 나고야에 다녀올 생각이야."

닛타는 미간을 좁히며 노세의 둥그런 얼굴을 마주 보았다. "나고야에요?"

"마쓰오카 씨가 왜 코르테시아도쿄 호텔에 숙박하게 되었는지도 알아봐야 하고 어떤 인물이었는지도 확인해야겠어. 아까 우리 서 과장에게도 연락했어. 나 같은 경우에는 자비自費로 활동하는 일에 대해서는 별로 잔소리를 안 하거든."

그건 아마 노세 씨가 상사에게서 높은 평가를 받고 있기 때문일 것이다. 이제는 닛타도 그것을 충분히 이해할 수 있었다.

"알겠습니다. 잘 부탁합니다. 이쪽은 이쪽대로 내일 큰 고비를 앞두고 있으니까요."

노세가 크게 고개를 끄덕이자 이중 턱이 생겨났다.

"상사에게서 얘기는 들었어. 내일 있을 결혼식에서 스토커가 신부를 노릴지 모른다고 하던데."

"그뿐만이 아니라 범인이 벌써 행동에 나선 것 같아요."

닛타는 택배로 온 와인에 대해 말했다.

"방금 노세 씨가 해준 이야기를 들어보니 두 사건 사이에 공통점이 있어요. 마쓰오카 씨는 모종의 약물 주사로 살해되었을 가능성이 있죠. 그리고 오늘 택배로 도착한 와인에도 주삿바늘에 의한 것으로 보이는 구멍이 뚫려 있었어요. 이건 우연이라고 볼 수 없죠."

"그건 그렇군. 하지만 한 가지 걸리는 게……." 노세는 짤막한 손가락을 바짝 세웠다.

"뭔데요?"

"그게 만일 x4의 범행이라면 당연히 숫자 메시지를 범행 현장에 남기려고 하지 않을까? 아니면 와인 상자 같은 곳에 숫자를 기록한 종이를 넣었나?"

"아뇨, 감식과에서 그런 보고는 없었어요. 숫자 메시지는 다른 형태로 남길 모양이죠. 이를테면 다카야마 씨의 핸드폰에 문자 메시지로 보낸다든가."

"아, 그럴 수도 있겠군. 하지만 독살에 성공해도 피해자가 정확히 언제 사망할지 범인은 모를 거 아냐. 구급차나 경찰차가 온다고 해도 반드시 그 직전에 죽었다고 단정할 수 없어. 자정이 넘은 시간이라면 날짜가 바뀌게 돼. 닛타 씨도 기억하고 있겠지만 그 숫자 메시지는 위도와 경도에 범행 날짜를 조합한 것이야. 날짜가 하루 달라지면 경도가 1도 달라져. 경도 1도라면 도쿄 타워에서 야마나시의 가쓰누마까지의 거리야. 단 하루라고 해도 범인으로서는 무시할 수 없을 텐데?"

닛타는 저도 모르게 눈이 둥그레졌다. 노세의 지적에 충격을 받았기 때문이다. 분명 정확한 지적이었다. 수사 회의 중에 어느 누구도 그런 건 깨닫지 못했다.

"내 얘기, 뭔가 좀 이상한가?"

전혀 아니에요, 라고 닛타는 고개를 저었다. "정말 훌륭한 착안이에요. 노세 씨는 대단한 분이세요." 진심에서 우러나온 말이었다. "대단한 형사예요."

아이, 아냐, 라고 말하며 노세는 수줍은 표정으로 손을 내젓고 수첩을 호주머니에 챙겨 넣었다.

"얼핏 떠오른 생각을 얘기했을 뿐인데, 뭘. 자, 그럼 내일 나고야에 다녀올 준비도 해야 하고, 나는 이만 갈게. 닛타 씨나 나나 열심히 해보자고."

노세가 자리에서 일어서는지라 닛타도 엉거주춤 일어섰다. "현관까지 배웅해드릴게요."

"아냐, 배웅은 무슨."

"사양하실 거 없어요. 제 옷차림 좀 보세요. 호텔리어가 고객을 배웅하는 건 당연하죠." 닛타는 에스컬레이터를 향해 걸음을 옮겼다.

33

오전 9시를 막 지난 시각이었다. 밤 근무팀으로부터 인수인계를 마친 뒤, 나오미는 프런트에 서서 살짝 심호흡을 했다. 마침내 오늘

이 닥쳐왔다는 마음과 정말로 오늘 무슨 일이 일어날까 하는 의구심이 번갈아 밀려들었다. 하지만 그녀는 스스로에게 되뇌었다. 오늘 무슨 일이 일어나든, 그리고 아무 일 없이 넘어간다고 해도 나는 내가 해야 할 일, 내가 할 수 있는 일을 힘닿는 대로 해나갈 뿐이다.

로비의 분위기는 평소와는 명백히 달랐다. 토요일이니 보통 때보다 혼잡한 것은 당연한 일이다. 하지만 이 위화감의 원인은 아마도 그것 때문이 아닐 터였다.

나오미는 천천히 로비 전체를 둘러보았다. 낯익은 수사관들이 지금은 눈에 띄지 않았다. 하지만 평소보다 더 많은 수사관들이 이 안에 잠복 중이라는 건 틀림없었다. 그들 한 사람 한 사람이 발하는 삼엄한 기척으로 인해 화려한 호텔 로비의 공기 속에 미묘한 전운이 감도는 것 같았다.

야마기시 씨, 라고 뒤에서 누군가 말을 걸어왔다. 닛타가 서 있었다. "잠깐, 괜찮아요?"

네, 라고 고개를 끄덕였다. "무슨 일이에요?"

"부탁할 게 있어서." 그렇게 말하고 그는 안쪽을 가리켰다.

둘이서 안쪽 사무실로 들어갔다. 구가가 선 채로 파일을 펼쳐 보고 있었다. 책상 위의 단말기에는 고객 리스트가 표시되어 있는 것 같았다.

"조사할 게 있는 모양이죠?" 나오미가 닛타에게 물었다.

"예, 작년 11월의 기록."

"작년 11월?"

"정확히 말하면 11월 17일."

"그날 무슨 일이?"

닛타는 고개를 끄덕이고 노트형 단말기를 끌어당겨 리스트 일부를 가리켰다.

"마쓰오카 다카시라는 사람이 이 호텔에 와서 숙박했어요. 싱글룸에서 일박. 냉장고의 맥주 두 병을 마셨고 1층 커피숍에서 식사를 했어요."

"그 손님이 뭔가 관계가 있어요?"

"아니, 그건 아직 확실치 않아요. 이번 사건과 관계가 있는지 없는지도 아직 모르니까. 하지만 만일 관계가 있다면 그 사람이 이 호텔에 왔었던 것에 분명 특별한 의미가 있을 겁니다. 그걸 알아보려는 거예요."

나오미는 고개를 갸우뚱하며 화면을 들여다보았다. 마쓰오카 다카시. 딱히 기억나는 이름은 아니었다.

흠, 하는 소리를 낸 건 구가였다.

"그날은 별다른 트러블이 없었어요. 평일이라서 이벤트 기록도 없고."

"그다음 날은 어떻습니까?"

"18일도 조사해봤는데 아무 일 없었어요." 구가는 고개를 저으며 파일을 책상에 내려놓았다. "이 파일, 궁금증이 풀릴 때까지 마음껏 보셔도 됩니다."

"알겠습니다. 수고하셨습니다."

구가는 끄덕 고개를 숙이고 방을 나갔다.

"그 마쓰오카라는 분에게 직접 물어보면 되잖아요." 나오미가 말했다. "그날 호텔에서 무슨 일이 있었느냐고 문의해보는 게 빠를 텐데요."

"그럴 수 있다면 가장 좋겠죠." 닛타는 어깨를 으쓱했다. "근데 사망했어요. 한 달쯤 전에."

나오미는 가슴이 철렁했다. "혹시 살해된 거예요?"

"그럴 가능성이 높다, 라고만 말해두죠."

"어떻게 이번 사건과 관련이 있다는 걸 알았어요?"

닛타는 손으로 코밑을 문질렀다.

"그걸 다 설명하기는 좀 어렵고 그냥 형사의 감이라고 해두죠. 감이기 때문에 틀릴 가능성도 있어요. 어때요, 작년 11월 17일이나 18일에 대해 생각나는 거 없어요?"

나오미는 단말기를 두드렸다. 작년 11월 17일과 18일의 데이터를 불러냈다. 그날, 어떤 방이 얼마나 사용되었는지, 어떤 손님이 왔었고 수익은 얼마였는지 등의 기록은 모조리 남아 있었다.

하지만 그런 기록을 들여다봐도 뭔가 기억이 되살아나는 일은 없었다. 11월 17일도, 다음 날인 18일도 이 호텔로서는 평온하고 평범한 하루였던 것으로 보였다. 기록에 의하면 나오미는 밤 근무로 나와 있지만 그것조차 기억나지 않았다.

아무 일도 없었다는 말 외에 나오미는 딱히 할 말이 없었다.

"야마기시 씨가 그렇게 말하는 걸 보니 분명 아무 일도 없었겠네요. 형사의 감이 빗나간 건가." 닛타는 체념한 표정으로 말하더니 가만히 고개를 내저었다.

"그쪽은 어떻게 됐어요? 오늘 결혼할 신랑 신부."

"별일 없느냐는 질문이라면 물론 신랑 신부 모두 별일 없어요. 조금 전 룸서비스를 부탁한 모양이니까 아마 지금쯤 식사 중일 겁니다. 주방에 감시팀이 배치되었고 요리를 내가는 사람은 벨보이로 위장한 세키네 형사니까 독극물이 들어갈 걱정은 일단 없어요."

주방에 수사관이 배치되었다는 말을 듣고 나오미는 약간 충격을 받았다. 경찰에서는 호텔 종업원까지 의심하고 있는 것이다. 하지만 사건을 미연에 방지하기 위해서는 그만큼 철저할 필요가 있는지도 모른다.

아, 잠깐, 하고 말하며 닛타가 미간을 찌푸렸다. 오늘도 그의 귀에는 이어폰이 끼워져 있었다.

"추가 정보예요. 웨딩드레스와 액세서리가 신랑 신부의 객실에 배달된 모양입니다. 모든 물품은 감식과에서 체크를 마쳤으니까 지금까지는 문제없다고 생각해도 괜찮아요."

나오미는 시계를 보았다. 조금 있으면 10시였다.

"어제 닛타 씨는 오전 11시가 지나도 구급차나 경찰차가 오지 않으면 범인은 와인에 의한 독살에 실패했다고 생각할 것이라고 하셨죠? 그게 이제 한 시간쯤 남았는데……."

"범인은 실패했다는 걸 이미 눈치챘을 거예요. 문제는 어떻게 실패했느냐 하는 거예요. 단순히 신랑 신부가 와인을 마시지 않은 거라고 생각할지, 아니면 와인의 정체를 들켰다고 생각할지. 만일 와인의 정체를 들켰다고 생각한다면 경찰이 움직일 것으로 예상하고 한동안 얌전히 있을지도 모르죠."

"하지만 어제 얘기로는 이게 x4의 범행이라면 그리 쉽게 범행을 포기하지 않을 거라고……."

"물론 x4의 범행이라면 그렇죠. 하지만 그 와인은 x4와 관계가 없다는 생각이 들어요."

"어째서요? 그러면 x4와는 관계없는 전혀 별개의 살인을 우연히 이 호텔에서 저지르려고 했다는 건가요? 그런 우연이 과연 있을까요?"

"가능성은 낮다고 생각해요. 하지만 x4가 와인에 의한 독살을 노렸다고 가정하면 도저히 이해되지 않는 점이 있어요."

이건 내가 아니라 노세 형사의 추리예요, 라는 전제와 함께 닛타가 설명해준 내용에 나오미는 눈이 휘둥그레졌다. 와인을 마시고 신랑 신부가 사망한다고 해도 그 시각이 밤이 될지 아침이 될지 범인은 알 도리가 없다. 따라서 이상한 번호 같은 그 숫자 메시지를 남기려고 해도 남길 수가 없다. 날짜 하루 차이에 경도는 크게 달라지는 것이다. 듣고 보니 참으로 맞는 말이었다.

"대단한 추리예요."

"동감입니다." 닛타가 곧바로 대답했다. "처음에는 별 볼 일 없는 중년 아저씨라고 생각했는데."

"그래서 어떻게 할 생각이에요, 와인이 x4의 소행이 아니라면?"

나오미의 질문에 닛타는 뜻밖이라는 듯 눈이 큼직해졌다.

"어떻게 하느냐, 그거야 빤하죠. x4건 아니건 사람의 목숨을 노리는 자가 있다면 반드시 저지하는 게 우리 일이에요. 소중한 고객의 목숨을 지키는 것도 마찬가지고."

모범생 같은 대답에 나오미는 그의 얼굴을 올려다보았다.

"그건 형사로서 하시는 말씀인가요, 아니면 호텔리어로서?"

닛타는 한 방 먹은 듯한 표정을 짓더니 씁쓸하게 웃었다.

"어느 쪽이든 상관없잖아요. 이제 그만 프런트로 돌아가자고요. 바빠질 시간이에요."

34

체크아웃 업무가 일단락되었을 무렵, 상의 안주머니에서 핸드폰이 진동했다. 누구인지 확인한 뒤에 닛타는 프런트 한쪽 구석으로 이동했다. 노세에게서 온 전화였다.

닛타입니다, 라고 나지막하게 대답했다.

"노세야. 지금, 전화 괜찮아?"

"네, 괜찮아요. 나고야에 계세요?"

"응, 방금 전에 마쓰오카 다카시 씨의 본가에 다녀왔어. 미즈호구의 묘온 거리라는 곳이야. 아주 번듯한 저택이었어. 마침 어머니가 계셔서 이런저런 이야기를 들었어. 근데 외동아들을 잃은 지 아직 한 달밖에 안 됐잖아. 이야기하다가 눈물을 글썽이고 때로는 화를 내고, 정말 힘들었어."

상황이 눈앞에 선하게 떠올랐다. 하지만 노세라면 그런 상대에게서도 능숙하게 이야기를 이끌어냈을 게 틀림없다.

"그래서 수확이 좀 있었어요?"

"아직은 확실치 않아. 그 어머니의 말로는, 마쓰오카 씨가 대학 때부터 연극에 빠져서 작은 극단에 소속되어 있었대. 학교보다 연습실에 가 있는 시간이 더 많을 정도였나봐. 한때는 졸업을 못할까봐 걱정한 적도 있다더라고. 졸업 후에도 취직 대신 아르바이트만 하면서 연극을 계속하던 차에 작년 가을, 갑작스럽게 도쿄에 올라가겠다고 했다는 거야."

"갑작스럽게? 무슨 계기라도 있었어요?"

"그런 사정은 어머니도 잘 모르는 것 같더라고. 본격적으로 연극을 하려면 도쿄에 꼭 올라가야 할 것 같다, 라는 정도로 부모도 이해했던 모양이야. 극단의 오디션에 떨어지면 일단 나고야에 돌아올 줄 알았는데 그대로 도쿄에 눌러앉는 바람에 놀랐다고 하셨어. 친구 집에서 더부살이를 한다는 말을 듣고 너무 폐 끼치지 말라고 용돈도 충분히 보내줬다는 거야. 여자와 동거했다는 건 이번에 처음 알았대. 자식에 대해 모르는 건 부모뿐이라고 하더니만."

"사건에 대해 뭔가 짐작 가는 건 없대요?"

"전혀 생각나는 게 없다고 했어. 내가 보기에 그 어머니가 뭘 감추는 것 같지는 않았어. 사망했다는 연락을 받고 달려갔을 때, 주위에서 심장 발작에 의한 돌연사라고들 하니까 그저 못된 여자한테 걸려 마구잡이로 살다가 그리 된 모양이라고 생각했다더라고. 살해되었다는 건 전혀 생각도 할 수 없다는 얘기였어. 하지만 유족들은 원래 그렇게 말하는 거니까 그 말을 꼭 믿을 건 아니지."

맞는 말이라는 생각에 닛타는 전화를 귀에 댄 채 고개를 끄덕였다.

"이 호텔에 대해서는 어때요? 마쓰오카 씨가 이 호텔에서 숙박한 것에 대해 뭔가 알고 있었습니까?"

"그건 알고 있었어. 마쓰오카가 고3 때, 도쿄 쪽 대학교에 시험을 쳤어. 그때 묵었던 곳이 코르테시아도쿄 호텔이야. 아주 마음에 들었는지 시험 보고 나고야에 돌아온 뒤에도 정말 좋은 호텔이라고 몇 번이나 말했었대."

"그래서 나중에 도쿄에 올라온 기념으로 이 호텔을 찾아왔군요?"

입시생의 눈에 도쿄의 고급 호텔은 화려한 광채가 넘치는 곳으로 비쳤을 것이다. 호텔리어들이 서비스해주는 모습에도 감동했는지 모른다. 그렇게 생각하니 닛타는 왠지 흐뭇했지만, 한편으로 진짜 호텔리어도 아니면서 이런 얘기에 흐뭇해하는 자신이 우습기도 했다.

"마쓰오카 씨가 이 호텔을 선택한 이유는 이제 알겠어요. 하지만 그것만으로는 이번 사건과의 관련성이 보이지 않는데요."

"그렇다니까. 그래서 지금 마쓰오카 씨의 연극판 친구들을 만나 볼 생각이야. 어머니가 몇 명 이름과 연락처를 알려줬으니까."

"네, 그게 좋을 것 같아요."

"연습실도 둘러볼 생각이야. 단서가 잡힐지 어떨지는 모르겠지만 친하게 지내던 사람들의 이름과 사진만이라도 건져봐야지."

"잘 부탁합니다. 이쪽은 현재로서는 별 이상 없습니다."

"범인이 이쯤에서 꼬리를 드러냈으면 좋겠는데 말이야. 아무튼 뭔가 알아내면 또 연락할게." 그렇게 말하고 노세는 전화를 끊었다.

핸드폰을 안쪽 호주머니에 다시 넣고 닛타는 긴 숨을 내쉬었다. 그쪽은 노세에게 맡기는 수밖에 없다. 그리고 맡겨도 문제없다는 확신이 지금의 닛타에게는 있었다.

그 뒤에도 통상의 프런트 업무를 해냈지만 오후 2시가 되자 왼쪽 귀에 꽂힌 이어폰에서 목소리가 들려왔다. 의상을 갈아입은 다카야마 게이코와 와타나베 노리유키가 객실을 나와 사진실로 이동한다는 내용이었다. 해당 구역의 경비 담당자들이 잘 알았다고 응답했다.

마침내 시작이구나, 하고 닛타는 긴장했다. 손님의 귀에 음성이 들어갈 우려가 있어서 프런트 업무가 한창일 때는 트랜스시버의 전원을 꺼두는 게 허용되었지만 지금부터 한동안은 계속 켜두자고 생각했다.

이윽고 다카야마 게이코 일행이 무사히 사진실에 도착해 촬영에 들어갔다는 연락이 들려왔다. 시각은 오후 2시 40분. 모든 것이 예정대로 흘러갔다.

닛타는 현관으로 시선을 던졌다. 예복을 차려입은 노인과 그 아내로 보이는 역시 예복 차림의 여자가 나란히 들어왔다. 오늘의 행사가 표시된 보드 앞에서 발을 멈추고 와타나베 가와 다카야마 가의 결혼식이라고 적힌 곳을 가리키며 흐뭇하게 웃고 있었다. 두 사람은 선한 웃음을 띤 채 엘리베이터 홀로 향했다.

그 뒤를 이어 신랑 신부의 결혼식에 참석한 것으로 보이는 사람들이 속속 들어왔다. 그에 따라 이어폰을 통해 날아드는 지시 사항과 응답도 부쩍 많아졌다.

'여기는 A팀. 와타나베 가와 다카야마 가의 친족용 대기실 입구 근처에 와 있습니다. 혼자 있는 참석자는 눈에 띄지 않습니다.'

'이나가키다. 잘 알았다. B팀, 촬영은 어떤가?'

'B팀입니다. 방금 촬영이 끝났습니다. 신랑 신부는 사진실을 나와 대기실로 향하고 있습니다.'

'이나가키다. 잘 알았다.'

통신 내용만으로도 상황이 눈앞에 선하게 떠올랐다. 웨딩드레스를 입은 다카야마 게이코는 행복한 가운데서도 스토커의 일이 머릿속에서 떠나지 않아 불안에 떨고 있을 터였다. 그리고 신랑 와타나베 노리유키는 그런 신부의 속마음은 전혀 상상도 못한 채, 마냥 싱글벙글하고 있을 것이다.

어쩌면 이걸로 사건이 해결될지도 모른다고 생각하니 닛타는 가만있을 수가 없었다. 자신도 다른 형사들과 함께 결혼식장이며 피로연장에 잠복하고 싶었다. 하지만 그건 자신의 임무가 아니었다. 지금 해야 할 일은 프런트 직원으로서 이 자리를 지키며 호텔에 드나드는 손님들을 체크하는 것이었다.

그런 그의 눈이 한 남자를 포착한 것은 오후 3시 반이 되어갈 즈음이었다. 지하에서 에스컬레이터를 타고 올라온 그 남자는 얼핏 보기에도 주위와는 어울리지 않는 분위기였다. 어른인지 아이인지 구분할 수 없을 만큼 왜소한 몸매에 면바지를 입은 다리가 막대처럼 가늘었다. 등이 구부정해서 상의의 어깨 부분이 싸구려 행거에 걸어놓은 것처럼 삐죽했다. 얼굴도 조그맣고 창백해서 허약한 인상이었다. 그러면서도 에스컬레이터에서 내려와 로비 전체를 쓰윽 훑어보는 표정에는 뭔가 비장한 결의를 품은 듯한 박력이 있었다. 길게 째진 눈에 깃든 번뜩임에서는 광기마저 느껴졌다.

남자는 종이봉투를 들고 있었다. 유난히 큼직한 손목시계를 들여다본 뒤에 가까운 소파로 이동해 자리를 잡고 앉았다. 닛타는 그의 움직임을 따라 시선을 옮겼지만 남자가 자리에 앉자마자 갑작스럽게 얼굴을 쳐드는 바람에 하마터면 눈이 마주칠 뻔했다.

형사의 감인가. 아무래도 수상해.

마음속으로 중얼거리다가 닛타는 저도 모르게 쓴웃음을 지었다. 척 보고 범인을 알아낼 수만 있다면 경찰관을 백분의 일로 줄여도 될 것이다.

한 중년 남자가 곧장 닛타가 있는 프런트로 다가왔다. 닛타는 고개 숙여 인사하며 응대에 나섰다. 싱글룸을 예약한 손님이었다.

절차에 따라 체크인 작업에 들어갔다. 그 사이에도 이어폰에서는 다양한 정보가 흘러나왔다. 트랜스시버의 볼륨을 조금 줄였다.

체크인 수속을 마치고 벨보이를 불렀다. 카드키를 건네주고 손님을 배웅한 뒤, 조금 전 왜소한 몸집의 남자 쪽으로 시선을 던졌다. 하지만 남자는 어느새 사라지고 없었다. 로비 안을 둘러봤지만 어디에도 보이지 않았다.

아무래도 호텔 밖으로 나간 모양이었다. 호텔 지하가 지하철과 연결되어 있으니까 역에서 나온 손님이 우연히 로비에 올라온 것인지도 모른다. 형사의 감이 형편없군, 하고 닛타는 다시 한 번 피식 웃음을 흘렸다.

"왜 그래요?" 옆에서 야마기시 나오미가 다가오며 물었다. "무슨 좋은 일이라도 있었어요?"

좋은 일은 무슨, 이라고 닛타는 손을 내저었다. "내 능력의 한계를 깨닫고 엄청 실망하던 참이에요. 물론 형사로서의 능력 말이에요."

"그럼 호텔리어로서의 능력에는 아직 한계를 느낀 적이 없다는 말인가요?"

"음, 그쪽이 더 가능성이 있을지도 모르겠네." 그렇게 말하고 나서 "농담이에요"라고 덧붙였다. 진심으로 받아들이면 그것도 난처한 일이다.

야마기시 나오미는 풉 하고 웃더니 손목시계를 들여다보았다. 아무래도 시간에 신경이 쓰이는 모양이었다.

"결혼식 때문에 걱정되죠? 그럼 잠깐 가서 살펴보고 와요, 여기는 괜찮으니까. 구가 씨랑 다른 직원들도 있고."

"내가 가봐야 방해만 돼요. 게다가 이제 곧 중요한 고객분이 오실 거예요."

"중요한 고객이라니, 누구요? VIP가 올 예정이 있었어요?"

"VIP가 아니에요. 오시면 닛타 씨도 알 거예요."

뭔가 의미심장한 말에 닛타가 미간에 주름을 잡았을 때, 다시 트랜스시버에서 분주한 음성이 흘러나왔다. 볼륨을 조금 높였다.

'A팀입니다. 신랑 신부의 가족에 이어 친족과 친구들이 식장으로 들어가는 참입니다. 수상한 인물은 눈에 띄지 않습니다. 신랑 신부와 신부의 아버지는 이미 결혼식장 대기실에 도착했습니다.'

'이나가키다. 잘 알았다. 참석자 전원이 결혼식장에 입장한 뒤에 다시 연락하라.'

'A팀, 알겠습니다.'

닛타는 야마기시 나오미를 보았다. "이제 곧 결혼식이 시작될 모양이에요."

"제발 무사히 끝나면 좋을 텐데."

"별일 없을 겁니다. 뭔가 일이 생긴다고 해도 미수에 그칠 거예요. 경찰을 믿어봐요. 그리고 아무 일 없이 결혼식이 끝나고 신랑 신부가 무사히 이 호텔을 떠난다면 그때는 총지배인에게 이번 사건의 진상을 얘기하면 돼요." 목소리를 낮춰 닛타는 말을 이었다. "실은 연쇄살인 사건이 아니라는 거."

"그래도 괜찮겠어요?"

“그건 당신과 이미 약속한 일이에요.”

야마기시 나오미는 턱을 슬쩍 치켜든 채 눈을 숙였다. 가슴이 오르내리는 게 보일 정도로 깊은 숨을 토해낸 뒤, 진지한 눈빛으로 닛타를 바라보았다.

“내가 어떻게 할 것인지는 신랑 신부가 결혼식을 무사히 마치고 돌아간 다음에 생각할게요.”

닛타는 고개를 끄덕였다. “알았어요.”

결혼식이 시작되었다는 연락이 무선을 통해 들려왔다. 현재로서는 어디 하나 이상 징후는 없었다. 모든 것이 순조로웠다.

와인을 보낸 자는 지금쯤 어디서 무엇을 하고 있을까. 뭔가 또 다른 작전을 펴려고 숨을 죽이고 있을까. 작전을 편다면 그건 과연 언제일까.

그리고 약 이십 분 뒤, 결혼식이 끝났다는 소식이 들어왔다. 신랑 신부와 친족은 사진실에서 기념 촬영을 하는 모양이었다.

‘신랑 신부의 친구들이 5층 연회장으로 이동하고 있습니다. A팀 세 명은 예정대로 이쪽 4층에 있겠습니다.’

‘이나가키다. 잘 알았다. 5층 연회장 주변 경비팀, 상황을 보고하라.’

‘여기는 C팀, 이상 없습니다.’

‘D팀입니다. 현재까지 이상 없음.’

‘E팀입니다. 이상 없습니다.’

연회장에는 결혼식에 참석하지 않은 사람들도 찾아온다. 피로연이 시작될 때까지 복도와 대기실은 적잖이 혼잡할 것으로 예상되었다. 하지만 그보다 더 많은 사람들이 움직이고 있는 장소는 겉으로는 보이지 않는 곳이었다. 연회장으로 이어지는 직원 전용 구역에서는 피로연이 시작되기 한참 전부터 수많은 종업원들이 농구 선수들처럼 바쁘게 움직이고 있었다. 그중 누군가 수상쩍은 행동을 한다고 해도 아무도 눈치채지 못할 터였다. 그렇기 때문에 특별히 연회장 주변은 경비 구역이 세세하게 나뉘어져 있었다.

"승부처가 피로연장으로 넘어간 것 같네요." 닛타는 야마기시 나오미에게 말했다.

그녀는 고개를 끄덕였다. 하지만 표정을 보니 닛타의 말을 건성으로 흘려듣는 것 같았다. 시선이 저만치 먼 곳에 가 있었다.

왜 그러느냐고 닛타가 물었다.

"아, 아뇨……." 야마기시 나오미는 계속 한곳을 응시하면서 말했다. "저기 앉아 있는 여자가 좀 이상해서요."

"어딘데요?" 닛타는 그녀와 같은 방향을 쳐다보았다.

"에스컬레이터 앞 기둥 바로 옆 소파에 앉은 여자요. 검은 모자를 쓰고 있어요."

분명 그런 여자가 있었다. 닛타 쪽에서는 오른쪽 옆얼굴만 보였다. 모자의 차양이 넓어서 얼굴을 제대로 알아볼 수 없었다. 회색 원피스 차림에 검은 가방을 무릎 위에 올려놓고 있었다.

"저 여자가 왜요?"

야마기시 나오미는 고개를 갸웃거렸다.

"딱히 꼬집어 말할 수는 없는데 한마디로 전체적인 분위기가 좀 이상해요. 자리에 어울리지 않는 모자도 그렇지만 몸짓도 어딘지 부자연스러워요. 아까부터 지켜봤는데 계속 저 자세로 거의 움직이지 않고 있어요. 그러면서 왼손만 슬쩍슬쩍 들썩거리는 게 아마 시계를 보는 거 같아요."

"형사의 감이 아니라 호텔리어의 감인가요?"

"별로 기대할 게 못 된다고 말하려고요?"

"아뇨, 결코 그런 건……." 아니다, 라고 말하려다가 닛타는 그 말을 꿀꺽 삼켰다. 검은 모자 쓴 여자가 시계를 확인하는 참이었다. 그의 말문을 막은 것은 여자가 차고 있는 손목시계였다. 옷차림에 어울리지 않는 투박한 모양새였다. 그것과 똑같은 시계를 조금 전에 목격했던 것이다.

닛타는 여자의 옆얼굴을 찬찬히 살펴보았다. 모자로 감춰져 있지만 코언저리는 보였다.

"야마기시 씨."

네, 하고 그녀가 대답했다.

"저 사람…… 남자예요."

"예?"

닛타는 검은 모자 쓴 여자를 좀 더 자세히 보려고 프런트 안에서 자리를 옮겼다. 틀림없었다. 조금 전 지하에서 종이봉투를 들고 올라왔던 그 왜소한 남자였다. 봉투 안에 여장을 하기 위한 옷이 들어 있었던 모양이다. 아마 화장실에서 갈아입고 나왔을 것이다.

"대체 뭐하는 놈이야……."

그자에게 직접 캐묻고 싶었지만 그럴 수는 없었다. 여장 자체는 범죄행위가 아니다. 게다가 현재 닛타는 호텔리어로 위장하고 있다. 호텔 직원이 섣부르게 손님의 비밀을 폭로한다면 한바탕 소동이 날 것이다.

어떻게 할까, 생각하고 있는데 남자가 자리에서 일어섰다. 하이힐을 신은 발로 에스컬레이터로 가더니 그대로 올라탔다. 그 움직임에는 망설임이 없었다.

"야마기시 씨, 여기 좀 부탁해요." 닛타는 그렇게 말하고 프런트를 나왔다.

빠른 걸음으로 로비를 건너 에스컬레이터로 갔다. 발소리가 나지 않게 조심하며 에스컬레이터 계단을 성큼성큼 올라갔다. 2층에 도착하자마자 재빨리 주위를 둘러보았다.

복도 모퉁이를 돌아가는 그자의 뒷모습이 보였다. 그 끝에는 계단이 있을 터였다. 닛타는 뛰었다. 카펫이 발소리를 지워주는 게 그나마 다행이었다.

모퉁이에서 닛타는 얼굴만 슬쩍 내밀어 살펴보았다. 회색 원피스 차림의 여장 남자가 계단을 올라가고 있었다.

그때 이어폰에서 소리가 들려왔다.

'A팀입니다. 친족의 기념 촬영이 끝났습니다. 신랑 신부만 남고 가족과 친척은 5층 연회장으로 이동합니다. 신랑과 신부는 일단 이쪽 대기실로 돌아갈 모양입니다.'

'이나가키다. 알겠다.'

닛타는 트랜스시버의 송신 스위치를 켰다. 마이크를 입가에 바짝 댔다.

"닛타입니다. 수상한 자 발견. 응답 바랍니다."

'이나가키다. 상황을 설명하라.'

"여기는 닛타. 여장한 남자. 나이는 이십 대에서 삼십 대. 왜소한 몸집. 검은 모자에 회색 원피스. 2층 예식 코너 옆의 계단으로 이동 중입니다. 3층보다 더 위쪽으로 갈 것 같습니다."

'A팀, 얘기 들었나? 해당 계단 근처를 감시하라.'

'A팀, 알겠습니다.'

'닛타, 수고했다. 이제 담당 구역으로 돌아가라.'

이나가키의 지시에 알았다고 대답하고 닛타는 발길을 돌렸다. 그 여장 남자가 범인인지 아닌지는 확실치 않지만 연회장 구역으로 들어간 이상, 해당 구역 담당자에게 맡길 수밖에 없었다.

내려가는 에스컬레이터에 타려고 했을 때 다급한 목소리가 들렸다.

'A팀입니다. 수상한 자, 확인. 친족용 대기실 옆의 여자 화장실로 들어갔습니다.'

잠시 틈을 둔 뒤에 이나가키가 응답했다.

'좋아, 마부치를 보내 불심검문을 하도록 한다.'

'A팀, 알겠습니다.'

마부치는 여성 수사관이다. 현재 호텔에 하우스키퍼로서 잠입 중이지만 오늘은 경비에 동원되었다. 그녀에게 불심검문을 맡길 생각인 모양이었다.

이제 곧 그 여장 남자의 정체가 밝혀지겠다고 생각했을 때였다. 이어폰에서 '도망쳤다!'라는 부르짖음이 들려왔다.

'수상한 자, 도주! 계단을 내려갔습니다. 추적하겠습니다!'

'이런 바보, 대체 뭐하는 거야!' 이나가키의 호통이 날아왔다.

닛타는 몸의 방향을 바꾸어 냅다 달렸다. 계단 아래서 기다리고 있으려니 회색 원피스를 입은 남자가 필사적인 얼굴로 뛰어 내려왔다. 모자는 쓰고 있지 않았다. 그를 쫓는 발소리도 바로 위에서 들려왔다.

남자는 닛타를 보자마자 발을 멈추려다가 다시 속도를 붙여 뛰어 내려왔다. 호텔 직원이라면 충분히 밀쳐낼 수 있다고 생각한 모양이다.

닛타는 남자의 다리에 발을 걸었다. 가느다란 몸매의 상대는 간단히 쓰러졌다. 들고 있던 가방이 나뒹굴었다.

"왜 이래요! 아니에요, 난 아니야. 누가 시켰다니까요! 나는 그냥 아르바이트라고요!" 버둥거리면서 남자가 부르짖었다.

위에서 형사들이 우르르 내려왔다. 모두 다 호텔 유니폼 차림이었다.

"누구한테 어떤 지시를 받았지?" 닛타가 물었다.

"누군지는 나도 몰라요. 인터넷에서 만난 사람이에요. 여기 호텔 예식팀 담당자에게 전화를 걸고, 신부에게 이 편지를 전해주면 돈을 준다고 했어요."

"편지?"

"저 안에 있어요." 남자는 떨어진 가방을 턱으로 가리켰다.

형사 한 명이 장갑을 끼고 가방을 주워 안을 뒤적였다. 하얀 봉투가 나왔다.

"이 편지를 당신한테 맡겼다는 거야?"

닛타의 질문에 남자는 고개를 저었다.

"그쪽에서 알려준 이상한 숫자를 내가 종이에 써서 편지봉투에 넣었어요."

"이상한 숫자라고?" 감이 딱 왔다. 편지를 든 형사에게 눈짓으로 신호를 보냈다.

형사는 봉투에서 종이를 꺼내 멍하니 쳐다보더니 닛타 쪽으로 보여주었다. 그곳에는 다음과 같이 적혀 있었다.

46.609755
144.745043

닛타는 여장 남자의 멱살을 부르쥐었다. "그리고 또 어떤 지시를 받았지?"

"그것뿐이에요. 편지만 전해주고 곧바로 호텔을 나오라고 했어요. 여자 화장실에 숨어서 신부가 들어오기를 기다리라는 것도 그 자의 지시였다니까요. 정말이에요."

"와인도 당신이 보낸 거 아니야?"

"와인? 무슨 말이에요, 난 그런 건 몰라요."

겁에 질려 주장하는 남자의 눈을 보고 닛타는 손을 풀었다. 이런 자가 x4일 리 없다.

"……즉시 계장님에게 연락을." 수사관들에게 여장 남자를 넘겨주고 닛타는 몸을 일으켰다. 그 자리를 떠나면서 급히 생각을 정리했다.

아마도 남자가 하는 말에 거짓은 없을 터였다. 그자는 단순히 x4에게 이용당한 것뿐이다. 그럼 x4가 노리는 것은 무엇인가. 숫자 메시지만 다카야마 게이코에게 건네주고 뭘 어떻게 하려는 것인가.

혼자 궁리하면서 에스컬레이터에 타려는데 핸드폰이 문자 착신을 알렸다. 확인해보니 노세에게서 온 것이었다.

문자의 제목은 '극단 얏토카메'라고 되어 있었다. 마쓰오카가 가입한 극단의 이름인 것 같았다. 본문에는 '마쓰오카 씨가 다니던 극단 연습실에 왔음. 단원들이 나온 포스터가 있어서 보냄'이라고 적혔고 첨부파일 몇 개가 있었다.

지금 이런 일을 할 때가 아닌데, 라고 생각하면서 사진을 확인해보았다. 아닌 게 아니라 연극 포스터를 촬영해서 보낸 것이었다. 하지만 얼굴도 이름도 낯선 무명의 배우들뿐이었다.

나중에 천천히 살펴보자고 생각하며 파일을 닫으려고 했을 때였다. 포스터 한 장의 귀퉁이 부분에 닛타의 시선이 화살처럼 꽂혔다. 그곳에는 한 여자가 실려 있었다.

뚫어져라 쳐다보는 사이에 심장의 두근거림이 점점 빨라졌다.

닛타는 에스컬레이터 계단을 급히 뛰어 내려갔다. 프런트로 향하면서 노세에게 전화를 걸었다.

"응, 나야. 문자하고 첨부파일, 확인했어?"

"네, 확인했어요. 노세 씨, 다섯 번째 포스터에 대해 자세히 알려주세요. 거기 나온 여자."

"다섯 번째 포스터? 응, 잠깐만 기다려봐."

닛타는 프런트로 달려가 안을 둘러보았다. 야마기시 나오미의 모습이 보이지 않았다.

"아, 이거? 〈타이타닉 호에 타지 못한 사람들〉, 제목이 아주 재미있네. 한가운데 있는 여자는 주로 여주인공을 맡아서……."

"아니, 그 여자가 아니라 왼편 귀퉁이에 있는 사람이에요. 선글라스를 끼고 목에는 스카프를 둘렀고 옷은 검은색 정장."

"아, 이 할머니 말인가?"

"맞아요. 그 배우 좀 빨리 알아봐주세요."

"알아보라니, 뭘……."

"이름이며 경력 같은 거, 부탁할게요."

닛타는 전화를 끊었다. 노세는 당황하고 있을 테지만 자세히 설명할 틈이 없었다.

구가가 눈에 띄어서 불러 세웠다. "야마기시 씨는 어디 있죠?"

"방금 손님을 객실에 안내하러 갔는데요."

"안내요?" 프런트 직원이 직접 손님을 객실까지 안내하는 일은 거의 없다. "그 손님이 혹시……?"

구가가 고개를 끄덕였다. "예, 지난번에 오셨던 가타기리 요코 씨예요."

35

나오미는 0917호실 앞에서 발을 멈췄다. 카드키로 문을 열었다.

"자, 들어가세요." 문손잡이를 잡은 채, 뒤에 선 가타기리 요코에게 말했다.

"고마워요." 노부인은 미소를 지으며 나오미 앞을 지나 안으로 들어갔다. 지난번과는 달리 오늘은 지팡이를 짚지 않았다. 더 이상 시각장애인인 척할 필요가 없으니 당연한 일이다. 선글라스는 쓰고 있었지만 렌즈 색깔은 지난번에 비해 훨씬 연했다. 그래서인지 피부가 팽팽하고 무척 젊어 보였다. 하지만 장갑은 여전히 끼고 있었다. 화상 흉터가 있다고 그녀가 말했던 게 생각났다.

가타기리 요코에게서 호텔로 연락이 온 것은 어젯밤이었다. 하지만 전화를 받은 사람은 나오미가 아니라 밤 근무를 하던 직원이었다. 그 직원에 의하면 가타기리 요코는 우선 이렇게 확인했다고 한다.

"내일, 우리 남편이 그쪽 호텔에서 묵기로 했어요. 실은 남편이 시각장애가 있는 사람이라서 며칠 전에 야마기시 씨라는 분에게 사정을 말씀드리고 따로 부탁을 했었는데, 내일 야마기시 씨는 출근하실까요?"

틀림없이 출근한다고 대답하자 가타기리 요코는 말을 이었다.

"남편이 그쪽에 도착하는 건 6시쯤이 될 거예요. 그래서 그 전에 내가 가서 방을 좀 확인해두려고 해요. 4시쯤에 갈 테니까 야마기시 씨에게 그렇게 전해주시면 고맙겠는데."

잘 알겠습니다, 꼭 전해드리지요, 라고 담당자는 대답했다. 그리고 오늘 아침 인수인계 때 그런 내용이 나오미에게 전달되었다.

예약 리스트를 확인해보니 분명 가타기리 이치로라는 이름이 있었다.

이다음에 남편이 옛 친구들을 만나기 위해 도쿄에 올 것이다. 지난번에 가타기리 요코는 그렇게 말했다. 다른 때는 항상 자신이 동행했는데 이번만은 남편 혼자서 오겠다고 고집을 피우고 있다, 그래서 사전조사를 하러 왔다, 라고 말했다. 일부러 시각장애가 있는 척 연극까지 한 것에 나오미는 그때 크게 놀랐었다. 남편을 정말로 사랑하는 모양이라고 감탄하기도 했다.

현재 호텔이 몹시 어수선한 상황이기는 하지만 그건 방문하는 고객과는 관계가 없는 일이었다. 가타기리 요코의 기대에 부응하는 것은 오늘 자신이 반드시 해야 할 일 중의 하나라고 나오미는 생각했다.

오후 4시 반을 조금 지났을 무렵, 가타기리 요코가 나타났다. 마침 닛타가 자리를 뜬 직후였다. 그녀는 프런트로 다가와 나오미에게 미소를 건넸다. "야마기시 씨, 또 신세를 지게 되었네요."

"네, 기다리고 있었습니다. 다시 찾아주셔서 고맙습니다." 매뉴얼대로 말한 것이지만 나오미는 진심을 담아 머리 숙여 인사했다.

"미안해요, 매번 번거롭게 해서." 그녀는 여전히 귀에 다정하게 울리는 목소리로 양해를 구했다.

"아뇨, 별말씀을요."

"전에도 말했지만 남편은 나보다 영감이 더 강한 사람이랍니다. 하지만 가만히 생각해보니 그 사람 혼자서 여행하는 게 처음이라서 혹시 방이 자신과 맞지 않더라도 선뜻 바꿔달라는 말을 못할 것 같아요. 모처럼 고급 호텔을 이용하는 건데 불길한 마음을 품은 채 하룻밤을 보낸다면 너무 딱하지 뭐예요. 그래서 내가 미리 방을 정해두기로 했답니다."

"저도 그러실 거라고 짐작했어요. 다만 지난번에 여쭤봤을 때, 부인께서는 오늘 뭔가 중요한 볼일이 있다고 하셨는데 그쪽은 괜찮으세요?"

"친구 딸의 결혼식 말이지요? 그거라면 괜찮아요. 지금 올라가서 방을 정해놓고 5시 반쯤에 여기서 출발하면 시간 맞춰 갈 수 있으니까."

"그러시군요. 자, 그럼 서둘러야겠네요. 싱글룸을 이용하신다고 들었는데 틀림없으신지요."

"응, 싱글룸이면 돼요. 하지만 오늘이 토요일이라 방이 차버렸을 텐데 내가 이 방 저 방 골라도 되는지 모르겠네. 새삼스럽게 이런 말을 하는 것도 우습지만 말이에요."

"괜찮습니다. 아직 모든 방이 체크인 된 건 아니니까요. 이미 객실 몇 개를 준비했어요. 제가 지금부터 안내해드리겠습니다."

다섯 개의 객실 카드키를 들고 나오미가 프런트를 나온 것이 몇 분 전의 일이었다. 그리고 맨 처음 안내한 곳이 이곳 0917호실이었다. 다섯 개의 방 번호를 알려주었더니 가타기리 요코가 이 방을 먼저 보겠다고 말했던 것이다.

"좋은 방이군요." 가타기리 요코는 안을 둘러보며 고개를 끄덕였다. "나쁘지 않아요."

"감사합니다."

"아, 잠깐만 기다려줘요."

"네, 천천히 둘러보세요."

가타기리 요코는 침대 옆에 서서 명상하듯이 눈을 감고 심호흡을 거듭했다. 이윽고 눈을 뜨더니 나오미에게 말했다. "잠깐 이리로 와서 서봐요."

"저 말씀인가요?"

"그래요. 좀 도와줄 게 있어요. 아, 짐은 그쪽에 내려놓구요."

나오미는 가타기리 요코의 큼직한 가방을 옆의 선반에 내려놓았다. 무엇을 하려는 것인지는 알 수 없지만 아마도 이 방의 영감을 확인하기 위한 절차인지도 모른다. 당혹스러워하면서도 나오미는 그녀가 가리킨 자리에 가서 섰다.

"이렇게 하면 되나요?"

"글쎄, 양쪽 발을 나란히 맞춰줄래요? 응, 그 정도면 됐어요." 가타기리 요코는 바닥에 정좌하더니 두 손을 합장하고 나오미를 올려다보았다. "이건 일종의 액막이 같은 것이에요. 사실은 초능력자들끼리 하는 것이지만 두 사람이 채워지지 않을 때는 둘 중 한 사람만이라도 괜찮답니다."

"네, 그렇군요." 맞장구를 쳐주는 수밖에 없었다. 호텔리어 생활을 한 지도 꽤 오래되었지만 초능력자 손님의 액막이 의식을 함께하는 건 처음이었다.

"지금부터 내가 하라는 대로 해봐요. 우선 가슴 앞에서 두 손을 맞댑니다. 그리고 눈을 감는 거예요. 그리고 이건 좀 어려운 것이지만, 모든 잡념을 떨쳐버리도록 하세요."

"네, 그건 좀 어려울 것 같네요."

"할 수 있는 만큼만 하면 된답니다. 자, 그다음에는 눈을 꼭 감은 상태에서 눈두덩에 두 손을 얹어주세요. 자신의 눈을 가리는 것처럼 말이지요. 네, 그렇게 하면 됩니다. 그대로 가만히 그 자세를 유지하세요. 눈을 뜨면 안 돼요."

별 이상한 짓을 다 시킨다고 생각했다. 초능력자 혼자서 왔을 때는 어떻게 하는 걸까.

나오미는 발목에 뭔가 닿는 것을 느꼈다. 대체 뭘 하려는 건가.

두 손을 눈두덩에서 떼고 슬며시 눈을 떠보았다. 자신의 발목에 벨트 같은 것이 감겨 있다는 것을 알았다.

"저, 손님, 이건 무슨……."

나오미가 물어보자 가타기리 요코가 얼굴을 들었다. 그 표정을 보고 가슴이 철렁했다. 가타기리 요코의 입술에 떠 있는 차가운 미소에는 방금 전까지의 다정함이나 온화함은 한 조각도 없었다.

"눈을 뜨면 안 된다고 했죠?" 그 목소리도 오싹 소름이 끼칠 만큼 차갑게 울렸다.

가타기리 요코는 재빨리 몸을 일으키더니 아직 어리둥절한 나오미의 가슴을 힘껏 떠밀었다. 양쪽 발목에 벨트가 묶여 있어서 아무 대응도 못한 채 나오미는 뒤쪽 침대로 털썩 쓰러졌다. 아앗 하는 소리가 흘러나왔다.

"손님, 왜 이러세요!"

하지만 가타기리 요코는 아무 말 없이 나오미를 덮쳤다. 침대에 얼굴을 박고 엎드리게 하더니 양팔을 잡아 등 뒤로 젖혔다. 저항해보려고 했지만 소용이 없었다. 엄청난 힘이었다.

비명을 지를 여유도 없었다. 눈 깜짝할 사이에 뭔가가 양쪽 손목에 채워졌다. 금속의 감촉이었다.

"이게 뭐예요? 이러지 마세요. 놓아줘요!"

뒷머리를 확 잡아챘다. 한순간 목소리도 나오지 않았다. 침대에 엎드린 채 강제로 얼굴을 쳐들린 상태였다. 가타기리 요코가 뒤쪽에서 나오미의 얼굴을 들여다보았다.

"조용히 해. 목 졸려 죽고 싶지 않으면 떠들지 말라고." 깊은 우물의 밑바닥에서 울려오는 듯 으스스한 목소리로 그녀는 말했다. 똑같은 사람의 음성일 텐데 조금 전까지의 온화함은 어디론가 사라지고 없었다.

나오미는 여자의 얼굴을 보고 흠칫 놀랐다. 지금까지 별로 유심히 쳐다본 적은 없었지만 이렇게 가까이에서 빤히 보고서야 확실하게 알았다.

이 여자는 나이 든 부인이 아니다. 훨씬 더 젊은 여자다. 그리고…… 아주 오래전에 어디선가 만난 적이 있다.

36

야마기시 나오미의 핸드폰은 연결이 되지 않았다. 한 차례 연결되는 듯하더니 갑자기 전원이 뚝 끊겼다. 하지만 그녀가 근무시간에 자신의 핸드폰 전원을 꺼둘 리가 없었다. 역시 무슨 일이 생긴 게 아닐까.

구가의 말에 의하면 야마기시 나오미는 가타기리 요코를 위해 객실 몇 개를 준비해 위층으로 올라갔다. 분명 지난번에도 영감이 이러니저러니 하면서 방을 정하는 데 한참 애를 먹였던 사람이다. 아예 객실 여러 곳을 보여주고 직접 정하도록 하는 게 훨씬 더 수월한 건 사실이었다.

"닛타 씨, 여기 있어요." 프런트 안에서 단말기를 두드리던 구가가 얼굴을 들었다. "야마기시가 확보한 객실은 0508호실, 0917호실, 1105호실, 1415호실, 1809호실, 다섯 개예요."

구가는 그 객실 번호들을 메모지에 적어 접수대에 올려놓았다.

번호를 보고 닛타는 얼굴을 찌푸렸다. "이거야, 완전 제각각이네."

"일부러 그랬을 거예요. 어쨌든 손님이 영감이라는 것을 중시하는 분이니까 최대한 다양한 층, 다양한 방향의 방을 보여드리려고 했을 겁니다."

닛타는 입을 꾹 다물며 고개를 끄덕였다. 야마기시다운 배려라고 감탄해야 할 대목이겠지만, 지금은 전혀 그럴 마음이 나지 않았다.

"근데 무슨 일이죠? 가타기리 씨가 무슨 문제라도 있어요?" 구가가 불안한 얼굴로 물었다.

"아뇨, 아직 확실하지는 않지만……." 우선은 그렇게 대답할 수밖에 없었다. 닛타 스스로도 뭔가 확신이 있는 건 아니었다. 다만 눈이 안 보이는 척 연극을 했던 그 노부인이 전혀 엉뚱한 장소에 있었다는 것뿐이다. 하지만 그건 단순한 우연이라고는 도저히 생각할 수 없었다.

어떻게 할까. 야마기시 나오미가 돌아올 때까지 잠깐 기다려볼까.

다섯 개의 객실 번호를 적은 메모지를 빤히 바라보며 잠시 생각하고 있으려니 닛타의 핸드폰이 울렸다. 노세에게서 온 것이었다.

"닛타, 알아냈어. 그 여자, 이름은 나가쿠라 마키, 나이는 서른다섯 살이야. 할머니 분장을 했지만 실제로는 젊은 여자였어. 늙은이 역할을 특히 잘하는 배우였대. 마쓰오카 씨와 같은 극단 소속이었는데 작년 말에 갑자기 탈퇴했어. 확실한 이유는 아무에게도 말하지 않았대. 마쓰오카 씨와 함께 무대에 서는 일이 많아서 한때는 사귀는 사이가 아니냐는 소문이 떠돌았는데, 진위 여부는 확실치 않아. 극단을 떠난 뒤로는 이쪽과 전혀 연결점이 없어서 현재 무슨 일을 하는지는 알 수 없었어. 근데 한 가지 마음에 걸리는 정보가 있어."

"뭐죠?"

"학력이야. 나가쿠라 마키는 지방 국립대학 약학과를 졸업했어. 게다가 동물병원에서 근무한 경험도 있어."

"약학과…… 동물병원……."

"마쓰오카 씨의 사망 원인, 기억나? 약물 주사 때문일 가능성이 있다고 했잖아."

그렇다. 닛타의 심장이 크게 뛰었다. 핸드폰을 힘껏 움켜쥐고 있었다.

"노세 씨, 계속해서 그 여자에 대해 알아봐주세요. 이번에는 제대로 짚은 것 같아요."

"그러잖아도 좀 더 알아볼 생각이야. 닛타 씨가 어째서 이 여자를 점찍었는지 모르겠지만 나도 뭔가 감이 오던 참이야."

잘 부탁한다고 말하고 닛타는 전화를 끊었다. 조금 전의 메모를 응시한 뒤, 빠른 걸음으로 엘리베이터 홀로 향했다.

이나가키 쪽에 연락할 여유 따위는 없었다. 게다가 그쪽은 여장 남자에 대한 것만으로도 머릿속이 가득할 터였다. 가타기리 요코를 의심하게 된 복잡한 경위에 대해 설명한다 해도 진지하게 귀를 기울여줄지 미심쩍었다.

나가쿠라 마키……

그 여자가 야마기시 나오미를 노린다는 건 분명했다. 지난번 이 호텔에 찾아왔을 때, 다른 프런트 직원이 응대하겠다는 것을 굳이 거절하면서 그녀에게 맡아달라고 했었다. 모든 것이 바로 오늘을 위한 복선이었던 것이다.

하지만 대체 왜 그녀를?

37

악몽을 꾸는 것 같다, 라는 표현과는 약간 다르다. 여우에 홀린 것 같다, 라는 게 정확한 표현인지도 모른다. 엄청나게 위험한 상황이라는 것을 잘 알면서도 너무도 뜻밖의 일이라 오히려 공포감도 느껴지지 않았다. 이건 뭔가 착오가 아닐까, 못된 장난에 억지로 끌려든 건 아닐까, 하는 마음이 조금이지만 남아 있었다.

하지만 지금 상황을 생각하면 이런 일이 장난일 리는 없었다. 두 발은 벨트로 묶였고 양손은 등 뒤로 수갑이 채워졌다. 게다가 입에는 청 테이프가 붙여졌다. 도움을 청하려 해도 할 수 없었다. 조금 전 핸드폰이 울렸지만 가타기리 요코가 곧바로 전원을 꺼버리고 말았다.

가타기리 요코가 욕실에서 나왔다. 침대에 엎드린 채 나오미는 그녀를 올려다보다가 눈이 휘둥그레졌다. 그곳에 서 있는 여자는 노부인이 아니었다. 가발을 벗은 숏커트의 머리는 새까만 색이었고 새치 따위는 한 오라기도 없는 것 같았다. 피부는 탱탱했고 뺨에서 턱까지의 선은 날렵했다. 선글라스를 벗은 눈은 섬뜩할 만큼 생기가 넘치고 입술에는 섹시함이 감돌았다. 긴 다리를 강조하는 검은색 바지에 하얀 블라우스를 걸친 모습은 남장을 하고 나선 아름다운 여자를 연상시켰다.

"어때, 놀랐어?" 여자는 침대 옆에 서서 나오미를 내려다보았다. "아직 젊은 편이지?"

어떻게 대꾸해야 좋을지 몰라 나오미는 눈만 깜빡였다. 칭찬을 해달라고 한다면 얼마든지 해줄 수도 있지만 소리를 내지 못하니 어쩔 도리가 없었다.

"내 얼굴, 어디선가 본 기억 안 나?"

여자의 말에 나오미는 새삼 상대의 얼굴을 빤히 바라보았다. 그런 말을 하는 걸 보면 분명 어디선가 만난 적이 있을 터였다. 어디였을까. 어떤 상황에서였을까. 생각이 날 듯하면서도 나지 않았다.

"구제불능이네. 고객의 얼굴을 잊어버리다니 호텔리어로서 실격이야."

고객이라고? 이런 손님이 찾아온 적이 있을까. 하지만 다른 장소에서 만났을 것 같지도 않았다.

여자는 곁에 놓인 가방에서 사진 한 장을 꺼냈다. 그것을 나오미 쪽으로 내보였다. "이걸 보면 생각날까? 1년 전의 나야. 이래도 모르겠어?"

사진 속에는 한 남자와 한 여자가 있었다. 둘 다 티셔츠 차림으로 극장의 무대 끝에 나란히 앉아 있었다. 여자는 지금보다 더 통통하고 머리가 길었다. 남자 쪽은 더 젊어서 아직 이십 대 초반으로 보였다.

퍼뜩 짚이는 게 있었다. 그 남자의 얼굴이 낯익었다. 그것과 연동하듯이 기억이 되살아났다. 그날의 기억이었다. 나오미는 크게 숨을 들이쉬었다. 사진과 여자의 얼굴을 비교해 보았다.

여자가 빙긋이 웃었다. "이제야 생각난 모양이지?"

나오미는 고개를 끄덕였다. 생각나지 않는 척해봤자 별 의미도 없었다.

그렇구나, 그때의…….

"그날 밤의 일을 나는 한시도 잊은 적이 없어." 여자의 눈에 증오의 빛이 서렸다. "당신에게 쫓겨났던 그날 밤의 일을."

나 역시 잊지 않았다. 나오미는 그렇게 말하고 싶었다. 똑똑히 기억 속에 박혀 있었다. 바로 며칠 전에도 닛타에게 그 이야기를 했었다. 안노 에리코가 다녀간 날 밤이었다. 투숙객의 객실 번호는 어지간한 일이 아닌 한, 절대로 외부인에게 알려줘서는 안 된다, 라는 것을 설명하면서 1년 전의 그 일을 예로 들었다.

그 여자는 방금 뉴욕에서 귀국한 길이라고 했다. 원거리 연애를 하는 남자 친구가 오늘 밤 이 호텔에 와 있다는 건 알고 있다. 갑작스럽게 찾아가 놀라게 해주고 싶으니 방 번호를 알려달라. 그런 식으로 말했다.

사실이라면 멋진 깜짝 이벤트라고 생각했지만 그 여자에게는 어딘가 위험한 기척이 있었다. 그래서 남자 손님 쪽에 은밀히 확인해보니 아니나 다를까, 서로 이야기가 달랐다. 절대로 방 번호를 알려주지 마라, 그냥 돌려보내라, 라고 남자는 말했다.

"그때 당신은 그런 손님은 없다고 했지? 마쓰오카 다카시라는 이름의 손님은 이 호텔에 없다고. 내가, 그럴 리 없다, 그 사람이 예약한 것을 알고 있다고 말했더니 일단 예약은 했지만 그 뒤에 취소했다고 당신은 대답했어. 어때, 기억나?"

물론 기억하고 있었다. 그리고 그것이 오늘 아침에 닛타가 조사해달라던 11월 17일 밤이라는 것도 깨달았다. 그때의 젊은 남자가 마쓰오카 다카시였던 것이다.

"그 사람의 방 번호를 알려주지 못하겠다면 내가 직접 나서서 찾아보려고 했어. 그래서 내게도 방을 준비해달라고 당신에게 부탁했지. 하지만 당신은 이렇게 말했어. 공교롭게도 오늘 밤에는 남아 있는 객실이 없다고. 돈이라면 얼마든지 내겠다고 말했는데도 당신은 내 말을 들어주지 않았어. 그래서 내가 어떻게 했을까? 조용히 집에 돌아갔을까? 아니면 다른 호텔에 묵었을까?" 여자는 머리를 내저으며 말을 이었다. "아니, 난 그럴 수 없었어. 반드시 그 남자를 만나야 했거든. 그 남자를 만나서 책임을 지라고 말해야 했거든."

책임? 어떤 책임?

나오미는 눈빛에 질문을 담아 여자를 쳐다보았다. 여자는 우는 건지 웃는 건지 알 수 없는 표정을 지었다.

"남자로서의 책임. 그 남자, 아버지였거든. 내 배 속에 있던 아기의."

38

노크를 했지만 대답이 없었다. 닛타는 마스터키를 꽂고 1809호실의 문을 힘껏 열어젖혔다. 안을 급히 둘러봤지만 인기척이 없었다. 욕실도 들여다보았다. 별 이상이 없었다.

즉시 방을 나와 엘리베이터 홀로 달렸다. 어물거릴 시간이 없었다. 홀에 도착하자마자 버튼을 눌렀다. 하지만 엘리베이터는 도무지 내려오지 않았다. 답답한 마음에 별 의미가 없다는 걸 알면서도 몇 번이나 버튼을 눌러댔다.

야마기시 나오미는 과연 어떤 순서로 객실을 안내할까. 역시 높은 층부터 안내할 것이다, 라고 닛타는 생각했다. 대부분의 투숙객은 높은 층을 선호하기 때문이다. 그래서 위층에서부터 돌아보기로 했지만 그 판단이 옳은 것인지 어떤지는 알 수 없었다.

마침내 한쪽 엘리베이터가 도착하고 문이 열렸다. 서둘러 들어가서 14층 버튼을 눌렀다. 하지만 문이 닫히는 순간 문득 불안이 머리를 스쳐 열림 버튼에 손가락을 얹었다.

만일 야마기시 나오미가 아래층부터 안내했다면 1809호실에 지금 올라오고 있는지도 모른다. 자칫하면 간발의 차로 서로 어긋나 버릴 우려가 있다. 어떻게 할 것인가.

닛타는 고개를 저으며 버튼에서 손가락을 뗐다. 아직 아무 일도 없다면 호텔리어의 귀감인 야마기시 나오미가 근무 중에 핸드폰의 전원을 끌 리가 없다. 그녀는 이미 어딘가의 방에 머물고 있다. 그리고 이미 무슨 일인가 일어났다.

39

뜻밖의 말에 나오미는 숨을 꿀꺽 삼켰지만 그런 동요가 상대에게 전해졌는지 어떤지는 알 수 없었다.

"3개월, 아니, 이미 4개월째에 접어들었을 거야. 그 남자와 나의 아기가 이 세상에 태어나려 하고 있었어. 그걸 알면서도 그 남자는…… 아니, 알고 있었기 때문에 도망친 거였어. 갑자기 극단까지 그만두고 행방을 감춰버리다니, 어떻게 그럴 수 있지? 그걸 용서해줘야 할까? 아니, 하지만 난 알고 있었어. 그 남자가 나고야를 떠나 앞으로 어떻게 할 생각인지, 다 알고 있었어. 그토록 원하던 도쿄 극단의 오디션 날짜가 바짝 다가와 있었거든. 틀림없이 그 오디션에 참가할 거야. 게다가 그때는 코르테시아도쿄 호텔에 가겠지. 왜냐면 잠꼬대처럼 매번 똑같은 소리를 했거든. 다음에 도쿄에 가면 꼭 그 호텔에서 잘 거라고." 여자는 표정이 약간 누그러들더니 다시금 나오미를 노려보았다. "당신에게 쫓겨난 나는 밤새 호텔 밖에서 기다렸어. 날이 밝으면 그가 오디션을 보려고 호텔 밖으로 나올 테니까. 난 그때를 노리기로 했어. 찬바람 부는 길거리에 쪼그리고 앉아서 기다렸어. 정말 지독히 추운 밤이었어. 코트도 머플러도 없이 밤새도록 벌벌 떨었어. 온몸이 꽁꽁 얼었지만 꾹 참았어. 그리고 마침내 날이 밝았지. 나는 호텔 현관만 노려보고 있었어. 어리광쟁이로 자란 데다 도쿄 지리도 모르는 그 남자가 지하철을 이용할 리 없다, 틀림없이 택시를 탈 것이다. 내 예상은 딱 맞아떨어졌어. 이윽고 그 남자가 나타났어. 상쾌한 얼굴을 하고서. 잠깐 재미삼아 사귀던 여자, 덜컥 임신까지 해버린 연상의 여자에게서 무사히 도망친 것이 너무도 상쾌하다는 듯이. 나는 자리에서 일어났어. 전속력으로 그 남자에게로 달려가려고 했어."

거기까지 이야기한 여자는 입을 굳게 다물었다. 몸을 파들파들 떨고 있었다. 가슴속에 있는 뭔가가 폭발하려는 것을 지그시 억누르고 있는 것 같았다.

"그 순간, 엄청난 아픔이 몰려왔어. 내 몸의 중심에 달궈진 금속 막대가 꽂히는 듯한 아픔. 나는 한순간 정신이 아득해졌어. 무슨 일이 일어났는지도 미처 알지 못했어. 그리고 정신을 차렸을 때는 응급실 침대에 누워 있었지. 그리고 그 말을 들었어. 유산이라는 말. 내 안의 소중한 생명이 영원히 사라져버렸다는 말." 여자는 차갑게 굳은 미소를 지었다. "하긴 그럴 만도 했어. 그런 추운 날, 밤새 길에 쪼그리고 앉아 있었으니까. 하지만 난 그럴 수밖에 없었어. 그 자리를 떠날 수도 없고 호텔에서는 방을 주지도 않고, 그래서 난 그럴 수밖에 없었다고. 병원 침대에서 납작해져버린 내 배를 쓰다듬으면서 난 결심했어. 이 원한, 반드시 갚아주리라. 그 두 사람을, 내 소중한 아기를 앗아간 그 두 사람을 반드시 반드시 죽이리라."

여자는 가방을 자기 앞으로 끌어당겼다. 그 안에서 가느다란 플라스틱 용기를 꺼냈다.

"이제 당신도 왜 이런 일을 겪어야 하는지 알겠지? 바로 오늘을 위해 나는 완벽하게 준비해왔어. 경찰이 이 호텔을 주목한다는 건 이미 다 알고 있었지. 왜냐고? 이 호텔을 주목하도록 내가 작전을 펼쳤거든. 덕분에 경찰은 그 남자가 살해된 사건과 당신이 살해된 사건이 연결되어 있다는 것은 결코 알 수 없어. 두 사람이 똑같은 방법으로 살해되더라도 말이야. 당신은 기묘한 네 개의 연쇄살인 사건의 피해자로만 보이겠지. 내가 유일하게 걱정했던 것은 당신이 오늘 쉬는 날인지도 모른다는 것뿐이었어. 하지만 지난번에 왔을 때, 그럴 리 없다고 확신했어. 당신과 함께 있었던 남자, 형사지? 당신은 그를 도와주는 역할이고. 그렇다면 오늘 같은 중요한 날에 당신이 호텔을 쉴 수는 없지."

여자가 플라스틱 용기에서 꺼낸 것은 주사기였다.

"우리가 이 객실에 들어온 지 몇 분이나 되었을까? 만일 이 방을 감시 카메라로 지켜보는 사람이 있다면 당신이 객실에서 오래도록 나오지 않는 걸 수상하게 생각할 수도 있겠지. 하지만 이번만은 그럴 걱정이 없어. 가타기리 요코는 원래 기묘한 손님이거든. 그래서 호텔리어로서 누구보다 뛰어난 야마기시 나오미가 친절하게 안내해주느라 시간이 좀 걸리는 거야. 그래도 이 방에서 가타기리 요코 혼자서만 나가는 건 역시나 이상하다고 생각하겠지. 그래서 난 머리를 잘랐어. 검은 바지에 블라우스 차림으로 갈아입었지. 재킷도 가져왔어. 그걸 걸치고 나가면 감시 카메라의 희미한 화면에는 당신이 손님을 안내하고 객실에서 나오는 모습으로 비치겠지?"

여자의 헤어스타일을 보며 나오미는 분명 그럴 거라고 생각했다. 체격도 비슷했다. 고개를 숙인 채 이 방을 나선다면 설령 누군가 카메라 모니터를 지켜보더라도 그리 수상하게 생각하지 않을 것이다.

"두려워할 거 없어. 그리 고통스럽지도 않은 모양이야. 그 남자도 별로 힘들어하지 않았거든. 아까는 목을 졸라 죽이겠다고 했지만 그건 거짓말이야. 난 그런 야만적인 짓은 못해. 사람을 죽인다면 약물을 쓰는 것밖에 생각나지 않아." 여자가 나오미에게로 천천히 다가왔다.

40

닛타는 1105호실을 뛰쳐나왔다. 1809호실, 1415호실에 이어 이곳 역시 허탕이었다. 누군가 들어간 흔적조차 없었다. 남은 것은 두 곳. 다음에 갈 곳은 0917호실이다. 계단을 이용할까 하고 잠시 망설이다가 결국 엘리베이터를 택했다. 그러는 편이 복도에서의 이동거리가 짧았기 때문이다. 각 층의 객실 배치는 거의 완벽하게 머릿속에 들어 있었다.

나가쿠라 마키는 야마기시 나오미를 살해할 생각일까. 그렇다면 그 동기는 무엇일까. 대체 어떤 대단한 이유가 있어서 그토록 우수한 프런트 직원을 죽이고 싶을 만큼 미워하게 된 것인가. 마쓰오카 다카시는 작년 11월 17일에 이 호텔에서 하룻밤을 묵었지만, 야마기시 나오미에 의하면 그날 별다른 일은 없었다고 했다. 아니, 그녀는 마쓰오카의 이름조차 기억하지 못했다. 그런 남자와 야마기시 나오미가 함께 살해될 만한 이유라니, 그런 건 애초에 없는 게 아닐까.

엘리베이터가 9층에 도착했다. 망설임 없이 복도로 걸어 들어갔다. 0917호실 앞에서 발을 멈췄다. 호흡을 가다듬고 천천히 문을 두 차례 두드렸다.

대답은 없었다. 닛타는 마스터키를 꽂았다. 손잡이를 돌려 문을 열었다.

방에는 아무도 없었다. 그는 실내를 둘러보고 창가까지 갔다. 커튼은 닫힌 채였다.

닛타는 발길을 돌렸다. 문을 열고 복도로 발을 내디뎠다.

41

문이 철컥 닫히는 소리를 나오미는 절망적인 심정으로 듣고 있었다. 누군가 이 방에 왔다는 것을 알았을 때, 닛타 형사일 거라고 기대했지만 어쩌면 아니었는지도 모른다.

나오미는 욕실에 있었다. 조금 전 이곳으로 끌려온 것이다. 세면실 앞에 앉아 있으라는 지시를 받았다.

여자는 바로 뒤쪽에 서 있었다. 주사기를 손에 들고 있었다. 노크 소리가 들려온 순간, 그 바늘을 나오미의 목덜미에 들이댔다. 행여 소리를 내면 지금 즉시 주삿바늘로 찌르겠다는 위협이었다.

그 상태를 한동안 유지한 뒤, 여자가 긴 숨을 내쉬는 소리가 들렸다. 주삿바늘이 일단 나오미의 목에서 떨어져나갔다.

"하마터면 위험할 뻔했잖아. 욕실로 옮기길 잘했어."

나오미는 얼굴을 들었다. 세면실의 거울을 통해 뒤쪽에 서 있는 여자와 눈이 마주쳤다. 여자는 빙긋이 웃었다.

"방금 왔던 사람, 누구였을까? 분명 경찰은 아닐 거야. 경찰은 지금쯤 내가 준비해둔 먹이를 덥석 물고 있을 테니까. 아름다운 신부를 괴롭히는 스토커에게 말이야."

나오미의 눈이 둥그레지자 여자는 한층 더 만족스러운 웃음을 지었다.

"그래. 그것도 모두 내가 준비한 프로그램이야. 경찰의 관심을 그 결혼식 쪽으로 돌리는 게 목적이었어. 신부 이름이 다카야마 게이코라고 했던가? 흥, 그 여자는 아무 관계도 없어. 그냥 내 계획에 써먹기 좋은 존재였을 뿐이지. 혼자 사는 여자고 빈틈이 많아서 우편물을 훔치기도 쉬웠어. 아, 와인은 무사히 도착했는지 모르겠네?

물론 신부의 손에 건네주지는 않았겠지? 지금쯤 아마 경시청 감식과에서 조사하고 있을 거야. 어쩌면 코르크에 남아 있는 주삿바늘 흔적쯤은 발견했을지도 모르지. 하지만 와인에 어떤 약물을 넣었는지는 절대로 알 수 없어. 왜냐고? 아무것도 넣지 않았거든. 주삿바늘로 코르크를 찌르기만 했을 뿐 약물 따위는 넣지 않았어. 당연하지. 만일 아무도 의심하지 않아서 그 와인이 신랑 신부의 손에 건너간다면, 게다가 그들이 결혼의 기쁨에 들떠 그 와인을 마시기라도 한다면 정말 큰일이잖아. 난 무차별 살인마는 아니야."

여자는 점점 더 많은 말을 쏟아냈다. 자신이 하는 말에 자극을 받고 도취되어 다시금 더 많은 말을 쏟아내고 싶은 충동에 내몰리는 것인지도 모른다. 거울에 비친 자신을 향해 계속해서 지껄이고 있는 여자의 모습에서는 광기 같은 것이 감돌았다.

그 눈빛이 문득 나오미에게로 쏟아졌다.

"자, 모든 의문이 풀렸지? 그럼 이제 살해당해도 어쩔 수 없다고 체념도 할 수 있지 않겠어? 아아, 당신의 시체는 언제쯤이나 발견될까. 오래도록 내려오지 않으면 누군가 걱정이 되어 살펴보러 왔다가 그제야 겨우 발견한다? 범인은 가타기리 요코라는 나이 든 여자. 하지만 경찰은 그 여자의 행방을 파악할 수 없어. 왜냐고? 그런 여자는 이 세상에 존재하지 않거든. 대체 어디 사는 누구야? 지난번에 숙박했을 때의 기록을 조사해봐. 하지만 숙박부에 기재한 내용은 모두 다 엉터리. 지문은 어떻지? 숙박부에 지문이 찍혀 있지 않나? 레스토랑에서 식사했을 때 사용한 점자 메뉴판을 조사해봐." 여자는 혀를 내밀어 입술을 핥았다. "하지만 당신은 이미 알아. 그런 짓을 해봤자 소용없다는 거. 가타기리 요코의 지문은 어디에도 남아 있지 않아. 왜냐고? 그녀는 항상 장갑을 끼고 있었거든. 점자 메뉴판을 사용할 때조차 그 장갑을 벗지 않았어."

여자의 말 한마디 한마디가 나오미를 강하게 내리쳤다. 지난번에 가타기리 요코와 나눈 대화는 호텔리어로서 최고의 경험이라고 자랑스럽게 생각했었다. 하지만 그건 어처구니없는 착각이었다. 모든 것이 살인자의 계략에 지나지 않았던 것이다.

여자가 다시 주사기를 치켜드는 모습이 거울에 비쳤다. 나오미는 어떻게든 그 바늘 끝에서 벗어나려고 했다.

"아니, 달아나봤자 소용없어. 이래 봬도 나는 마구 날뛰는 도베르만에게도 정맥주사를 놓았던 사람이야."

여자가 나오미의 머리채를 왈칵 잡아챘다. 온몸을 비틀어봤지만 고개는 전혀 움직일 수 없었다. 바늘이 닿는 감촉이 느껴졌다. 신음과 함께 눈을 질끈 감았다.

그때, 갑작스럽게 욕실 안의 공기가 출렁였다. 한 줄기 바람이 휘익 지나가는 것 같았다. 그와 동시에 비명이 들려왔다. 여자의 목소리였다. 나오미는 감았던 눈을 떴다.

여자가 욕실 바닥에 나뒹굴었다. 그 팔이 비틀어 올려졌다. 잡고 있는 사람은 닛타였다. 주사기가 바닥에 떨어져 있었다.

"나가쿠라 마키, 살인미수 현행범으로 체포한다." 닛타는 수갑을 꺼내 여자의 손목에 채웠다. 그리고 다른 한쪽은 욕실 문손잡이에 채웠다.

여자는 움직이지 않았다. 멍한 얼굴을 허공으로 향한 채였다. 무슨 일이 일어났는지 깨닫지 못하는 것 같았다.

닛타가 나오미에게 다가와 입에 붙은 청 테이프를 떼어주었다. 아픔에 나오미는 얼굴을 찡그렸다. 하지만 입으로 호흡할 수 있는 쾌감이 그 아픔을 뛰어넘었다.

"다친 데는 없는 것 같군요." 닛타가 말했다.

"닛타 씨…… 아까 나갔던 거 아니었어요?"

"밖으로 나간 것처럼 문을 열었다가 닫았을 뿐이에요. 욕실 밖에서 안을 살피고 있었죠. 상황을 정확히 파악하기 전에는 선불리 뛰어들 수 없었어요."

"이 방이라는 걸 어떻게 알았죠?"

"침대 커버가 흐트러진 걸 알아보지 못할 만큼 둔감하진 않거든요. 게다가 방에 들어선 순간 당신의 기척을 감지했어요."

나오미는 그의 얼굴을 바라보았다. "내 기척이라뇨?"

"그거야 뭐, 한마디로 말해서 냄새예요. 당신은 화장이 진한 편은 아니지만 그래도 희미하게 냄새가 나요. 좋은 냄새가."

"내 냄새를 안단 말이에요?"

"그야 당연히." 닛타는 어깨를 으쓱했다. "우리, 계속 함께 있었잖아요?"

나오미는 고개를 숙였다. 저도 모르게 미소가 번지는 것을 그에게 들기고 싶지 않았기 때문이다.

42

나가쿠라 마키의 체포에 따라 관련 특별 수사본부는 한꺼번에 움직이기 시작했다.

우선 센주신바시에서 일어난 노구치 후미코 살해 사건에 대해 정식으로 남편 노구치 야스히코에게 구속영장이 발부되었다. 다음으로 시나가와에서 발생한 오카베 데쓰하루 살해 사건에 관해서는 회사 동료 데시마 마사키, 피해자 오카베와 불륜 관계였던 이노우에 히로요를 철저히 취조한 끝에 마침내 자백을 이끌어냈다. 두 사건 모두 이미 수사진이 결정적인 단서를 잡고 x4가 체포되기만 기다리던 상태였기 때문에 당초 예정대로 진행된 셈이었다.

상황이 급작스럽게 풀려나간 것은 가사이 인터체인지 아래 도로에서 고교 교사 하타나카 가즈유키가 살해된 사건이었다. 코르테시아도쿄 호텔에서 발생한 살인미수 사건이 언론에 보도된 그 이튿날 범인이 경찰에 직접 출두한 것이다. 하타나카가 교편을 잡고 있던 고등학교의 남학생이었다.

자신이 다른 학생들의 괴롭힘으로 큰 고통을 받고 있는데도 학교 측에서는 전혀 알지도 못했고 어떤 조치도 취해주지 않았다. 그러던 참에 우연히 인터넷을 통해 x4를 알게 되었고 그들의 계획에 편승하여 누군가를 살해하기로 마음먹었다. 누구라도 상관없다는 생각이었지만 우연히 하타나카 교무부장이 밤마다 조깅을 한다는 것을 알고 자전거로 뒤를 밟아 살해했다. 그가 자백한 내용이다.

가장 중요한 나가쿠라 마키는 계속 묵비권을 행사하고 있었다. 하지만 약물의 입수 경로 등, 물적 증거가 착착 갖춰지고 있었다. 무엇보다 현행범이라는 것이 가장 컸다.

또한 여장 남자가 갖고 있던 숫자 메시지에 대한 해독이 끝이 났다. 그 숫자 속에 감춰진 위도와 경도는 시나가와의 첫 번째 사건 현장을 가리키고 있었다. 즉 네 가지 사건은 완전한 원형으로 완결된 셈이다.

닛타는 오랜만에 참석한 정식 수사 회의에서 관리관 오자키가 목청을 높여 수사 완료를 선언하는 것을 들었다.

43

문 앞에서 심호흡을 한 차례 한 뒤에 노크를 했다. 들어와요, 라는 후지키의 침착한 목소리가 울렸다. 나오미는 문을 열었다.

평소와 마찬가지로 흑단 책상을 마주하고 후지키가 앉아 있었다. 그 옆에는 다쿠라가 서 있었다. 나오미는 인사를 건네고 그들에게로 다가갔다.

후지키는 쓴웃음을 지으며 다쿠라와 서로 마주 본 뒤, 난처한 표정으로 나오미를 쳐다보았다.

"어째 얼굴 표정이 심각하군. 이번에는 또 무슨 일인가. 자네가 긴히 할 말이 있다고 해서 기다리고 있었는데, 뭔가 항의라도 할 생각인가?"

나오미는 침을 꿀꺽 삼키고 호흡을 가다듬은 다음에 입을 열었다.

"그런 게 아닙니다. 그런 게 아니라 제가 오히려 사죄해야 할 일이 있어서 이렇게 시간을 내주십사고 부탁드렸어요."

"사죄라니? 아, 이번 범인의 범행 동기에 관한 것인가?" 후지키가 말했다. "자네가 범인의 연인인지 옛날 연인인지, 아무튼 그 사람의 객실 번호를 알려주지 않았고 숙박을 하겠다는 것도 거절한 것이 범행 동기라고 들었는데, 그것을 사죄하겠다는 것인가?"

"아뇨, 그렇지 않습니다." 나오미는 딱 잘라 말했다. "혹시 그날 밤 제가 대응을 잘못했다는 말씀인가요? 그 여자에게 연인의 객실 번호를 알려줘야 했을까요? 아니면 묵고 싶다고 말했을 때, 아무 의심 없이 방을 내줘야 했을까요?"

"이봐, 야마기시." 다쿠라가 타이르는 어조로 말했다. "그렇게 불끈할 거 없어. 자네의 대응에는 전혀 잘못이 없었어. 그건 누구보다 우리가 잘 알고 있어."

"그렇습니까." 나오미의 표정이 누그러들었다. "다만 저는 참 어려운 일이구나 하는 생각이 들었습니다. 나가쿠라 마키 씨에게도 동정할 만한 점은 있어요. 만일 그때 사실대로 제게 말해주었다면, 최소한 임신 중이라는 것만이라도 털어놓았다면, 저도 아마 다른 방식으로 대응했을 거예요. 그녀가 그렇게 하지 않았던 것은 제가 자기편이 되어주지 않을 거라고 생각했기 때문이겠지요. 처음 찾아온 고객이라도 스스럼없이 마음을 열 수 있게 하려면 어떻게 해야 하는지, 앞으로 제게 남은 숙제로 생각하겠습니다."

그녀의 말에 후지키는 두어 번 고개를 끄덕였다.

"동감이야. 이번 사건으로 우리도 이래저래 배운 것이 많았어. 앞으로 그런 경험을 고객 서비스에 활용해나가면 좋겠다고 방금 다쿠라와도 이야기한 참이야. 하지만 자네가 사죄하겠다는 건 그런 일이 아닌 것 같은데."

"네. 제가 꼭 사죄드려야 할 일은 총지배인님을 배신했던 것에 대해서예요."

후지키는 의자 등받이에 몸을 맡기고 나오미를 올려다보았다.

"어허, 이건 그냥 흘려들을 수 없는 말이로군. 대체 무슨 일인가."

나오미는 입술을 축였다.

"이미 언론에 보도되었지만 이번 사건은 그 구조가 특이했습니다. 한 명의 범인에 의한 연쇄살인 사건이 아니라 복수의 범인이 연대해서 연쇄살인으로 위장한 것이었어요. 경찰은 그런 사실을 미리 다 알면서도 저희 호텔 측에는 비밀로 하고 있었습니다."

"음, 그런 것 같아. 그런데 그게 무슨 문제라도?"

"실은…… 그 사건의 구조에 대해 저는 미리 알고 있었습니다."

"알고 있었다고? 자네가?"

"누구에게 들었는지는 말씀드릴 수 없지만 저는 사전에 그런 이야기를 들었어요. 그 말을 듣고 가장 먼저 머릿속에 떠오른 것은 저희 호텔에서 범행을 꾀하려는 사람이 그 이전 사건의 살인범과 별도의 인물이라면 굳이 그 인물의 범행을 기다릴 필요는 없다는 것이었어요. 경찰이 사건의 구조를 이미 알아냈고 그에 따라 이 호텔을 감시하고 있다는 것을 저희 호텔 측에서 발표해버리면 그자가 범행을 단념할 가능성이 높으니까요. 하지만 저는 결국 총지배인님께 그런 사실을 말씀드리지 않았습니다. 그 바람에 이번의 큰 소동이 일어나고 말았어요. 정말 죄송합니다."

나오미는 깊숙이 머리를 숙였다. 후지키와 다쿠라가 어떤 표정인지는 알 수 없었다. 잠시 무거운 침묵이 흘렀다.

후지키가 후우 숨을 내쉬는 소리가 들렸다.

"그랬었군. 어째서 내게 말하지 않았지?"

"그건…… 부탁을 받았기 때문입니다. 아무에게도 말하지 말아달라는 부탁을."

"오호, 그건 좋지 않은데."

"죄송합니다." 나오미는 더욱더 깊숙이 허리를 숙였다.

"야마기시, 그만 고개를 들어."

"하지만……."

"됐으니까, 고개를 들어." 그렇게 말한 건 다쿠라였다. "그래서야 우리가 얘기를 못하잖아."

네, 라고 대답하고 나오미는 고개를 들었다. 두 상사는 빙글빙글 웃고 있었다.

"내가 좋지 않다고 한 것은……." 후지키가 말했다. "그렇게 중요한 극비 사항을 사전에 들었고 게다가 아무에게도 말하지 말라는 부탁을 받았다면 그걸 함부로 발설하는 건 좋지 않다는 뜻이야. 설령 그것이 호텔을 위한 것이라고 해도 마찬가지야. 그런 의미에서 자네의 판단은 결코 잘못된 것이 아니었어. 조금 전에 자네는 처음 찾아온 고객이 스스럼없이 마음을 열게 하는 방법을 앞으로 자네의 숙제로 생각하겠다고 말했지? 이 사람이라면 비밀을 털어놓아도 괜찮겠다, 라는 믿음 역시 호텔리어에게는 소중한 것이야."

나오미는 후지키의 온화한 얼굴을 마주 보았다. 총지배인의 눈에는 부드러우면서도 진지한 빛이 서려 있었다. 옆에서는 다쿠라가 말없이 고개를 끄덕였다.

"그리고 또 한 가지." 후지키는 윗몸을 앞으로 내밀며 책상 위에서 손가락을 꼈다. 나오미를 올려다보는 그 얼굴에 의미심장한 웃음이 번졌다. "사건의 구조를 알고 있었던 건 자네만이 아니야. 우리도 알고 있었어. 경시청의 오자키 관리관이 말을 해줬거든."

"예?" 나오미는 두 상사를 번갈아 바라보았다. "정말이십니까?"

"사실을 알고 있었던 것은 나와 다쿠라, 둘뿐이었지만."

"하지만 그걸 공개적으로 발표하지 않은 건 역시 경찰 측의 함구령 때문이었습니까?"

"그것도 물론 있었지. 하지만 기본적으로는 우리가 내린 판단이야. 발표하지 않는 게 좋겠다고 생각했어."

"어째서요?"

후지키는 깍지를 낀 채로 다시 의자에 몸을 기댔다.

"발표를 하면 분명 네 번째 사건의 범인은 범행을 단념할 수도 있어. 하지만 그것을 어떻게 확인할까? 범행을 포기했습니다, 하고 범인이 알려줄 리는 없잖아. 결국 계속해서 똑같은 경비 태세를 유지해야 할 것이고 고객들은 이런 불안한 호텔은 이용하지 않겠지. 발표를 해서 우리가 얻을 건 아무것도 없었어. 그래서 오자키 관리관에게 이렇게 부탁했지. 이 이야기는 우리 두 사람 모두 듣지 않은 것으로 해달라고 말이야."

나오미는 눈을 깜빡이며 길게 숨을 들이쉬었다. 항상 성실함 그 자체라고 생각해온 후지키의 눈에 일순 교활함이 엿보였다.

"저 혼자서만 별것도 아닌 일로 고민했던 것 같네요." 신음하는 듯한 목소리로 말했다.

"음, 이것도 공부야. 매사가 다 공부지." 그렇게 말한 것은 다쿠라였다.

나오미는 고개를 끄덕이고 다시 한 번 상사들을 바라보았다.

호텔 안에서 가면을 쓰고 있는 것은 손님들뿐만이 아니다. 새삼 생각했다.

44

"나가쿠라 마키는 우수한 성적으로 대학을 졸업했어. 전공과목은 물론이고 수학 같은 분야에서도 발군의 능력을 발휘했다니까 원래부터 머리가 좋았던 모양이야. 고등학교 때는 학생회 부회장을 맡았다는군." 노세가 수첩을 펼치면서 말했다. "이번에 그 여자가 사용한 약물은 염화 석사메토늄이라는 근육 이완제였어. 전신마취에 사용되는 것인데 정맥주사라면 0.01그램으로도 호흡 정지나 심장정지를 일으킨다는 거야. 체내에 들어간 뒤에는 신속하게 분해되어 인간이 본디 지니고 있는 물질로 변화하는 약물이야. 전에 나가쿠라 마키가 근무한 동물병원에 그 약이 있었다니까 그때 훔쳐낸 것으로 보여. 목적은 확실하지 않지만 앞으로 쓸 일이 있을지도 모른다고 예감한 건지 뭔지. 어쨌거나 나 같은 사람은 별로 가까이하고 싶지 않은 타입의 여성이야."

"그 정도로 치밀한 계획을 짜냈으니 머리는 좋은 사람이겠죠." 닛타는 말했다. "아니, 오히려 지나치게 머리가 좋았어요. 애초에 이번 사건은 마쓰오카 씨와 야마기시 씨 두 사람을 연속으로 살해하면 자신이 가장 먼저 용의자로 몰릴 것이라는 우려 때문에 계획된 것이었죠. 하지만 그 두 사람이 살해되었다고 해도 경찰이 과연 두 사건을 연결 지어 생각했을지, 그건 좀 의문이에요. 설령 약물에 의한 범행이라는 공통점을 찾아냈더라도 최소한 야마기시 씨 주변에서 나가쿠라 마키라는 이름은 쉽게 떠오르지 않았을 거예요."

"나도 같은 생각이야. 누군가 사소한 일로 원한을 품는 일은 있어도 그 원한을 받는 쪽에서는 별로 마음에 담아두지도 않고 더구나 기록해두는 일 따위는 없다는 점을 냉정하게 계산했더라면 이번 사건처럼 번거롭기 짝이 없는 계획을 세우지도 않았을 거야.

실제로 야마기시 씨는 나가쿠라 마키가 작년에 찍은 사진을 보여줬어도 얼른 기억해내지 못했다잖아."

"아, 그 얘기." 닛타는 집게손가락을 입에 댔다. "그 얘기는 야마기시 씨 앞에서는 말하지 마세요. 나가쿠라 마키의 변장을 미리 눈치채지 못한 데다 맨얼굴을 보고서도 누군지 기억하지 못한 것에 실은 상당히 우울해하고 있거든요. 고객의 얼굴을 잊어버린다는 건 야마기시 수준의 호텔리어에게는 허용되지 않는 일이라네요."

"거참, 호텔리어도 쉽지 않군." 노세는 얼굴을 찌푸리며 고개를 저었다.

두 사람은 코르테시아도쿄 호텔의 로비에 와 있었다. 닛타는 이제 프런트 직원 유니폼 차림이 아니었다. 그래서 왠지 들썽들썽 마음이 안정되지 않았지만 그런 말은 입 밖에 내지 않았다.

닛타의 뒤쪽을 바라보는 노세의 표정이 환해졌다. 돌아보니 야마기시 나오미가 다가오는 참이었다.

"오늘 초대해줘서 고마워요." 닛타가 자리에서 일어나 인사를 건넸다.

"천만에요. 저야말로 그날은 정말 고마웠어요. 오늘 저녁은 부디 마음껏 즐겨주세요."

야마기시 나오미의 목소리가 닛타의 귀에 다정하게 울렸다. 겨우 일주일쯤 못 봤을 뿐인데 왠지 무척 반가웠다. 상쾌한 그 웃음이 눈부셨다.

"나까지 식사에 초대해주고, 정말 괜찮겠어요? 난 별로 한 것도 없는데.” 노세가 머리를 긁적였다. 그의 성격상, 겸손이 아니라 진심으로 그렇게 생각하고 있는지도 모른다.

“괜찮고말고요. 얼마나 큰 공을 세우셨는지 이미 다 아는걸요.” 야마기시 나오미가 미소를 지었다.

오늘의 회식은 그녀 쪽에서 청해온 것이었다. 총지배인 후지키가 범인을 체포한 닛타에게 감사 인사를 하자고 한 것이 계기가 된 모양이었다.

엘리베이터를 타고 맨 위층 프렌치 레스토랑으로 갔다. 이미 세 사람을 위한 자리가 별실에 준비되어 있어서 그곳으로 안내를 받았다.

“후지키 총지배인님이 두 분께 인사 말씀 전해드리라고 했어요.” 자리에 앉자 야마기시 나오미가 말했다. “사실은 총지배인님도 동석하고 싶었는데 그러면 두 분이 왠지 어려워하실 것 같다고 하셨어요.”

“아뇨, 뭘 그렇게까지.” 닛타는 말하면서 가슴을 손으로 쓸어내렸다. 일류 호텔의 총지배인과 마주 앉아서 하는 식사라니, 생각만 해도 우울해진다.

갑자기 노세가 엉거주춤 일어서며 말했다.

“어이쿠, 잠깐 실례. 하필 이런 때에 웬 전화람.” 양복 주머니에서 핸드폰을 꺼내며 노세가 자리를 떴다.

“노세 형사님은 여전히 바쁘시네요.” 야마기시 나오미가 말했다.

누가 아니랍니까, 라고 고개를 끄덕이며 닛타는 그녀를 보았다.

"건강해 보여서 무엇보다 다행입니다."

"닛타 씨도요."

시선이 마주친 것은 아주 짧은 동안이었다. 닛타가 슬그머니 눈을 돌렸기 때문이다.

웨이터가 다가와 유리잔에 샴페인을 따랐다. 동 페리뇽이었다. 마땅한 화제가 생각나지 않아 닛타는 유리잔의 거품만 바라보았다.

이윽고 노세가 돌아왔다.

"이거, 큰일이네. 우리 딸이 느닷없이 제 남자 친구를 집에 데려온다지 뭐야."

"예?" 닛타의 눈이 큼직해졌다. "그래서요?"

"정말 미안한데 나는 이만 실례해도 될까? 대체 어떤 녀석인지, 꼭 보고 싶어서 말이야." 노세는 살살 웃어가며 미안하다고 연신 손을 흔들었다.

닛타는 야마기시 나오미와 눈을 마주친 뒤에 노세에게로 시선을 돌렸다.

"사정이 그러시다면 뭐, 어쩔 수 없죠."

"응, 그렇게 좀 해줘. 야마기시 씨, 모처럼 초대해줬는데 정말 미안하게 됐어요. 자, 그럼 이만. 아무튼 고마워요, 고마워." 노세는 뒷걸음질을 치더니 그대로 레스토랑을 나갔다.

닛타는 어이가 없어서 다시 야마기시 나오미 쪽을 보았다. 그녀도 어리벙벙한 표정이었다. 그러다가 둘이 함께 쓴웃음이 터졌다.

"그렇다고 정말 가버리네." 닛타가 말했다.

그러게요, 라고 그녀도 고개를 갸우뚱했다.

아마도…….

눈치껏 빠져준 것이리라. 닛타는 깨달았다. 후지키가 오지 않고 세 사람만 함께하는 자리라는 것을 안 순간, 노세 씨는 냉큼 자리를 뜨자고 생각한 것이다. 아무튼 눈치 하나는 빠른 형사다.

"우선 건배나 할까요?" 닛타가 잔을 들었다.

야마기시 나오미도 잔을 높이 들어올렸다.

쨍하고 마주친 유리잔에 도쿄의 밤 풍경이 떠올랐다.

연쇄살인의 다음 무대는 매스커레이드 호텔

도쿄에서 6일 혹은 8일 간격으로 세 건의 살인 사건이 일어난다. 현장에는 수수께끼 같은 숫자 메시지가 남겨져 있었다.

10월 4일, 45.761871, 143.803944
10월 10일, 45.648055, 149.850829
10월 18일, 45.678738, 157.788585

경시청에서는 이 메시지를 근거로 동일범에 의한 연쇄살인이라는 판단을 내리고 본격적인 수사에 나선다. 숫자에 담긴 암호를 풀어낸 사람은 경시청 수사 1과 소속의 닛타 고스케 경위, 혈기왕성한 엘리트 수사관이다. 범인이 숫자 메시지를 통해 예고한 네 번째 살인의 무대는 도쿄의 초일류 호텔 코르테시아도쿄.

호텔은 최상의 서비스의 상징이다. 수사를 위해 코르테시아도쿄 호텔 프런트에 위장 잠입한 닛타는 우수한 여성 호텔리어 야마기시 나오미에게서 철저한 교육을 받게 되는데……. 하지만 수사관 닛타의 임무는 인간의 가면을 벗기는 일, 호텔리어 야마기시의 임무는 고객의 가면을 지켜내는 일이었다. 만만치 않은 두 사람이 서로 충돌하고 갈등을 일으키는 가운데, 범인의 살인 계획은 착착 진행되고 수사는 별다른 진전을 보이지 않는다. 이윽고 서로 이해하는 부분을 찾아가는 가운데서 사건을 해결할 힌트도 서서히 떠오르게 된다.

코르테시아도쿄 호텔 프런트에 선 야마기시와 닛타에게 차례차례 찾아오는 다양한 고객들, 과연 그들의 맨얼굴은 어떤 모습인가. 살인 사건의 수사와 호텔에서 빚어지는 고객과 직원의 에피소드가 숨 막히도록 빠르게 교차하면서 단 한 줄의 문장도 놓칠 수 없을 만큼 독자의 의식을 빨아들인다. 책을 덮으며 다시 한 번 되짚어보면 하나하나의 에피소드가 놀랍도록 유기적으로 얽혀 있다는 것을 깨닫게 된다. 작품을 탈고한 뒤에 히가시노 게이고는 '상상력을 극한까지 쏟아부었다는 실감이 든다. 그만큼 작업의 보람도 충분히 느꼈다. 앞으로 똑같은 작업을 한다 해도 이보다 더 잘해낼 자신은 없다'고 밝혔는데, 역시 다른 어떤 작품보다 공들여 짜내려간 대작이라는 점을 충분히 감지할 수 있었다.

히가시노 게이고의 추리소설을 사랑하는 독자라면 그의 특별한 주인공 가가 교이치로 형사, 그리고 유가와 마나부 교수를 기억할 것이다. 이 소설 『매스커레이드 호텔』에서는 그 두 사람에 이어 세 번째 주인공 '닛타 고스케'가 처음으로 그 얼굴을 드러낸다. 젊은 나이에 경시청 내에서 남다른 수훈을 세울 만큼 우수한 형사지만, 반면에 건방지고 오만한 자부심 덩어리다. 그의 특기는 마치 범인과 교감이라도 하듯이 뛰어난 상상력을 발휘하여 아무도 생각하지 못한 발상으로 설득력 있는 가설을 세운다는 것이다. 처음 등장한 닛타 고스케의 성장을 지켜보는 것도 이 소설의 재미 중 하나다. 게다가 그에게는 환상의 짝꿍, 노세 형사가 있다. 세련된 용모의 닛타에 비해 노세 형사는 촌티가 잘잘 흐르는 중년 아저씨다. 자신의 수훈보다 파트너를 빛나게 해주는 것에서 기쁨을 느끼는 성품이면서 한편으로는 남의 비밀을 살살 이끌어내는 재주가 있는 의뭉스러운 캐릭터다. 대조적이면서 상호 보완적인 두 형사 콤비가 앞으로 어떤 활약을 펼쳐나갈지, 다음 작품이 자못 궁금해진다.

매력적인 여주인공 야마기시 나오미의 이야기도 빠뜨릴 수 없다. 독자들도 이런 호텔리어가 근무하는 호텔이라면 꼭 한 번 투숙하고 싶다는 생각이 들지 않았을까. 그녀가 가진 프로로서의 자부심과 책임감에 찬사를 보내지 않을 수 없다. 부드러운 강함으로 닛타 형사를 포용하고 오히려 그를 리드해나가는 장면에서는 나도 다시 뛰어보자는 큰 힘과 용기를 얻을 수 있었다.

제목에 쓰인 '매스커레이드'는 '가면, 가면무도회'라는 뜻이다.

한 사회에서 주위 사람들과 어울려 살아가기 위해 우리는 그때그때 적절한 가면을 번갈아 얼굴에 붙이고 나서는지도 모른다. 각각의 직업에 적합한 가면을 쓰기도 하고, 때로는 눈앞의 이익을 위해 임시방편의 가면을 둘러쓰기도 한다. 가족이나 직장에서의 위치에 따라 가면의 모습이 다양하게 달라지기도 한다. 어쩌면 마지막까지 지녀야 할 본래의 얼굴이라는 것은 어디에도 없는 허상인지도 모른다. '호텔을 찾아오는 사람들은 손님이라는 가면을 쓰고 있다', '사람들은 어떤 의미에서는 가면무도회를 즐기기 위해 호텔에 찾아온다'는 야마기시 나오미의 말은 곱씹어볼 만하다.

이 소설을 읽은 일본 독자들 사이에서는 '인간의 집념이란 참으로 무섭다!'라는 감상평이 많았다. 사소한 몇 마디의 치기 어린 말에서, 혹은 투철한 직업 정신에 따른 의례적인 대처에서 누군가는 큰 상처를 받고 그것이 원한이 되어 복수라는 집념에 사로잡힌다. 언제 어디서 남에게 상처를 입히고, 그 상처가 원망이 되어 돌아올지 알 수 없는 상황은 참으로 무섭다. '어떤 일로 인간이 상처를 입는지 타인으로서는 알 수 없는 것이다.'

『매스커레이드 호텔』은 히가시노 게이고의 작가 생활 25주년을 기념하는 특별한 작품이다. 1985년에 소설 『방과 후』가 제31회 에도가와 란포상을 수상하면서 데뷔한 이래, 장장 25년에 걸쳐 작가라는 이름을 걸고 활동해온 노고에 잠시 감사의 마음을 전하고 싶다. 이제는 일본 추리소설계의 제일인자로 손꼽히고 있지만, 그도 데뷔 후 10여 년 동안 별 볼 일 없는 무명작가의 시절을 거

쳤다. 각종 문학상의 후보에 수없이 노미네이트되었으나 번번이 미끄러지는 불운도 맛보았다. 한때는 '나오키상으로부터 가장 미움을 받는 작가'라는 말을 들었을 정도다. '번번이 떨어질 때마다 분통이 터져 술을 퍼마시고 모두 함께 심사위원의 험담을 하고, 참으로 보통 사람으로서는 할 수 없는 재미있는 게임이었다'라고 소감을 밝힌 것은 여섯 번이나 떨어진 끝에 마침내 이 상을 수상한 자리에서였다. 게다가 오락성이 강한 추리소설을 쓰는 작가로서 그에게 책 판매량은 평생을 따라다니는 짐이었는지도 모른다. 때로는 매너리즘에 빠져 고민하던 시기도 있었을 것이다. 그런 산전수전을 뚫고 나온 작가 생활 25년이 이 소설에 녹아들어 있다는 것을 생각하면 감회가 남다를 수밖에 없다.

초기에는 추리물, 서스펜스, 패러디, 엔터테인먼트 등 다채로운 작품을 발표했다. 오사카 부립대학 공학부 출신답게 원자력발전이나 뇌 이식 등의 과학을 다루거나, 한편으로 스포츠에도 능해서 대학 시절에 주장으로 활동한 양궁을 비롯해 검도, 야구, 스키점프, 스노보드 등을 소재로 한 추리소설도 눈에 띈다. 시리즈 캐릭터를 최소한으로 아껴두는 것으로 알려져 있어서 『붉은 손가락』 『악의』 『졸업』 『내가 그를 죽였다』 『잠자는 숲』 등의 가가 교이치로 형사, 『용의자 X의 헌신』을 비롯한 '갈릴레오 시리즈'의 유가와 마나부 교수 외에 이번 『매스커레이드 호텔』에서 새롭게 등장한 닛타 고스케 형사가 세 번째 캐릭터인 셈이다.

그의 작품 경향도 세월과 함께 서서히 변화한 것을 알 수 있다.

초기에는 전통적인 본격 추리물의 공식에 맞춰 주로 의외성에 무게를 둔 작품이 많았다. 1986년에 발표한 『백마산장 살인 사건』에서는 '비밀이나 암호처럼 추리소설의 이른바 고전적인 소도구가 마음에 들어서, 설령 한물간 유행이라는 말을 듣더라도 계속 활용하고 싶다'라는 의견을 밝혀 전통적인 추리소설의 '룰'을 선호하였다. 하지만 그로부터 4년 뒤에 발표한 『명탐정의 규칙』에서는 그러한 룰에 의문을 품게 된다. 이어서 1990년의 『숙명』에서는 '범인은 누구인가, 어떤 트릭을 썼는가 하는 기법을 구사한 수수께끼도 좋지만, 또 다른 타입의 의외성도 상상해보고자 한다'고 밝히면서 두 사람에게 부과된 숙명이라는 의외성을 묘사했다. 그 이후로는 『둘 중 누군가 그녀를 죽였다』 『내가 그를 죽였다』처럼 'Who done it?'을 중시한 작품, 『탐정 갈릴레오』 『예지몽』처럼 'How done it?'를 중시한 작품 등 스타일이 크게 변화한다. 최근에는 당대의 첨예한 사회문제를 소재로 도입한 『붉은 손가락』 『유성의 인연』 등을 속속 발표하며 추리소설의 외연을 넓히는 데 주력하고 있다.

우리는 누구나 가면을 쓰고 살아가고 그러면서도 그 가면 밑의 맨얼굴이라는 허상을 추구하는지도 모른다. 존재하지 않는 동일범, 존재하지 않는 스토커를 추적하는 형사와 호텔리어의 이야기는 좀 더 넓게 보자면 그런 우리의 자화상일 것이다.

매스커레이드 호텔

지은이 히가시노 게이고
옮긴이 양윤옥
펴낸이 김영정

초판 1쇄 펴낸날 2012년 7월 31일
초판 33쇄 펴낸날 2024년 9월 10일

펴낸곳 (주) 현대문학
등록번호 제1-452호
주소 06532 서울시 서초구 신반포로 321(잠원동, 미래엔)
전화 02-2017-0280
팩스 02-516-5433
홈페이지 www.hdmh.co.kr

ISBN 978-89-7275-612-5 03830